长篇小说

岁月有痕

曲世广　著

团结出版社

©团结出版社，2024年

图书在版编目（ＣＩＰ）数据

岁月有痕 / 曲世广著. —— 北京：团结出版社，
2024. 12. —— ISBN 978-7-5234-1412-5

Ⅰ. I247.5

中国国家版本馆CIP数据核字第20245LK227号

责任编辑：伍容萱
封面设计：于晨虹

出　　版：团结出版社
　　　　　（北京市东城区东皇城根南街84号 邮编：100006）
电　　话：（010）65228880　65244790
网　　址：http://www.tjpress.com
E-mail：zb65244790@vip.163.com
经　　销：全国新华书店
印　　装：济南精致印务有限公司

开　　本：170mm×240mm　16开
印　　张：22.25　　　　　　　字　　数：320千字
版　　次：2024年12月　第1版　印　　次：2025年1月　第1次印刷

书　　号：978-7-5234-1412-5
定　　价：68.00元
　　　　　（版权所属，盗版必究）

目 录

下 篇

续 篇

楔　子

　　初冬的寒风吹打着鲁北一片贫瘠的土地，几片残叶在树梢上摇曳，似乎眷恋着母体，不甘心被风吹下化为泥土。太阳在西天的几块乌云间时隐时现，不多时，也被寒风刮到了地平线下。浑浊的黄河水无声地淌着，河两岸的村庄里开始升起了袅袅炊烟。阡陌小路上，不时有勤快的人背着捡来的庄稼秸秆一类的柴火，不紧不慢地往家赶。连着三个灾荒年，让人们饱尝了饥饿的滋味，眼下光景已好转，人们可以填饱肚子了。

　　徐家村在黄河南岸距河不到二里路，全村只有三百余人口。村东头有一座颇显威严的院落，属典型的北方四合居。均青砖到顶，榆木梁檩，这在方圆百里内不多见。正房三间，为年逾五旬的徐王氏和未出阁的小女儿徐元梅所居，次子徐元河夫妇居住在西厢房，东厢房由三子徐元信夫妇居住。南屋盛些杂用兼作客房。

　　正房东头两间小房做灶房，里面尚有一盘磨。院门面东，在东厢房南首，为挑楼式建筑，黑漆带暗锁的大门似乎在向人们诉说着主人昔日的辉煌。出院门到当街，要经过一条长长的胡同。胡同末端临街处为一仪门。院西侧有一园子，园子内种了些瓜果树木。长得格外茂盛的是一棵杏树，每年树上结的杏又多又大。院与园子有一边门相通。这座院子的男主人徐华兴早年辞世，一大家子全由遗孀徐王氏操持。徐王氏生有四男二女，长女徐元婕、长子徐元森大学毕业已参加了工作。

次子徐元河高中毕业后，在甘肃工作的大哥为他谋了一份差事。谁知时间不长，项目下马，徐元河便回了老家。回来后又去了几家厂子，却因种种缘故又回了家。前几年因家中无劳力，徐王氏便让已考上高中的三子徐元信辍学帮着自己料理家务。四子徐元琐尚在读高中。小女徐元梅因从小身子弱，初中没上完便下了学。

天快要黑了，徐元梅收拾起手中的针线去做晚饭。她刚用筐子装了些柴火准备到灶间去点火，徐王氏从西屋出来，对她道："你二嫂子要生了，先煮十个鸡蛋，熬点小米粥。"

元梅答应着去了，徐王氏重新回到西屋。

小米粥熬到九成熟的时候，西屋里传来一阵婴儿的啼哭声。元梅知道，二嫂子生了。这时徐王氏进厨房来，看粥熬好了没有。看见母亲面带喜色，徐元梅就问："二嫂子生了个啥？"

"瞧你咋问话？"徐王氏嗔道，"是个小子。"

"真的？"徐元梅瞪大了眼。

"还骗你不成？"徐王氏说着去拿煮好的鸡蛋。

娘俩自有说不出的喜悦，因为这个刚刚诞生的小子是徐王氏的长孙。

"粥熬好了快点给你嫂子送到屋里。"徐王氏吩咐元梅道。

"哎。"徐元梅欢快地答应着。

粥熬好了，元梅把它盛到一个大搪瓷碗里，拿出早已预备好的红糖满满地舀上两大勺，放到粥里搅匀了。一股香甜气扑鼻而来，元梅不由得深深吸了口气。

她已有几年没有闻到这么诱人的香味了。

又是一阵婴儿啼哭声。徐元梅猛地愣过神来，赶紧把粥端到二嫂子屋里。

刚过去一个月不几天，东屋里三儿媳也临盆分娩，生下一个大小子。从此东西厢房啼声不断，给这所嘈杂的院落又添了几分热闹。徐元河为儿子取名徐哲，徐元信为儿子取名徐骏。

上　篇

第一章

I

时值夏末，太阳已经落山，徐王氏正准备招呼一家人吃晚饭。尚未张口，西屋里兀地传来乒乒乓乓的声响，接着便是一阵厮打声和孩子的啼哭声。

徐王氏长叹一声："哎！——作孽哟。"说着，踮着小脚进了西屋，冲着扭打在一起的徐元河夫妇道："你们是想把我气死咋的，这个家让你们搅得还不够乱吗？"

见母亲进来，两口子停止了厮打。徐元河坐到一旁抽起了闷烟，呼呼地喘着粗气。媳妇李氏蹲在地上呜咽着哭。

徐王氏抱起在床上哇哇直哭的孙子，边哄着边骂儿子："孽种，孩子也跟着你们倒霉！"

"整天不是吵就是打，还让这个家有点儿消停不？"东屋里传来徐元信的不满声。

"老三你插的哪门子嘴？"元河怒气未消，听见元信指责，吼声又冲向了东屋。

元梅从北屋出来，朝着东西屋道："二哥三哥都少说两句行不？"过来接过徐哲，搀着徐王氏从西屋出来进了北屋。

这下谁都没心思吃晚饭。徐王氏一个劲儿地抹眼泪，只说自己哪辈子作了孽，生下这些不省心的畜生。

稍停，元信媳妇王氏又去灶间把饭热了，盛了送到徐王氏屋里。自己也盛了端到东屋三口人吃。

元河媳妇李氏早已上了床，闭着眼睛不说话。元河无奈，只得自己到灶间盛了饭吃。

说起元河，却也叫人叹息。自打从厂子里回来，脾气火爆的他越发乖戾起来。整日不是找碴儿打仗就是蒙头大睡。自以为时运不济，枉读十年书。见元河如此，徐王氏很是闹心，却也无奈，便寻思着给他说上媳妇成了家，兴许会好些。于是便张罗亲朋好友为徐元河说亲。吉姨做媒，将同村的姑娘李氏说给了徐元河。谁知婚后两人性情不合，未出蜜月，便由口角发展到不时争吵，继而三天两头大打出手。生下儿子，也未见收敛。徐王氏对此只能长吁短叹，见人只说自己命苦，只盼着日子长了能好些。

徐王氏吃了点东西欲哄孙子睡下，忽又听见西屋里传来打骂声。徐王氏刚想出门呵斥，听见院子里炸雷般一声吼："要打滚到外面打，别弄得大家不安生！"她分明听出是三儿子元信的声音。徐元信从小性倔，本来上学时成绩颇佳，但为了一大家人的生活顺了母亲意辍了学，心中自然免不了生出些怨意。见二哥在家常无事生非，更是看不顺眼。

西屋里停止了打骂，徐元河从屋里冲出来，对着元信道："老三，你想干啥？"

"干啥？我想图个安生！"老三气呼呼道。

"你再吼，当心我连你一块儿揍！"徐元河眼睛发红，怒气冲冲。

"你敢？"徐元信毫不示弱。

"你这两个畜生，是要我死给你们看嘛。"徐王氏出了屋门冲着两个儿子骂着，"你们现在都行了，都成精了，我管不了你们……"说着一下子跌倒在地，昏厥过去。

元河、元信、元梅见状，赶紧跑过来七手八脚把徐王氏抬进屋放到床上。元信一番掐捏，徐王氏才缓过气来，吐出一大口黏痰，哭出了声。

见徐王氏缓过来，元河、元信夫妇各自回了屋。

第二天，李氏回了娘家，几天没回来。这日，吉姨来了。徐王氏自知她是为何而来。老姐俩寒暄过后，话便转到了元河两口子的事上。徐王氏道："他姨啊，不怕你笑话，我真是时运不济，摊了这些混账儿子，一个一个不让人省心。"

吉姨道："老姐姐你也别太难过，常言说得好，家家有本难念的经。谁家的勺子不碰锅沿儿？"

徐王氏道："话虽这样说，老头子走得早，只管图清心去了，让我一个妇道人家为他守着这一摊子……"说着，眼圈发热，落下泪来。

吉姨也禁不住鼻子发酸，陪着徐王氏抹起了眼泪。

少顷，老姐俩平静下来。徐王氏接着道："元河媳妇几天不回来，连孩子也不管了吗？两口子有啥事总不能叫孩子遭罪。"

"谁说不是呢。"吉姨道，"她回了娘家，到我那里哭闹，说我把她领进了火坑，一个劲儿地埋怨我。哎，这埋怨的话说了也不是一回两回了。"

徐王氏道："我那混账邪儿就不多说了，绝不是什么好东西。可他媳妇也不能啥都由着自己的性子来。她性子执拗些也不算啥大症候，却也不该一根筋不拐弯儿。"

"可不是咋的？"吉姨道，"我不知念诵她多少回，总也听不进。这回跟我吵着闹着要和元河离婚。"

说话间元河正从门口经过，听见说李氏提出离婚，便进屋冷笑道："我还没说，她倒先提了出来。离就离！"

徐王氏骂道："你这个混畜生，咋不能将就着过。孩子才几个月，离了咋办？"

"孩子叫她养就是了。"徐元河满不在乎。

徐王氏不理他，转对吉姨道："他姨呀，你再劝劝元河媳妇，这样叫人家笑话。"

吉姨道："老姐姐说得对。我回去再说说她，可她也未必听。"又叹口气道，"人都说媳妇领进门媒人靠南墙，这两个冤家孩子都快一生日了，有啥事我这把老骨头还脱不了干系。谁让咱俩是老姊妹，我又是他俩的一个姨、一个婶呢？不管不是，管吧，说谁也不是。"

徐王氏道："咱老姐俩自不见外，我也不说客套话了。你当姨当婶子的多担待些也便是了。"

说着话已到了晌午，徐王氏叫元梅和元信媳妇去准备做午饭。

第二日李氏回来了，径直到了徐王氏屋里。见她回来，徐王氏心宽了些，便对李氏道："元河家的，你们三日吵两日打，总不能这样下去。能将就就将就些，可不要苦了孩子。"

"娘，我没法在你们徐家过了。"李氏道。

"看你这话说的，两口子打仗也是常有的事，总不能打一辈子。"徐王氏劝道。

这时元河进来，对徐王氏道："娘，你别再说啥了。就是她不离我还要离呢。"

"滚到一边去！"徐王氏喝道。

李氏突然站起身，二话不说进了西屋，拿了件随身衣物，出门又要回娘家。徐元河在后面吼道："要走把孩子抱上！"谁知李氏头也不回，径直走了。

2

李氏一人回到娘家，母亲李老太太很是不悦："咋这快又回来了，孩子呢？"

"不要了！"秀兰赌气道。

李老太太叹息道："你们就不能凑合着过下去？"

"凑合到啥时候是头啊。"说话的是秀兰的哥哥李叹。

母亲不满道："你老挑唆你妹妹离婚，你浑哪！"

"跟他徐元河这种人过，有啥过头？早离早好！"儿子毫不示弱。

"可也是，整天这样打也不是个办法。"李老太太叹口气道，"徐哲还不到一生日，你们就……咋能说离就离呢？"

"我就是不离，他徐元河也要离。"秀兰道。

"这样正好，孩子给他徐元河，你不能要。"李叹赶紧道。

"你少插嘴！"李老太太有些生气，"什么浑话，自己身上掉下来的肉说不要就不要吗？"

李叹不服气道："真要离了婚，我姐姐带着个'拖油瓶'，哪个男人肯要？"

听此话，李老太太一时没了言语，半晌叹口气道："我这是哪辈子作的孽哟！"

这里娘仁正你一句我一句地叮当着，忽听院内有说话声："嫂子在家吗？"

李老太太循声从窗外望出去，见是同村的吉嫂，忙招呼道："他婶子，快进屋里坐。"说着起身迎出去。

秀兰和李叹也赶紧出门迎接："婶子来了？"

"哟，你姐俩也在家哪。"吉姨见了秀兰姐弟俩，打着招呼。

进屋各自落了座，李老太太又抹起了眼泪："他婶子，不怕你笑话，你看秀兰他俩闹的……叫你也跟着操心。"

吉姨随着也叹了口气："唉——嫂子你说这话就见外了。先别说操心不操心的，没想到他俩到了这一步。"转身又对秀兰道："昨天元河那浑小子来了，也说了些绝情的话。你俩一个软和口都没有，一个比一个犟。都是我当初看走了神，把你俩撮合到一块儿，谁知竟是这样的结局。"

"我早就看那徐元河不是什么好东西！"李叹恨恨道。

"少放闲屁！你早干啥去了？"李老太太喝道。

吉姨看了李叹一眼，想说啥却又把话咽了下去，转身对秀兰道："秀兰我问你，你是铁了心要和元河离婚吗？"秀兰点了点头。吉姨叹口气道："常言道：宁拆十座庙，不毁一桩婚。我把你们撮合到一起谁知你们却过不到一块儿，既然这样我也没啥话可说了。人都说强扭的瓜不甜，你们整天这样打打闹闹下去总也不是常法。"又对李老太太道，"嫂子，咱当老的谁不希望自己的孩子过得舒心熨帖，可人都拗不过命。命里注定他俩过不到一块儿，咱也别难为孩子了。"

李老太太听罢，眼泪便流了下来："谁说不是呢。只是我那外甥该咋办？"

吉姨道："按说孩子这么小，秀兰该先拉扯着……"

话未说完，李叹插话道："婶子，秀兰带着个孩子还怎么再嫁人？"

吉姨道："大侄子，不是当婶子的说你。你这当哥哥的不该光想着秀兰，也得想想你那苦命的外甥。"

李叹脖子一挺，道："孩子是他徐家的根，他不养谁养？"

吉姨脸一沉，道："你说这话可不中听。"

李老太太忙制止儿子道："别在这里胡吣了，该干啥干啥去！"

李叹起身没好气地走了。

吉姨道："话都说到这份儿上了，秀兰你和元河看着办吧。赶明儿我到我老姐姐那里，就只当我办了件糊涂事。"说着起身要走。李老太太母女赶紧把她送到大门口。

末伏的太阳已渐失去了淫威，不再火辣辣地烤炙着大地。田里的早玉米开始吐出紫色的缨子，树上的蝉叫得不再响亮，路旁的野草有的已开始结籽。今年汛期的雨水格外多，黄河已经涨满了槽。

吉姨一个人走在去徐家村的路上，看到两边地里绿油油的庄稼和黄河岸边推土挡堰的人们，嘴里一个劲儿地念叨："菩萨保佑，河水可别再上滩，让百姓能填饱肚子。"

吉姨信佛，家里常年摆着菩萨供奉。她常劝诫家人和亲朋好友、街坊邻居多积德行善，并说善恶总有报应。

来到徐王氏家，见老姐姐正抱着孙子徐哲给他喂米汤。吉姨很是心疼地道："孩子的小脸都瘦了一圈了。"

"这当娘的说走就走连孩子也不管,就不心疼?"徐王氏明显对李秀兰不满。

吉姨从徐王氏手里接过徐哲,叹气道:"可怜的孩子,这么小就要遭罪。"

徐王氏道:"前二年忍饥挨饿也都熬过来了,该娶媳妇的也都娶上了媳妇,眼下日子也宽裕了,可这浑种不让过两天肃静日子。"

"谁说不是呢!"吉姨道,"老姐姐你一人把家操持到这一步也不容易,按说孩子们也该知足了。"

"我真是有要强的心,没要强的命。"徐王氏道。

吉姨沉吟道:"老姐姐,我看元河两口子也捏不到一块儿去了……"话未说完,徐王氏接着道:"老妹子,你不来我也准备叫元梅去叫你。他俩光这样下去算咋回事?"

"是啊,两个人都吵着要离婚。离婚是不好听,何况孩子还小。徐哲他姥娘听秀兰说要离婚,也是气得不行,哭天抹泪一个劲儿地说她闺女。"吉姨道。

"当老的哪个不是为儿女着想。"徐王氏道,"可孩子大了,管也管不了。元河脾气邪,他媳妇又执拗,过不下去离就离吧。"

吉姨不再说啥,一个劲儿地自责,说当初咋没料到这一步。

徐王氏宽慰吉姨道:"老妹妹可别这样,谁也没有前后眼,还不都是为着一个好字。都怪孩子们不长脸,特别是元河伤了你当姨的一片好心。"

"要是离了,孩子跟谁?"吉姨试探道。

谈到孙子,徐王氏掉下眼泪来,抽泣道:"孩子还得吃奶,就是离也得等孩子忌了奶。到那时他娘愿要我不强留,孩子是娘的心头肉,这个自然。她若不要,我养着。"老姐俩又唠了些别的家常。中午,徐王氏叫元梅和元信媳妇烙了几张白面单饼招待吉姨。下午,吉姨要走,徐王氏对她道:"他姨,你回去告诉元河媳妇,孩子离不开娘。她愿回来更好,若不想回来在娘家住着也行,我叫元梅把徐哲给她送去。"

两天过去了,李秀兰没有来。徐王氏便叫元梅把徐哲送了去。元梅回来,一脸不高兴。徐王氏问她怎么了,她回答说李叹说了许多难听的话,还叫她把徐哲抱回来,是李老太太抱过徐哲并把儿子骂了一顿,她才回来。

徐王氏听后叹了口气。

过了半个月，李秀兰抱着孩子回来了。见了家人，谁也不搭理。进了西屋不见徐元河在家，便径直走到徐王氏屋里，把徐哲交给徐王氏，说："这是你们徐家的苗子，我不要。我和徐元河明天去公社办离婚手续，叫他别误了时辰。"说完，头也不回地走了。徐王氏气得浑身发颤，张了张嘴却没说出话来，只好看着李秀兰去了。

徐王氏抱着徐哲流了阵子泪，踌躇再三，来到东屋，对元信媳妇王氏道："你二哥二嫂不是人，撇下孩子不管，你就一个孩子当俩儿养，匀给他一口奶吃。"老实的王氏没说啥，接过了徐哲。

从第二天起，徐王氏便特意给元信媳妇做了些细粮饭食，好让她加些营养奶足两个孩子。徐元河这两天去了邻县一个朋友家一直没回来，所以第二天无法和李秀兰到公社办离婚手续。等他回来后徐王氏把李秀兰的话告诉了他，他正琢磨着怎么拾掇李秀兰，却接到了公社法庭的传票。传票上说他的妻子李秀兰已向法庭提出要和他离婚，要他在指定日期到法庭应诉。

那日，李秀兰去了公社民政所，等了半天却没有见到徐元河，便又回到了娘家。李叹道："肯定是徐元河那小子不想离，你干脆到法庭起诉和他离婚。"李秀兰听了李叹的话，不顾母亲的劝阻，到法庭提出了离婚起诉。

徐元河按传票指定的时间到了公社法庭。办案人员按照惯例先是进行调解一番。见双方确已无感情基础，只好准其离婚。但在孩子归谁抚养的问题上，双方发生了争执。李秀兰不想抚养孩子，执意要把孩子判给男方抚养。

徐元河道："孩子这么小，我一个男人怎么带？"

李秀兰道："孩子是你们徐家的根，你不要谁要？"

法官见状对李秀兰道："按照法律规定，孩子在哺乳期间一般是不允许离婚的，除非女方提出离婚并愿意抚养孩子。如果你们在抚养孩子问题上意见不一，现在就不能判你们离婚。"

徐元河松了口气。李秀兰无奈，只得答应离婚后抚养孩子。办案法官微微叹息了一声，填好离婚证书交给了两人。

徐元河回到家，将情况告诉了母亲。徐王氏道："凡是李家的东西，咱一概不留。他们啥时候有空啥时候来拉。孩子先让她养着，等长大了有了主意，愿意回来就回来，不愿回来就跟着他娘。"

李叹听李秀兰回来说徐哲判归她抚养，心里老大不痛快，对李秀兰说："你带着个吃奶的孩子，还能嫁得出去吗？"

"我要不养人家就不判离婚，我咋办？"李秀兰道。

"咋办？就是不能要！让他徐家养着。"李叹狠狠地道。

李老太太只是流泪，事已至此，她也只能独自伤心。但见儿子挑唆姐姐不抚养孩子，她来了火："你这个混种，孩子这么小，还没断奶，你咋这么狠心！"

"你懂个啥！"李叹根本不把李老太太放在眼里，"拖着个'油瓶'，你想让姐姐老在家里。"

李叹说完出去了。母女俩相视垂泪。过了半晌，李老太太问："啥时把孩子接来？"

"等去拉咱的东西时一块儿抱来吧。"李秀兰道。

过了几天，李叹套了一辆牛车，叫上一个本家兄弟，和姐姐一道去徐家拉东西。到了徐家，李叹本想找碴儿闹点事，但见徐家人多势众，也找不出什么不是，只好闷不作声，乜斜着眼睛看着徐元河及其家人。

徐王氏对李秀兰说："你娘家陪嫁的东西你要拉走全拉走。咱家里的你看上的就拿上两件。你和元河毕竟夫妻一场，咱娘俩这些日子也毕竟在一个锅里抢勺子。徐哲还小，你先拉扯着，有啥难处随时言语一声。等他大了，你愿意养着他愿意跟你更好，到时他要是想回来就回来。"

听了这话，李秀兰眼圈一阵发热。她没让眼泪掉下来，赶紧让哥哥把结婚时娘家陪送的一个木头箱子、一张方桌、两把椅子和几床被褥装上车。李秀兰看上了家里的一个青花瓷盐坛子，徐王氏也叫她一并装上了车。李秀兰进屋抱上徐哲，对徐王氏说了一声："娘，我走了。"徐王氏抹了一下眼睛，道："走吧。"

李秀兰抱着徐哲上了牛车。李叹喊了一声："驾！"老牛便迈开了沉重的四蹄。破旧的木车发出"吱嘎吱嘎"的声响。车轮碾过之处，松软的泥土路上留下两道深深的辙痕。

3

李叹的村子李家寨东南四十里有一个郎镇村，逢农历四、九为大集。郎镇地处交通要道，历史上是一个重镇，现在是公社驻地。因了它地理位置的关系，郎镇集规模在方圆百里很有名气。每逢大集，便有人从四面八方挑着担推车蜂拥而来。

这日，李叹起早用小推车推了一车大葱和白菜来卖。他没打算当日赶回去，所以也没急着贱卖。天过了晌，集上的人散得差不多了，李叹才收拾了摊子，推着剩下的两捆葱和三棵大白菜去了朋友王友亮家。王友亮是郎镇人，三年前县里组织加固黄河大堤，王友亮出夫住在李叹家里，两人拉得投机，成了朋友。

晚上，李叹和王友亮俩人守着半瓶地瓜干烧酒，就着一盘炒鸡蛋和一盘凉拌白菜心，对饮了起来。

喝到酒酣耳热之时，李叹说起姐姐离了婚住在他家里，说完还叹了口气。王友亮十分了解李叹的心思，随声附和道："是呀，多一个人多一张嘴。""还有一张小嘴呢。"李叹喝下半盅酒，又夹起一块儿炒鸡蛋放到嘴里，边嚼边说。

"咋的，还带着孩子？"王友亮问。

"可不，法院判的。"李叹道。

"孩子多大？"王友亮问。

"快一岁啦。"李叹道。

"可也是，孩子还吃奶，离不开娘。"王友亮也喝了一口酒，两眼微眯道，"说起来孩子也够可怜的。"

"带着个孩子，以后咋还嫁人？"李叹撇了撇嘴道。

"哎？"王友亮听到嫁人二字，忽然想起什么似的，沉吟片刻道："你姐姐眼下还再嫁人不？"

"为啥不嫁？"李叹不假思索地道。

"东边大乐村有个当民办老师的，跟我是小学同学。都快三十了，因家里穷一直没说上媳妇。我看你姐姐嫁给他挺合适。"王友亮道。

"太好了，你能不能去说和说和。"李叹急不可耐地说。

"行，明天我就去问问。"王友亮爽快地答应着。

一斤白酒下肚，两个人都有了几分醉意。王友亮媳妇见状端上了棒子面窝窝头。李叹一看就势说："咱不喝了，吃饭吧。"

王友亮也不再劝李叹喝，便一块儿吃起饭来。

第二天，王友亮去大乐村找到那位小学同学，把情况一说，那位同学犹豫片刻道："要是那女的带个女孩还可以考虑，可带个男孩……"

王友亮道："老同学，不是我说你，你这样的条件，也只能找这样的。有个男孩不更现成吗？"

那位同学听后大为不悦，脸涨红了道："你这叫什么话？我还没到饥不择食的地步。"

王友亮知道当老师的爱面子，忙道："老同学，你别误会，我没别的意思。我是看你都快三十了，才……"

那位同学也缓和口气道："我知道你的好意。只是带着个男孩以后关系不好处。"

王友亮回来向李叹一说，李叹道："那我回去看看吧。"

李叹回到家，向母亲和姐姐说了那位老师的事。李老太太流泪对女儿道："这么年纪轻轻的，不能一辈子待在家里。只要那人本分，就早点把这事定下来。人家若真不愿要孩子，我就替你养着，好歹孩子能断奶了……"

"你凭啥养着？他徐家又不是没有人！"李叹冲着母亲道。

李秀兰愿意先与那位老师见见面。

这日李叹领着李秀兰来到王友亮家。经王友亮安排，李秀兰与那位老师见了面。见面后彼此都感到满意。但那位老师明确不愿意李秀兰带着孩子，说："我一个未婚男子，不能一结婚就当爹。"

李秀兰拿不定主意，回来后和娘商量。李叹坚持叫李秀兰把孩子送回徐家。李秀兰也道："孩子他奶奶倒是说过她愿意养孩子。"

李老太太道："他奶奶这么大年纪，又有一大家子人，再带个孩子能行吗？"

李叹不满道："你老是替人家想，咋不替姐姐想想呢？"

娘俩都拗不过李叹，只得决定把孩子送回徐家。

一日李秀兰抱着徐哲来到徐家。正碰上徐元河一人在家。没说几句话，两人高言高语吵了起来。一听说李秀兰不想养孩子，徐元河顿时火冒三丈："孩子判给你，你为啥不养！"

李秀兰也不示弱："当时孩子判给我，是因为孩子吃奶。现在孩子已断了奶，就该你养着。"

徐元河眼下也正有人说着媒，见李秀兰此时来添乱，更是气不打一处来，骂道："你这狠心的娘们儿，连自己刚断奶的孩子都不想养。"

"你不狠心你养！"李秀兰毫不退缩。

"你快把孩子抱走，要不然当心我揍你！"徐元河吼道。

李秀兰当然了解徐元河的脾气，她知道徐家一家人都到地里收庄稼去了，徐元河真要揍她，连个劝架的都没有。于是她抱着孩子到大门外，高声嚷道："孩子是你徐家的，你为啥不要！"

此时便有许多人围来看热闹。其中有人劝李秀兰道："孩子还太小，等孩子大大再抱来也不迟。"

李秀兰哪里还听得进劝，一赌气把孩子放到徐家门口，转身头也不回地走了。孩子在地上"哇哇"直哭，几个年长的女人便流下了泪，一个劲儿地指责李秀兰心太狠。刘五婶子看不下去，便抱起徐哲哄着。

有人到地里去喊徐王氏。徐王氏听后赶紧往家里赶，见此情景，把徐哲从刘五婶子怀里接过来，嘴里骂道："作孽的畜生，要遭天报应。"

第二章

4

徐元河离婚后，给他说媒的也不少。见了两个他都不满意，不是嫌人家长得丑，就是嫌人家没文化。寡妇和离婚的他坚决不找。徐王氏告诫他道："你也是离过婚的，还有个孩子，可别再挑三拣四的。"徐元河自恃有文化，家境也殷实，所以下定决心要找个称心如意的。徐王氏也不再说他。知道他要是找的媳妇再不称心，还得为他操心劳神，也就随他去了。

徐元河中专毕业，方圆几十里内算得上是个文化人，家里日子也过得宽绰。但他脾气暴躁乖戾在附近村子里也出了名。真正出类拔萃的姑娘不肯青睐他。徐元河便面临着高不成低不就的境况。和李秀兰离了婚，偶尔他也沉下心来反思一下自己。他认为自己的婚姻之所以失败，主要原因是当时心灵和情感正处于空虚和迷茫中。为填补自己的空虚和迷茫便和李秀兰匆匆相识并结婚，从而导致现在的结局。所以他也不十分着急，总希望意中人在某一个早上或晚上降临。在生活中得不到心灵和情感的慰藉，他便到书中去寻找。一有空闲，他就抱着《家》《春》《秋》看。徐王氏拿他也没办法，只好由着他。好在这样少了他两口子之间的吵闹，耳根子倒清静了许多。

徐哲由徐王氏照管。刚开始，孩子想娘，总是啼哭。日子一长，也就好了。

一入冬，公社集中起各村大部分劳力修筑范家水库。范家水库紧邻范家村，距徐家村二十几里路。范家村是一个大村，全村有几百户人家。各村来的民工都分住在范家村各家各户。

徐元河和另外四名民工住在村中一陈姓人家。男主人陈安邦，五十来岁，少时读过几年私塾，看上去不失几分儒雅。老两口育有一儿一女，女儿陈娴清二十多岁，儿子陈少华刚过二十。徐元河一住进陈家，无端中生出几分亲近感。见到陈娴清，他眼前觉得一亮。陈娴清见了他也觉面熟。后来攀谈起来，都想起是初中时的同学。徐元河比陈娴清高一级，因不是同级同班，只是偶尔见个面。陈娴清在女生中长得比较标致，在男同学中间留下的印象也深些。

修筑水库是一件苦活累活，对徐元河来说更是苦不堪言。工地上要求每个劳力每天必须完成规定的土方量，这使得不大从事体力活的徐元河觉得难以承受。一天下来，浑身的骨头像是散了架，一腚坐下就不想起来，恨不能躺在床上睡他个三天三夜。好在每日收工后都能见到陈娴清，徐元河便觉劳累减轻了许多，也平添了几分精神。当他得知陈娴清尚未定下亲事，心里更是感到高兴。他在心里拿陈娴清和李秀兰作比较，越发觉得陈娴清要比李秀兰强出多少倍。尤其是陈娴清银铃般的笑声和爽朗的性格，对徐元河格外有吸引力。陈娴清姣好的面貌和匀称的身材老是在他眼前晃动，有时一日见不到陈娴清，他便觉得太阳也失去了光彩。徐元河知道自己喜欢上了陈娴清，可他并不知道陈娴清对自己有没有意思。读了不少书的徐元河自然知道下一步该做些什么。

从工地上下来，尽管一身疲惫，但徐元河咬着牙主动帮陈安邦干些杂活。渐渐地，陈安邦夫妇俩都觉得徐元河勤快能干、不怕吃苦，加上他说话喜欢拽些文辞，嘴巴子又甜，老两口心中便慢慢对他产生了几分好感。他们也从徐元河对女儿的眼神中看出了什么，但也未有什么反感。女儿长得端庄秀丽，又念过几年书，找起对象不免有些挑剔。如果女儿能中意这个小伙子，也算了了老两口一桩心事。

开始，陈娴清对徐元河的勤快并未在意。作为外村民工住在房东家里，手脚勤快些也属自然。可慢慢地，陈娴清从徐元河的勤快中觉出了一种异样的东西。尤其是她俩单独在一起时，徐元河火辣辣的眼神燎得她浑身发热。聪明的她，自然明白了徐元河的心思。陈娴清也便自觉不自觉地在心里掂量起这位老同学来：徐元河上过中专，有文化，嘴甜手脚也勤快。可他为何二十四五了还没成亲，是否和自己一样高不成低不就耽搁下了。心里有了小九九，在徐元河面前便会显出了几分不自然。徐元河当然察觉到了陈娴清心理的变化，心里也便有了底。

这天下午收工回来，徐元河没见到陈安邦夫妇在家，一问陈娴清得知去走亲戚还未回来。晚饭过后，几个同伴约着去打扑克，徐元河借故留在了家里。大家都出去后，家里便只剩下了徐元河和陈娴清。徐元河早就想向陈娴清表明自己的心迹，但一直没有找到合适的机会。今天真是天赐良机，徐元河自然不会放过。陈娴清做好了晚饭，见天色已晚父母还未回来，便准备到村头迎迎。看到徐元河自己留在家里，神情也有些异样，总觉要发生点什么。她把灶间的火收拾停当，正准备出门，徐元河闯了进来。陈娴清的心便开始突突地跳。她知道徐元河要对自己说什么，于是考虑如何回答他。可徐元河并未说出她想象中的话，而是从口袋里掏出一封信，对他说："娴清，有人让我捎给你一封信。"说着把信递过来。陈娴清稍一愣神，与徐元河的目光撞在了一起。她感觉徐元河的目光像两道闪电晃得自己睁不开眼睛。陈娴清下意识地低下了头，忽听大门外有说话的声音，知道父母回来了。徐元河赶紧把信塞到陈娴清手里，陈娴清来不及寻思，随手把信装进了衣袋，急促道："我爹和我娘回来了。"便急忙到门口迎接。徐元河也快步回了自己的屋。

晚上，躺在床上，陈娴清偷偷展开了徐元河给他的信。看着徐元河的信，陈娴清一会儿额头紧蹙，一会儿双眉舒展，一会儿吃吃地笑出了声，一会儿又掉下几滴眼泪。读到最后，陈娴清两腮滚烫，面红心跳。这一夜，她几乎没有瞑眼。

第二天，陈娴清把徐元河给他写信的事偷偷跟母亲说了。母亲陈刘氏道：
"男大当婚，女大当嫁。我和你爹都看着徐元河这孩子还算机灵，也有文化。如
果你愿意就叫他托人来说媒，把这事挑开。"

陈娴清看着母亲叹了口气。母亲见状问道："你对他不满意？"陈娴清沉
吟半天说道："他离过婚，还有个孩子。"

"啥？"陈刘氏瞪大了眼睛，"他离过婚，还有孩子，那他为啥还给你写
信？"

见闺女低头不语，陈刘氏断然道："你是个黄花闺女，凭啥找个二婚？"
又叹口气道，"你都二十几岁的人了，也别再挑三拣四，高不成低不就。前几
日你二姨给你说的那个当兵的，我看就挺好。虽说人家念书少，可听说要提军
官。"

陈娴清有点儿不耐烦地道："那等他提了军官再说。"母亲道："就是不提
军官也比离了婚的强。"

听到母女俩的言语，陈安邦循声过来，问娘俩怎么了。陈刘氏便将事情向
丈夫说了。陈安邦原地踱了两圈，捋了一下下巴，慢声说道："按说徐元河这
孩子看上去也有些头脑。要不就托人打听打听再说。"

陈刘氏道："还打听啥？他自己都说了是离过婚的，还有个一岁多的男孩
子。咱闺女再不济，也不能去给人当后娘。"

听娴清娘这么说，陈安邦也不好再说什么。

这以后几天，陈娴清一家对徐元河都不冷不热。尤其是陈刘氏见了徐元河
更是爱答不理。对此，徐元河并不感到意外。

这日傍晚，徐元河见陈娴清出去担水，便偷偷跟上去抢陈娴清肩上的扁担。
陈娴清没有给他。见四下无人，徐元河忙问道："你究竟是啥意思？"陈娴清
道："俺娘不愿意。"说着从口袋里掏出徐元河写给她的信，塞给了徐元河。

"为啥？"徐元河追问道。陈娴清没有说话。徐元河又问："是不是因为我
离过婚？"陈娴清还是不说话。"娴清……"徐元河扑通一下子跪在了陈娴清
面前。这一下陈娴清慌了手脚，忙说："你这是干啥？"

"娴清,你不知道我有多么喜欢你。你要是不答应我就不起来。"徐元河道。

"你……"陈娴清不知咋办才好,赌气道:"有本事找俺娘说去。"说完一跺脚挑着水桶回了家。

徐元河呆呆地跪了一会儿,见远处有人来便站起了身。他明白,陈娴清一家人不同意,就是因为自己是离过婚的人,还有个孩子。他不想向陈娴清一家隐瞒这些,因为他知道纸是包不住火的,所以在给陈娴清的信中他如实说了。他想以自己的真诚来打动陈娴清一家。可陈娴清一家现在的态度,让他倍感无奈。他又从心里恨起李秀兰来,也更加明白了李秀兰为啥死活不要孩子。

徐元河神情沮丧却又心有不甘地回到了住处。

5

这日天空中像是撒满了铅,阴沉可怖。傍晚开始飘起了雪花。早晨起来,地上的积雪有一尺多厚。没法出工,民工们就三三两两找成一块儿,或是打扑克,或是闲唠嗑。吃过早饭,徐元河就捧着一本厚厚的小说在看。同伴约他打扑克,他说不想打。大伙儿知道他有心事,便也不勉强他。雪还在下,看样子一时半会儿停不了。其实徐元河根本无心看小说。几天来他心神不宁像是丢了魂,一直在琢磨用什么办法能让陈娴清一家接受他。那天陈娴清一句"有本事找俺娘说去"说明主要问题在陈娴清的母亲身上。

徐元河从窗户里看到陈安邦出了家门,心里突然活动了一下。他认为这是一个机会,便想趁陈安邦不在家去和陈娴清的母亲好好聊聊,兴许事情会有转机。想到这里,他便起身出了屋径直挑开了北屋的门帘子。

陈娴清和母亲正在屋内做针线活。见徐元河进来,母女俩都略显吃惊地停下了手里的活络。稍微迟疑了一下,陈娴清的母亲道:"今儿个没法出工了。""可不是么。"徐元河附和道。"坐吧。"陈娴清的母亲用眼瞟了瞟旁边的板凳。徐元河就势坐下。陈娴清拿着手中的活进了里屋。

屋里点着炉子，很暖和。炉子上的水开了，水壶发出"吱吱"的声响。徐元河的心也像壶里开了的水上下滚动着。

陈娴清出来将开水灌入暖瓶，再灌了一壶冷水烧上，又转身进了里屋。

徐元河嗫嚅着刚想说点什么，陈娴清的母亲开口道："他哥呀，我知道你想说啥。我也不瞒你，你和娴清的事我跟她爹多不愿意。俺就这一个闺女，说啥也不能让她一结婚就当娘。"

"……"听陈娴清的母亲这样一说，徐元河一下子不知咋回答。不过他从陈娴清母亲的话里听出了活泛气儿。他觉得陈娴清一家不同意的最大障碍是他有个孩子。想到这里，徐元河道："孩子可以让俺娘养着。"

陈娴清的母亲道："即便这样，我们也不能让俺闺女做二婚。"徐元河突然抹起眼泪来，哽咽着说起了自己的过去。听完徐元河的诉述，陈娴清的母亲不觉眼睛有些湿润。她忽然道："你娘愿意为你养孩子吗？""这……"徐元河听陈娴清母亲这么一问，一下子又不敢断言，"我想她会愿意。""那你先和你娘商量好了再说。"又闲聊了几句，徐元河便告辞出来。临走徐元河说近日回家和母亲商量。雪花依然在飘着，可徐元河的心里却裂开了一道亮缝儿。

陈安邦回来，娴清母亲把徐元河来屋里的事和他说了。陈安邦道："实在不行就应了他吧。我看娴清对他也不是没有意思。再说娴清也老大不小的了，总不能老在家里。"陈娴清母亲道："整天挑来拣去，最后却找了个二婚，前窝儿还有个孩子。"陈安邦叹口气道："娴清就是这样的命，也怪不得别人。"

徐元河抽空回了趟家，把和陈娴清的事同母亲说了。徐王氏听了，半天没说话。"娘，你倒是说行不行啊？"徐元河催促道。徐王氏话没出口，眼泪先流了下来，她看着蹒跚学步的徐哲，内心充满了矛盾。徐元河和媳妇离婚后，来提媒的也不少。条件好的徐元河能看上的，人家不愿养孩子。条件差些愿意养孩子的，徐元河却看不上人家。徐元河又不能不找媳妇，徐王氏左右为难。为了儿子，她宁肯抚养孙子，但她又不愿看到孙子从小就没有娘。

元信和元梅听二哥一说感到不满。元信道："真是想得美，自己过清静日子，让别人养孩子。"元梅也道："什么人家，这么心狠。"

"你们说这说那，为啥不为我想想？"元河吼道。

"都给我闭嘴！"徐王氏喝道，问徐元河，"找了她你能安安生生地过日子吗？"

"能。"徐元河道。

"好吧。就算我前生作了孽，今生来还债。你告诉人家，只要能和和美美过日子，孩子我养。"徐王氏道。听母亲这样说，徐元河悬着的心落到了实处。回到工地，徐元河便把母亲愿意养孩子的事告诉了陈娴清的母亲。陈娴清母亲道："既然你娘愿意替你养孩子，我们就答应你。可有一点必须说清楚，你娘答应养孩子就得啥也管起来，别到时候跟你们要这要那的。还有一点，你回去叫你娘找个人来提媒。俺娴清不能名不正言不顺地嫁给你。"徐元河道："行。水库马上就要修完了，回去我就叫俺娘找人来提亲。"

范家水库完工时已过腊月二十。虽说这年冬天出奇的冷，可徐元河的心里却很热乎。临回家的前一天，陈娴清把亲手纳的几双鞋垫和两双布鞋送给徐元河，并嘱咐他回家后别忘了叫人来提媒。徐元河回去和母亲一说，徐王氏便托了邻村陈娴清的一位远房姨娘做媒人前去提亲。年前这位姨娘来回串通了几次，送了聘礼，换了号，俩人的事就算定下了。

年后正月初六，陈娴清作为未过门的儿媳妇来到徐家。新媳妇头次上门自然要一番好招待。虽说三年挨饿已经过去，可家家日子仍不富裕。大都还以地瓜干窝头充饥。徐王氏仗着娘家留给她的一笔不小的积蓄，日子自然比别人家过得宽裕些。徐王氏叫元梅和元信家的做了八个盘子，又叫了本家侄媳妇元琛家的来陪陈娴清。第一次见到陈娴清，见她模样长得标致，身段也匀称，徐王氏便有了几分喜欢。但看到陈娴清第一次进门就无拘无束，说话不时发出"咯咯"的笑声，又不由得皱了皱眉头。

席间，元琛家的不停地劝陈娴清吃菜，陈娴清也不客气地举筷便吃。闲聊中元琛家的不免客套些，对陈娴清道："大妹子，既然定了亲，咱就是一家人了。咱徐家没出五服的就有几十口子，也算是个大户。这方圆几十里的也没谁小瞧咱。俺婶子操持的这个家也是有板有眼，日子过得也还滋润。你也看见了，这四合院都是青砖到顶的，十里八里的也不多见。可话又说回来，人多事也多，日后兴许有个勺子碰锅沿的，有啥磕磕碰碰的你也多担待些才是。"陈娴清吃了一口菜，放下筷子"咯咯咯"又是一阵笑："大家各人过各人的日子，能有啥事。"元琛家的听了心里一阵说不出的滋味，干笑了两声附和道："可也是。"

陈娴清走后，徐元信和徐元梅直撇嘴。徐王氏对徐元河道："你自己满意的，成了家可要好好过日子。"

刚出正月，徐元河就提出把陈娴清娶过来。徐王氏觉得他俩都老大不小的了，早把陈娴清娶进门也好让他们安生过日子，便托了陈娴清的姨娘去和陈安邦夫妇商议。起初，陈刘氏嫌日子太浅，说要等到秋后。陈娴清姨娘说："元河他娘起先也这样想，可元河老吵吵着早点成家。再说他俩岁数也不算小了，对元河和他家你跟娴清她爹也已知根知底，早点把娴清娶过去你们也了了一桩心事。"陈安邦夫妇觉得娴清姨娘说得有道理，就问陈娴清是啥意思。陈娴清道："他们家不是挺财主吗，结婚时能给啥？"姨娘道："元河他娘说了，每个媳妇一对玉手镯，谁也少不了。"

第三章

6

　　徐哲开始蹒跚学步。不知是营养不足还是天生走路晚，直到一周岁半时，才能勉强迈个一两步。而比他小一个多月的徐骏已能满地跑了。

　　一入冬，徐哲患了感冒。开始徐王氏没在意，直到厉害了，才找了医生拿了药吃。感冒倒是好了，但因治疗不彻底，落下了支气管炎的毛病，每日喘气像拉风箱，脸颊憋得通红。徐王氏着急起来，找了附近的几个医生，也打针也吃药，总是见效不大。看着孙子呼哧呼哧喘着粗气，咳嗽难受的样子，徐王氏心上像是压了块石头。对徐哲的病，徐元河两口子视而不见，不闻不问，这让徐王氏十分生气。元信对母亲道："把孩子给他们，你看他俩恣得啥样？"徐王氏叹口气道："当初我同意抚养，怎好再给他们？再说给他们我还不放心呢。"元梅道："那他们也不能啥也不管不问。"一日吃过晚饭，徐王氏到西屋对徐元河道："孩子喘成这样，你们也都看见了。吃了这些药也不见好转，这样拖下去也不是办法。"徐元河道："不拖我有啥办法。"徐王氏生气道："你有啥办法？你就不能带着孩子到公社医院看看！"徐元河不作声。徐王氏又道："我替你养孩子，你就撒手啥也不管吗？我要是年轻能抱着他去，用你干啥？"徐元河不耐烦道："你吵啥，我带他去就是了。"徐王氏出了屋，徐元河对陈娴清道："要不明天咱带着徐哲去公社医院。"陈娴清道："你的孩子你管，叫我干啥。再说当初说好我们是不管孩子的。"徐元河道："说不管还能一点不管吗，他毕竟是我的亲生孩子。"陈娴清道："你管就是了。哦，对了，他还有亲生娘呢，她咋不管？"一句话提醒了徐元河。是啊，她李秀兰不能一走了之，落得个一身清闲。

第二天徐元河去了吉姨家，吉姨道："你小子不在家安生过日子，来我这儿有啥事？"徐元河道："徐哲病了。"吉姨忙道："孩子病了不赶快上医院，老找我干啥？我又不会看病。"徐元河道："孩子看病得花钱。"吉姨问："你是找我来借钱吗？"徐元河道："不是，我是想让你和李秀兰说一声。"吉姨有点儿生气道："你不先和孩子去看病，现在来找李秀兰干什么。再说李秀兰家离这里四五十里路，我咋去和她说。""那你就先和她娘说。"徐元河道。吉姨往外撵徐元河："你赶快跟孩子去看病，随后我就去说。"徐元河见状只得往外走。吉姨又想起什么似的，忙问："可是，孩子得的啥病？"徐元河道："就是有点儿咳嗽，憋得厉害。"徐元河走后，吉姨摇着头叹了口气，便去了李秀兰娘家。家里只有李老太太一人在家，听吉姨说徐哲病了，急得跟什么似的，一个劲儿地抹眼泪道："这可咋办？"吉姨道："你叫李叹去和他姐姐说一声。"李老太太道："这浑小子也不知晕哪里去玩了。"正说着，李叹进得门来，李老太太赶紧道："徐哲病了，你去和你姐姐说一声。"李叹道："他徐家的孩子病了，关我姐姐什么事？"李老太太气得直骂："混账话，他不是你姐姐的孩子吗！"见儿子还无动于衷，李老太太更加哭骂起来，"你这不通人性的东西要把我急死吗。我那苦命的孩子……"吉姨也劝李叹："好孩子，去和你姐姐说一声，别叫你妈再着急。"李叹无奈，只得借了辆自行车，去了姐姐家。

李秀兰听说徐哲病了，忙问："啥病？徐家带他到医院看了吗？"李叹道："说是气管炎，在等着你去看呢。"李秀兰道："徐家这么多人，等我干啥？"李叹道："还不是叫你拿钱吗。"李秀兰道："凭啥叫我拿钱。"正说着，她的丈夫过来，知道了原委，便道："孩子病了，你应该去看看才是。"并把积攒的一点钱给李秀兰，"拿着这点钱，给孩子看病要紧。"说完催着李秀兰和李叹赶快回去。

李秀兰回到娘家，李老太太撺着她快去看徐哲。来到徐家，看到徐哲正在院子里拿着一个苹果吃，咬一口苹果，然后呼呼地喘着粗气，两个肩膀一耸一耸，显着很吃力的样子。李秀兰的鼻子有些发酸，她过去想抱起徐哲，可徐哲见了她很是眼生，叫着奶奶往屋里跑。徐王氏循声出来，见是李秀兰，问道："你咋来了。"李秀兰道："不是徐元河叫我来的吗？"徐王氏道："你来了也好，徐哲的病一直不见好，我催着元河带他到公社医院去看看，他总是推三托四，今儿个你来了，也好拿个主意，别叫孩子落下个病根。"李秀兰从口袋里掏出丈夫给她的钱，递给徐王氏道："这是一点钱，叫徐元河拿着给徐哲看病吧。我就不和他一块儿去了。"徐王氏接过钱，见钱虽不多，但仍道："难为你当娘的一片心。你不愿一块儿去医院就算了。"见没有多少话可说，李秀兰不咸不淡地又聊了几句，便要回去。临走，李秀兰又要去抱徐哲，孩子看见她仍是眼生，躲在徐王氏身后瞪着两只眼睛看着她。李秀兰无奈，只好叹了口气，摇了摇头走了。

徐王氏把李秀兰拿来的钱给了徐元河，徐元河道："这点钱也拿得出手。"徐王氏道："你也别太挑剔，孩子是徐家的根，不是李家的。快带孩子去看病才是。"第二天徐王氏又给了徐元河些钱，催他带着徐哲快去公社医院。想了想不放心，徐王氏叫徐元河用自行车带着她抱徐哲一块儿去了医院。到医院后，医生说是感冒没治好引起了慢性气管炎，再要不及时治疗有可能变成哮喘。医生开了药，回家吃了一段时间，慢慢咳喘得不那么厉害了，徐王氏这才放下心来。

徐元河不甘心过土里刨食的日子，便托人到县水泥厂干临时工。去了不到一年，因和领导吵架被辞退回来。他又到公社食品厂干活，因干得不称心，三个月后自己回家不干了。刚结婚那阵子，和陈娴清还能卿卿我我，日子也倒安稳。可时间久了，新鲜感逐渐消退，彼此的弱点也渐渐暴露出来。徐元河开始嫌陈娴清说话嘴上没有把门的，做事着三不着两。而陈娴清对徐元河愈来愈火爆的脾气感到不满。尤其徐元河找了两份工作都没有干成，心情越发郁闷，时不时找碴儿发脾气。更让陈娴清难以忍受。这日两人又因一件小事拌起了嘴，徐元河动手打了陈娴清。陈娴清从小没挨过父母一巴掌，这下可不得了，哭着喊着跑回了娘家。陈刘氏见闺女受了委屈，哪里肯干，领着闺女来徐家兴师问罪。徐元河见丈母娘来了便躲到了一边，陈刘氏便向徐王氏发起了难："你们徐家的人咋这么没教养，生下来就会打人吗？"徐王氏赶紧劝慰道："老嫂子，你可别生这么大气，我的儿子确实不是东西，回头我说他，你可别气坏了身子。"陈刘氏仍不依不饶："这样打开了头，以后还有俺闺女的好日子过吗？当初俺看他识文断字，能说会道，也像是个有能耐的人，谁知干啥啥不中，就知道打自己的老婆。"徐王氏道："谁说不是呢，本事不大脾气却不小，净让人操心。"陈刘氏相讥道："这样的人还到我们家提亲干啥？"徐王氏听了这话有点儿不悦："老嫂子，当初可是你家都相中了元河才叫人去提亲的。"陈刘氏啐口唾沫道："呸，我们真是瞎了眼。"嚷嚷着非要叫徐元河来赔不是，要不然不会把闺女留下。徐元河早已躲没了踪影，陈刘氏见状对徐王氏道："你儿子要是不道歉，我闺女是不会和他过的。"说完，拽着陈娴清回了范家。

徐元河回来，徐王氏骂道："男子汉做事就不要怕事，你躲得个啥？没出息的东西，你啥时候能叫你娘不为你操心呢！你要打谱好好过日子，就去范家赔个不是把媳妇领来。"徐元河开始还挺着脖子不低头，后来一琢磨还是去了范家。陈刘氏见了他自是一顿数量，陈安邦也说了闺女一番，这才叫陈娴清跟徐元河回了徐家。

徐元河时时为自己感到愤愤不平，总觉得无人识才，瞎了自己一肚子墨水。公家的事干不成，徐元河便寻思着自己干点事。眼下已是夏天，他觉着卖冰糕能挣钱，便骑着自行车赶集串村卖起了冰糕。几天下来，手里也落下个三五块钱，这让他尝到了甜头。

这日早晨徐元河看着天不孬，料想肯定是个大热天，饭后便起了满满一箱子冰糕去卖。刚转了几个村，太阳晒得他浑身冒油。看见冰糕卖得快，徐元河心里也便不觉热。谁知天有不测风云，冰糕卖了还不到两成，天上东北方向开始有乌云压来。工夫不大，整个天空就成了铅黑色，接着大雨倾盆而下。骑车走在路上的徐元河被浇成了落汤鸡，箱子里的冰糕也化了一大半。虽说天很快放晴，可冰糕卖了没有几只，不但没赚着钱，反而把昨日挣的钱也赔了进去。在回家的路上，徐元河碰见了生产队长刘宝贵。刘宝贵叫住他说："正想找你哩。"徐元河忙停下叫了声宝贵叔问有啥事。刘宝贵道："队里缺劳力，你不能再卖冰糕了。"徐元河道："队里不是有的是劳力吗？"刘宝贵道："你东游西逛卖冰糕挣钱，别人有看法哩。大家要都是去做买卖，地里的庄稼谁种。"徐元河闻听瞪起了眼："谁有看法叫他找我，毛病不少！"刘富贵道："我可是为你好，不然人家到公社里告你个'资本主义尾巴'，你可要吃不了兜着走。"徐元河干瞪了两下眼，没再言语。他知道要是被定成"资本主义尾巴"，就要三日一小批五日一大斗，还不时挂着牌子游街示众，那滋味也不是好受的。想到这里，只好蔫蔫地往家走。徐哲在当街玩耍，见了爹回来，吵着要吃冰糕。徐元河一肚子窝憋火正没处发，冲着儿子吼了一声："滚！"吓得徐哲哭着跑开了。

冰糕卖不成，徐元河整日心烦意乱，不是找碴儿和陈娴清吵架，就是和弟弟妹妹闹别扭，气得徐王氏直骂他孽种。

7

转年麦后，陈娴清生下一男孩，取名徐威。

刚过完秋，大儿子徐元森来信商量叫母亲徐王氏去住些日子，说他全家都想她，并说现在家里条件也好了，让她去享享福。徐王氏拿不定主意，她放心不下五岁的徐哲。元梅对母亲道："大哥全家都想你，你去就是了。"徐王氏道："徐哲才五岁，我走了你们你能带得了？"元梅道："娘你放心，我带着他不会有事的。"元森离家远，已有近十年母子未曾见面，徐王氏从心里也想他们一家子。另外徐王氏也想出去散散心，这些年她觉得心里很累，一刻也不得清闲。徐王氏拿定主意，便和元河、元信商量。元信说："大哥叫你去你就去呗。"元河没说话，徐王氏问他为何不吱声。元河道："你走了，娴清和徐威咋办？"徐王氏道："娴清早就出了满月，徐威先让他姥娘帮着看着。我去也待不了多少日子。"元信道："不能叫咱娘清闲清闲吗？"元河道："我又没说不让咱娘去，我只是说孩子没人看。"见兄弟俩又要叮当起来，徐王氏喝道："都别说了，这些年我也累了，要出去散散心。"这时陈娴清正抱着徐威从门口走过，听到娘仁的对话，高声道："走就走呗，咱的孩子又不是没人看。"元信刚要张嘴说话，徐王氏道："好了，就这样定下了。"

把一些琐事安排停当，徐王氏决定动身。元河、元信都说去送母亲，徐王氏道："元河你媳妇刚生了孩子，家里事多，叫元信去送我就行了。"临行前，徐王氏再三嘱咐元河姊妹仁，她不在家这段时间要安安稳稳过日子，别整天吵死闹活地让街坊邻居笑话。出门时看着恋恋不舍的徐哲，徐王氏的眼睛有些湿润。

一入冬，天就出奇得冷。说话间就进了腊月门。队长到大队里开会回来说，由于黄河入海的地方结冰厉害，河水入不了海有可能漫滩。刚过完了小年，家家都在准备蒸过年的干粮。一夜醒来，河水真的漫了滩。由于天冷，漫滩的河水立即结成了冰，放眼望去，黄河大堤内已是明晃晃一片。为了安全，公社里的领导要求各大队动员老百姓暂搬到大堤外居住。有亲戚朋友的可投靠亲戚朋友，没有亲戚朋友的公社负责给找住家。一来故土难离，二来滩区上的人对河水漫滩也习惯了，再说正是年根子底下，所以都不愿搬到别处。但公社领导不愿意，要求各村庄除留下青壮年护村看家外，其他老弱病残妇女儿童一律搬到大堤外居住。没有人愿意先搬。无奈之下，大队便组织民兵强行往外赶。就这样，仍有一些人不肯离家。公社里有指示，对那些根红苗正出身好的，要反复做工作。而对那些"地富反坏右"分子要实行强硬措施。陈娴清娘家在大堤外，大队里一动员陈娴清便抱着徐威去了娘家。元信、元梅也不愿离家，大队里催得紧，也便收拾东西准备往外搬。元信、元梅大堤外没有知己的亲戚，便按公社的安排搬往大堤外的王家庄。这日早晨收拾停当，元信将一张小饭桌倒反过来，让徐哲和徐骏坐到反过来的桌面上，然后拖着小桌在冰面上行走。徐哲和徐骏冻得双腮通红，蜷缩在桌子里看着冰面上和他们一样行走的人们。不时听到有人陷进冰窟窿，弄湿了棉裤棉鞋后冻得梆梆硬。元信媳妇已有了八个月的身孕，由元梅搀扶着在小桌子后面小心翼翼地走。到了王家庄，元信元梅一家被安置在一户叫王贤良的人家。王贤良一家很是热情，帮元信一家忙这忙那，说到了这里不要见外。元信夫妇一个劲儿地说添麻烦了，王贤良媳妇说："谁家还不会遇到个七灾八难的。"安顿好一家人，元信便回了村里。在路上，元信遇到本家的元斌嫂子，见她双眼红红的，走路还一瘸一拐，忙问她咋了。元斌嫂子没说话，向别人一打听，才知大队民兵嫌她走得晚了，又因她家成分高，便有性急的动手打了她。走到村里，又见九月奶奶家门口站着几名解放军。九月奶奶无儿无女，是村里的五保户。大队里的领导和生产队长动员她好多次，说已为她找好了住处，可她说啥也不往大堤外搬。她年龄大，又是老贫农，众人对她急不得躁不得，一时拿她没了主意。这时来帮助搬迁工作的一名解放军营长对众人说："我去试试。"九月奶奶见了解放军觉得格外亲，但仍不愿挪动，道："我这一把老骨头过了今儿个没明儿个的，到哪里还不一样。再说我这一辈子经历了多少次河水上滩，都没啥事，这次还非得搬家？"解放军营长也不急着劝她走，见她炕头有旱烟簸箩，知道九月奶奶会抽烟，于是便掏出大前门香烟给九月奶奶，并且用打火机给她点上。九月奶奶很少见到大前门烟卷，更是没有抽过，但她知道大前门烟卷是上等好烟，不是一般人能抽的。见人家解放军这么大的官给自己抽这么好的烟，还亲自用打火机给自己点上，有点儿受宠若惊。解放军营长和她拉起了家常，问她多大岁数了，又问她里还缺什么东西。见九月奶奶一支烟快抽完了，又赶紧给她一支点上。等九月奶奶抽完第二根烟，解放军营长准备给她点第三根烟的时候，她突然一下子坐起来，对解放军营长说："解放军同志，你啥话别说了我这就走。"解放军营长笑道："大娘这就对了，你在家里不安全，我们和公社、大队领导都不放心。"大队领导赶快叫人帮着九月奶奶收拾好，并把她送到堤外。

正月十五后，大堤内的冰开始融化，几天后，河水渐渐退了下去。出了正月，通往堤内各村的路也见了干，住在堤外的人便陆续搬回了村里。去年秋上粮食就歉收，今年又受了灾，麦季将颗粒无收，县里便从糖厂调拨了一批糖渣救济滩区。家家户户分到糖渣，掺和着囤里有限的粮食，总不至于断顿挨饿。

都说春雨贵如油，可今年春天的雨却比往年下得格外勤。刚晴了没几天，又是一场雨，淅淅沥沥地连着下了三天，还不见停下的迹象。连阴天无法下地干活，村子里的人便都泡在家里。徐元梅趁这空在为徐哲缝制一条单裤。屋内徐哲和徐骏在一起玩琉璃蛋，你一下我一下地弹得正欢。看看快到晌午，徐元梅停下手里的活，冲着东屋喊道："三嫂，晌午饭吃啥？"元信媳妇应声出屋，对元梅说："阴天昏地的，也不觉得饿。"元梅道："可不，我也没觉得饥困。"元信媳妇道："瓮里还有点儿煎饼，要不咱就做点黏粥凑合着吃吧。"元梅说行。西屋里陈娴清听到元梅和三嫂的对话，心里觉得不爽，认为元梅没和她商量吃啥饭，是不把她放在眼里。她对躺在床上的徐元河道："看她俩能的，家中无老虎猴子倒成了大王。"徐元河没吱声，脸上的肌肉却抖动了一下。

徐元信出去办了点事回来，见媳妇在饭屋里烧火，便问吃啥，媳妇说做的黏粥，瓮里还有煎饼。徐元河听到徐元信进家来，想出去说点什么，但翻了一下身子没起来，脸色却十分难看。

饭做好了，元信媳妇把黏粥盛到一个大瓷盆里端到北屋，元梅去拿碗和筷子，对还在玩耍的徐哲道："去叫你爹和你妈吃饭。"徐哲跑到西屋叫了声爹，说俺姑叫你去吃饭。徐元河坐起身，哼了一声。陈娴清放下怀里的徐威，去了厨房。

徐元河和徐元信在北屋里大桌子上吃，陈娴清和徐元梅、元信媳妇带着孩子们在伙屋吃。徐元河端起碗喝了一口黏粥，"噗"的一声吐了出来，吼道："做的什么黏粥，这么大个煳味！"听到动静，元梅过来问咋了。元河道："谁做的黏粥，是人喝的吗？"这时元信媳妇过来，解释道："我火烧得急了点，煳了锅底。要不我再给你盛一碗。"元河仍不满道："再盛一碗就不煳了吗？"元信闻听此言再也忍不住，冲着元河道："你不要找事！"元河把眼一瞪："谁找事？"元信也不示弱："你找事！"徐元河噌地一下子站起来，将手中的碗扔到了院子里。元信的火也一下子升起来，没说几句话，俩人便扭打在了一起。元梅和元信媳妇怎么拉都拉不开。陈娴清也闻声进来，看到兄弟俩打作一团，正不知咋办，徐元河冲她道："愣着干啥，还不动手？"陈娴清听罢便上前和丈夫一块儿去打元信。元信媳妇见状哪里肯依，也上去帮丈夫打了起来。元梅在一旁急得直哭，想想二哥两口子也太不是东西，一气之下也上去厮打起了二哥。徐哲和徐骏吓得嗷嗷直哭。四邻八舍听到了动静，忙过来劝架，好不容易才把他们一一分开。众人劝道："一大家子人应好好过日子才是，你们兄弟这样，你娘在外头怎能放心。"陈娴清哭诉道："他们姊妹们拿我们不当人，我刚坐完月子，就让我喝煳了的黏粥，孩子奶水都不够吃。"元梅不平道："二嫂子说话可得凭良心。"陈娴清道："我凭良心，你们有良心吗？自打进了你们徐家的门，我给你们做牛做马，你们就这样对待我。"木讷的元信媳妇忍不住道："还不知谁给谁做牛马。"众人都劝着姊妹几个，元琛嫂子道："一家人过日子，难免有个磕磕碰碰，都要互相担待些才是。"又有几个人连劝带拉把各自送到了屋里，一场家战才平息了下来。

之后兄弟俩是针尖对麦芒互不相让，常常为一些小事砸桌子摔板凳，弄得家里鸡犬不宁。一日元梅对元信说："三哥，写信叫咱娘回来吧。这样下去怎么能行。"元信道："是得叫咱娘回来，这日子没法过了。"第二天，徐元信就写了信给大哥寄了去。元森接到元信的信，把内容念给母亲听了。徐王氏道："这两个畜生，我不在家就翻了天，谁也不让谁。"元森道："他们都成家有了孩子，也该让他们各自过了。"徐王氏道："也是，树大分权，人多分家，是该分开了。"徐王氏本想在元森家多住些日子，可家里的事让她放心不下。待了不到一个月，徐王氏就要回去，元森知道母亲已无心再住，便将徐王氏送了回去。徐王氏回到家，元河兄弟俩便在母亲面前相互告状。徐王氏道："你们谁也别说谁，有一个好种也闹不起来。你俩啥玩意儿我不知道？你们都是当爹的人了，也该收收自己的性子了。既然在一块儿过不下去，我就叫你二叔和队里来主持着把家分了。你们各自挑门单过去，省得谁看了谁都难受。"听母亲说要分家，兄弟俩都没反对。徐元河回屋同陈娴清一说，陈娴清高兴道："早就该分开了，在一起掺和啥？"过了几天，徐王氏把本家兄弟徐二叔找来，又叫来队里的队长，商量着如何分家。徐王氏抹泪道："孩子大了由不得娘，一个一个不是东西，整天吵吵闹闹让街坊邻居的笑话。这样下去也不是办法。今儿个叫大伙儿来，看是不是把他们分开，叫他们各自过去。"徐二叔道："老嫂子你也别太难过，常言道家家有本难念的经。孩子们都大了，分家单过也不是丢人的事。说起来你也不容易，日子艰难，能让他们各自成家，你这当娘的也尽到心了。"队长道："婶子你打算怎个分法？"徐王氏道："这不元河和元信各住着三间西屋和东屋，大小都一样，也是差不多时候盖的，都是青砖跟脚。谁住着就算谁的。三间北屋归老大，但他不在家，我没死之前先住着。将来我没了，老大愿意咋处理就咋处理。还有三间南屋，就留给老小元琐。囤里的粮食按人分，有几个人就算几份。过日子的家什分成三伙，抓阄来分。如果他兄弟们没啥意见就这么办。"队长道："要不叫他兄弟俩一块儿来合计合计，看他俩啥态度？"徐二叔便去叫了元河、元信来。队长把徐王氏的打算给兄弟俩说了，元信没说啥，元河道："西屋比东屋盖得早，再说东屋是榆木梁，可西屋是柳木梁，这样分不公平。"徐二叔道："按说元河说得不是没有道理，可啥事不可能分得那么平均。您娘拉扯你姊妹几个不容易，为了让您娘少操点心，元河你当哥哥的就吃点亏吧。"元河刚想说什么，门外听动静的陈娴清开了腔："那不行，既然分家就得分公平，一个吃亏一个沾光算什么。"徐二叔对门外道："他嫂子，分家有他兄弟俩就行了，你就别跟着掺和了。"陈娴清不服气道："二叔这话就不对了。只要娶进这个门，就是这个家里的人，咋叫跟着掺和呢。"徐王氏道："元河家的你也别抱屈，这个我自有打算。将来你们也都是另立门户单过的，不可能常在一个大门里过。咱家有两个园子，西边这个紧挨着西屋就归了元河，你以后再盖屋建院不用挪动。东边那个园子就给元信，等他条件好了就搬出去另盖。挨着当街的仪门顶子木料也不错，到时元河你就拆了用。"徐王氏这么一说，陈娴清才不说啥。队长道："啥事还是考虑得长远些好。我说一下想法。将来你兄弟俩另外盖了家院，那么老家的院子就归了元琐。大哥在外有工作不可能再回来住，所以也用不着宅基地。这样你兄弟仁都有了宅基地，到时别再为这事出现纠纷。"徐二叔又问兄弟俩还有啥想法，元信道："吃亏沾光个人心里都有数，早分了家早利索。"队长见状对徐王氏道："既然大伙没有别的想法，就写了分单各自摁上个手印。姊子你看还有啥说的？"徐王氏叹了口气，道："还有个事我寻思来寻思去，也想趁这次分家一块儿了结了。徐哲五岁了，也累不着人了，老跟着我也不是个办法。以后就叫他跟着他爹娘过，省得长大了一些事不好办。"徐元河听母亲说要叫徐哲跟自己过没说啥，可陈娴清又发了话："徐威还小，再加上徐哲我侍弄不了。"元信道："咱娘都给你们养了五年，难道还要给你们养到娶媳妇成家吗？"陈娴清道："话不能这么说，当初我嫁你们家说好是不当后娘的。"元信刚要说啥，徐王氏制止道："都别说了。既然不要我就先养着。"

　　徐二叔写好了分单，叫元河、元信摁上了手印。因元琐在外读书，等他回来再摁。徐二叔和队长作为见证人也都摁了手印。做完这一切，徐王氏叫人帮着把所有的家什搬到院子里，搭配着分成了三伙儿，叫元河、元信抓了阄。兄弟俩按各自抓的搬到了自己屋里，剩下的一伙儿叫元梅搬到了北屋里。徐哲和徐骏在院子里追逐着玩，看到家里人来人往又搬这又搬那，觉得很好玩。

<h2 style="text-align:center">8</h2>

　　这日徐哲、徐骏正和一帮小朋友在当街玩耍，徐元琐从村外走来。徐骏眼尖，老远看见喊着小叔跑了去，徐哲看见也跟着追了上去。徐元琐看见两个侄子很是亲热，一手拉着一个进了家门。看见小儿子，徐王氏自是高兴，但今儿

个既不是星期天，离毕业也还有一个多月，对元琐回家感到纳闷，便问："咋的今儿个回来了？"元琐道："学校临时放假，我来拿几本书马上就得回去。"徐王氏道："眼看就要毕业了，在学校可要好好学，考上大学也好有个前程。"元琐道："'文化大革命'开始了，以后不能走白专道路。我回校后就要组织宣传发动。"徐王氏道："我不懂什么'红砖''白砖'，考上大学比啥砖都强。"娘俩正说着，忽听大街上传来一阵锣鼓声，还有人领着喊口号。听到外面有动静，徐哲、徐骏都跑出去看热闹。徐元琐听见锣鼓声有点儿沉不住气，对徐王氏道："娘，你帮我找出那件绿褂子我要穿。"徐王氏道："那件绿褂子都旧了，穿它干啥？"元琐道："现在兴这个。"吃过午饭，徐元琐和娘多要了点钱和粮票，就要回学校。徐王氏道："现在天短，早点走吧。"

半个月后，徐元琐又回了家，来家时还带了一根一米多长、拇指般粗的钢筋。徐王氏诧异道："就要毕业了，你不在学校好好念书，又来家做啥，还带着根铁棍棍？"徐元琐道："学校已经发了毕业证，学生都提前回家了。从今年开始，高中毕了业不能直接考大学。要在家里劳动锻炼两年，才能推荐上大学。"徐王氏也耳闻近日一些学校也都停课放了假，说是要闹什么"革命"，自言自语道："孩子们不在学校好好念书，革的哪门子命哟。"徐元琐对母亲道："跟你说你也不懂。"

过了两天，徐元琐去大队里报了到，说是自己已高中毕业回家来了。大队领导觉得他是高中生有文化，就时不时让他在大队部里帮着抄抄大字报啥的，但大多数时间参加生产队里的劳动。

一日徐哲到当街玩耍，看见邻居家几个孩子在徐元河家门口吃甘蔗。一小孩叫他道："徐哲，你爹家里有甘蔗，你还不快去吃。"徐哲望了望徐元河的大门，说："那不是俺家的。"小孩不解道："你爹的怎不是你家的？"徐哲面色淡淡的没吱声，因为他觉得跟奶奶和小姑才是一家人。徐哲回到家，徐王氏见他讪讪的样子，便问他怎么了。徐哲说爹家里有甘蔗，好几个孩子在那里吃，有个小孩叫他去他没去。徐王氏叹口气道："你都这么大了，他两口子一分钱也不花。"徐哲还不能完全听明白奶奶话里的意思，但他知道自己跟别的孩子不一样。

晚上睡到半夜，徐哲突然说肚子疼。徐王氏便给他用手揉肚子。揉了半天，徐哲还是说疼。一会儿厉害起来，徐哲疼得偷偷流泪。徐王氏见状连忙起来，隔着院墙叫徐元河。连叫几声，徐元河屋里才亮起灯。徐元河问有啥事，徐王氏道："徐哲肚子疼得厉害。""肚子疼有啥，准是吃东西吃的。"徐元河在屋里道。等了一大会儿，不见徐元河起来，徐王氏生气道："你的孩子你也不管吗？"徐元河这才披衣起床，从抽屉里翻出几片止痛药，出来隔着墙递给徐王氏："吃几片止痛药就不疼了。"徐王氏赶忙回屋把止痛片给徐哲服下，一会儿徐哲不喊疼了，迷迷糊糊地睡着。第二天徐哲却不想吃饭，连续几天无精打采。过了些日子，徐哲渐渐恢复了精神，但却不时说头晕肚子疼。

"文化大革命"已进行了一年多，为了让老百姓更进一步了解和参与"文化大革命"，公社要求各大队成立文艺宣传队，因徐元琐有文化会表演，便被大队领导相中进了宣传队。在一次公社汇演中，徐元琐表演出色又被公社领导看中，于是调到了公社宣传队。

转眼间，徐哲已到了上学的年龄。徐王氏给他用蓝粗布缝了个书包，书包里放了个语录本，徐哲和徐骏一块儿高高兴兴地去了村里用牛棚改作的学校。

这日上午徐哲和同学们正在上自习课，老师来叫他到办公室去一趟。徐哲跟老师来到办公室，见一个他不认识的女人在屋里。老师对徐哲说："这是你妈。"徐哲感到不自在，怔怔地看着老师说是他妈的女人，嘴嗫嚅了一下，不知说啥。那女人把徐哲拉过去拥在怀里，声音柔柔地问他些话。她问徐哲衣服和鞋子是谁给做的。徐哲说是奶奶和姑姑。那女人又问他在家里都是吃啥。徐哲说吃窝头喝黏粥。女人还问奶奶和姑姑对他好不好，徐哲说好。徐哲觉得这个被老师称作自己妈的人挺可亲，但内心却又有一种怯怯的感觉。他希望这个女人是自己的妈，但又怕她是自己的妈。看样子老师和这个女人很熟，女人不时地问老师些什么话。大约过了半个来小时，女人要走。她从布包里拿出几个本子和几支铅笔塞到徐哲手里。徐哲接了本子和铅笔，不知是该拒绝还是感激，就那样木木地站着。女人和老师说了几句话便往外走，临出校门时还回头望了徐哲一眼。

　　放学后，徐哲怀着惴惴不安的心理往家走，他像是做错了什么事，害怕见到奶奶。快到大门口时，他见老师从他家里出来，眼里还含着莫名其妙地笑看了他一眼。到家里见到奶奶，徐哲把那些本子和铅笔从书包里拿出来给奶奶。他以为奶奶会责备他，却见奶奶笑眯眯地接过本子和铅笔问他是谁给的。徐哲觉得很害羞，讪讪地不说话。徐王氏对他道："那是你亲妈哩。"

　　自从那个女人来过后，徐哲有好几天精神恍恍惚惚。他希望能再见到那个女人，但又害怕再见到那个女人，他不愿意人家说他有两个妈。他不知道为什么别人都有一个妈，而他却有两个。以前在和小朋友们一起玩时，有小朋友说他不是亲妈，现在的妈是后妈，说话的口气带着不屑。当时他感到委屈却又无以反驳。他常常一个人独自发呆，纳闷别人都是跟着爹妈过日子，而自己却跟着奶奶和姑姑。他不知道后妈和亲妈有什么区别。每当看到别的孩子依偎在妈的怀里撒娇淘气的样子，他也会想到陈娴清。可他看到陈娴清时却有一种天生的陌生感，很难从内心里叫她一声妈。陈娴清见了他还不如别的孩子亲，为此他感到难过但又不知这是为什么。给他本子和铅笔的女人让他感到亲切。可他又不明白那个女人既然是他亲妈为何又在别处。他开始经常在梦里梦见那个是他亲妈的人。女人走后一段时间内，徐哲还能大概记得她的样子。日子一久，那个女人的形象便模糊起来。再后来，他完全忘记了那个女人长啥样。有一次，徐哲和同伴去供销社买东西，见柜台后面有一个女人。这是他头一次见一个女的在供销社卖东西，觉得稀奇，便盯着那女的看。他忽然觉得这个女的有点儿像是他亲妈的女人。女售货员被他盯得有点儿莫名其妙，问他要买什么东西。徐哲吓得不敢出声，女售货员便叫他没事到别处去玩，不要影响别人买东西。从供销社回来，徐哲总忘不了那个女售货员，他很想她就是亲妈，甚至有点儿希望她能把自己带走。他不愿别人说他没有亲妈。他还常听婶子大娘们说只有亲妈才真正疼自己的孩子。

　　自分家后徐骏也一直跟着徐王氏在北屋睡觉，一日临睡前兄弟两个为一点小事起了争执。徐王氏累了一天有点儿不耐烦，便每人朝屁股上打了几巴掌，两个人都哭了。元信媳妇听到动静便来抱走了徐骏。徐哲还在嘤嘤地哭。徐王氏也跟着抹起了眼泪，叹口气道："人家有亲妈来抱走，谁来抱你呢？"徐哲知道奶奶难过，便停止了哭泣。一会儿眼睛发起涩来，迷迷糊糊中他看到亲妈也来抱自己，可亲妈快到自己跟前时，却突然又不见了。

9

说话间徐哲已上了二年级。这日他放学回家见门前围了许多人，正在不解，有人对他说："徐哲，你花婶子来了，快回家看看吧。"进了家门，徐哲见北屋内奶奶正陪着颜家洼的姨姥娘说话，旁边除了姑姑还有一位年轻女子。徐哲叫了一声"姨姥娘"，姨姥娘忙答应着，并道："好孩子，才一两年不见，长得都快叫姨姥娘认不出来了。"奶奶又叫徐哲喊年轻女子姨，徐哲便喊了年轻女子一声"姨"。年轻女子笑了笑，轻轻答应了一声，从口袋里掏出几块水果糖递给徐哲。徐哲不好意思接。元梅道："你姨给你，就拿着吧。"徐哲这才从年轻女子手里接过糖，上下打量了一下年轻女子，觉得她长得不难看。徐王氏又对徐哲道："你先出去玩，等做好了饭就叫你。"徐哲应着跑了出去。到了门口，仍有些人围着看新鲜，见徐哲出来，忙问："你花婶子长得俊吗？"徐哲道："啥叫花婶子？"有人笑着说："花婶子就是你小叔的媳妇。"徐哲忙道"长得俊。"众人都笑了。待了一会儿，便都各自散了。

被徐哲称作姨姥娘的是陈娴清的表姨田氏，她领来的年轻女子名叫颜青。一个月前陈娴清去表姨家，娘俩正拉着家常，见一位年轻姑娘进门来。陈娴清认识她，知道她叫颜青是表姨的邻居，便热情地招呼她到屋里坐。颜青也早就认识陈娴清，见到陈娴清甜甜地叫了声"娴清姐"。进了屋，俩人就亲热地攀谈起来。陈娴清早就从表姨嘴里得知颜青是独生女，两年前高中毕业后一直在家。因父亲性格懦弱，母亲从小对她宠着溺着，便有些娇惯任性。一个闺女家能念到高中毕业，在方圆十里八乡的也算得上凤毛麟角，所以也便有了几分傲气。唠了几句，颜青才说是来借剪子的。田氏便从针线簸箩里拿出剪子递给她。颜青说，这几天在家里打了几张袼褙，准备做几双鞋子。自己家的剪子不快了，也不见磨剪子的来。颜青拿了剪子要走，陈娴清和田氏留她再玩一会儿。颜青说不了，并邀请陈娴清到她家去玩。陈娴清笑着说以后来了再去。颜青走后，陈娴清问表姨颜青有没有找婆家。田氏说还没有。陈娴清道："我们家元琐也还没找媳妇，我看给元琐说说挺合适。"田氏道："你别看颜青这闺女嘴甜，性子可孤傲，心眼子也不少。"陈娴清道："他奶奶整天说我们这些当儿媳妇的撑不起家，正好找个心眼子多的也好称了她的心。"田氏道："不要说这些不中听的。不过你这一说我也觉得她和你家元琐能行，两个人都是高中生，有文化的人自然能说到一块儿。抽空我找她啦啦，看她啥意思。"又问："元琐多大了？"陈娴清道："刚过二十一。"田氏道："比颜青大两岁，岁数也合适。"

等颜青来还剪子的时候，田氏便将陈娴清的意思说给了她。颜青脸上有些发热，低头问："娴清姐家还有些啥人？"田氏道："那可是一大家子人。元琐有一个姐姐三个哥哥一个妹妹，说起来祖上也是大户人家，如今大哥大姐都在外工作，二哥三哥也都精明，日子在村子里也是数得着的。元琐高中毕了业被公社相中进了宣传队。"颜青听了心里一阵热乎。田氏见她没有不愿意的意思，就说："你要愿意，我就去徐家给你说说。"颜青道："我得回家问问我娘。"田氏道："那是自然。不用你问，我去给你娘说。"第二天田氏来到颜青家，向颜青娘说了。颜青娘听了田氏的介绍，自然也说不出别的，便一个劲儿地说："叫你当大娘的操心了。"其实颜青娘知道自己当不了女儿的家，就是自己反对也没啥用。况且一听说男方家人多家旺，更没啥意见。见这样，田氏便道："忙过这两天，我就去徐家。"几天后，田氏来到徐家，对徐王氏说要给元琐说个媳妇。徐王氏道："让老嫂子你费心了。元琐这些日子到外县搞啥汇演去了，说是仨月俩月地回不来。要不等他回来再说。"田氏道："这俩孩子都是有文化的人，自然也就开通些。要不先让他俩互相看看照片，彼此相中了呢，就一步一步往下走。要是有个相不中的，也省下耽搁这么长时间。"徐王氏觉得田氏说得不无道理，便说："也行。家里有元琐的照片，您拿去让人家闺女看看。闺女要是相中了呢，就拿张照片来寄给元琐。"田氏回去把意思向颜青说了，并把元琐的照片给颜青看，颜青没啥意见。田氏便道："你要同意，给我张你的照片寄给人家元琐。"颜青便找出一张自己满意的照片拿给田氏。颜青对田氏道："大娘你啥时候去徐家送照片呢？"田氏见颜青说话吞吞吐吐，便问："你还有啥意思吗？""大娘，我想一块儿跟你去徐家。"颜青道。"啥？"听了颜青的话，田氏吃惊不小："事情八字还没一撇，你去人家徐家合适吗？"颜青道："我想去他家看看到底啥样。"田氏忙道："不行不行，你就是去我也得先问问人家元琐他娘。"田氏到徐家送照片的时候，把颜青要来徐家的意思向徐王氏说了。徐王氏道："这恐怕不合适吧。事情成不成还不知道，要是万一不成，岂不两家都没面子。"田氏道："我说也是。要不先把闺女的照片寄给元琐，看看元琐啥意思。"徐王氏说行。田氏走后，徐王氏便叫元信给元琐写信言明原委，并随信寄去了颜青的照片。不几日，元琐回信说没啥意见，并说先和颜青通通信彼此了解一下。徐王氏没有反对，叫元信回信说先通通信也行。元琐便先给颜青写了信。通了两封信，俩人间的温度便开始上升。颜青又向田氏提出要她领自己到徐家看看。田氏拗不过，又觉得俩孩子都通了信，也没再和徐王氏打招呼，便直接领颜青来了徐家。

　　田氏领着颜青一进家门，让徐王氏顿感措手不及。虽觉不妥，又不便说啥。寒暄过后，徐王氏把田氏叫到一边低声道："她姨呀，不是我说你。这事刚刚说开，还不知道将来是子丑还是寅卯，你就把闺女领到家里来，不是唐突了些吗？我的意思是等元琐回家两人见了面，若是都愿意再领她来家也不迟。这一下子我没个准备，再说元琐还不知是啥意思。"田氏道："嫂子，我也是这样想的哩。可这闺女自从跟元琐通了信，几次缠着我来家看看。还说元琐同意她来家。我拗不过她，只好依了。"徐王氏无奈，便热情地招呼着颜青。见了颜青，徐王氏便有几分喜欢，心里的责怪也就小了些。徐王氏叫来元梅跟颜青说话。老姐俩和小姐俩正各自唠着，陈娴清扛着锄进了大门。见了田氏忙叫了声姨。田氏问她忙啥去了，陈娴清说这几天地里有点儿荒，她去锄了锄草。陈娴清见到颜青,自是一番亲热。她当着众人的面对颜青道:"你来到咱家,绝不会受委屈。咱妯娌几个你是老小,哪个不让着你。"见陈娴清对颜青说这些,徐王氏心里极不熨帖,便道:"元河家的,快去看看锅里的茄子炖好了没有?"陈娴清咯咯笑着去了饭屋。

中午,徐王氏用葱油饼和粉条炖茄子招待田氏和颜青。

吃罢午饭,陈娴清叫颜青到她屋里玩。徐元河正趄在床上戴着耳机听广播,见颜青进来,忙正了正身子。"这是你二哥。"陈娴清对颜青道。颜青亲热地叫了声"哥",徐元河应了一声,摘下耳机要出去。"元河,树上的杏刚断酸,你打几个给颜青吃。"陈娴清吩咐徐元河道。"杏还没熟,摘了咱娘不愿意。"徐元河回道。"不就几个杏吗,有啥了不起。你不敢摘我摘。"陈娴清嘟囔道。徐元河白了陈娴清一眼,想说什么,但见颜青在场,终没发作。见徐元河出去,陈娴清对颜青说:"杏是大家的,不吃白不吃。再说杏树长在俺院子里,咱还不能尝个鲜。"颜青笑着,也不说啥。陈娴清便找了根竹竿,冲着杏树扑打一阵。几颗青杏掉下来,陈娴清捡起递给颜青:"来,尝尝。"颜青接过杏,咬了一口,酸得直咧嘴。陈娴清见状"咯咯"笑了起来:"你还这样怕酸。你不敢吃,我吃。"说着扔进嘴里一颗杏,咯嘣咯嘣嚼起来。颜青道:"娴清姐,你还真行。"

10

三个月后,徐元琐去外县汇演结束。这日回到家来,徐王氏把颜青来家的事告诉了他。元琐道:"颜青在信里跟我说了。"徐王氏道:"你觉得这闺女咋样?"元琐道:"还行呗。"徐王氏道:"这闺女我也见了,虽说有些冒失,但也有模样有身段的,文化上也和你般配。你要觉着行,过完了秋就把你们的婚事定下来。"元琐说:"行。"徐王氏又道:"你觉得还要小见面吗?"元琐道:

"还是见见好。"

秋分过后种完了麦子，徐王氏捎信让田氏来商量徐元琐和颜青订婚的事。田氏回去把徐王氏的意思和颜青娘一说，颜青娘道："看来两个孩子在信上啦得也不孬。徐家想订就订了吧。"问颜青，颜青也没意见。田氏便又到徐家，和徐王氏商定订婚的具体事宜。田氏道："两个孩子都见了照片，也通了些信，我看小见面就不用了。"徐王氏道："我看还是见见好，照片到底不如真人看得真切。"田氏思忖一会儿道："嫂子说得也是，看照片毕竟不如见本人，见见彼此也不会落埋怨。"于是，商定两人在田氏家里小见面。说好了日子，徐元琐就骑着自行车去了田氏家。自行车在庄户人家是稀罕物，颜家洼的人见徐元琐骑着自行车来，便有了几分钦羡，又见元琐小伙子一表人才，知道是和颜青来小见面的，就纷纷议论说颜青有福气，找了个好婆家。两人见了面，几分钟羞涩之后，便如胶似漆起来。临分手时，徐元琐从口袋里掏出十元钱对颜青说："按照风俗，我要是愿意就把钱给你，你要是愿意就把钱收下。"颜青笑道："你愿不愿意呢？"徐元琐也笑道："你说呢？"颜青用拳头轻轻捶了一下徐元琐，嗔道："快拿来吧。"

小见面都没啥意见，徐王氏就捎信让田氏帮助张罗着大见面，然后换了号，徐元琐和颜青的婚事便正式定了下来。

临近春节，公社安排宣传队到各村演出。这日宣传队要来颜家洼，可忙坏了颜青娘。脸上挂着笑，一路小跑去供销社打酒买菜准备伺候女婿。路上碰见快嘴刘嫂，刘嫂对她打趣道："我说婶子，这么欢喜干啥去呀？"颜青娘道："不是公社宣传队要来嘛。"刘嫂故意惊诧道："宣传队来了还要你招待？"颜青娘道："你妹妹她女婿不是在宣传队嘛。"刘嫂笑道："真是丈母娘见女婿越看越欢喜。"刘嫂说笑着去了，颜青娘便愈加放快了脚步。

徐元琐和宣传队来村里演出，最激动和兴奋的还是颜青。颜家洼是个小村，在方圆几十里内也是个穷村。村里三百来口人，大都在家土里刨食，能在外头混个差事的就被村里人高看一眼。颜青是村里十几年来出的一个女高中生，这使得村里人对她另眼相看。不过也有人对颜青上高中嗤之以鼻，说她能上高中是沾了同学田力的光。尤其村里一些上了年纪的人，说颜青这闺女太阴。颜青正在屋里试穿刚做的一件灯芯绒褂子，母亲挎着竹篮子进来。颜青忙脱下新褂子，看娘都是买了些啥菜。颜母一边从竹篮子里往外拿酒菜，嘴里还一边嘟囔着什么。"娘你嘴里嘟囔啥呢？"颜青问。"我碰见田力了。"颜母道。"碰见他咋了？"颜青听见田力二字，心里咯噔一下。田力是邻村田家庄的，考高中时两人一张桌。田力功课好，做试卷时偷偷让颜青抄了不少题。颜青心里明白，要不是抄田力的，自己不可能考上高中。"他说要见你一面。"颜母道。"见我干啥？"颜青的心里有点儿扑扑地跳，"他这不是多里乱嘛。你咋跟他说的？"颜母道："我说你都定了亲了，不要再见面了。"颜青问："那他咋说的？"颜母道："他说不是为你俩的事，无论如何要见你一面。"颜青听后心里犯起了嘀咕。考上高中后，她和田力在一个班。田力在班里学习成绩一直名列前茅，颜青对他既有感激之情又有钦羡之意。日子一久，情窦初开的她对田力萌发了一种朦朦胧胧的情感。到高二时，这种情感越来越强烈。而田力也明显地感觉到了颜青对他这种超出同学之外的情感。颜青火一般的热情让田力无法抗拒，很快两人便偷偷谈起了恋爱。田力的成绩在短时间内直线下降，老师和同学们都感到纳闷。班主任王毓文老师找田力谈话，问他遇到了什么困难，他支支吾吾，说母亲最近身体不太好。王老师道："家里有啥难处，大家可以帮你解决，千万不要因此影响了学习。"田力忙说不用。没过几天，上级有人来学校开会，动员学生揪斗学校里的走资派。很快，学校里的课时停时上，人们都忙于开批斗会闹革命，没人再去抓学习成绩，颜青和田力如鱼得水，恋得更热了。两人谈恋爱的事终究还是被人知道了。王老师对田力感到惋惜和痛心。一日王老师对田力道："你是一棵好苗子，可不要因个人感情荒废了学业误了前程。虽然眼下不抓成绩，但不会永远这样下去。"王老师的话对田力触动很大，此后便有意疏远颜青，也不大去凑学校里的热闹，有空便一个人看书。颜青明显感觉到了田力对自己的疏远，很是不满意，她质问田力为什么，田力说："我们都还年轻，要为自己的前途考虑。"颜青道："你这个书呆子，政治上不要求进步。还有什么前途。"事后颜青知道是王老师的话让田力疏远了自己，从此便对王老师怀恨在心。这日颜青找到田力,话未出口却抹起了眼泪。田力忙问她怎么了。颜青道:"王毓文是个大流氓。"田力睁大眼睛道:"你胡说什么!"颜青哭道:"他对我动手动脚。"田力绝不相信:"王老师?这怎么可能!""怎么不可能,我还会诬陷他吗?"颜青不服气道,"他不光调戏女学生,还鼓动同学走白专道路。我要给他写大字报。""你敢!"听颜青如此一说,田力来了气,"王老师绝不是那样的人。""你看我敢不敢。"颜青不服气道。见颜青这样,田力口气缓和道:"颜青,王老师真是个好人,你也不是不知道。你不能……"颜青"哼"了一声,掉头走了。田力以为颜青只是说说而已,也没再往心里去。谁知第二天学校宣传墙上贴出了一张大字报,标题是:试看王毓文的真实嘴脸!大字报说,王毓文披着人民教师的外衣,干着罪恶的勾当。多次调戏侮辱女学生,还鼓动学生反对"文化大革命"。大字报贴出来不久,公社和学校里的红卫兵便找王毓文,让他老实交代罪行。不管王毓文怎样解释辩解,红卫兵说大字报里的内容有人证物证,叫他不要负隅顽抗,要如实坦白,争取宽大处理。可怜五十多岁的王老师经不住这一刺激和反复折腾,得了精神分裂症。田力知道是颜青写的大字报,一气之下便和她永远断了来往。

　　宣传队是下午来的颜家洼。徐元琐同队员一道布置好了场子,村里干部叫队员们去吃饭。徐元琐便和队长请假去颜青家,队长道:"去吧,别耽误了演出。"徐元琐说不会的。有队员打趣道:"就你一个人去吗?"徐元琐笑道:"谁愿去都可以。"队员道:"我们去算老几。"众人说笑着,弄得徐元琐有点儿不好意思。

　　徐元琐来到颜青家,母女俩对他自然是殷勤有加。颜母不住地叫他吃菜。徐元琐吃着饭,见颜青像有心事似的,便问她怎么了。颜青笑说没啥,便劝徐元琐喝酒。徐元琐贪杯,几两酒下肚便有点儿把持不住自己。颜母见他已有些醉意,对颜青道:"叫元琐少喝点吧,可别耽误了演出。"徐元琐口齿已有些不清:"这点酒没啥。"颜青便道:"他愿喝就喝吧。"直到看见一瓶酒剩了不到二两,徐元琐的眼睛已有些发涩,母亲急得什么似的,颜青这才夺过徐元琐手中的酒瓶子,道:"不能再喝了。再喝就没法演出了。"

11

徐元琐醉醺醺地回到宣传队演出的场子时，好多队员都已化好妆了。队长见他如此模样，不满道："你不能少喝点。这样子咋演出？"徐元琐眯着眼睛道："没事，节目……照演。"

等到天完全黑下来了，队长便叫人点上汽灯挂在了一根高高的杆子上。村里的人已到了八九成，围着临时搭起的舞台，等着演出的开始。颜青也随着徐元琐之后来到场子，但她的心里却总是惴惴不安。一则她担心徐元琐喝多了酒在演出时出丑，让她在村里人面前丢脸。二则她不知道田力找自己究竟要说什么。自高中毕了业，她和田力也时不时地照面，但每次田力都故意回避她，即使实在躲不开，也极少和她搭话。演出开始了，先是大合唱《大海航行靠舵手》，接着是男女声二重唱《兄妹开荒》。演过了三四个节目，还不见徐元琐上场，颜青以为徐元琐喝醉酒领导不让他出场了。正揣摩着，颜青觉得背后有人戳了她一下。扭头一看，见是田力。"你出来一下，我有话对你说。"田力对她道。颜青有点儿不情愿："啥事不能以后再说？"。说实话，颜青非常不愿意在这个时候和田力会面，她怕叫徐元琐知道了产生看法。"不行，明天我就要出门子了。"田力说着挤出了人群。颜青沉了沉，还是随着田力挤了出去。来到场子边无人处，田力说："王毓文老师死了，你知道吗？"颜青脸上先是掠过一丝惊异，继而又表现出不屑："他死了与我有啥关系？"田力见颜青这副口气，脸涨得通红："你不觉得应为王老师的死承担点责任吗？""我有啥责任！"颜青冷冷地道。"王老师疯了这几年，嘴里一个劲儿地唠叨一句话，说他自己不是流氓，临死前还念叨这句话。""不是就不是呗，你管这么多闲事干吗？"颜青有点儿讥讽地说道。田力气得直喘粗气，憋了半天，愤愤地说了句："你真是蛇蝎心肠！"说完头也不回地离开了场子。

田力的身影消失在了夜色中，颜青站在那里不知怎样才好。愣了好大一会儿，她觉得徐元琐可能不会出场了，便要径直回家。刚要迈步，却听报幕员道："下一个节目，快板书《武松打虎》，表演者徐元琐。"颜青便又回到舞台跟前。可能是酒精的作用还没有消退，徐元琐只觉得自己的两条腿有点儿软，舌头根子也有点儿发硬。开始队长见他酒喝得有点儿多，便不想让他上节目。可他坚决不肯，说来到颜家洼不让他上台，是掉他的价。队长无奈，只好把他的节目安排在演出快要结束的时候。仗着节目内容早已是滚瓜烂熟，加上脑子活泛，徐元琐好歹没失了场，自己滑稽的动作和顺嘴加上的几句言不由衷的台词，还引来台下一阵阵的叫好声。徐元琐下了场，队长便长舒了一口气。颜青见状脸上也舒展了开来。

第四章

12

开春后麦苗刚刚返青，河水又漫了滩。等水退了下去，麦苗全都已烂在了地里，庄里人无奈，只好补种上了春玉米。河水漫滩时把庄里学校的三间土坯屋给泡倒了，等地上见了干，庄里干部商量着重新把学校的屋给盖起来。这期间，学校的孩子便都放了假在家。

趁着地里没啥活，这日陈娴清要去走娘家，正好碰见徐哲在当街玩耍。心里一动便想：这孩子大了，带上他说不定到娘家能干点啥。于是便对徐哲道："徐哲，我领你走姥娘家去吧。"徐哲听了有点儿不想去，嗫嚅着不吱声。陈娴清又道："你姥娘家有好吃的。"徐哲无奈，说道："我去问问我奶奶。"说着扭头往家走。刚到家门口，正碰上徐王氏朝门外来。徐哲道："我妈叫我和她去姥娘家，我不想去。"陈娴清看见走出大门的徐王氏，便迎了上去，道："我想带徐哲去他姥娘家。"徐王氏摸了摸徐哲的头，稍沉一会儿说道："你还是跟你妈去走姥娘家吧。"徐哲尽管有些不情愿，但见奶奶叫去，也便应了。

二十几里的路，陈娴清抱着徐威领着徐哲整整走了一个时辰。进了家门，已经接近正午了。看到女儿和外甥徐威，陈刘氏自是满心欢喜，抱起徐威一个劲儿地亲，嘴里直道："哟，瞧瞧，你妈怎么养的你，小脸蛋子干瘪瘪的。"说着便拿了糖果剥了纸塞到徐威嘴里。第一次走这么远的道，不到十岁的徐哲早已累得蔫了脑袋。见到姥娘，有气无力地叫了一声。陈刘氏看了他一眼，哼了一声道："眼看快到十岁了，还这么矬鼓鼓的。"转身问女儿道："不大不小的，你领他来干啥？"陈娴清道："学校里盖屋都放了假，他也老大不小的了，在家里光伙乱着玩，我寻思着领他来兴许能干点啥。"见只有母亲一人在家，陈娴清问爹干啥去了。陈刘氏道："东院你二叔叫他去集上帮着买牛了，这工夫也快回来了。"说话间陈安邦进了门，看见女儿及两个孩子，脸上便溢起笑。陈娴清叫了声"爹"，徐哲也赶紧叫了声"姥爷"。陈安邦过来拉起徐哲的手："好几年不见这孩子，倒是长了不少。走这么远的道也够难为了的。"见徐威嘴里含着糖吮着，瞥了一眼陈娴清的母亲，拿过来一块儿糖递给徐哲。徐哲忙往后退，嘴里说不要。陈娴清道："你姥爷给你你就吃。"陈刘氏也道："人不大规矩倒不小，拿着吧。"徐哲这才接了糖剥了纸放到嘴里。坐定后，陈安邦问女儿道："听说堰里又上了水，今年的麦子是没了指望了。""谁说不是呢，这不水下去了都补上了春棒子。"陈娴清道。陈安邦掏出烟布袋，装了满满一烟袋锅子旱烟，擦着了火柴点上，深深地吸了一口，然后吐出一股浓浓的烟雾，缓缓地道："今年你那里的日子肯定又紧巴了。""当初我就不愿意你嫁给徐元河，在个旮旯儿堰里，日子过不上去不说，还整天担惊受怕的。"陈刘氏又埋怨道。陈安邦望了她一眼，吸一口烟道："现在说这些有啥用？"陈刘氏放下徐威，道："等着，姥娘去给你做好吃的。"不到半个时辰，陈刘氏便做好了饭。饭桌上一碗蒸鸡蛋，一碗酱油豆子，一碗白萝卜咸菜，干粮是麦子和棒子面掺了做的窝窝头，然后是四碗小米粥。陈安邦夫妇分别在上下手椅子上坐了，陈娴清搬了一条长凳子放在桌子前面，她揽着徐威，喊了徐哲在她身边坐下。徐哲接过陈安邦递给他的窝头，拿起筷子刚要夹菜，陈刘氏道："你弟弟小，你姥爷的牙不好，鸡蛋和酱油豆子给他们吃。"徐哲应了一声，便去夹碗里的白萝卜咸菜。毕竟年龄还小，吃了几口，徐哲手中的筷子便不自觉地伸向酱油豆子碗。意识到筷子伸错了地方，便又赶紧地缩回来，眼睛还怯怯地望着陈刘氏。陈安邦见状，忙道："想吃啥就吃啥吧。"陈刘氏觉得自己做得有些过了头，也就不再说什么。

　　吃完了饭，收拾停当，陈安邦便去床上歇晌。陈娴清叫徐哲在院子里哄着徐威玩，娘俩就在屋里拉起了家常。陈娴清问母亲弟弟最近来信没有，在部队上可好。陈刘氏说前些日子才来了信，在部队上挺好的，还说已当上了干部成了排长。陈娴清听了直说弟弟有出息。看着院子里的徐哲，陈刘氏道："徐哲这孩子一直不见长，是不是心眼子多得赘住了。"陈娴清道："可不，你看他那两只眼，一眨巴一个心眼子。""他娘走后就没再来看他？"陈刘氏问。陈娴清道："好像来过，说是到学校看的他，还给他带的铅笔和本子。"徐哲和徐威正在门口，听见姥娘和妈说自己的名字，便竖起了耳朵。只听陈刘氏又道："他老跟着你婆婆也不是办法，早晚还得跟着你们。""就是跟我，也得等他长大些能干活了。"陈娴清道。停了一会儿，陈娴清又说："不少人劝我，说是徐哲这孩子长大了肯定会有出息，让我对他好点，等老了好沾他的光。哼，出息不出息在哪儿呢，他又不是我身上掉下来的肉，我凭啥疼他。再说，我又不是没有自己的孩子，到时还指望他？"

　　今天正好是星期天，陈安邦的两个侄子陈富和陈贵见姐姐和徐哲来了，便过来玩。陈富比徐哲大一岁，陈贵比徐哲小一岁。陈娴清叫徐哲喊了舅舅，四个孩子便一块儿玩了起来。玩了一阵子，陈娴清问母亲家里有啥活可让徐哲干。陈刘氏道："一会儿陈富和陈贵去剜菜，叫徐哲跟着一块儿去就行了。"正说着，陈富和陈贵的母亲隔墙喊他俩，叫他们不要再玩，快去剜菜。陈富兄弟俩应着，陈刘氏找了一个筐子叫徐哲挎上，又拿来一把镰刀给徐哲，让他跟了两个舅舅去。陈富和陈贵领着徐哲来到南坡一片麦地。地里的麦苗已没了脚腕子，畦埂上长满了青青菜、婆婆丁和醋牙酸等野菜。徐哲看到野菜很是欢喜，他看到姥娘家养了羊和兔子，这些野菜都是它们爱吃的。于是弯腰从筐里拿出镰刀剜了起来。陈富和陈贵还在耍闹，见徐哲剜的菜已盖过了筐底，陈贵道："哥哥别闹了，咱赶紧剜菜吧，要不然剜不满筐子叫咱娘熊咱。"陈富这才停止了要闹,拿出镰刀剜起菜来。边剜菜,陈富还一会儿戳戳陈贵,一会儿和徐哲闹闹。等徐哲和陈贵剜的菜快要满筐子的时候,陈富剜的菜才到筐子的半截。眼看太阳就要偏西了,陈贵对陈富说:"哥哥,咱回家吧。"陈富看看天不算早了,便说:"走吧。"可他一看自己筐子里的菜还不到平筐,便嬉皮笑脸地对陈贵说:"好弟弟,还是把你的菜匀给我点吧。"陈贵道:"哥哥你每次都这样。"陈贵刚要从自己的筐里拿菜给哥哥,陈富突然说:"不要你的了。"陈贵不解道:"为啥?""我要徐哲的。"陈富说着自己便拿了徐哲筐里的菜放到他的筐里。徐哲虽然有点儿不乐意,但又不敢说不行。陈富把自己的筐装满了,而徐哲却只剩了半筐菜。徐哲刚要说什么,陈富瞪着眼对他道:"回家不能说我要了你的菜,你要说了我揍你!"徐哲只好含着泪不吱声。三人回到家时,陈刘氏正在门口哄着徐威玩。见陈富和陈贵筐子里的菜满满的,而徐哲筐子里只有半筐菜,脸就拉了下来。徐哲叫了她一声姥娘,她爱搭不理地哼了一声。徐哲进了家门,见姥爷在院子里拾掇一把铁锹。看见徐哲,陈安邦忙说:"走了这么远的路,还去剜菜。累了吧,快先去歇歇。"说着接下徐哲的筐子,把里面的菜分给了羊和兔子。一会儿陈刘氏进家来,对坐在院子里纳鞋底的陈娴清说:"一般大的孩子,人家筐子里的菜都满满的,可这徐哲才盖住了筐子底。"陈娴清说:"这孩子干啥都慢,也不知他奶奶咋调教的。"听了陈娴清母女的话,徐哲的眼里噙满了泪,但他强忍着不让它流出来。吃过晚饭后,徐哲又累又乏,上眼皮和下眼皮直打架。见此状陈安邦对徐哲说:"要是困了,早点到床上去睡觉吧。"徐哲看了看陈刘氏,陈刘氏只好道:"去睡吧。"陈娴清道:"先去洗洗脚,别弄脏了你姥娘的被子。"上床不大工夫,徐哲便沉沉地睡着了。恍惚间,徐哲又来到了地里剜菜,这次是他自己一个人,不一会儿便剜了满满一筐子。他正高兴地准备回家,突然地里窜出一条蛇,吓得他赶紧跑。可那蛇却一直在后面追他。他想快跑,两条腿却像是灌了铅,怎么也迈不开步。眼看蛇就要追上他,便大声喊叫起来。喊声中却听见陈娴清道:"睡觉也不老实,还一个劲儿地说梦话。"徐哲清醒了过来,知道自己做了个梦。随即翻了个身,又睡了过去。

陈娴清在娘家住了五天，徐哲觉得比几年还要难熬。陈富和陈贵去上学，他便自己去地里剜菜。因那天夜里做了噩梦，他时时担心真的从地里窜出一条蛇，总是提心吊胆，紧张地张望四下。筐子剜满了菜后，便急急地回家。一日他剜了菜回来，到村口时见路上有两个年老的女人在喊喊喳喳地说话，还不时地拿眼睛瞟他。其中一人道："这就是娴清赔受的前窝里那个孩子吗？"另一人道："可不，没亲娘的孩子真叫人可怜。"好不容易陈娴清领着他回家，他像是出了笼子的小鸟。来时总觉得路很远，可回家时觉得路也不远，脚也轻快了。

13

夏日很快到来，地里的玉米棵子长得已超过人的肩膀。人们看着长势良好的玉米和谷子等，脸上都泛起了笑意，在心底期盼老天爷能够风调雨顺，秋后有个好收成。谁料到了玉米垂缨、谷子吐穗时，一场冰雹落下，将人们的希望和期盼砸得稀里哗啦。一秋下来，庄稼只收了五成。看着这点粮食，人们的脸上重又挂上了愁容。一个冬春，人们又得勒紧裤腰带过日子了。

这天徐元琐从公社回来，吞吞吐吐地说要和母亲商量点儿事。徐王氏便问他有啥事。徐元琐道："我想和颜青结婚。"徐王氏道："你真不懂事！没见今年河里上了水，秋上收成又不好。日子这么紧巴，结婚就不能再等一年。"徐元琐有点儿难为情道："颜青已经怀上了。""啥？"徐王氏吃惊不小，"你浑小子咋能干这事，有多长时间了？""已经两个多月了。"徐元琐道。"真作孽哟。一个也不叫人省心。"徐王氏叹口气道，"那人家颜青啥意思？""她和她娘也愿快些结婚。"徐元琐道。徐王氏无奈，只好叹道："你们真要结，我也不拦。可眼下咱家的光景你也清楚，想像模像样地办也不可能。"徐元琐道："就尽量办呗。"沉吟一会儿，徐元琐嬉皮笑脸道："我姥娘不是还给你留下些家底嘛，你就不能拿出点儿来……"话未说完，徐王氏沉下脸来道："啥家底？不错，你姥娘是给我留下点儿东西，可你几个哥哥和你姐姐成家能倒腾的都倒腾了，还有啥家底。"见母亲真生了气，徐元琐便道："娘你别生气，就算我没说。"

说来也巧，徐王氏正为徐元琐结婚没啥可置办感到闹心，便有一远房妹妹来给徐元梅说婆家。徐元梅今年十七岁，按说找婆家也不算迟。但考虑到徐元琐结婚手头上有些紧，也就答应了。徐王氏和徐元梅一说，徐元梅有点儿不乐意。徐王氏道："你元琐哥的婚事今年不能不办，眼下家里的光景你也知道。你要订了亲，男方家怎么也得送些聘礼，这样你元琐哥的婚事也不至于办得太寒酸。"见母亲这样说，徐元梅也不好再坚持，便道："那就见见再说吧。"没过几天，徐王氏便央求远房妹妹安排徐元梅和那男的见了面。徐元梅对男方倒也满意，男方也没提出别的想法，两人的事便定了下来。男方家的聘礼，总算解了徐王氏的燃眉之急。徐元琐和颜青的婚事定在了农历九月初六，眼看日子临近，徐王氏便叫徐元河和徐元信找人帮着拾掇三间南屋。内外墙皮全抹了，屋里地面也重新铺了。这样三间南屋也有了新房的样子。

距婚期已没多少日子，颜青让徐元琐陪着自己来到供销社买了毛巾、脸盆、暖壶、雪花膏还有梳头盒子等。刚要走时，颜青看见布柜上新进了一匹墨绿色灯芯绒布，甚是喜欢。他看看徐元琐，又看看柜台上的布。徐元琐明白她的意思，可灯芯绒太贵，再说他兜里根本也没了钱，便装作没领会的样子。见徐元琐装糊涂，颜青便直截了当地说："你看我用这布做件褂子好看吗？"徐元琐只好道："好看是好看，可这布也太贵了，我已经没了钱。"颜青脸上堆起笑："真的吗？""你不信就翻翻我的口袋。"徐元琐说着真的把自己的口袋翻过来让颜青看。颜青见状也只得作罢，心里盘算着回去和自己的母亲要钱再来买。回到家，颜青便把自己的想法告诉了母亲。颜青娘道："给你打了家具，又做了被褥，家里剩的钱不多了。你要相中了，等过些日子再买吧。"颜青听娘这么说，心里很不高兴，便道："再过些日子布还不一定有呢。"娘道："我就你这么一个闺女，还能亏待了你。本打算再攒些钱多给你置办些物件，谁想到你们弄得这么急。眼下这些钱还是我借的，你让我再上哪儿弄钱去？""要不然再叫元琐家给点钱。"颜青道。"你这闺女也有点儿不懂事，堰里连着遭了两场灾,元琐家的光景也不是很好,他们家又能有多少活泛钱。"颜青娘觉得女儿有点儿过分,不免替徐家说起话来:"要你去要,我可没老脸再和人家开口。"颜青不服气道:"元琐在公社里干了也好几年,我就不相信就没点积蓄。再说他们家过去不是大户吗,俗话说得好'瘦死的骆驼比马大',难道连这点钱还挤不出来。你没听有些姊妹说,跟男家要钱就像挤牙膏,你不挤他是不出。"颜青娘听女儿说这些,没好气道:"有本事你就去挤吧。""看我是挤不出咋的?"颜青说着就要往外走。颜青娘忙问:"你要去哪儿?""我去找我大娘。"说着话人已走出了大门。

14

一切收拾停当,徐王氏便准备打发徐元琐去请陈娴清的表姨田氏来,商量商量颜青过门的事。还没等去请,这日田氏自己登了门。徐王氏道:"老嫂子,我正要叫元琐去接你,你却自己来了。"田氏道:"路又不远,我腿脚的也利索,还用接啥?""真是累了你这当姨和当大娘的。"徐王氏道。"这还不都是应该的吗。"田氏回道。寒暄过后,徐王氏道:"咱这边该置办收拾的也都妥当了,不知亲戚那边可还有啥要办的。"田氏道:"要说也没啥了,只是……"见田氏说话欲言又止的样子,徐王氏道:"老嫂子有啥话尽管说。"田氏叹口气道:"唉!如今这些年轻闺女真叫人难以捉摸,好不生地就给你出个难题。""颜青又有啥想法吗?"徐王氏忙问。"这不昨天颜青那闺女上我家,说是和元琐上供销社时相中了一块儿灯芯绒布。元琐没多带钱,回去跟她娘要,她娘又说没钱,便在我那里磨叨。说非要扯几尺做件褂子。"徐王氏也叹了口气:"元琐回来也跟我说了颜青相中灯芯绒的事。按说颜青要块灯芯绒做件褂子也不算为过。老嫂子你也知道,今年老天爷不作美,日子过得窘巴。他俩的日子又赶得这么紧,真叫我手头上筹措不开。""谁说不是呢?"田氏附和道,"颜青她娘也劝她，可这闺女脾气犟，认准了的理九头牛也拉不回。"徐王氏道："结婚是一辈子的大事，落下埋怨总归不好。"田氏应道："也是这么个理。"徐王氏思忖了半天，对田氏道："他姨呀，你回去跟颜青说，我再筹措筹措，叫元琐买了布后过门之前一准给她送去。"田氏道："老嫂子，你这当婆婆的真是没说的。"徐王氏又和田氏商定了过门时的细节，吃罢午饭，田氏要走，徐王氏喊了元信用自行车把她送了回去。

为给颜青买布的事，徐王氏一夜没睡好。能借的钱都借了，实在不好再和别人张口。徐王氏心一横，打算把自己的一件羊皮袄拿到集上卖了。徐王氏自幼怕寒，出嫁时母亲专门请名裁缝做了一件上等羊皮袄给自己做陪嫁。第二天，徐王氏把自己的打算和儿女们一说，儿女们都极力反对。元信对母亲道："你卖了皮袄，冬天咋办？"徐王氏道："我一把老骨头，咋还过不了冬。"元河道："你卖皮袄给颜青买布，别的媳妇咋看？"徐王氏一听这话，生气道："咋看？哪一个媳妇我曾亏待过！你们谁也别再拦我，就这么定了。"见母亲态度坚决，儿女们也不再说什么。第二天，徐王氏便叫元信拿着皮袄到集上卖了，又拿了钱到供销社买了灯芯绒。赶在过门前叫元琐给颜青送去。颜青见了布，自是喜不待言，又麻利地找了裁缝做成褂子。

陈娴清得知婆婆卖了自己的皮袄给颜青买灯芯绒布，心里很不得劲，但又不便发作，只好憋鼓着。

转眼到了颜青过门的日子。尽管时间仓促，日子紧巴，可徐家还是尽力把元琐的婚事办得鲜亮些。大门屋门都贴上了红红的对子，影壁墙上是一幅大大的毛主席像。院子里扎起了彩棚，亲朋好友送的喜幛挂满得满满的，红红绿绿，甚是喜庆。帮忙和贺喜的人进进出出，正好又是星期天，孩子们欢天喜地，跑出跑进，热闹非凡。徐元琐用自行车载着颜青进村时，一大群媳妇姑娘早已围在了徐家门口。看见新媳妇从车子上下来，齐呼拉都围了上去。这个说新媳妇漂亮，那个说新媳妇的褂子好看。颜青抿着嘴，流露出几分满足和自负。陈娴清和元琛家的负责接新媳妇进门，便过来象征性地搀着颜青。陈娴清搀着颜青的手自然触到了颜青的褂袖子，光滑柔顺的感觉却激起了陈娴清内心的醋意。

她故意抬高了声调道："这灯芯绒布真好，你知道这是咱婆婆卖了皮袄给你买的吗？"颜青听了自是不悦，却不能表现出来，装作没听见的样子。陈娴清还要说啥，元琛家的制止道："我说他婶子，今天是啥日子，可不兴嘴上没有把门的。"陈娴清只好闭口不再言语。两人搀着颜青进了院，司仪让徐元琐和颜青站好，高声道："两位新人先向伟大领袖毛主席鞠躬！"俩人便恭恭敬敬地朝着毛主席像鞠了一躬。不知谁喊了一声："让他俩唱首歌。""对！"众人便跟着起哄。司仪道："看来咱大伙想到一块儿了，我正想让他俩唱哩。"便问徐元琐和颜青："你俩准备唱首啥歌？"徐元琐想了想道："就唱首《爹亲娘亲不如毛主席亲》吧。""好！——"众人道。于是，司仪起了头，两人便唱了起来。唱完后，大家又喊着让他们再唱。两人便又唱了《大海航行靠舵手》《东方红》，众人才作罢。接着拜了天地、高堂，陈娴清和元琛家的搀着颜青入了洞房。人群中一孩童说："娶媳妇真热闹。"一长者道："这还叫热闹，早先时娶媳妇那才叫热闹。"便有人制止长者："那是旧社会，现在是新社会。"长者忙笑道："那是，那是。"

刚才陈娴清高声说颜青的褂子是用婆婆的皮袄换的时，正好叫徐元信听见，心里便是一股气。抽了个空到北屋里喝水，正好碰上陈娴清也在里面。见屋里没别人，徐元信板着脸道："你刚才守着那么多人瞎咋呼啥？"陈娴清道："我说得不对吗？"元信道："今天是元琐的喜日子，你别没事找事！"陈娴清也不示弱："我找啥事？"元信道："找啥事你心里清楚！"于是叔嫂俩你一言我一语叮当起来。也巧，徐元河从门口经过，听见屋里有吵声，进来见是陈娴清和徐元信，便虎着脸对陈娴清道："不快去忙活忙活，在这里吵啥？"陈娴清不服气："忙活？我忙活得还不够吗？再忙活人家能给我也买件灯芯绒吗？"元信道："你说这话不是放屁吗！"见徐元信这样对老婆说话，徐元河不满道："老三你嘴里也干净点。"三人的声音引来了众人，大家赶快把他们劝开。徐王氏闻声也过来，见此情景高声骂道："你这俩畜生，现在是啥时候还有心拌嘴。"北屋里的吵声传到了南屋，颜青忙问出了啥事。一位大婶说："元河元信兄弟俩，一个比一个脾气倔。说不定为点啥事就吵起来。今天也不看是啥日子，还有心吵。"颜青听了没言语，嘴角却掠过一丝不易觉察的笑意。

15

这日徐王氏正在院内喂鸡，听见门口有动静，抬头一看见是元梅未过门的女婿德文。见德文腰里扎着白布，徐王氏心里"咯噔"一下。刚要问话，德文已经跪下磕起头来。徐王氏忙把德文扶起来，问家里谁过世了。德文回答说是母亲。徐王氏不解道："前些日子你娘不是还好好的吗？"德文道："我娘一直都好好的，谁知前天夜里突然吵着心口疼，眼看疼得受不了，俺兄弟几个赶紧把她送到了医院，可到了医院人就不行了。医生说是急性心脏病发作。"德文说着流下了泪，徐王氏的眼圈也红了起来："嫂子人这么好，一下子走了，怎不叫人心疼。"德文报了丧随即回去，徐王氏便找元河元信兄弟俩张罗祭品准备去吊丧。元梅听说未过门的婆婆过世，自是难过。因还未成亲不便参加丧礼，只能暗地抹眼泪。

说着说着又到了年底。今年虽然受了灾，但政府给每家发了救济粮，日子虽仍紧巴，但不至于饿肚子。到了年前最后一个集，徐王氏叫元梅上集买些蔬菜，再割上二斤肉。集上人很多，元梅不爱凑热闹，买了菜和肉便要回家。刚要出菜市，远远地看见了德文。显然德文也看见了她，便朝着自己挤了过来。德文走到跟前，元梅的脸有些发热。自打定亲，两人见面的次数有限，单独在一起的时间更是不多。德文给徐元梅的印象是话语不多但很聪明，这也正是她喜欢的那种人。徐元梅长得虽不十分漂亮，但健康的身体透出成熟的美。在德文眼里，徐元梅就像一颗熟透的杏子，甜中带着令人回味的酸。两人相约来到一个人少的屋墙后，说起悄悄话。徐元梅上下扫了一眼德文，见德文深蓝色的褂子上打了好几个补丁，脚上的鞋子也有几个小洞。德文有点儿不好意思起来，两只脚不自然地蹭着地。元梅见状不再看他，问道："家里男老人和弟弟都好吗？""还好。"德文说话有些迟疑，"娘没了，总不像以前。""你是老大，家里要靠你顶起来。"元梅关心道，"自己也要学会照顾自己。"听了徐元梅的话，德文心里一阵热乎。闲聊了几句，德文问元梅家里过年还缺什么，元梅说啥也不缺。德文道："爹让我给你买块布做件衣裳，不知你相中啥样的？"元梅道："我不要。"德文说："这不行。过年过节都要给未过门的媳妇买衣裳的，你不要，显得我家不懂礼数。"元梅只好说："那你看着买吧。""刚才我在布柜相中了一块儿藏青色涤卡布，不知你喜欢不？"德文道。"涤卡太贵了，不要这么好的。"元梅道。看元梅的表情知道她说的是心里话，德文便说："娘活着的时候就说今年过年要给你买涤卡布，我也得遂了她老人家的心愿。再说咱俩订了亲这是头次给你买过年的礼。""家里不宽绰，何必花这些钱，买块的确良布就行了。"元梅道。德文还是坚持买涤卡。见德文这样，元梅便和德文来到布柜。德文相中的那块布，元梅也挺喜欢，心里暗暗说德文的眼光还不错。买好了布，德文让元梅拿着。元梅笑了："新媳妇的过年礼哪有年前送的，等过了年我去你家时再给我不晚。"德文想想也是，拍着后脑勺也嘿嘿地笑了。

徐元梅从集上回来到了家门口时，见徐哲和徐骏说笑着往外走。元梅问他俩干啥去，两个孩子回说去集上买炮仗，元梅便嘱咐两人离放炮仗的远点，小心绷着。徐哲和徐骏应着跑远了。

年初三，德文爹打发了德文本家的一个妹妹来叫徐元梅。年后伺候未过门的媳妇是件大事，有不少姑娘因婆家伺候不周或嫌给的东西不满意而闹退婚的。一踏进德文家的门，元梅心里一阵不是滋味。德文的母亲是一位贤淑利落的女人，在世的时候总是把家里拾掇得井井有条，一家人进来出去也体体面面。如今没了，三个男人再细心，也难免显得有些凌乱。

徐元梅第一次年后进门，德文一家自是不能怠慢。德文爹请了德文的大娘和婶子来陪徐元梅，还有德文本家的妹妹端茶倒水地伺候着。中午饭是倾尽德文家所有，一桌子菜八个盘子两个海碗。德文爹唯恐元梅有不满意的地方，内心有些忐忑。等吃完了饭，看见元梅一直说说笑笑没有不高兴的样子，心里方踏实了些。对这个没过门的儿媳妇，德文爹一开始就觉得很中意，看得出是一把过日子的好手。

饭后说笑了一阵，见日头已偏西，元梅便要回去。大娘婶子留她吃了晚饭再走，元梅说甭了，怕回去晚了娘惦记着。德文便去送她，路上没忘把那块涤卡布塞到元梅的兜里。年前下了一场雪，接着又刮了几天西北风，路上的雪结成了冰，一出太阳，又湿又滑。两人走着，一不小心，元梅摔了一跤，站立不稳，一下子倒在德文身上，德文见状赶忙揽住她。见自己倒在了德文怀里，元梅的脸腾地红了起来，看看近处没人，这才放下心来。连忙站好了，叫德文不要送了。德文此时心也在"扑扑"地跳，听元梅说不要他送了，他故意打趣道："离你家还远呢，我盼着你再摔几跤。"元梅听了轻轻捶他一拳道："你真坏。"又走了一段路，看到元梅的村子已在眼前，德文这才不舍地停住脚。元梅对他道："娘没了，家里以后有啥针线活，随时喊我就行。"德文应着，直看着元梅进了村子，这才趔身往回走。

当地有句俗话：淹一回，吃三年。这是因为每次黄河上了水，水退后地里总留下一些有机物，等于普施一遍肥料，所以来年的庄稼长得格外好。今年也不例外，地里的麦苗已有一尺多高，看上去黑黝黝粗壮壮，庄稼人心里自是欢喜。这日傍晚颜青和徐元梅从队里散工回来，看着天色不算晚，徐王氏叫她俩去把自留地里的春棒子苗间一间。俩人到了自留地便蹲下间苗。眼见剩了一点地头子，天还没有黑下来，元梅对颜青说："嫂子，剩下的这点苗你自己间了吧。前两天我听说德文干活时不小心砸了脚，趁着天不黑，我去看一看。"颜青听了有点儿不高兴，说："一个没过门的大闺女，没事少往男人家跑，省得叫别人戳脊梁骨。"元梅听颜青说这话，生气道："嫂子你这是说的啥话，我啥时候没事老往男人家跑？德文伤了脚，我就不能去看看吗？别人戳啥脊梁骨。你不愿叫我去就直接说好了，何必拐弯抹角腌臜俺！"颜青反唇道："腿长在你身上，谁拦你了。你早晚是人家的人，走了倒好……""你……"元梅气得直打哆嗦，她麻利地将剩下的一点棒子苗间完，独自一人快步回了家。见元梅气哼哼地一人走了，颜青嘴角显出一丝冷笑。自打进了徐家门，颜青渐渐看出了这一家人之间的矛盾。她当然不想在这个家庭中屈居人下，心里一直盘算着怎样才能让自己能控制这个家的局面。元梅回到家，徐王氏见她脸色难看，问她咋了，怎么没和嫂子一块儿回来。元梅低声回了一句："我有点儿头痛。"便进了里屋床上躺下。

颜青在地里对元梅说的话，正巧被在不远处的徐元河听见。当时他很气愤，但见元梅没再说啥，他也便没再吱声。回到家中他到了娘屋里不见妹妹，就问元梅哪去了。徐王氏说元梅头痛在里屋躺着。徐元河说："啥头痛？咱家来了呱呱鸟，以后日子别想再安生！"徐王氏道："你头上一句脚上一句的，咋呼个啥？"徐元河便将颜青和元梅在地里干活时的事跟母亲说了。颜青在南屋听见了徐元河同婆婆说的话，她本想出去和徐元河理论理论，可一想这次自己不大占理，再说婆婆也没说啥不中听的，便忍着听下文。徐王氏对徐元河道："这你就别管了，你去忙你的吧。"徐元河道："说啥咱家的人也不能叫外人欺负。"徐王氏高声道："你别再掺和了，一个巴掌拍不响。我的闺女我知道。"徐元河这才不言语，愤愤地回了自己的屋。自打颜青进了门，徐王氏便渐渐觉出了这媳妇的性子不一般。进门时颜青已有两个多月的身孕，徐王氏对她处处照顾，谁知进门后不到一个月，颜青流了产。要叫别人会觉得惋惜，可颜青却心里暗自庆幸。自己婚前做了不该做的，毕竟不是光彩的事。如果结婚不久就生孩子，别人难免说三道四。也真是老天有眼，肚子里的孩子没了，也叫她不再在众人面前落下污点。进门后，颜青处处想站高枝，徐王氏不是看不出来。想到这些，徐王氏叹了口气。见天色黑了下来，徐王氏便叫元梅起来烧火做饭。元梅起来去了灶间，南屋里的颜青也随即出来。徐王氏看了她一眼，说道："今晚咱做饸饹吃，元梅去生火了，你去洗洗饸饹床子，我去和面。"颜青应了一声去了。饸饹做好后，颜青端了碗到自己屋里吃。徐王氏没说啥，和元梅还有徐哲在灶间吃了。见元梅还是一脸不高兴的样子，徐王氏道："你都快二十的人了，也该懂些事。去看德文非得快黑天时去吗？抽个整日子拿点东西去才是正理。"听母亲这样说，元梅也觉得自己唐突了些。慢慢地，脸上颜色缓和了许多："嫂子不该说那些不中听的。"徐王氏道："以后做事要想得周全些。"

第五章

16

眼看就要过麦，这日下午德文来找元梅，说是父亲得了重感冒，自己又帮别人家干着活，弟弟德武今日从学校回家来拿干粮，让元梅去帮着蒸锅窝窝头。徐王氏听了赶紧叫元梅放下手里的活去德文家。进了德文家的门，见德文父亲正躺在床上发汗，元梅便忙问他是否好些了，想吃点啥。德文父亲笑着摇摇头说："好些了，我肚子不饿。"又叹口气道，"你还没过门就整天麻烦你，这个家越来越不像个家了。"元梅道："您老咋说这话呢？你不要着急，有我呢。"见屋内屋外凌乱不堪，便着手拾掇起来。元梅和了面子正要做窝头，德文的弟弟德武进了家。见了元梅，亲热地叫了声"姐"。元梅高兴地应着，问他饿不，并去给他倒水。德武接过元梅手里的暖壶说："姐，你忙你的，我自己来。"见父亲躺在床上，忙问："爹咋了？"元梅道："爹得了重感冒。不要紧，你哥已经请医生看了，吃了药正发着汗呢。"德武赶忙倒了杯水端到父亲跟前。父亲道："我不渴，先放那儿吧。不要紧的，前日夜里出屋时穿得少了点，不小心着了凉。"看他还站在那儿,催促道:"快去帮你姐烧火去。"德武应了一声去了灶间。傍晚德文回来,见里外收拾得干干净净,爹的气色也好多了,心里便舒展开来。蒸熟了窝头,一家人便准备吃饭。德文的父亲吃下药出了一身汗,感觉全身轻快了许多,便起来和孩子们一起吃饭。元梅给他单独做了一碗鸡蛋羹端到面前,老汉的心里一阵热乎。自打德文他娘没了,这种来自女人的柔情便成了家中的稀罕物。吃完饭,元梅又将德文兄弟俩和父亲换下来的衣服洗了,这才回家。德文去送她,路上一个劲儿地叹气。元梅问他咋了,德文说:"自从妈死了,家里越来越不像个家,爹的身子也不如从前。""我常来着点就是了。"元梅道。德文还是叹气:"这终归不是常法。""那你想咋样?"元梅问。"我,我想让你早点过门。"德文终于说出了心里的话。元梅听了,脸上便有些发烫,她喃喃道:"我也想早点过来,这你得叫咱姨去和我娘说。"德文高兴道:"只要你愿意,我让爹请咱姨早去和你娘说。""那也得等过完了麦。"元梅道。"那自然是。"德文应道。

麦收结束后,徐王氏的远房妹妹来家,说了德文父亲希望元梅早过门的事。徐王氏道:"一个家里没有女人,日子过得自然粗糙些。"便应了下来。过了几天,德文和元梅去公社登了记。双方商定了日子,徐家开始为元梅的出嫁做准备。

元梅排行最小,徐王氏一辈子也就这一件心事了,总盘算着让元梅尽量满意些。这日徐王氏正在给元梅包包袱,把德文送来的那块涤卡布往里包。正巧颜青走进屋来,看了看那块涤卡布,冷笑了一声,没说啥走了出去。吃过晚饭,徐王氏、颜青和元梅正在天井乘凉,陈娴清抱着女儿走了过来。她找过一只马扎坐下,和徐王氏闲唠起来。唠着唠着,颜青朝陈娴清使了个眼色,陈娴清便说:"娘,你说当老人的是不是应该一碗水端平呀?"徐王氏不明白陈娴清话里的意思,便道:"是应该端平啊。""可娘你就没端平。"陈娴清道。徐王氏便问:"我咋没端平?""一样的女儿媳妇你却不一样对待。"陈娴清道。徐王氏问她哪里不一样了。陈娴清道:"非得让我挑明吗?"元梅见嫂子说话含沙射影,有些生气,便道:"二嫂你有啥话明说,用不着拐弯抹角的。"陈娴清提高了声音道："元梅你别装蒜！你出嫁有涤卡布，别人进门有灯芯绒布，我过门咋没有。"徐王氏听了，生气道："老二家你这话好没道理。元梅的涤卡布是德文送来的。颜青进门时我是给她买了灯芯绒布，可你进门时不是给了你块缎子布吗？哪一点少了你的？"陈娴清听了，咽了咽唾沫，没再说出啥。颜青见状，赶紧和稀泥道："二嫂你也是多心，咱娘办事啥时不是一碗水端平？你别再挑这拣那的。"陈娴清听她这样说，瞪了她一眼："对你自然是端平了，要不怎会卖了皮袄给你买灯芯绒？"说着起身抱着女儿走了。"简直是拖着枣树枝走路——挂拉茬！"望着陈娴清远去，元梅愤愤道。徐王氏知道陈娴清来找事肯定是颜青和她说了什么，她望着颜青道："一家人过日子还是平平和和的好，可别没事弄些不利索。"颜青听了，脸上红一阵白一阵，心里发狠，却又说不出啥。

元梅出嫁的日子定在了农历六月初九。眼看已出了五月，徐王氏给女儿准备的嫁妆也差不多了。这日前院二妮子来找元梅玩，脚上穿了一双崭新的塑料凉鞋，徐王氏瞅着不难看，便问她从哪里买的。二妮子说是她哥哥到南乡赶集时给捎来的。徐王氏问她多少钱，二妮子说两块多钱。徐王氏思忖片刻，问二妮子："你哥哥这两天还去南乡不？"二妮子说："大后天去。"徐王氏说："跟你哥哥说一声，去时给你元梅姑也捎一双来。"二妮子说："行。"二妮子临走时，徐王氏拿出三块钱给了她，叫她给她哥哥。几天后，二妮子的哥哥从南乡赶集回来，在门口碰见颜青，便对颜青道："婶子，大奶奶叫我给元梅姑捎的凉鞋，正好你拿家去给元梅姑吧。"说着把凉鞋和剩下的四角钱一并给了颜青。颜青接过凉鞋和钱，心里老大不是滋味。心说婆婆平日里老哭穷说没钱，可为闺女花起钱来从不心疼。前几天被徐王氏抢白几句，心里一直窝着火，便想借此发泄一下。回到家，她把凉鞋和钱往徐王氏面前一放："这是前院建设子捎来的。"说着转身回自己的屋，嘴里还嘟囔道："成天哭穷装蒜，敢情是留着钱给自己的闺女花。"徐王氏听了想说她几句，想了想又作罢了。

六月初八夜里下了一场雨，黎明时便雨停云散。这场雨驱散了连日来的闷热，使人感到凉爽了许多。一大早，德文家的迎亲队伍把元梅接了去。元梅出了嫁，同徐王氏在一口锅里吃饭的只剩下元琐两口子和徐哲。元琐平日里不大回来，家里也就只有徐王氏和颜青、徐哲三口人。

17

日子在不知不觉中一天天过去，十二岁的徐哲已上了小学五年级。随着年龄的增长，原来在心里模模糊糊的东西渐渐变得清晰起来。他日益感觉到了自己与别的孩子的不同。这种不同在他幼小的心灵上留下了一道道烙印，道道烙印时常隐隐作痛，这使他的性格也变得有些与众不同。年逾六旬的徐王氏尽心呵护着徐哲，但她决不溺爱和袒护。在徐哲与兄弟姐妹们甚或与同伴发生争执时，徐王氏总是先责备徐哲，这让徐哲有时感到十分委屈，尤其是自己没有过错而被徐王氏责怪时，他更是内心极为不悦甚至是不满。徐王氏是一位要强的女人，她不愿让儿女们和别人指责自己偏袒徐哲。徐王氏有时给徐哲和徐骏点好吃的，徐骏吃东西快，狼吞虎咽总是一会儿就吃完，而徐哲却细嚼慢咽，吃到后面。对此，徐王氏每次都说他："吃起东西来慢慢腾腾，就好像我多给了你似的。"徐哲每每对此感到不解和难过。尽管心里有许多的委屈，但他不敢同任何人顶嘴，因为任何人都可以教训他。看到别的孩子在妈妈的怀里撒娇，他既羡慕又嫉妒。奶奶是疼他的，但奶奶又是严厉的。他觉得奶奶是一棵能为自己遮蔽风雨的大树，而别人的妈妈更像是睡觉时暖暖的被窝。

一日大女儿徐元婕来信，说想让母亲去自己那里住些日子。徐元婕在三百里外的一家炼油厂工作，和丈夫都是厂里的工程师，日子过得不错。她常劝母亲在天不冷不热时去自己家住住，但徐王氏放心不下徐哲，一直没有答应。眼下徐哲已十几岁，离开自己也拖累不了别人，于是徐王氏琢磨着想去元婕那里住些日子。可自己走后让徐哲跟着谁过，徐王氏有些拿不定主意。按说平日和颜青在一个锅里吃饭，她走后让徐哲跟着颜青也顺理成章，但徐王氏老觉得让徐哲跟着颜青自己心里不踏实。徐哲跟元信夫妇倒是有感情，元信媳妇也是厚道的女人，可元信已有三个孩子，再添上徐哲必定要给他们增加了负担。不管是从情理还是法理，徐哲应当跟着徐元河两口子。可在徐哲心里，徐元河两口子是陌生的外人。他也知道他们是自己的父母，但他们作为自己的父母只是一个符号，在他们身上徐哲从未体验到父母的温情。掂量再三，徐王氏还是觉得让徐哲跟着元河两口子。尽管两口子不一定从心里愿意让徐哲跟着他们，但话却说不到桌面上。再说要是让徐哲跟了别人，他两口子不见得不会得了便宜卖乖。颜青也免不了在里面挑三嫌四。让徐哲跟着元河两口子，徐王氏还有另一层考虑。自己年龄渐老，徐哲不可能跟自己一辈子。不管怎么说，徐哲是徐元河的儿子，将来长大了，一些事情还要靠他们两口子。让徐哲跟他们过过，慢慢培养出感情，对徐哲的将来也不是坏事。如果能行，也借机让徐哲一直跟了他们。徐王氏把这事同徐哲说了，徐哲心里一阵凄然。他心里自然不愿奶奶离开自己，但他没法说出，即便说了也不会改变什么。徐哲只能木然答应。日渐懂事的他，慢慢觉出自己从小就是一个累赘。所以他从未指望像别的同龄伙伴那样能有自己的愿望和主张。不看别人的脸色他就很知足了。

徐元河夫妇当然不能反对母亲的决定。陈娴清心里反而一阵窃喜，她觉得徐哲已不是十年前的小孩子了。跟了过来，顶多吃饭时加一副碗筷。常言道：小子不吃十年闲饭。如今的徐哲可以干许多活了。

临行前，徐王氏嘱咐了徐哲许多，又悄悄给了他两块钱。第二天徐元信送母亲去汽车站，徐哲一直跟着送。出了村子老远，徐元信催他回去，他才停下了脚步。看到奶奶的影子消失在远处，徐哲的心里顿时空落落的。路边的野草已经长得很高，一些不知名的野花也已开得正艳。暮春的风柔柔地吹在徐哲身上，让他感到一阵爽意。趔身往回走，徐哲的脚步显得很沉重。他宁愿停在路上让风就永远这样吹着自己。看着路边的野草，徐哲心里生出一种复杂的情愫。他既羡慕小草的无忧无虑，又慨叹小草的无依无靠。他突然觉得自己活着实在没什么意思，因为他不知道将来会是个什么样子。他常看到邻村那个没有亲妈的男人，都三十好几了还找不上媳妇，整日里给亲戚邻居干点活混口饭吃。他担心那个男人的现在就是自己的将来。他觉得心里有很多话要说，但又不知跟谁去说。不知什么时候东南方向天上涌起了云彩，一会儿就把整个天空遮得阴沉沉的。徐哲看看天，不由自主地叹了口气。他总是这样，时不时就长出一口气。记得有一次邻居三奶奶听到他叹气，说道："别看这孩子小，心事重着呢。唉，想想也怪可怜的。"不知为什么，徐哲对这种阴沉着看不到太阳的天气，内心有一种亲近感。也许在他的内心根本就没有明亮的感觉，时时处于一种灰蒙蒙的状态之中。他好像从没有过发自内心的笑声，因为他做事说话总是保持着小心，恐怕做错了事或者说错了话。谁都可以因为他做错事说错话而责备他。而看到别的伙伴受到责备能有人挺身保护时，他的心里便生出一丝苦涩。

到了家里，见他和奶奶住的屋子已挂上了锁，这才想起奶奶出了远门很久才能回来。于是，折身去了父母的院子。

18

徐家村的地瓜育苗技术在周围十里八乡是出了名的。一到春天，家家户户便开始在各家院子里挖坑盘炕。徐家村育出的地瓜秧苗肥实粗壮，易成活，产量高。所以，每年指着卖地瓜秧苗，家家都有可观的收入。烧炕育苗是一个技术活，温度低了影响出苗率，温度高了会把种瓜烧熟。挖坑盘炕每道程序也须过关。炕坑要深浅适中，火道坡度要合理，才能升温速度快，炕温均匀且省柴火。徐王氏走后，正是育地瓜苗时节。徐元河也在院子里挖坑盘炕准备育地瓜秧苗。徐元河的育秧技术不如徐元信，烧得温度不是过高就是过低，出苗率总是不如元信，这让他有些不服气。于是，徐元河便在暗地里找原因，又向技术好的乡亲请教，下决心让地瓜秧苗的收入超过徐元信。也许是老天不负有心人，今年徐元河烧得地瓜炕温度适中，出的苗又多又壮。一批批买秧苗的人来找徐元河，每次从买苗人手里接过一沓沓的钱，两口子心里像是吃了蜜。说话间徐王氏去元婕家已有二十多天，徐哲每天除了上学就是被陈娴清指使着干这干那，虽然心里十分想奶奶，但一天到晚不着闲，日子也就一天天过去。这日下午徐哲放了学回家，见陈娴清和当家子的文能嫂子在院子里啦呱。徐哲刚放下书包，陈娴清便叫他去灶间往锅里添水烧火。徐哲应着去了灶间，掀起锅盖往铁锅里舀了三瓢水，又放上算子馏上干粮，盖上锅盖，便蹲下续柴点火。然后拉起风箱，看火苗舔着锅底欢快地跳跃。眼见徐哲如此麻利地做着这一切，文能嫂子不由道："这孩子大了，能干活了，你还不叫他过来跟你们过。"陈娴清道："眼下还上着学，能干多少活？等下了学再说也不迟。"吃过晚饭，徐哲觉得两腮胀痛，浑身也觉得懒懒的，就早早地上床睡下。第二天到了学校，不少同学都说有和他一样的感觉。半天后，几个同学的双腮开始肿胀起来，有的连张嘴都困难。老师说这是腮腺炎流行。回到家，徐哲两腮肿胀得也不敢张嘴，吃午饭时只喝了点玉米糊糊。徐元河两口子只说这是长了痄腮，也不再过问。喝下大半碗玉米糊糊，徐哲就去床上躺下。只听陈娴清道："这点小毛病也值得这样虚乎。"一会儿，徐哲迷迷糊糊地闭上了眼。朦胧中徐哲见奶奶煮了一碗面条端来让自己吃。接过奶奶递过来的碗，刚要往嘴里吃面条，一不小心碗掉在了地上，面条撒了一地。惊吓中徐哲睁开了眼，见父母和弟弟妹妹正在香甜地吃着饭，只觉得鼻子一阵酸酸的，两行眼泪淌下来。他怕让父母看见，便赶紧面朝了床里。徐哲在心里开始盼着奶奶早些回来。

徐元河两口子卖地瓜秧苗发了财，便盘算着给全家人置办点啥。商量下来，两人就去集上给陈娴清扯了一块儿褂子布料，徐元河买了一条裤子，又给徐哲的弟弟妹妹每人买了一双塑料凉鞋。见父母和弟弟妹妹都有了新衣和新鞋，而自己啥都没有，徐哲心里凉凉的，但又不敢说什么。几日里郁郁寡欢，不愿与人说话。到了星期天，徐哲一人去了姑姑元梅家。吃饭的时候，元梅烙了饼让徐哲吃。见徐哲一直紧蹙着眉，元梅便问他咋了。徐哲啥也没说，眼圈红红的。元梅猜想他在家可能受了委屈，便摸着他的头道："你奶奶快回来了，过几天你三叔就去接她。"从姑姑家回来后去上学的路上，徐哲碰见了三叔徐元信。徐元信粗声对他道："没事上你姑家去干啥了？"徐哲感到不解，也感到委屈。他不知道三叔对自己去姑姑家为什么不乐意。想想可能是这段时间跟着父母没大去三叔家里的缘故。想着想着，徐哲觉得胸口堵得慌，满怀的委屈无处诉说。见四下无人，坐在一块儿石头上张嘴哭起来。越哭越伤心，眼泪像是开了闸的河水总也止不住。远远地见路上来了人，徐哲这才强忍住泪水，停止了哭声去上学。

半个月后的一天下午，徐哲放学回到家，听见自己和奶奶住的屋子里有人说话，他心里一阵狂喜：该不是奶奶回来了？紧跑几步过去，果然听见奶奶在屋里和五更大娘说话。只听五更大娘道："这阵子徐哲也该放学了。要是看见你回来，他还不知高兴成啥样子呢？你不在家的这些日子，也难为了这孩子。"徐王氏叹口气道："元婕叫我在她那里多住些日子，我哪能住得踏实？心里总有个倒须钩子。"五更大娘随声道："是啊，徐哲是您一手拉扯大的，哪能不挂挂着？"徐王氏又道："我原本打算徐哲跟着他爹妈过段日子，要是行的话就不要再跟着我了。"五更大娘听徐王氏这么说，不由得长出一口气，道："跟着谁也不如跟着你。"徐王氏刚要再说什么，一抬头看见了徐哲站在门口。徐哲叫了声奶奶道："您可回来了！"徐王氏打量着徐哲，比她走时黑瘦了许多，心里一阵不是滋味。五更大娘见徐哲放了学，忙道："你不是天天盼着你奶奶回来吗？这不真的回来了。"说着起了身，"我也该回家做饭了，你娘俩说说知心话吧。"见了奶奶，徐哲自然高兴。但高兴之余又有些无奈。刚才奶奶的话他听见了，他明白奶奶说的是有道理的。一想到随着自己的长大奶奶就会变老，徐哲不免心生凄怆。他不知道等自己长大奶奶变老后会是什么样的光景。于是，徐哲心里开始不愿自己长大，或者说怕自己长大。到了吃晚饭的光景，颜青便来叫徐王氏先到自己屋里吃饭。见奶奶要到婶子屋里吃饭，徐哲有点儿不知所措。徐王氏对他道："你先到爹妈那里吃，等我拾掇好了你再过来。"徐哲刚要转身走，元琐在屋里喊道："在哪里吃还不一样，一块儿在这里吃就行。"徐哲听了看了看奶奶，徐王氏对他道："那你去跟你爹妈说一声。"徐哲应着去了。

19

　　五年小学毕业，徐哲在考试时得了个全校第一，这让徐王氏感到莫大欣慰。暑假过后，徐哲升到六年级就成了初中，上学要去三里地外的大队联中。徐哲升初中考试时的一篇作文得到老师的高度赞赏，并在校内广为颂扬。开学时间不长，收音机里播送了毛主席逝世的消息。消息一播出，人们不敢相信自己的耳朵。没有谁会想到毛主席也能离开大家，因为在人们心里，毛主席是永远不落的太阳。所以一旦确认毛主席真的去世了，人们觉得就像是塌了天。好在公社和大队干部天天号召大家化悲痛为力量，继承毛主席老人家的遗志，干好本职工作，让毛主席放心，人们才渐渐缓过神来，继续做着各自的事情。大队里开始张罗着扎灵棚，让广大社员到灵棚祭奠毛主席。凡是到灵棚祭奠的人，没有一个不哭的。有的哭得昏了过去。连着几天，雨不停地下。这让人们的心情更加沉甸甸的。人们的心情刚刚舒畅些，上面又来通知，说是由于全国范围内连着下雨，黄河也出现了洪峰，让徐家村一带的村民做好防洪准备。没出几日，黄河水果然陡涨，很快就漫了滩。人们连夜抢收九成熟的庄稼，等到大部分庄稼收到家里，平地的水就有了一米多深。徐哲听老人们说，这年中国多灾多难。先是周总理逝世，不久，朱总司令离开人世。紧接着，唐山发生了大地震。现在黄河又发了大水。过去多灾，都说是因为朝廷里出了奸臣。今年这么多天灾人祸，肯定中央里也出了坏蛋。果不其然，等黄河水退下去，徐哲重又回到学校上学不久，中央里传来重大喜讯，说是华主席和党中央一举粉碎了"四人帮"。于是，全国上下一片欢腾。为庆祝"四人帮"被粉碎，公社要求各中学成立文艺宣传队，徐哲被老师选中成了宣传队员。排节目时，老师安排徐哲和大他两岁的女生黄翠霞合演《老夫妻批"四害"》，徐哲有点儿不愿意，红着脸不吱声。老师看出了他的意思，问他愿不愿意演。徐哲刚要回答，孰料黄翠霞说道："老师叫演就演呗。"徐哲不好再说啥，就和黄翠霞课余时间背起了台词。排练了几天，宣传队便开始在大队各个村里演节目。平时村里文化生活匮乏，别看是一帮初中学生的演出，每到一村便有群众围了几圈抢着看。每次演出到了徐哲和黄翠霞的节目，观看的群众就会笑得前仰后合，一个劲儿地拍巴掌。尤其是徐哲演的老汉惟妙惟肖，直惹得几个老太太不住地道："这是谁家的孩子，小小年纪演得还真像个老头子样。"演了几场后，村里不懂事的孩子每每见了徐哲和黄翠霞走在一块儿，便跟在后面一个劲儿地喊："两口子，两口子！"每当这时，徐哲的脸就会红得像块大红布，臊得直想找个地方藏起来。有一天他和老师提出来不和黄翠霞合演了，老师问："你不和黄翠霞演跟谁演呢？"徐哲道："要演就跟一个男同学演。"老师笑了："两个男的怎么演夫妻？"徐哲道："我演女的保准像。"老师被他的话逗乐了，于是道："你真要演得像，我就叫个男同学跟你演。"老师说过后也没当真，谁知徐哲放学回家后第二天拿来了"道具"：一件大襟褂子，一块儿花毛巾，还有一个白菜疙瘩。下课后，徐哲找到老师，叫老师看看他演得像不像女的。老师疑惑地看他拿出那几样东西，穿上大襟褂子，把花毛巾围在头上，然后把白菜疙瘩塞到脑后勺上，躬腰走了几步，活脱脱一个农村老女人的样子。老师张开嘴笑了，说："你再说几句台词。"徐哲便按节目里的角色说了几句台词，并伴着动作。老师高兴道："好，好！你就演女的。"于是，老师又找了另外一名男同学和他合演。排练下来，两人配合默契，尤其是徐哲演的女人，几乎看不出破绽。到村里演出，更是博得一阵阵喝彩。当知道女的是徐哲演的后，村里人一个劲儿地夸他有才。谁知，徐哲和另一名男同学合演后，黄翠霞心里却老大不高兴。一次两人碰到一块儿，见四下无人，黄翠霞问徐哲："你为啥不愿意和我一块儿演？"徐哲道："咱俩演人家都笑话我！"黄翠霞道："笑话啥？"徐哲道："你没听到那些小孩老喊咱俩啥？"黄翠霞道："小孩子喊喊怕啥？"徐哲不再说话。黄翠霞不高兴道："我知道你一开始就不愿意和我演。"听黄翠霞这么说，徐哲急得什么似的，忙辩解道："不是，真的。他们喊得太难听了。"见他这样，黄翠霞笑了："瞧你急得，不就是喊了'两口子'嘛。"徐哲道："难道这还不难听吗？""两口子就两口子,怕啥？"黄翠霞说这话的时候低下了头。徐哲听黄翠霞说这话，心"怦怦"地跳了起来。他这时看到黄翠霞的耳根子也红了。不知为啥，徐哲开始仔细打量起黄翠霞来。他今天突然觉得黄翠霞长得很好看，心想以后要是有这样一个媳妇也知足了。刚想到这儿，徐哲一下子觉得自己犯了大错，忙在心里骂自己不长出息。黄翠霞看他一副做错事的样子，笑了笑道："你真是个呆子。"说完转身走了。等黄翠霞走远了，徐哲的心渐渐平静下来。他模模糊糊明白黄翠霞是啥意思，但又说不清楚。以后见了黄翠霞，便故意绕开走。见他这样，黄翠霞也就不再理他。年底，公社组织庆祝粉碎"四人帮"中学生文艺汇演，徐哲和那位男同学演的《老夫妻批"四害"》获得二等奖。

20

十几岁的徐哲虽然身子单薄，但毕竟能干些体力活了。这让徐王氏常常感到欣慰。眼看着徐哲不再是吃闲饭的娃娃，陈娴清心里打起了算盘。一日她和颜青在一起闲聊，话题扯到了徐哲身上。陈娴清道："徐哲这孩子都十好几了，啥活都指望不上他，还得年年给他拨工分，你说俺亏不亏。"颜青道："可不是咋的？你也该叫他跟着你们过了。"陈娴清道："我琢磨着等他初中毕了业，就不让他再上学了，叫他下学干活跟着我们过。"颜青道："你想得倒是挺好，徐哲不见得愿。即便徐哲愿意，他奶奶也不一定愿意。"陈娴清道："他奶奶不愿意还咋的，徐哲能跟她一辈子。将来徐哲找媳妇成家还不得靠我和他爹？"颜青道："话是这么说，真要到他初中毕了业你也没理由提。你没见徐哲这孩子学习挺上心，在学校里净考第一。"陈娴清道："你说这事该咋办？"颜青想了一会儿，故作神秘地说："我倒有个办法。""你有啥法？快告诉我。"陈娴清迫不及待地催她。颜青道："我和婆婆在一起也过够了。瞧人家那些分了家单过的小两口子，日子过得多滋润？自由自在，爱咋过就咋过，钱愿咋花就咋花。你看我现在处处还得受老婆子的限制。我老早就想提出来分开过。""你提出来分开过与徐哲跟我过啥关系？"陈娴清不解地道。"瞧你笨的。"颜青揶揄她，"你就不会趁机提出来让徐哲跟着你们？"陈娴清听罢一琢磨，一副恍然大悟的样子，连连说："对，对。"颜青便道："等我找个节骨眼儿上就提出来。"

　　这日徐王氏看看日头已近晌午，便开始生火做饭。等徐王氏把饭做好端到桌子上，颜青也扛着锄头下了工回到家。颜青放下锄头刚要去洗手，徐哲领着颜青两岁的儿子小愣进了院子。小愣见了颜青，便挓挲着小手往妈妈怀里跑。颜青忙把儿子揽在怀里亲了两下，她抱起小愣，手里觉得潮乎乎的，仔细一打量，见小愣的裤腿角湿了一截子。颜青脸色一下子沉下来，便问徐哲是咋回事。徐哲回说是小愣撒尿时不小心撒到裤子上的。颜青道："真没用，这么大了，连个孩子都看不好。"徐哲有心分辩，却又不敢言语。这时徐王氏过来问咋着了。徐哲眼里噙了泪，道："刚才我领小愣出去玩，他撒尿时把裤脚尿湿了。"徐王氏赶紧对颜青道："快把小愣的裤子换下来，吃完了饭我给他洗一把。"颜青仍沉着脸道："都这么大了，白吃这些年的饭。"徐王氏听了心里很不高兴，便对颜青道："他婶子，徐哲没看好小愣，你该说他就说他，咱有啥事说啥事，别扯那些远的。"颜青不服气："我扯啥远的了？你看人家徐骏，干啥都叫人放心。和人家一样大的孩子，干啥啥不中，养着有啥用。"徐王氏听颜青这样说，心里真的生了气："徐哲身子单薄，干活是不如徐骏，但你也不能说得这么难听。""咋难听了，有爹有妈的，干啥吃孙喝孙？"颜青说话越加难听。徐王氏也提高了声音："我说元琐家的，徐哲吃孙喝孙也没吃到你的。再说，徐哲放学后给你看孩子，家里地里帮你干这干那的，你还不知足吗。""我知足，我有啥知足的？倒是别人该知足哩。"颜青一副不服气的样子。婆媳俩你一言我一语，唇枪舌剑越吵越厉害。徐哲急得在一旁直哭。见奶奶和婶子仍没有平息的样子，便跑去找三叔元信。一会儿元信来了，见颜青一个劲儿地和母亲吵来吵去，便道："放着好日子不过，瞎闹腾啥？"颜青听元信这话明显是冲着自己，声音更高了："我瞎闹腾？了不得了，一家人都来欺负我，我没法过了！"说着嚎啕大哭起来。元信见颜青撒起泼来，气得肚子鼓鼓的，但又奈何不得。见徐哲也在一旁哭，厉声问道："你奶奶和你婶子为啥吵？"徐哲抽泣道："我放学后看着小愣，他不小心尿了裤子，婶子骂我，奶奶不愿意，就吵了起来。""啥事都是你惹的！"徐元信瞪眼对徐哲道。徐哲听这话，更觉得委屈，哭得愈发厉害了。一家人你哭我嚎，徐元信一跺脚，转身出了门，他要去给徐元琐打电话，叫他回来。四邻听见徐王氏一家吵得厉害，都出来劝解。有人把徐王氏扶回了屋，五更大娘在劝颜青："兄弟媳妇，咱做小辈的自应活便些才是。不是我当嫂子的念叨你，你这一把儿人里面也就你享福了。你看看别人哪个不是从地里回来再自个儿做饭，忙这忙那的，吃不上应时的饭。你从地里回来，婆婆把饭端到桌子上，多少人在眼馋你呢。"颜青自知理亏，也不好反驳五更嫂，见众人也都劝自己，便借坡下驴抱着小愣回了自己的屋。这里也有人劝着徐哲，叫他和奶奶吃完了饭别耽误了去上学。

傍晚的时候，徐元琐从公社宣传队回来了。徐元琐一进门，颜青就指着他的鼻子道："我嫁给你算是瞎了眼！全家人一起欺负我，你管不管？"徐元琐道："有啥事不能好好说，你嚷嚷啥！""我嚷嚷，我在你们徐家还能过下去吗？"颜青仍不依不饶。见元琐回来颜青一个劲儿地吵吵，徐王氏本不想再和颜青争辩，量她说几句也就罢了，谁知颜青越说越来劲，越说也越离谱，便从屋里出来道："元琐家的，你说清楚，在徐家怎么就过不下去了？""就是过不下去了！你领着全家欺负我，我还怎能过得下去？"颜青冲着徐王氏道。徐王氏闻听此言，指着元琐道："你问问你媳妇，我咋地带着全家欺负她了？"徐元琐知道母亲从来不责骂儿媳妇，有气总是朝着儿子发泄，就赶紧劝母亲道："娘你消消气，别和颜青一般见识。"颜青见徐元琐说话明显向着母亲，说话的声音越发高起来："好啊，徐元琐！看来你也铁了心伙着你全家一块儿欺负我。"徐元琐本想颜青吵两句也就算了，但见颜青一副愈战愈勇的样子，不免来了气，加上元信在电话中说了几句他管不住老婆的话，他便觉得不管束一下颜青未免有些失面子。于是，徐元琐走到颜青跟前，上去给了她一巴掌。颜青先是一愣，继而号啕大哭起来，边哭边骂："徐元琐你有种，不打死我你别姓徐！"小愣见他妈又哭又闹的样子，害怕地也哭了起来。颜青过去一把拽过小愣朝徐元琐跟前一搡："姓徐的，你家容不下我，你们一家子就过吧！"说着出了大门。大家都知道颜青可能去了陈娴清家里，也没去理会。徐王氏出来哄着小愣，等他不哭了，便叫徐元琐看着他，自己去做晚饭。

21

颜青进了陈娴清的院子，但见屋门锁着，刚要转身回去，却又犹豫起来。她觉得不能就这样回去，她要给徐家人一点颜色看看，要不然自己显得太窝囊。想了一会儿，她绕过陈娴清的院子去了村外。村子北面不远处路边有一眼废弃的水井，里面的水没不过腰际。颜青便朝那口废井走去。时值初秋，田里还有不少人在劳作。颜青来到废井边，见周围的人没有注意她。朝井内一望，里面的水泛着幽幽的光，不由使她倒吸一口凉气。她觉得井下的水深不见底，便下意识地倒退两步。正在踌躇间，见一老汉推着独轮车走过，颜青计从心生，冲着老汉大声叫了一声："我不想活了！"看到老汉朝她这边回头，便坐在井沿上往下出溜。老汉见了忙大声制止："这位大妹子，有啥事别想不开！"说着放下车子就朝颜青奔来，边跑边喊："快来人，有人跳井了！"不远处干活的人们听到喊声都往这边跑。见有几个人快到井跟前了，颜青一下子跳下去。赶过来的几个年轻人随着纵身下井把颜青拖了上来。下半截湿透的颜青号啕着，一个劲儿地嚷活不下去了。随后赶到的两名年长些的女人，搀着颜青去了离家近的山林家。

徐王氏正在饭屋往灶内添柴，忽有人来报："大娘，大娘，不好了！元琐嫂子跳井了。"徐王氏先是一惊，继而问道："人呢？"那人道："被大家救上来扶到山林嫂子家去了。"徐王氏揪起来的心这才放下。这时在屋里哄孩子的元琐听到动静忙不迭跑出来，徐王氏冲他道："快去，快去！看看咋样了！"徐元琐一溜烟出了大门，徐王氏抹泪道："我做了什么孽呀，逼得儿媳妇跳了井。"颜青被人扶着进了山林家，山林媳妇赶紧给她换上了干衣服，并让她上床躺下。大家一个劲儿地劝说着颜青，说有啥事也不能走这条路。颜青嘤嘤地哭着，嘴里只说没法活了。这时就有人道："元琐家的，你可不要钻死牛角。按说在咱这村的媳妇里头你算是享福的了。大伙都说你嫁了来就像掉进了福囤里。"正说着徐元琐冲了进来，看见颜青啥事没有，也就不再着急，但不免有些生气，于是愤愤道："真丢人！"听徐元琐进来说这话，颜青仍不示弱，坐起来道："我丢人？我丢人丢我姓颜的，不丢你们徐家的！"众人都劝元琐和颜青："都这个样子了，就都少说一句。要是没啥事，就回家歇着吧。"徐王氏不放心，嘱咐徐哲看好小愣，也赶紧朝山林家来。出门正碰见元琛媳妇，于是元琛媳妇挽着徐王氏一块儿来到山林家。见了颜青，徐王氏哭诉道："元琐家的，你在家里哪里受了慢待，竟使你做出这般举动。要是叫你爹娘知道了，我可怎么交代？"众人又都劝徐王氏："您对待儿媳咋样，大伙都看得清楚。您年龄大了，可要保重好身子。"徐王氏又道："不就是徐哲没看好小愣让他尿了裤子，你也不至于闹这么一出，让街坊邻居笑话。"众人道："一家人过日子难免勺子碰锅沿，都应互相担待些才是。"大家又劝了一阵子，一家人情绪都平息了些，徐元琐便领着颜青，元琛媳妇扶着徐王氏便回了家。元琛媳妇又劝慰了徐王氏几句也自回去了。

一晚上颜青仍不依不饶，徐元琐想息事宁人，便堆起笑脸哄她。颜青道："你别跟我嬉皮笑脸的，这次不说个过来过去，我和你没完。"徐元琐道："你还想咋的？"颜青道："我想咋的，我还能咋的？你说说，今后的日子该咋过？"徐元琐道："咋过？该咋过还咋过呗。"颜青道："我可不想再这样过下去。"徐元琐道："你想咋样？"颜青道："跟你娘分开，咱们单过。"一听这话，徐元琐沉默了。按说，儿女成家立业后分开单过也不是什么丢人的事，只是他觉得要是分开了，剩下母亲和徐哲老的老小的小，不是那么回事。再说，自己不在家，颜青和母亲在一起过互相也有个照应。于是便道："就是分家，也得等小愣大些。分开后，你既要顾家里和地里，又要顾孩子，能忙活得过来吗？""难道分开家你娘就不给看孩子了吗？"颜青不满道。"看是能看，但总不如在一起好。"徐元琐回答。颜青急了："你到底是愿意还是不愿意分？"徐元琐叹口气道："你既然铁了心分，明日我就和娘说说。"第二天吃罢早饭，等徐哲上学去了，徐元琐来到徐王氏屋里，向母亲说了颜青昨天晚上的意思。徐王氏道："我早就看出你媳妇的意思，我也已经有了这个打算。只是我觉得小愣还小，等大些不占人了再说。既然你媳妇执意要分，分开也好。""分开后你也得帮着看小愣。"元琐道。徐王氏道："你这叫什么话，你两个哥哥分出去后，我不是照样帮着看孩子。"徐元琐回屋把母亲同意分家的话同颜青说了，颜青心里自是欢喜。看见颜青弄这一出，心里最明白不过的当然是陈娴清。知道婆婆同意和颜青分家，陈娴清心里既高兴也有些感激颜青。她从心底里佩服颜青有心计，盘算着怎样提出来让徐哲跟着自己过。

过了几日，趁队里的活不忙，徐王氏叫来了徐二叔和队长邱和义帮着分家。元河和元信两口子都在场。元琛媳妇听说徐王氏家在分家，便叫了两个儿子一块儿过来搭把手。这次分家很简单，房子是早就分好了的，只需要把囤里的粮食分开就行了。徐王氏道："现在年轻的都喜欢自己过。我虽然老了，但也不是榆木脑瓜。大家各自过了，我也图个清静。你们二叔还有你们邱大哥今天帮着把家分了，我这一辈子的心事也就算都了了。分开后，只盼着能好好过日子，别再整天狗嘶猫咬，让人笑话。"徐二叔道："树大分杈，人多分家，家家都这样，也没有什么让人笑话的。老嫂子你看咋个分法？"徐王氏道："分起来也简单。囤里还有六百斤玉米、二百斤麦子，这些都按人均分。地里的粮食等收了再按人摊。锅碗瓢盆先由着颜青挑，剩下的是我的。"徐二叔问颜青可有意见，颜青说没有。队长便又问元河兄弟俩和妯娌俩可有话说。别人都没吱声，只听陈娴清道："我说娘啊，这些年你拉扯徐哲也够辛苦的了，不如这次一块儿让徐哲跟了俺吧？"听陈娴清说这话，别人没说啥，只听元信道："你是不是看着徐哲长大了，能干活了才想把他要过去？"陈娴清不满道："元信你不能这样说话！"元信瞪眼道："那我咋说？"徐王氏让两人都闭嘴，对陈娴清道："元河家的不用你提，我也有了打算。徐哲大了，不累人了，跟了你们也可以添把手。我老了，总跟着我也不是常法。这次就一块儿把他的粮食也过给你们，以后也就跟了你们过。"徐王氏说这话的时候，徐哲正好放学回家。听奶奶这么说，他的心里一阵难过。他也知道，跟父母过是迟早的事，但他总不希望这一天真的到来。他想说啥，可不知怎么说。又听队长邱和义道："刚才大娘把话都说透了，我也没啥再说的了。原来分家时定的你家元健大姐和元森大哥每月给大娘五块钱，元河和元信给大娘拨工分。那时元琐还在当兵，现在元琐你也回来了，是给大娘拨工分呢还是给钱呢？"还没等元琐回答，颜青抢道："我挣这几个工分还不够自己吃的，咋还能拨？"邱和义便看着徐元琐道："那你也按月给大娘钱吧。你看每月拿多少？"徐元琐看了看颜青刚要说话，只听徐二叔道："这样吧。元琐你工资低，每月拿三块吧。"又转过头来问徐王氏，"老嫂子你看行不？"徐王氏道："行啊。"说话的时候看到徐哲站在了门口，便招呼徐哲道，"你进来，奶奶有话和你说。"徐哲走进屋，木木地看着一屋子的人。徐王氏道："徐哲你也不小了，早晚要跟着你爹妈过。今天一块儿也把你的粮食分了，从此就跟着你爹妈吧。"徐哲的脑子里空空的，他不知该说啥。他知道即使自己说什么也不会有用，便茫然地站在那儿。徐王氏道："小愣他妈你还有话说吗？"颜青无话可说，但又觉得不说两句显得自己无主见，便信口道："小愣他爸不在家，分开后你要帮俺看孩子。"徐王氏道："只要我身子硬朗，谁的孩子我都看。"大家都知颜青是无话找话，都不再理会她。徐王氏于是叫元琛媳妇的两个儿子，从囤里称出三百六十斤玉米和一百二十斤麦子给颜青。给颜青称完了，徐王氏又叫把徐哲的六十斤玉米和四十斤麦子也称出来。元琛媳妇的两个儿子便开始又从囤里往外舀粮食。看着粮食往外舀，徐哲突然"哇"的一声哭了起来，舀粮食的人一下子停住了手。徐哲哭得上气不接下气，徐王氏、徐二叔还有元琛媳妇都跟着抹起了眼泪，其他人都默不作声。徐元琐觉得鼻子有些发酸，冲着颜青道："都是让你给闹的。"颜青想反驳，但心里也感觉理亏，张了张嘴没说出啥。元琛媳妇赶紧劝徐哲，徐哲哭声渐小，徐王氏擦了擦眼道："徐哲的粮食过两天再说吧。"大家便把颜青的粮食帮着抬到她的屋里。徐王氏又叫颜青挑了和面用的盆和一些碗筷。家就先分到这里，徐哲暂时还跟着徐王氏过。

22

这日徐王氏的姐姐马王氏来了。马王氏并不是徐王氏的亲姐姐。当年徐王氏的父母婚后多年一直不生育，就抱养了马王氏。谁知过了不到两年，徐王氏的母亲却怀了孕并生下了她。姊妹俩虽非一母所生，却自小处得像亲姐妹，感情极为融洽。姐姐聪明懂事，事事总让着妹妹，妹妹从心里敬重姐姐。姐姐长大后嫁给了十里铺家境殷实的马家，日子过得也舒心。妹妹出嫁后，姐俩时常走动。这些年年纪都大了，走动才少了些。姐姐来家，徐王氏自是高兴。这些日子心里一直不肃静，有些话没处诉说，姐姐来了，正好倒到近来一肚子的苦水。听妹妹说了近些日子发生的事，姐姐劝慰道："家家都有本难念的经，谁家过日子也不是风平浪静。孩子们都各自过了，口舌也便少了。"妹妹道："儿女们都已成人我倒不用担心了，我的心事眼下就剩下徐哲。"姐姐道："我看徐哲这孩子不像没有出息的样子，将来长大了也拖累不了谁。再说，长到这么大，也吃不了闲饭了。"妹妹道："正因为不吃闲饭了，元河媳妇就想把他要过去。可这孩子就是不愿意跟她。"姐姐道："他自小跟着你，跟他爹娘没啥感情，自然不愿跟他们。"一日马王氏又见徐哲长吁短叹的样子，便道："孩子，我知道你心里不舒畅。你不愿意跟你爹妈过，就要跟他们说出道理来。你爹妈要是再叫你跟他们，你就和他们说：'你们现在看我大了能干活了才要我，早的时候干啥了。我长大了还要帮奶奶干活呢。'"徐哲觉得姨姥娘说得有道理。住了三五天，马王氏便要回去，徐王氏留她再住些日子，马王氏说家里也有一大摊子活，时间久了也要料理。徐王氏也就不再强留，叫元信用自行车载着把马王氏送回了家去。

那天分家只把颜青分了出去，而徐哲没能跟了自己，陈娴清老是觉得憋气。她撺掇徐元河再去跟徐王氏提，徐元河瞪眼道："还去提？那天的情景你没看到吗！"陈娴清无奈，又去找颜青商量。其实颜青和婆婆闹分家的目的已达到，她看清了让徐哲离开徐王氏跟着陈娴清不是件好办的事，所以也不可能再给陈娴清出什么主意，于是她对陈娴清道："眼下不能再提了，等以后看机会再说吧。"陈娴清明白了颜青已达到自己的目的不愿再管自己的事，虽然不悦，但又说不出什么。自此后没有谁再提让徐哲跟着徐元河夫妇，徐哲自是高兴，慢慢地脸上有了笑意。

一日徐哲上着课感到额头有些疼，等放学回到家时痛得愈加厉害。徐王氏叫他去床上躺下，说歇一会儿就会好。谁知过了一阵子仍不见轻快，且双腿僵直不能站立。徐王氏见状害了怕，赶快叫来了村里医生，医生来了看不出啥症候叫赶紧送医院。徐王氏就去喊徐元河，徐元河却不在家，又去叫徐元信。徐元信正在家吃饭，听母亲一说便赶紧放下碗筷去套牛车。套好了牛车，把徐哲放好，徐王氏在车上陪着，徐元信赶着车，急急地去了公社医院。

到了医院，医生叫抽血化验，结果出来白细胞比正常值高出好多倍，诊断是急性鼻窦炎，要住院观察。办理好了住院手续，徐元信给徐元琐打了个电话，一会儿徐元琐便赶到了医院。输了两瓶液后，徐哲的头不那么疼了，腿活动也灵便了些。徐元琐对徐元信说："哥哥，现在地里正忙，我这几天没啥演出任务，徐哲也没啥事了，你回去吧，我和咱娘在这里就行。"徐元信便赶着车回去了，说抽空再来看看。五天后，徐哲的头完全不疼了，腿脚也活动自然，医生说可以出院了，回家再吃点药就行。徐元琐打电话告诉了徐元信，徐元信便又赶了牛车把徐王氏和徐哲接了回去。

颜青听说徐哲住院这几天徐元琐一直在陪着，还从公社食堂买了饭菜拿到医院叫祖孙俩吃，心里极不平衡，便散布说徐哲住院吃孙喝孙。话传到徐王氏耳朵里，徐王氏很是难过，心里直埋怨徐元河两口子不懂事理，连到医院看一下都没有。

第六章

23

春天的脚步在人们的不知不觉中又悄然而至。路旁柳枝上的絮蕾开始像蚕蛹般鼓起了肚皮，河两岸泛起了绿色。转眼间初中两年就要结束，徐哲马上要考高中了。徐哲将上七年级的时候，国家恢复了高考制度，上大学和高中不再推荐，而是直接按考试分数录取。这让徐王氏感到高兴。徐哲和徐骏一起初中毕业，学习和各方面在班里都属前头。可要按以前推荐的办法，一家人不可能同时被推荐两人都上高中。两个孙子谁上不了高中，徐王氏都过意不去。尤其是徐哲，万一上不了高中下来种地，将来的日子更不知怎样。这下好了，凭考试成绩，两个人都上高中是不成问题的。

下午徐哲放学回来，老远看见村口簇拥着一大群人，并隐约听到有吵骂的声音。等走近了，才见是三叔和本队的华子媳妇在吵架。华子媳妇是村里有名的泼妇，人都叫她"惹不起"。听了一会儿，徐哲明白了是当队长的三叔因无意让华子媳妇多干了活而引起了她的不满。"你嚷嚷个啥？你多锄了半沟子地，多给你记二工分不就行了吗。"徐元信道。"我多干了活你当然要多给我记工分，这还用你说吗。但你为啥无缘无故让我多锄半沟子地，明摆着是你欺负我。"华子媳妇一副不依不饶的样子。众人见华子媳妇不肯罢休，便都劝她不要得理不让人。华子闻讯赶来，知道自己的媳妇有点儿过分，就把她拽回了家。

徐哲到了家，徐王氏问他村头吵吵闹闹的有啥事。徐哲便把三叔跟华子媳妇吵架的事同奶奶说了。徐王氏叹口气道："你三叔当这个生产队长真不容易，整天不知操多少心，还受了辛苦不落人。"徐哲道："广播里说以后要把地分到各家种，有的地方都已经分了。"徐王氏道："那敢情好，各干各的，省得狗嘶猫咬，吵死闹活。"

转眼到了徐王氏的生日。今年是徐王氏的六十六岁寿辰，所以这个生日也不同于往年。徐家村虽不大，但杂姓占了也近一半。徐王氏在村里为人行事受人尊敬，所以每逢过生日几乎家家都送些贺礼。王二娘在村里日子过得最紧巴。几个孩子都未成年，男人又早早地撒手西去，锅里常是稀的多稠的少。几年前男人患病又遇上灾害，生活无望的她几次寻短见被人救下。徐王氏因有儿女们每月给些钱手里活便些，就常常帮衬王二娘，让她度过了最艰难的日子。就是现在，徐王氏也时不时添补王二娘，因而使得王二娘一家心存感激。离徐王氏的生日还有几天，王二娘心里便开始盘算：今年徐婶子六十六大寿，我说啥也得送点像样的礼。可看看家里的光景，盘算来盘算去，总也没有自己觉得满意的东西。往年都是送给徐婶子一斤挂面，这回自然不能再送挂面。哪怕是再多送一斤，王二娘都觉得表达不了自己的心意。人都说"六十六吃块肉"，可她实在拿不出钱来去买肉。正在为难之际，看到邻居家的一只兔子跑过她家的院子。王二娘眼前一亮。她听说村东那片坟场地里野兔子多，常有干活的人看到野兔子从那片地里跑进跑出。于是王二娘决定去逮只野兔子送给徐王氏。她把这个想法跟两个儿子一说，两个儿子都说行。小女儿也说娘的这个主意好。第二天王二娘带着两个儿子来到坟场地，转悠了半天终于瞭准了一个野兔子窝，娘几个便在一旁静静地看着有没有野兔子进窝。等了好半天，见有一只野兔子钻了进去。娘仨一起过去用砖头把野兔子窝的洞口堵了个严严实实。常言道：

狡兔三窟。王二娘吩咐儿子再在四周转悠转悠，看看还有没有其他洞口。两个儿子搜寻一阵，果然在不远处又发现两个洞口，于是又把那两个洞口堵严实。娘仁抄起镢头和铁锹顺着一个洞口挖下去。挖了有两三米的样子，洞穴越来越大。王二娘知道快到兔子的老窝了。又挖了不到一米，果见一只兔子瞪着惊恐的眼睛望着他们。对视了一阵子，那兔子意识到了什么，赶紧掉头溜开，想从别的洞口逃走。孰料另外两个洞口也早已被堵住，哪里又能跑得出去。于是又折回身。此时娘仁已把兔子的洞穴挖开，可眼前的情景让王二娘和两个儿子不知所措。只见一只大兔子身边卧着十来只小兔，那只想逃走的大兔子也回来卧到小兔身旁。王二娘的两个儿子迟疑了片刻继而脸上都露出笑，说我们今天运气真好，逮住了一窝野兔子。说着就要去抓窝里的兔子。王二娘赶紧制止他们，儿子问怎么了。王二娘道："多么和美的一家子，伤害了它们不是作孽嘛。"两个儿子想想也是，可又道："不逮兔子拿什么送给徐奶奶呢？"王二娘道："咱再想别的办法吧。"说完让两个儿子拔来野草又折来些树枝盖在那窝兔子身上，上面轻撒了些土，看看不会伤了兔子，娘仁这才扛起镢头和铁锹回了家。回到家后，王二娘思忖来思忖去，觉得实在没有别的什么可送，就去娘家借了十个鸡蛋，又拿了麦子换来二斤挂面一块儿给徐王氏送了家去。徐王氏见王二娘拿这些东西来，嗔道："你家日子过得不宽裕，这么破费干啥？"王二娘道："今年是婶子六十六大寿，本想拿些像样的东西来，可实在是没啥可拿的。"说话间还把娘仁去逮兔子的事说了。徐王氏道："叫你这么难为，实在不该。你有这个心我就很感激了，可别再做些叫我过意不去的事。"王二娘道："婶子对我家的恩德怎样都报答不完呢。"徐王氏道："快别这么说。啥恩德不恩德的，不过是相互帮衬罢了。"

　　徐王氏生日这天，徐哲早上去上学，徐王氏拿出一套崭新的衣裳让徐哲穿上，并嘱咐他要爱惜，不要弄脏。中午放学回家，徐哲见满屋满院都是亲戚，觉得人要比往年多了一成。人群中徐哲看到了一位四十多岁的女人，他认出那是单大娘，便跑过去叫了一声"大娘"。单大娘看着他，笑吟吟地答应着。单大娘几乎每年都来为徐王氏过生日，她的丈夫单有德是徐元河要好的朋友，两人逢年过节时常走动。有一年年后徐元河带着徐哲去单有德家，因下起了大雪两个村子相距又远，单有德夫妇就强留徐元河爷俩住了一夜。晚上单大娘看到徐哲的棉裤破了个洞，连夜给他补上。第二天穿上后徐哲感到暖和了许多，从此在徐哲心里对单大娘充满了好感。徐哲又和认得的亲戚打了招呼，就放下书包忙着灌水倒茶。徐哲听到单大娘在和别的亲戚拉呱："徐哲这孩子今年长了不少呢，你看忙忙活活地多懂事。孩子多亏了跟着奶奶，才没掉到地下。"众亲戚附和道："可不，幸亏有个好奶奶。"

下午亲戚都走后，徐王氏便开始叫孩子们给送礼来的乡邻回份子。一般人家送来的大都是六把子一斤的挂面，徐王氏就抽下一把子挂面再加上一个馒头回送。给王二娘回份子时，徐王氏多放上了两个馒头，并把王二娘拿来的鸡蛋也回了一半。回完份子，徐王氏又叫元河家的、元信家的和元琐家的各拿了五个馒头回屋。媳妇们领着孩子各自回了屋，徐王氏自语道："一年就这么点细粮，过个生日就去掉大半。"

24

陈娴清的母亲得了癌症，医生诊断后说已到了晚期。陈安邦知道已无药可救，便让她在家里静养。陈娴清心里自是难过，却也知回天无术，便抽空多回去侍奉，以尽孝心。一段时间后，陈娴清觉得来回奔忙十分不便，再说母亲卧床在家有些住腻歪了，便和元河商量，想让母亲来自己家住些日子。元河答应得挺爽快。对岳母刘氏，元河从感情上倒比对自己的母亲有几分亲近。这不能不佩服刘氏的心机。陈娴清嫁给徐元河，刘氏开始自然不太满意。但生米成了熟饭，刘氏也便顺水推舟。刘氏从心里疼爱女儿，她知道要想让徐元河对女儿好，自己对女婿态度也就不能生硬。和所有当娘的一样，刘氏心里明白，丈母娘疼女婿，归根结底还是为了疼闺女。所以，刘氏对徐元河的态度由开始的不太满意到慢慢接受，日子久了，反而添了几分殷勤。徐元河自幼随姥娘长大，十几岁时才和徐王氏一起生活，自然与母亲的感情要淡薄些，加上徐元河生性桀骜，不大讨徐王氏喜欢，刘氏对他温存些，便觉得刘氏要比母亲疼他。陈安邦夫妇虽说除了陈娴清外还有一个儿子，但儿子在部队常年不回来，老两口年龄渐大体力便有不支，徐元河常抽空去帮着干些体力活。刘氏得了绝症，徐元河从心里感到难过，所以陈娴清提出让母亲来自己家住些日子，徐元河认为是很自然的事。两天后徐元河套了牛车把刘氏接了来。

刘氏刚生病时，徐王氏叫徐元河用自行车带着去探望了一次。听说元河把她接了来，便又买了些鸡蛋和挂面过去看她。傍晚徐哲放学回来，徐王氏对他道："你姥娘来了，你过去看看她。"徐哲有些不大情愿，徐王氏又道："你姥娘生了病，你不过去看看，叫别人笑话。"徐哲这才去了父母的院子。进了屋，见刘氏躺在床上，徐哲到跟前叫了一声"姥娘"。刘氏见是徐哲，脸上堆起了笑，忙应着，叫他快坐下，问他是不是刚放学。此刻，徐哲觉得刘氏很慈祥，以前去她家时的冷漠一点儿也没有了。徐哲自打知道刘氏不是自己的亲姥娘，也就对刘氏的冷漠不再在乎。眼下看着躺在床上的刘氏，徐哲一下子突然觉得她要是自己的亲姥娘该多好。说了几句话，徐哲说要回去。刘氏笑笑："你回去吧，别耽误了给你奶奶干点啥。"徐哲出了屋，他听见刘氏长叹了一口气。

元梅因家中人手少，平日里不大回娘家。这日元梅捎信来说想娘了，叫徐王氏去住些日子。徐王氏也有些想女儿，便打算趁眼下事不多去元梅家住两天。徐哲平日里自己会做些便饭，只是还不会蒸干粮。徐王氏便蒸了一锅卷子，足够徐哲一人吃上四五天的。一切安排停当，徐王氏叫元信把自己送去了元梅家。徐王氏走后第二天中午徐哲放学回家，刚要生火做饭，弟弟徐威过来喊道："哥哥，哥哥，咱妈叫你过去吃饭。"徐哲一愣，有些不知所措。想了想，便跟徐威过去。到了父母院里，见父亲在拾掇一张铁锨。徐哲叫了声"爹"，徐元河应了一声，说："你妈在饭屋里做饭，你去帮着烧火。"徐哲答应着去了饭屋。陈娴清正在饭屋内烙饼，见徐哲来了笑嘻嘻地道："徐哲，你奶奶今年腌香椿芽了吗？"徐哲不假思索道："腌了。"陈娴清道："你去拿点来我们油炸香椿芽吃。"徐哲迟疑起来，因为香椿芽是稀罕物，平日里徐王氏不舍得拿出来吃，只有在招待亲戚时才用。见徐哲不言语，陈娴清有点儿不高兴，道："你奶奶不在家，叫你过来吃顿饭你还这样不知趣。快去拿点来，咱炸了香椿芽就油饼吃。"徐哲无奈，回屋把徐王氏腌的香椿芽拿了一小把来。徐王氏腌的香椿芽本来不多，徐哲拿了一小把，青花盆里便见了少。几日后徐王氏回来，偶见腌的香椿芽少了，便问徐哲，徐哲就把陈娴清叫他拿香椿芽的事说了。徐王氏埋怨道："你在家里连个门都看不住。"徐哲觉得很委屈，但又无法解释。

　　刚过了半个月，刘氏就吵着要回去。陈娴清劝她再住些日子，刘氏道："我在这里住的天数也不少了，得回去了。我的病你们也别再瞒我，这两天我觉着不大得劲，恐怕也没多少日子了。"陈娴清听了母亲这些话，鼻子直发酸。刘氏又道："你也别着实难过。以前人家算命的说我是泰山奶奶的丫环，这下她老人家是要叫我回去了。"陈娴清听了愈加难过，眼泪也就流了下来。刘氏脸上现出一丝笑说："离开家这些日子，我也真想家了。"陈娴清见母亲这样说，也就不再强留。可徐元河被队里派差出了门，过些日子才能回来，陈娴清便想到让徐哲和自己把母亲送回去。陈娴清去和徐王氏去说，徐王氏道："正好明日星期天，就让徐哲和你去吧。"第二天陈娴清从队里借了辆地排车，上面铺了两床厚被子，和徐哲两个人把刘氏扶上去躺下。陈娴清在前面驾辕，徐哲在后面推车。车子出了村子不远，上了一段陡坡。车到坡半截，徐哲觉得车越来越沉，慢慢地车子停下了。陈娴清回头问："咋了？"徐哲道："我推不动了。"陈娴清忙叫徐哲使劲压住车尾别让车滑下了坡，自己赶紧转过来对徐哲道："你去驾辕，我在后面推。"徐哲快步跑到前面驾辕，两人使出全身的力气，终于过了坡道。前面的路平坦了许多，陈娴清不再使劲推车，便扶着车帮和母亲说话。徐哲在前面驾着车用力地拉，不大一会工夫身上便汗津津的。见陈娴清和刘氏唠得正酣，徐哲想说啥可张了张嘴没说出口。等到了家，徐哲身上的衣服已经湿透了。见刘氏从闺女家回来，左邻右舍的便都过来问长问短。一人道："姊子在娴清姐家住了这些日子，看着都胖了。"众人便附和着说是。看见拉车来的是个半大小伙子，有人就问陈娴清："这是你前窝里那个儿吗？"陈娴清说是的。那人又道："都长这么大了，能挑水了吧？"众人的目光便都投向了徐哲。徐哲感到脸上直发烫。又有人道："都这么大了，还不让他跟着你过。"陈娴清刚要说啥，刘氏在车上道："孩子拉了一路的车，该累了。快让他歇歇。"众人这才不再久待，遂一一离去。

25

人常说：天有不测风云，人有旦夕祸福。颜青父亲出去干活时不小心被拖拉机撞成重伤。在医院住了几日，最后没有抢救过来还是咽了气。颜母哭得死去活来，一双眼睛红肿得像核桃。她一方面伤心难过，一方面为给颜父顶灵摔瓦的事犯了愁。颜青家里没有男孩，村内的亲戚只有一个在五服上的叔父，名叫颜文庆。因前些年颜青和颜文庆的儿子打了仗，自此两家结下了怨，多年来互不搭话。按族规，顶灵摔瓦的事得让颜文庆的儿子来办，可颜青不愿意。因为一旦让颜文庆的儿子摔了瓦，便意味着颜家的财产要由他赔受。虽然家产没有多少，颜青也不愿意落到颜文庆儿子手里。于是颜青决定要为父亲顶灵摔瓦。闺女为父母顶灵摔瓦实属罕见，颜母开始不同意，怕村里人笑话。可颜青说啥也不愿意让自家的东西落到别人手里。颜母拗不过，只好依了她。

徐王氏和元信商量去颜家吊丧的事。徐王氏道："颜青娘家无人，给你颜大爷的祭品要丰盛些，也好让颜青脸上有光。"元信应着。徐王氏又道："颜青娘家没啥人，我看就让徐哲和徐骏陪他姊子一块儿守灵吧。"元信说是的。

颜父的灵棚内，颜青和徐哲、徐骏在地上跪着。颜文庆对颜青不让自己的儿子顶灵摔瓦而心存不满，于是想不让自己的儿子去守灵。村内长者相劝，碍于大局，颜文庆勉强答应。颜父生性老实，生前和村里人处得和睦，死后人们都纷纷前来吊唁。每有来吊唁者，四人便报以哭声。颜青哭得悲切，徐哲和徐骏也跟着用力哭。颜文庆的儿子随着发出哀号，眼里却没有泪水。正午时分，一阵锣声响过，开始入殓启灵。眼看着众人将遗体装入棺材，盖上棺盖，用长长的棺钉把棺盖牢牢地钉死，颜青和母亲的哭声撕心裂肺起来。众乡亲极力相劝，心软的眼里也都含着泪。主事的扶着颜青，叫她将一页写有文字的老瓦朝早已准备好的石头上一摔，老瓦顿时粉碎。然后，几名乡亲抬着颜父的棺椁在前面走，颜青和徐哲、徐骏还有颜文庆的儿子，身穿孝服，手拿哀杖，在后面送行。送殡路上，是亲朋好友摆的祭桌，桌上的祭品当属徐家办的丰盛，引来观者咋舌。行至坟地，众人用绳子系着棺材往墓穴里放。颜青疯了般跪在墓穴边，呼天抢地，号啕大哭，口口声声要跟了爹去。棺至穴底，开始填土埋穴，颜青窜起，要向墓穴里跳的样子。人群中有称赞颜青孝顺的，也有的撇嘴道："活着的时候好好孝顺，不比啥强。"见颜青哭声愈剧，一副寻死觅活的样子，就有人劝慰，说人死不能复生，要想开些。边劝着边拉着颜青往回走。颜青还是哭，主事的道："回了头就不能再哭，这是规矩。"颜青这才止住哭声，由人搀着回了家。

　　快到家门口时，颜青两眼惺忪没在意，只觉脚底下黏糊糊的，定睛一看，原来踩了一脚臭狗屎。颜青心里十分腌臜，一抬头，见颜文庆在不远处正掩着嘴笑。颜青明白了这是他因儿子捞不着摔瓦而使的坏，想着就要发作，身边知己的忙劝她："今天是大爷的丧日，你就先忍一忍吧。"颜青哪里忍得住，张嘴骂了起来，操娘日祖宗，只骂得天昏地暗，鸡飞狗跳。开始众人还好言相劝，见她不见收敛，也便各自走了。早有人进家叫颜母，颜母出来道："你这孩子真不懂事，忍一忍就算了，也不知道叫人笑话。"颜青不服，道："你能忍得了一时能忍得了一世？日后人家还不知怎么欺负你。"见四下无了人，颜青只得和母亲进了家。颜母伤心，抹泪不止。

　　颜父过世不久，徐元琐费了好大劲，在公社里给颜青弄了个临时工的名额。可颜青到大队里开介绍信时，大队书记王长荣却说上级有指示，不准劳力外流。颜青无奈，到公社去找徐元琐。徐元琐只好再找了公社革委会的靳副主任，靳副主任写了封信交给徐元琐，道："你把这信给王长荣，他看后就会放人的。"于是，徐元琐叫颜青拿着信回去再找王长荣。第二天，颜青又到大队部，把靳副主任的信交给了王长荣。王长荣看完信对颜青说："你家元琐还真行。"说完便开好介绍信，盖了大队的公章后交给颜青。过了两天，颜青把小儿子小团留给婆婆照看，自己带着小愣去了公社。

26

离考高中的时间不到一星期了，学校里一派紧张气氛。刚刚恢复高考，老师和学生都铆足了劲。考入高中，就接近了大学的门口。生活在乡下的孩子们，能考出去有一个体面的工作，不但脱离了农村繁重的体力劳动，而且还是一件光宗耀祖的事情。徐哲在班里的成绩没有下来过前五名，老师对他抱有很大信心。可徐哲一刻也不敢懈怠，他清楚自己的前途和未来只有靠自己。这日徐哲放学回到家，徐王氏对他道："你姥娘死了。"徐哲问："是范家村的姥娘吗？"徐王氏道："是的。昨天晚上才咽的气。"对于陈刘氏的死，徐哲虽没感到意外，但心里还是有些难过。"你妈说叫你去给你姥娘出丧守灵。"徐王氏道。徐哲没言语，倒不是他不愿意去给陈刘氏守灵，而是觉得这个时候一天不上学该是多大损失。见徐哲不说话，徐王氏道："我跟你妈说了，眼看就要考高中，能不去就不去。可你妈不依，说能给你婶子的娘家守灵，就得去为你姥娘守灵。"徐哲缓过神来，他不想让奶奶为难，对徐王氏道："我去便是。"见徐哲爽快答应，徐王氏自是高兴。近段日子以来，她明显感觉到了徐哲的变化，觉得这孩子想事做事老成了许多。这使她既感到欣慰，又感到几分不安。因为徐哲与同龄的孩子相比，有些过早地成熟了。

第二天是陈刘氏出殡的日子。因陈安邦在村里是大辈，处事又公道，在村里很受人尊重，所以陈刘氏的丧事办得很排场。乡邻亲朋都主动来帮忙，人来人往，好不场面。吊唁的人络绎不绝，守灵的人哭声阵阵。及至入殓盖棺，哭声愈高。启灵入土时，个个哭得涕泪涟涟，泣不成声。徐哲开始只是跟着哭，到了后来，不由悲从心生，眼泪不由自主地往下淌。丧事结束，徐哲赶紧回去。一路上徐哲仍觉悲哀，不仅是为陈刘氏的去世，还为世事的炎凉。

　　高中升学考试结束后，正是玉米地里施肥的时候。今年的玉米长得格外好，绿油油的叶子泛着墨色的光。徐家村每人一分自留地，自打和颜青分家后，徐王氏祖孙两人的自留地就剩了二分。徐哲渐渐长大了，地里的活样样也能拿得起。二分自留地几乎由徐哲一人耕作收种，只有在翻地和收麦种麦时，徐元信领着徐骏来帮把手。颜青到公社去干临时工，自然顾不了自留地里的活，于是就把三分自留地托付给徐元信种着。徐元信在队里当队长事多，有些活就叫徐哲和徐骏干。这日傍晚，徐哲给自家的玉米地里施完肥刚要回家，正好碰见徐元信。徐元信见徐哲已施完自己地里的肥，便叫他和徐骏第二天到颜青的地里施肥。第二天徐哲和徐骏便到颜青的自留地里施肥，快到晌午的时候，同村里在初中学校当老师的林敏健从学校回来经过地旁，看见徐哲和徐骏，道："巧了，我正要找你俩。高中录取通知书来了，我给你们捎了来。"说着把两张红纸分别给了徐哲和徐骏。两人高兴得不得了，谢了林老师，看看天也不早了，就回了家。回到家徐哲告诉奶奶自己和徐骏都考上了高中，而且还是一个班，说着把录取通知书拿给徐王氏看。徐王氏道："我又不认字，看有啥用。你们都考上了，我也就放了心。"正说着，颜青用自行车带着小愣进了家门。得知徐哲和徐骏双双考上高中，自然也高兴。听到颜青的声音，陈娴清从自家院里过来。见一家人高兴的样子，忙问有啥喜事。颜青道："这不正说着徐哲和徐骏都考上了高中。说起来他俩的学校离我住的地方很近，也就是半里多路。"陈娴清忍不住道："这下好了，你家里有啥事叫着他俩也方便。"颜青瞪了她一眼，陈娴清也觉得自己说得过于直白，便不再说啥。徐王氏道："大家都高兴，今儿你们都别开伙了，咱在一起吃饺子。"说完，叫徐哲去叫元信媳妇。不大会儿，元信媳妇过来，徐王氏叫她和面，又叫陈娴清和颜青择韭菜。元信媳妇和好了面在盆里饧着，把陈娴清和颜青择好的韭菜拿去洗了，然后把韭菜切成碎末。徐王氏焯好了干粉，叫元信媳妇剁了拌到韭菜里。拌好了馅子，徐王氏和三个儿媳擀皮的擀皮，包的包，一家人有说有笑，甚是愉悦。徐王氏自是欣慰。徐哲见到这个不常有的场面,也觉得心里暖融融的。包完了三大盖簟水饺,徐王氏叫徐哲和徐骏分别去喊各自的爹,两个孩子应着去了。

等开学报了到,徐哲和徐骏才知道考上的是重点班。按考试时的成绩,徐哲在班里是第十二名,徐骏是第十七名。班主任说,这是他们的学校首次设立重点班,希望每位同学珍惜和努力,不要辜负了学校和公社领导的厚望。

第七章

27

徐元琐和颜青在公社住的房子是一间闲置的仓库，冬天阴冷不见阳光，夏天闷热吹不进风来。颜青对此常常抱怨。徐元琐对她说："别不知足了，别人在农村里的家属想来住还住不上呢。"颜青虽然不服气，但也知道这是事实。公社宣传队解散后，因见徐元琐是个人才，领导研究后便把他安排在了文化站。前不久，又由临时工转成了正式工。刚转正没多长时间，能给颜青弄个临时工的名额，还住在公社里不用出去赁民房，在别人看来已是不简单了。颜青又对徐元琐道："你看人家公社家属大院，冬天有铁炉子，夏天有电风扇。又干净又敞亮，啥时我们也能住上那样的房子。"徐元琐笑笑："慢慢熬吧。"过了一会儿，徐元琐自言自语道："听说兽医站的老张要调到县上去，他那套房子还不知给谁呢。"颜青听了这话来了兴致，忙对徐元琐道："你活动活动，看能不能让咱搬进去。"徐元琐道："你想得倒简单。医院的老刘、革委会办公室的小张，还有后勤处的老阎，都盯着那套房子。无论从哪个方面咱都比不过人家，还能轮到咱？"颜青道："那可不一定，事在人为嘛！"徐元琐只当她是说大话，不再说啥。颜青却在心里打起了算盘，她问徐元琐："房子给谁住哪个做主？"徐元琐道："这事归靳副主任管。"徐元琐一琢磨不对劲，忙问颜青："你想干啥？"颜青道："咱可以找找他嘛。"徐元琐笑道："别想那好事了。天马上就要冷了，咱还是准备买炭点炉子吧。"颜青没说话，心里却没停下活动。

两人正你一言我一语说着，听见门外有脚步声。徐元琐一抬头，见是徐哲走来了。徐哲忙喊了声："叔。"徐元琐应着，把徐哲肩上背着的口袋接下来，问道："背的啥？怪沉的。"徐哲回说："我家去拿干粮，奶奶让我给您和婶子捎的棒子面。"颜青过来，替徐哲掸去肩上和背上的面尘，说："今儿个是星期天，我都忘了。"看看天色不早，又道："我这就做饭，晚上就在这儿吃吧。"

吃完饭，徐哲说晚上还要上自习课，就回了学校。颜青对徐元琐说："不如把这些棒子面给靳副主任送去。"徐元琐道："人家还稀罕这个。"颜青道："先去探探口风也好。"徐元琐没言语，颜青又道："要不然再拿上二斤桃酥。"徐元琐道："要去你去。"颜青便把刚买来准备做用场的二斤桃酥先拿了，然后提溜着棒子面去了住在公社家属院的靳副主任家。开门的是靳副主任的老婆。颜青亲热地叫了声"嫂子"，女主人赶紧把她迎进门。进屋后没见靳副主任在家，只见一个孩子在写作业。颜青过去摸着孩子的头，一个劲儿地夸奖："看这孩子多懂事，做作业一点也不调皮。"颜青性子活泼，来公社不久就和大院里的人混熟了。靳副主任和徐元琐关系不错，所以和靳副主任的老婆更加亲近。靳副主任老婆赶紧叫孩子喊颜青"婶"。孩子甜甜地叫了一声，颜青脆脆地应着，道："到底是主任家的孩子，懂事又听话。不像我家小愣，性子拗得很，不揪着耳朵根子不知道写作业。"靳副主任老婆道："都一样的，你别看这一霎老实，平日里调皮得像只兔子。"闲聊了几句，靳副主任老婆问道："他婶子，你拿这些东西来可有啥事吗？"颜青道："不瞒嫂子，我今天来是想问主任一件事。"靳副主任老婆道："老靳在武家庄蹲点，常常出去就是一天，天不黑不回来，有时还在那里过夜。"颜青道："主任工作负责，在公社里是出了名的。"沉吟一下又道："嫂子你知道，俺现在住的那间仓库，冬天透风撒气，夏天蚊子满屋飞。面积又小，三口人挤在里面满满当当，实在不大好住。听说兽医站老张要上县里去，俺寻思着问问主任，等老张搬走了，能不能叫俺搬进去。"靳副主任老婆道："我也听说这事了。可我听老靳说这几天老刘、小张还有老阎都找他，想要住那房子。听老靳的意思，医院老刘岁数大些，工作时间也长，老婆还有病，那房子准备叫他住。"颜青问："事情定下来了吗？"靳副主任老婆道："可能差不多了，说是还得开会商量一下。"颜青听了叹了口气，道："按说那房子该给老刘住，可俺……"没等颜青说完，靳副主任老婆道："可不，你们那房子是挤了些。不过，公社里的房子也确实紧张。"天已很晚，颜青估计靳副主任今天可能不回来了，又闲唠了几句，便告辞回去。颜青走后，靳副主任老婆在心里说："你颜青一个临时工，徐元琐转正也没几天，有个地方住就不错了，要住家属院岂不是想得太高了。"但送颜青出门时还是搪塞了几句："等老靳回来了，我问问他。要是能行就让你们住了。"颜青回到家，徐元琐问情况咋样。颜青道："靳副主任没在家说是那房子准备给老刘住。"徐元琐道："我说呢，怎么轮也轮不到咱。"颜青心说："那也不一定。"

第三天晚上靳副主任来到徐元琐的住处，并把二斤桃酥提溜了回来。徐元琐出差没在家，小愣也出去找同学去玩了，屋内只有颜青一人。见靳副主任来了，颜青甚是高兴，但见他手里还提溜着那二斤桃酥。不免心里打起了鼓。见屋内只有颜青一人，靳副主任便开门见山地说："前天你去找我，我没在家，你和元琐说，房子的事等以后有机会再解决。"听靳副主任这么说，颜青却在靳副主任面前撒起娇来，她走到靳副主任跟前，故意用胸脯蹭靳副主任的胳膊，道："主任大哥，你就帮帮忙嘛。"靳副主任见她这样，脸腾地一下红了，心跳也加快。他赶紧站起来道："颜青你怎能这样？"说完迅速出了颜青的屋，快步走了。望着靳副主任的背影，颜青在心里骂他是个胆小鬼。

几天后，房子定下了给老张住，气得颜青直责怪靳副主任不讲情面，又骂徐元琐没本事。

28

又一个星期天徐哲回家拿干粮，进了大门徐哲喊"奶奶"，却无人应声。推开房门，见奶奶躺在床上流泪。徐哲忙上前问奶奶咋了。徐王氏哽咽半天，说了一句："谁叫你这么命苦哇。"徐哲一阵难过，问奶奶到底出了啥事。徐王氏道："这两天我身子不大熨帖，知道你要来家拿干粮，我寻思着叫你妈给你蒸锅干粮，谁知她推三推四说啥也不愿意给你蒸。我说了她几句，她却赌气串门去了。"徐哲忙问奶奶身体咋了。徐王氏道："也没啥，就是身子懒得动弹。"徐哲要去找医生，徐王氏制止道："不用去，没啥大毛病。你奶奶我快七十的人了，难免有个愿动不愿动。"徐哲知道后妈陈娴清是个不定性的人，一阵黄瓜一阵茄子，说不准为啥就使个小性子。徐哲刚要说啥，徐王氏叹了口气道："唉！——我要是真不行了，你可该咋办？"徐哲听了一阵心酸，他忍了忍要流出的泪水，说："奶奶你歇着，面在哪里？我自己做就行。"徐王氏忙起身，说："面我都和好了，我给你做好放到锅里，你自己烧火蒸吧。"徐哲应着。徐王氏起来，强打精神把和好的面做成窝头。徐哲往锅里填好了水，放上箅子，把奶奶做好的窝头一个个拾到箅子上，盖上锅盖，生火烧了起来。徐哲一手拉着风箱，一手往灶里续柴。火舌从灶门吐出来，映得徐哲的脸一明一暗。吃饭的时候，徐王氏叹着气对徐哲说："你争气赌气也要考上个大专中专啥的，离了这个家自己能顾过自己来，也了了我的心事。"徐哲知道奶奶话里的分量，他从邻村王贵身上看到了没有亲娘长大后过的是啥日子。王贵常来东邻的田大娘家走姑家，帮着干些杂活。临走时当姑的便收拾些孩子们穿过的旧衣服让王贵拿着，王贵一副高兴知足的样子。走后田大娘就叹气，说这孩子从小没了亲娘，落到后妈手里，好饭没有他吃的，好活没有他干的，都四十多了还没娶上媳妇。每每看到王贵，徐哲心里总是既怜惜又恐惧。

傍晚徐哲背着干粮匆匆走在返校的路上。时下刚刚开春，大地已经解冻，但乍暖还寒的风依然摧得人的脸生生地疼。快到学校了,徐哲听到身后有人叫他的名字。回头一看,见是同班女同学廖秀玉。在班里男女同学没事几乎不说话,所以听到廖秀玉喊自己,徐哲既激动又紧张。这是他俩第一次单独碰到一块儿,也是廖秀玉第一次和他说话。徐哲应了一声,问廖秀玉:"你也回家拿干粮了吗?"廖秀玉说是的。要是碰到别的女同学,徐哲可能不会这么紧张。他和廖秀玉是前后桌,不知从啥时候起,徐哲一看到廖秀玉,内心便会有一种异样的感觉。他觉得廖秀玉是那样的好看,一举一动都让他着迷。若是见不到她,心里就觉得空落落的。可见了她,心里又格外的紧张。上课的时候,徐哲在后面看着廖秀玉的背影常常走神,以至于老师讲的什么他一句也没听进去。他有时就在心里骂自己,让自己不要有那些稀奇古怪的想法。见快到校门口,不少同学和老师在走动,徐哲赶紧加快了脚步,把廖秀玉远远地落在后面。晚自习下课后躺在床上,徐哲久久不能入睡,眼前一会儿是奶奶含泪的目光,一会儿是王贵穿着破衣裳在帮着姑姑家干活,一会儿是廖秀玉清秀的面孔。徐哲眼前的景象渐渐模糊起来,朦胧中,他和廖秀玉又碰到了一块儿,他主动和廖秀玉打招呼,廖秀玉高兴地和他说话,两人为同考进一所大学而兴奋。廖秀玉过来拉他的手,他含羞而又勇敢地抓住了廖秀玉的手,一双纤纤玉手是那样的柔顺而温暖。俩人正牵手同行,突然有人跑来告诉徐哲,说他的大学录取通知书是假的,而廖秀玉的才是真的,并催促廖秀玉赶快去报到。廖秀玉便撒开他的手独自走了,一会儿就不见了人影。他呆呆地站在那儿,心里感到一股刺骨的寒冷,他想喊却喊不出声。猛地一个激灵,徐哲睁开眼,知道是自己做了一个梦。早晨起来,徐哲觉得头脑发沉,双目昏花。以后的日子,徐哲的脑子时常混混沌沌,睡觉也不踏实。

一日下午上最后一节自习课的时候,传达室的老张大爷来叫徐哲,说是有人找他。徐哲跟着老张大爷来到传达室,见里面有一位四十来岁的女人正朝外张望。徐哲内心一阵紧张,不知是该进去还是不该进去。那女人见了他忙迎出来,叫了一声他的名字。不知为什么,徐哲竟不自觉地叫了一声"妈"。那女人笑了,忙让身边站着的一个十来岁的小男孩喊徐哲"哥哥"。那小男孩怯怯地喊了，徐哲也应了一声。徐哲在脑海里迅速开启了记忆的闸门，他想起了上小学时，一个女人到学校看他，还给他铅笔和本子，奶奶说那是他的亲妈。在他的记忆中，那时的亲妈看上去很年轻，虽不十分漂亮但穿戴整洁。可眼前的这个女人却显得很苍老，看上去甚至有些邋遢。尽管徐哲觉得眼前的这个亲妈，就是上小学时去看他的那个亲妈，可徐哲心里却有一些失落。为什么失落，徐哲也说不清楚。渐渐长大后的徐哲，无时无刻不想着像别的孩子那样跟着亲妈过日子。多少次在梦里梦见亲妈把自己领走，让他过上温暖而又幸福的生活。徐哲不敢跟奶奶和别的人说自己想亲妈，因为从奶奶的口中听出全家人都不喜欢自己的亲妈。眼下真的见到了亲妈，虽觉有些亲切却又是那样的陌生。因为没啥可说，亲妈和他聊了几句便走了。临走时亲妈给徐哲十块钱，徐哲说啥也不要，可亲妈非要给他，徐哲只好拿着。亲妈走的时候，徐哲没有再叫她"妈"。看着亲妈渐渐远去的影子，徐哲突然后悔刚才见了她时不应该喊她"妈"。他不知道那个是自己亲妈的女人现在的家在哪里，也不知道她过得怎样。

又是一个星期六的下午，徐哲准备回家拿干粮。刚要走，小愣来学校找他，说是奶奶来了，叫他不要再回家，并让徐哲跟着到他家去。来到叔婶家，徐哲见奶奶坐在椅子上，一脸不高兴的样子。颜青对徐哲说："你妈和你奶奶打仗了。"徐哲问："为啥？"颜青道："还能为啥，还不是为了你的事呗。你妈嫌你平时回家不帮她干活，又嫌你见了她叫妈叫得不亲，还说白给你拨了这几年的工分。你奶奶跟她理论，所以就打起了仗。"徐元琐制止颜青不要再说。徐王氏又开始抹眼泪，徐元琐赶紧劝慰："二嫂就是那种人，不值得和她怄气。"徐哲心里像是塞进了一团破棉絮，堵得喘不过气来。看到徐哲面色木木的样子，徐元琐又对徐哲道："你也别太往心里去，让你奶奶在这里住几天散散心，回去就好了。"晚饭后，徐王氏对徐哲说："这个星期你别再回家拿干粮，给你点钱先买着吃吧。"元琐道："还买啥，家来吃就行。"颜青不满地看了徐元琐一眼，道："你和我在家都不常趄，家来不一定有人按时做饭，不如在学校里买着吃。"徐哲赶紧道："不用家来，我在外面买点吃就行。"徐王氏从内衣口袋里掏出五块钱和三斤粮票给了徐哲。徐哲和奶奶、叔婶打了招呼，便回了学校。因家里太挤，徐元琐就去找了别处借宿。徐王氏勉强待了三天，然后叫徐元琐把她送了回去。

回到学校，奶奶给的五块钱和三斤粮票在徐哲手里都攥出了汗。学校食堂的饭菜是卖给老师的，从不卖给学生。学生吃的都是从家里拿来的干粮，只不过食堂帮着馏热了而已。咸菜也是各自从家带的，家庭条件好些的才偶尔从食堂里买点炒菜或五香萝卜咸菜。这两年经济活泛了些，街上也有人开起了饭店，但卖的也是白面馒头和包子之类，这在眼下不是家家都能天天吃得上的。徐哲知道奶奶攒点钱不容易，自然不舍得天天去外面饭店买着吃。所以出去买着吃了一天，徐哲便有些不忍。正在为难之际，徐哲听见了卖油条的刘大娘的叫卖声，他心里一动，刘大娘的家就在学校不远处，何不给刘大娘一点钱和粮票，让她给自己蒸一锅窝头，那样岂不省下些钱。正想着，刘大娘来到了跟前。见四下无人，徐哲便向刘大娘说了自己的想法。刘大娘有些狐疑，问："你为啥不回家拿干粮？"徐哲无奈，只好吞吐着把自己的境遇同刘大娘说了。刘大娘听后叹了口气，道："啥苦也苦不过没娘的孩子。"见徐哲眼圈发红，刘大娘又安慰道："不要紧，我给你蒸锅窝头，明天一早你来我家拿就行。"徐哲听了高兴道："大娘您心眼真好。"第二天早上徐哲到刘大娘家里拿窝头，问刘大娘要多少钱。刘大娘道："啥钱不钱的，你先拿去吃吧。"徐哲说："那哪能行？大娘您要是不要钱我就不拿干粮了。"刘大娘只好收了他两块钱和一斤粮票。有这一锅窝头，便足以吃到这个星期天，这样手里还剩下两块多钱和一斤多粮票。

29

徐哲开始变得愈发少言寡语，经常一个人呆呆地发愣，有时甚至莫名其妙地自言自语。他内心有好多话要说，但却不知向谁去说。一节自习课上，望着书上的一行行字，他一个字也看不到心里去。于是他拿起笔，在练习本上无目的地乱写。快下课的时候，他的练习本上落下了这样几行字：

我是一棵小草，／孤独地在风雨中飘摇。／其实，我甚至不如一棵小草，／因为，小草还能躺在大地的怀抱。／而我，却孤零零无依无靠。／我真想变成一只小鸟，／飞得好远好高，／从此不再看人脸色，／也不再有这许多烦恼。

渐渐地，徐哲感到自己的思维越来越迟钝，满脑子像是一盆浆糊。老师讲课听起来很吃力，时不时思想就开了小差。有一次摸底考试后的一节自习课上，班主任郁老师把徐哲叫到了宿舍。"知道我为啥把你叫到这里，而没有叫你到办公室吗？"郁老师看着徐哲道。"知道。"徐哲茫然答道。郁老师仍旧看着徐哲，停顿了一下，接着道："几次考试你的各科成绩不断下滑，老师也都反映你上课时注意不集中。这是为啥？"徐哲看着郁老师，不知该说啥。郁老师接着道："你一向成绩和各方面表现都不错，我没把你叫到办公室是怕你感到面子上过不去。"徐哲感激地望着郁老师："老师，我知道……"郁老师一直很看重徐哲，平日里也多了些照顾，但见徐哲成绩一个劲儿地下滑，不免有些失望。"离毕业不到两个月了，现在恢复了高考，前程就掌握在了自己手里，可不能懈怠呀。"郁老师道。徐哲望着长者般慈祥的郁老师，只是一个劲儿地点头。郁老师似乎看出徐哲内心埋藏着苦闷和无奈，更加放缓了语气道："有什么难事吗？"徐哲摇了摇头，他知道自己的难处不是郁老师能帮得了的。郁老师又鼓励了徐哲几句，便让他回了教室。下课铃声响过，便是晚饭时间。徐哲一点儿也不感到饿，他没有回宿舍，而是一个人悄悄地从学校小门走出，来到操场边的一片树林旁。黄昏的太阳恋恋不舍地告别着大地，用最后的余晖照耀着树梢。望着被夕阳染成玫瑰色的树林，徐哲内心突然生出怪怪的念头：太阳升起终究还要落下，树林绿了早晚还得凋零，人活在世上最后都会死去……这一切又有什么意思呢？这个念头的产生，顿时使他眼前的一切都罩上了一层灰蒙蒙的颜色。一切都那么百无聊赖，一切都那么无可奈何。一个老农赶着两只山羊从树林旁走过。徐哲认识那老农，是学校驻地村里的一个老光棍，每日靠放羊和种田度日。老农、山羊、光棍，这又有什么意思呢？目送老农和山羊远去，徐哲感到前所未有的恐慌和寒冷，这寒冷是从心底里透出来的。他无法想象，若干年后自己会不会是今天的老农。徐哲沿着小树林走着，一座坟丘映入眼帘。以前他独自看到坟丘总有几分恐惧，可现在他看到这个在暮色中有些孤零零的土堆，却蓦然生出一丝温馨。唉！——徐哲长叹了一口气。他觉得土堆下面的人令人羡慕。远离了烦嚣，没有了苦恼，一切是那样宁静而安详。他倚着土堆旁一棵粗壮的柳树坐了下来，漠然地注视着眼前的一切。不知不觉中，他恍然间睡在了温暖的地下，一间房子虽不大，但很清静而舒适。"这就是我梦寐以求的家吗？"徐哲在问自己。隐约中徐哲听到一个甜甜的声音在喊自己的名字，那声音好像是从地的外面传来的，叫他赶快出去。徐哲极不情愿地想：我好不容易来到这里，干吗要出去。尽管那声音一个劲儿地在喊，徐哲还是不愿回答。无奈那声音一刻也不停息，徐哲便应了一声，朦胧中睁开了眼。暮色沉沉，几颗星星开始在寂寥的空中闪烁。"徐哲，你怎么睡在这儿？"声音焦急而真切。循着声音，徐哲看到了一张清秀而熟悉的脸。"我……我……"徐哲完全清醒了过来，他有点儿不知所措，猛地站起身。"廖秀玉！你？我？……"徐哲显然有些语无伦次，他的脸红了，心里充满了吃惊和紧张。见徐哲一脸狐疑的样子，廖秀玉道："我去姨妈家吃饭，回来看到你在这儿。"徐哲知道廖秀玉的姨妈家就在学校驻地，隔三差五姨妈常叫她到家里吃饭。听廖秀玉这样说，徐哲讪讪地笑了笑，强忍着不让眼泪流出来。见徐哲回过神来，廖秀玉说："马上就上晚自习了，快回教室吧。"说着先走了。徐哲迟疑了一会儿，定了定神，随后也回了教室。

这一夜，徐哲怎么也睡不着。见寝室内的同学个个香甜地睡着，辗转反侧的徐哲索性披衣坐了起来。看着窗外黑黢黢的夜空，他感到茫然无措。一会儿是郁老师语重心长的话语和期望的眼神，一会儿是奶奶长长的叹息，一会儿又是廖秀玉清秀的脸庞。他突然对廖秀玉傍晚的话产生了怀疑，因为廖秀玉从姨妈家回来不该走操场边这条路。不知过了多长时间，徐哲才迷迷糊糊地入睡。早上醒来，头脑昏昏沉沉。这之后，徐哲每日在懵懵懂懂中度过。

在惶恐不安中，徐哲迎来了高考的日子。徐哲他们的考场在临近公社的一所中学，离他们的学校有十几里路。去考场集合住宿的前夜下了一场小雨，早晨的路上还有些积水，坑坑洼洼的乡村路上多了些泥泞。参加考试的四个班的二百多名同学，在各自班主任老师的带领下骑车逶迤而行。不知是有意还是无意，廖秀玉距徐哲总是隔着一两个同学，不远也不近。每看到廖秀玉的影子，徐哲的心就会扑扑地跳。走着走着，突然听到一声"哎哟"，徐哲扭头一看，见廖秀玉骑的车前轮陷在一个泥坑里，廖秀玉想从车上下来，但车身摇晃不稳，她骑不动又下不来，连人带车一下子歪在地上。徐哲心里一惊，停了下来，正在犹豫间，看到离廖秀玉最近的一名女同学已下车将她扶了起来。大家又继续往前走，徐哲感到非常懊恼，他知道自己若要去扶廖秀玉，同学们肯定会投来异样的目光，因为平时男女同学是不接触的。但廖秀玉在自己不远处摔倒，而自己没能上前帮一下，又觉得心里不安。一路上徐哲的脸总感到火辣辣的，内心充满了愧疚。

两天半的考试结束后，徐哲并没有感到太多的轻松，相反内心更增加了惆怅和迷茫。以前他非常喜欢考试，因为每次考试后都会得到老师的表扬和同学们的羡慕。可从进入高二以来，他却畏惧起了考试，把考试当成了负担。成绩的每一次下降，就使他的恐惧增加一分。高考时每考完一门课，同学们在谈论自己的得失对错，他都木木地躲在一边。他觉得自己考得很吃力，不知道结果将会是什么，但又不愿过早地知道结果。

30

在家等待考试结果的日子应该是激动而又紧张的，可徐哲看上去却心静如水。这当然不是缘于他的自信，而是内心变得越来越麻木。他没有憧憬拿到录取通知书时的喜悦，更多的是考虑以后日子该如何度过。看到徐哲的样子，徐王氏除了叹息没有别的办法。她自然看出了徐哲考试的不理想，但她仍宽慰着自己，盼望着徐哲不至于得考很差，哪怕是考上一所最一般的学校，只要能离开这个家，以后自己能顾了自己，不至于掉到地下。考试成绩下来了，徐骏过了录取分数线上了一所建筑学校，而徐哲名落孙山。尽管早就有了思想准备，但他仍感到了莫大的悲哀。徐王氏的叹息声更勤了，她虽然没有责备徐哲什么，可那长长的叹息声像鞭子一样抽打着徐哲的心。天上的太阳没了一点血色，一切变得更加灰蒙蒙的。十七岁的徐哲深深体会到了什么叫迷茫，他只有默默地干着家中的一切活，以减轻自己内心的酸楚和在奶奶面前的愧疚。

这天下午，徐哲背着一大筐猪草回到家，见郁老师来了。郁老师正和徐王氏拉着家常，徐王氏面色忧郁，不住地叹气："别的孩子考不上倒还好说，可这孩子……"郁老师见徐哲进了院子，忙用眼色制止徐王氏，徐王氏止住了话题。徐哲看到郁老师，赶紧进屋打招呼。这是郁老师第一次来徐哲家，从和徐王氏的啦呱中才了解了徐哲的身世和境遇。郁老师抚摸着徐哲的头，沉默良久，道："这次你主要是没有发挥好，不要太往心里去。学校里研究让一部分平日成绩不错的落榜生回校复习，我是来通知你开学的时候再回学校复读。"徐哲内心十分感激，但没有表现出应有的喜悦，因为并不是每个人都能回校复读的。他平静地对郁老师道："老师，让我再想想行吗？"听了徐哲的话，郁老师和徐王氏都感到吃惊。徐王氏道："你老师为了你大老远跑来，别的孩子想回去复读还捞不着，你还想啥？"可徐哲还是一脸的平静。郁老师见状，只好道："也行。你好好想想，这个机会很难得。尤其是你基础很好，好好再复习一年，明年考上不应该有问题。"又说了几句闲话，郁老师便起身告辞。祖孙俩把郁老师送出门外，徐哲又陪着郁老师走了好长一段路，直到郁老师几次催他回去，徐哲才停下了脚步。等看不见郁老师的影子了，徐哲才折身回家。

回到家，徐王氏不满徐哲对郁老师的回话，责问道："你老师叫你再回学校复读，你咋不答应呢？"徐哲沉默了好大一会儿，才道："奶奶，我不想再上学了。"徐王氏听了有些生气，垂泪道："你，你不上学，以后咋过呢？"徐哲像是对自己又像是对徐王氏道："我要自己养活自己。"徐王氏无可奈何，只唤自己命苦。

过了几天，徐哲给郁老师写了封信，信中除了对郁老师表示感谢，又道：

"……郁老师，我决定不再回校复读，主要是我感觉自己的心麻木了。每日里我总感觉精神恍惚，心不在焉，对任何事情都失去了兴趣。我担心像我这个状况下去，明年也不会有好的成绩。如果那样，岂不更让您和家人失望，对我来说又是一次更大的打击。与其如此，我想还不如另辟蹊径，创出一条道路。不管怎么说，以后的日子我不会让您和我奶奶失望的……"见徐哲主意已定，徐王氏知道如果太拗着他会出问题，也就不再提这事了。几名要好的同学来安慰徐哲，有的已拿到录取通知书但怕刺激他便避开不提，其实徐哲已知道，便从心里表示祝贺。见徐哲并不在意，有同学便告诉了他班里一共有多少名同学考上。徐哲在一名同学无意的话语中，得知廖秀玉考上了一所师范学校，他委实感到高兴。

一个月后，考上的同学都去报到了，复读的同学也回了学校。徐哲对徐王氏道："奶奶，我打算出去干活。"徐王氏道："你身子单薄，出去能干些啥呢？"徐哲道："我想找找元络大爷，求他帮我在公社里找点事干。"徐王氏沉思了一下，道："你元络大爷的路子要比你叔多些，你要想去，我去找你大爷，看能不能找点适合你干的。"徐元络是徐王氏未出五服的本家侄子，在公社当干部十几年了，他性格随和，乐于助人，人缘广，路子多，为村里人办了不少事，很受人们的敬重。

这天是星期六，徐王氏估计徐元络可能来家，吃罢晚饭，徐王氏就来到徐元络的家里。元络媳妇见徐王氏进家，亲热地叫着婶子。请徐王氏坐下，元络媳妇问长问短，拉着家常。徐王氏道："他元络哥每星期都回来吗？"元络媳妇道："不一定，有时候忙了，几个星期回来一回。在公社里干这点事，整日里忙得跟啥似的，多咱回来也没个正准儿。"徐王氏道："人不是常说'官身不由己'嘛。"元络媳妇笑道："啥官不官身，吃哪家饭就得受哪家管。"两人正唠着，院外传来一阵铃铛声，元络媳妇道："说曹操，曹操就真的到了。"话音未落，徐元络推车进了大门。见徐王氏在屋内，徐元络赶紧放好车子进了门，叫了声"婶子"，问道："您吃过晚饭了？"徐王氏忙回说吃过了。元络媳妇问元络吃了没有，元络道："今天单位上有个应酬，我已经吃过了。"元络媳妇用脸盆端来洗脸水，让元络把脸洗了，赶紧又递上毛巾。徐元络擦干了脸，问媳妇道："没给婶子冲上茶？"元络媳妇道："刚烧好了水灌到暖壶里，你这一进屋就忘了冲。"说着赶紧去洗茶壶和茶碗。徐王氏道："他嫂子你别忙乎了，刚吃过饭，一点也不干渴。"元络道："婶子你也老长时间没来我家了，冲壶茶喝着，咱娘俩慢慢拉。"说话的功夫，元络媳妇用一把青花茶壶冲好了茶端了上来。徐元络把徐王氏让到了上座椅子上，倒了碗子茶水递到跟前。徐元络也给自己倒上一碗子，端起来呷了一口，然后道："听说徐哲差一点没考上大学，可他又不愿再回校复读？"徐王氏叹口气道："唉！——谁说不是呢。"元络又道："那他现在在家干啥，以后有啥打算吗？"徐王氏回道："这不就为这事来找你呢。"元络道："我能帮上啥忙吗？"徐王氏道："这孩子想让你帮他在公社里谋个事干干。"徐元络沉吟了一下，道："按说，徐哲这孩子挺聪明，各方面也不错，没能考上是不该。但要是从此在家里下地劳动，又可惜他。"徐王氏道："自从去年他那个后妈跟我闹别扭，这孩子就一天天变了，整日里闷头不语，有时还恍恍惚惚，像掉了魂似的。"徐元络劝徐王氏喝茶，然后道："是啊，这孩子心小，遇事爱搁在心里。"徐王氏掏出手绢抹起眼泪来："我真是命不济。今年考不上明年再考也行啊！这不他老师来叫他回学校再上学，可他说不想再上了。我拿他也没办法。"元络劝慰着徐王氏："既然这样，也别拗着他，不然会出问题。"徐王氏道："我也是这样想，事到如今，只好依着他吧。"徐元络道："婶子你说的话我记下了，公社里若有徐哲合适的差事，我会告诉你。这阵子叫徐哲多散散心，也别老在家里憋着。"徐王氏说是的。又聊了些别的家常，看看天色不早，徐王氏起身要走。元络夫妇留她再坐一会儿，徐王氏说不了，等有空再来玩。夫妻俩便送徐王氏出大门，刚出门口，见徐哲来接徐王氏。徐哲见了徐元络夫妇，赶忙叫了声大爷和大娘。徐元络又安慰了徐哲几句，便目送祖孙俩回了家。

31

这天，徐元琐和颜青回来了。徐王氏便把找徐元络帮徐哲在公社里寻活干的事告诉了他们。徐元琐没吱声，颜青却面有不悦，道："他叔就在公社里上班，干吗还要找元络哥？"徐王氏道："我不是寻思着你元络哥在公社里待得时间长，路子也广些嘛。"晚上，颜青对徐元琐道："他奶奶这不是看不起你嘛，有啥事还瞒着你去找别人。"徐元琐听了有些不耐烦，应付道："一家人哪有这些说道？再说找谁办还不一样。元络哥在公社里毕竟比我时间长，人缘也比我广。"颜青听了虽不服气，却也不好再说啥。

徐元络和公社办公室主任郝仁关系不错，便抽空将徐哲的事和他说了，希望郝仁给徐哲安排个事干。前几年学校搞文艺汇演的时候郝仁当过评委，对徐哲有些印象，而且印象不错。听了元络的话，说："这孩子今年没考上是有些遗憾，咋不回校复读明年再考呢？"徐元络道："这孩子心理压力太大，恐怕明年不一定考上。要是再落了榜，对他的打击会更大。"郝仁道："这与他的家庭环境有关。"徐元络道："谁说不是呢。"郝仁抽出两支烟，递给徐元络一支。徐元络接了，并掏出打火机，先给郝仁点上，然后再给自己点上。郝仁深深地吸了一口，然后徐徐地吐出，对徐元络道："听说这孩子文采不错。"徐元络道："是啊，这孩子语文成绩突出，尤其作文写得好。平日班里的黑板报上还常常登他写的一些诗歌。"郝仁沉吟了一会儿道："办公室公务员小张不打算干了。要不等小张走了后，让徐哲来干。"徐元络道："要是这样，那敢情好了。"

徐元络回家时把找郝仁的事同徐王氏和徐哲说了，祖孙俩自是高兴。徐王氏更是感激，一个劲儿地抹着泪道谢。晚上，徐王氏把自己腌的咸鸡蛋煮了十几个叫徐哲给徐元络家送去。见徐哲拿着咸鸡蛋来,徐元络两口子说啥也不要。徐哲道："俺奶奶说家里没啥稀罕的，拿这几个咸鸡蛋让俺大爷下酒用。"徐元络夫妇还是不收。徐哲流下眼泪道："大爷大娘再不要，我就跪下了。"徐元络见状，只得让媳妇把咸鸡蛋收了。

　　过了半个月，徐元络来告诉徐哲，让他第二天到公社办公室报到。翌日徐元络领着徐哲来到公社办公室，找郝仁报了到。郝仁打量了一番徐哲，微微点了点头。徐元络和郝仁简单聊了几句，便告辞了。临走嘱咐徐哲遇事多听郝主任的话，徐哲应了，目送徐元络回了自己的办公室。郝仁对徐哲道："你的事你元络大爷都和我说了。先在这里干着，以后一切都会好起来的。你在这里的工作就是打扫卫生，分发报纸信件，还有一些其他跑腿之类的事。工资每月先定 30 元，时间长了还会再长。"徐哲感激地应着。郝仁又将办公室的刘副主任和孙秘书向徐哲作了介绍。

　　干了不到一个星期，徐哲就因勤快少言、脑子灵活受到了大家的一致好评。徐哲干起这份工作来得心应手，慢慢地脸上挂起了笑容。一日徐哲分发完报纸回到办公室，见孙秘书一人在屋内伏案写东西。看到孙秘书茶杯里的水不多了，徐哲便提了暖壶给孙秘书茶杯里添水。孙秘书没抬头，只是"哼"了一声。该做的事都做完了，临时没有人指派他干啥，徐哲便拿起一份报纸翻看起来。这时电话铃声响起，孙秘书接了电话，说了几声"是，是"。放下电话，起身对徐哲说道："小徐你看会儿门，我出去办点事。"徐哲应着，孙秘书便出了门。出于羡慕和好奇，徐哲来到孙秘书办公桌前，看起了孙秘书正在写的一份汇报材料。不大一会儿，孙秘书回来了，见徐哲正在看他写的材料，便道："怎么样？听说你语文很不错，还常写个诗啥的。给指教指教吧。"徐哲连忙离开孙秘书的办公桌，不好意思道："哪里哪里，孙秘书您别笑话我。"孙秘书坐回桌旁，继续写起了材料。徐哲在旁边站了一会儿，一副欲言又止的样子。鼓了鼓勇气，他小声对孙秘书道："孙秘书，走投无路的'投'是投奔的投，不是到头的头。翻一番的'番'是没有'羽'字的番。"孙秘书听了，看了看自己写的稿子，又看了看徐哲，脸上有些不自然，嘴里道："你还真行。是我笔误了。"

　　颜青嫌在翻砂厂做临时工又苦又累，非要徐元琐找人给她换个清闲点的工作。徐元琐也觉得颜青现在的工作苦累不说，三班倒的时间也确实别扭，于是答应了颜青的要求。正巧公社食堂的老王因病回了家,还未找到合适的人顶替。徐元琐便托了食堂管理员夏河的关系,让颜青顶了老王的缺。

徐哲自来公社做事,常抽空到元琐家帮着干些活,徐元琐自是高兴。颜青虽然对徐元琐常叫徐哲来家吃饭有些不悦,但见徐哲手脚勤快能帮自己做不少事,便也不再说啥。颜青在食堂负责开饭时给人打菜,这是个美差。同样钱的菜,勺子头一歪便不一样。所以到食堂就餐的人都报之以笑脸,就连平时在路上见了,也都主动同她打招呼。这日食堂进了新鲜蔬菜,所以中午来食堂打菜的人比往日添了许多。孙秘书最喜欢吃西葫芦炒肉,当他看到别人打了菜回去,碗里正是自己喜欢吃的菜,便迫不及待地往食堂赶。等到了食堂,盛西葫芦炒肉的菜盆里已见了底,孙秘书赶紧把搪瓷缸子和菜票从小窗口递给颜青。颜青见是孙秘书,给了他一个诡秘的笑,孙秘书也回了颜青一个笑。孙秘书后面紧挨着龚大娘,她也准备要一份西葫芦炒肉,看着盆里不多的菜,她觉得怎么也够自己和孙秘书两份的。谁知颜青拿过孙秘书的碗,将盆里的菜全倒了进去。孙秘书有点儿不好意思,只好再给颜青一个笑。龚大娘见状,禁不住道:"哟,孙秘书,你这碗菜两份也得多吧?"孙秘书没说啥,只听颜青道:"你没看见碗里全是汤嘛。"龚大娘知道颜青不是个善茬,也就不再和她理论,另要了一份别的菜拉倒。

32

郝仁告诉孙秘书,说张书记后天就要到县里开会,叫他赶快把汇报材料写出来。孙秘书因近日回家办了点事,耽搁了些时间,便晚上加班赶写材料。

颜青自打在食堂上班,工作轻快不说,空闲时间也多了。她便也和坐办公室的人一样,每吃完晚饭,就出来溜达散步。这日颜青晚饭后出来穿了一件荷绿色紧身上衣,恰到好处地勾勒出她略显丰腴的线条。白皙的脖子被荷绿色一衬，更增加了几分妩媚。在马路上溜达了半天，见天色黑了下来，颜青便往回走。走到公社机关大门口时，颜青不由自主地拐了进去。进了院子看到一间办公室亮着灯，她瞅了瞅是孙秘书的办公室，两脚不自觉地踱了过去。透过玻璃窗，颜青见孙秘书正抽着烟低头写东西。颜青犹豫了一下，还是轻轻敲了一下门。听见敲门声，孙秘书没抬头说了一声："进来！"颜青便推开门走了进来。孙秘书抬起头见是颜青，微微怔了一下："嫂子是你？"颜青莞尔一笑："怎么，就不能是我？"孙秘书放下笔："哪里哪里，嫂子有事吗？""非得有事才能来吗？"颜青笑看着孙秘书。孙秘书听着颜青的话，看着她桃花般的笑脸，心跳不由得加快了。颜青一来食堂，孙秘书就看着她与别的女人有些不同。不同在哪里，孙秘书一时也说不清楚。时间一长，见面次数多了，孙秘书便感觉出了颜青身上那股生性的泼辣。孙秘书之所以叫颜青嫂子，是因为他比徐元琐小一岁，可他比颜青还要大一岁。不知怎的，有时孙秘书会从颜青的眼神里感觉到一种异样的东西。起初他以为是自己的错觉，可日子久了，孙秘书明显地清楚了那种异样的东西是什么。看着眼前的颜青，只见她头发微卷，胸脯鼓胀，白皙的脸庞泛着淡淡的胭脂红，一双眼睛荡着秋波，孙秘书感到浑身的血液直往头上涌，不由得飘飘然起来。愣怔了会儿，孙秘书一下子清醒过来，他有些脸红地同颜青搭讪着："徐大哥在家干啥呢？"颜青道："他呀，三天两头不在家，一天到晚见不着个人影子。""徐大哥整天不在家都忙些啥？"徐秘书有些不解。"他能忙啥？瞎忙呗！"颜青道。"别是在外面有相好的了吧？"孙秘书开玩笑道。话刚说出口，孙秘书觉得有些不妥。不料颜青并未在意，反而道："哼！他要是有那个本事倒好了。"孙秘书不明白颜青这话的意思，没再往下说，坐下来道："张书记等着要材料，我得赶紧写出来。"说着拿起了笔。孰料颜青靠前一步道："我就羡慕你们这些耍笔杆子的，整天和领导打交道，要地位有地位，要前途有前途。"不知是有意还是无意，颜青鼓鼓的胸脯触到了孙秘书的胳膊。孙秘书浑身的血液又开始急速流淌，脑门上沁出了细细的汗珠："嫂子，我这材料……徐大哥他……外面可能有人……"见孙秘书语无伦次一脸惊恐的样子，颜青莞尔一笑道："孙秘书现在忙，我就不打扰啦。""好，好。"孙秘书赶紧道。颜青一阵风似的出了屋，留下一缕淡淡的清香。孙秘书望着颜青的背影，好半天才缓过神来。

连着闷热了好几天，这日下午天空终于罩满了云彩。云越积越多，天黑得像是倒扣着的锅底。一阵凉风吹来，开始落下大大的雨点。不一会儿，大雨就像瓢泼似的下了起来。等到雨停时，已是傍晚时分。徐哲被郝主任派往黄家洼大队送一个紧急通知，被大雨淋在那里。雨停后，他便赶紧往回赶。道路泥泞，仅十几里的路，徐哲走了一个多小时。回到公社大院时，天已经完全黑了下来。食堂的刘大爷打扫完卫生锁上门刚要走，看见了双脚是泥的徐哲，忙问他干啥去了，吃饭了没有。徐哲回说去黄家洼刚回来，还没顾上吃饭。刘大爷忙又开了门，对徐哲道："菜都卖完了，还有几个馒头。"说着进门拿了三个馒头给徐哲。徐哲说："大爷，我身上没有饭票，等明天一块儿给你吧。"刘大爷说："行，快回去吃吧。"徐哲拿着馒头回到宿舍，倒了一杯开水，就着一块儿萝卜咸菜把三个馒头吃了。同宿舍的小张外出办事没回来，徐哲觉得无事可干，寻思着有几天没到叔婶家去了，便锁了门奔了徐元琐住的地方。雨虽停了，可天空还是罩着厚厚的云彩。没有路灯的地方黑得看不见人影。徐哲想起前些日子听徐元琐说小愣吵着想奶奶，准备有空闲时和小愣回老家一趟。心里想着的工夫，就到了徐元琐住的那间仓库。因是原来的仓库用房，四周近处没有住家，加上刚下过雨天又黑，所以更加显得寂静空落。到了徐元琐住的那排房子，拐过墙角走到门口，见徐元琐屋内没亮灯。徐哲以为屋内没人，踌躇了一下准备往回走，却听见屋内有动静。仔细听了听，像是有人说话的声音。徐哲觉得不解，定睛看了看门上没有挂锁。正在纳闷间，听见屋内是一个男人和女人的说话声。声音不大，徐哲却明显地听出那个男人的声音不是叔父徐元琐。徐哲心里一激灵，他觉得那个男人的声音好熟。一阵沉默后，是颜青"吃吃"的笑声。一会儿又听到两个人含混不清地说着什么，并有粗粗的喘息声。那个男的道："要是叫徐元琐知道咋办？"又听颜青道："他知道又怎样，谁让他现在成了废人。""是孙秘书！？"徐哲听出了那个男人的声音，他心里猛地一惊，不知该怎么办。他想冲进屋去，可又觉得不妥。想了一会儿，只好蹚身走开。他知道近来叔父徐元琐老往医院跑，还去了省里的大医院。可徐元琐从不跟别人说得了啥病，只是常听两口子吵架，而徐元琐却在颜青面前总像是做错了什么事。

连着几天，徐哲的心里像是堵着一块儿大石头，憋得他喘不过气来。他知道了那天是徐元琐送小愣回老家没回来，颜青趁此机会叫孙秘书去了她的屋。他不知该不该把那晚上的事告诉徐元琐。犹豫了几天，他还是抽机会嗫嚅着将那晚上听到的事和徐元琐说了。徐元琐听后脸上白一阵红一阵，半天没吱声，最后他叫徐哲千万不要再把此事告诉别人。徐元琐无论如何也咽不下这口气，便借故找颜青的茬。一日两人又吵闹起来，徐元琐吼道："你真不要脸，干些见不得人的事。"颜青反驳道："我干什么见不得人的事了？"徐元琐道："你别不承认，我送小愣回老家那天你在家干了些什么？"听了这话，颜青便觉底气不足，但还是嘴硬："你胡说些什么？"徐元琐气急之下道："你别以为没人知道，那晚徐哲来咱家，你们的事他都听到了。"说完后徐元琐起悔来，他觉得不该把徐哲牵扯进来。可话已出口，却也收不回来。颜青听后自知抵赖无用，便反唇相讥："我干了怎么了？你没用难道让我守活寡！"徐元琐听了，"嗷"的一声，抓起桌子上的茶杯猛地摔在了地下，然后使劲用双拳捶自己的头。

这日颜青偷偷把徐元琐对她发火的事同孙秘书说了。孙秘书问："他怎么知道的？"颜青道："这事不知咋叫徐哲知道了，告诉了他叔。"孙秘书道："嫂子，以后咱就不要来往了，免得……"颜青看着孙秘书道："怎么，你怕了？我都不怕你怕啥。"孙秘书沉默一会儿道："这事让人知道了终归不好。"见孙秘书有些胆怯的样子，颜青突然问："徐哲这孩子在这里干得怎样？"孙秘书有些不解，如实道："都反映不错，人老实脑子又灵活。"颜青恨恨地说："我就不相信他啥都干得尽如人意。"孙秘书疑惑道："你这是啥意思？"颜青冷笑道："亏你还是个大秘书，他就能啥错不犯？"孙秘书明白了颜青的意思，面有难色道："你是说……这恐怕不大好吧？""你难道不懂什么叫'无毒不丈夫'吗？"颜青有点儿咬牙切齿了。看到颜青这个样子，孙秘书禁不住感到后背冒冷气。他突然觉得眼前这个女人是如此可怕，心里有点儿后悔不该和她有那些事。颜青见孙秘书一脸惊骇的样子，忙换上一副温柔的笑脸。她轻轻依偎在孙秘书的怀里，摩挲着孙秘书的脸颊，甜甜地说："你不要这么狠心，人家已经离不开你了嘛。"孙秘书刚才的惊恐被颜青的温柔和抚慰一下子融化了，他实在抵挡不住颜青身上散发出的诱人的气息，情不自禁地紧紧拥住了颜青。

33

徐哲去传达室取报纸和信件，看到里面有自己的一封信。信封上的字体秀气而干练，下面寄信人的地址是"×××师范学校"。徐哲的心跳开始加快："莫非是……"他赶紧拆开信封，翻到最后一页，果然是廖秀玉的名字。把信装进口袋，赶快分发完手里的报纸和信件，徐哲找到一个没人的地方掏出口袋里的信，急急地读了起来。"徐哲同学：你好！早就想给你写信，一来不知道你毕业后在干啥和你的联系地址，二来刚到一个新的环境还没有完全适应，心里觉得无所适从，所以拖到现在才和你联系。我是从别的同学那里知道你现在的情况的。你的落榜可以说既出乎我的意料，又在我的意料之中。但我听说你拒绝回校复读后，感到有些不解，也替你惋惜。当然，你可能有自己的想法和苦衷。每个人都只能自己选择自己的人生道路，这一点我理解你。作为同学，我只是希望你不要被眼前暂时的困难和逆境所压倒，更不想看到你因此而沉沦（我当然知道你不会）。条条大路通罗马，不管干啥，你会创出一条属于自己的发展道路的……"信中，廖秀玉向徐哲介绍了自己所在学校的一些基本情况和入学后的一些感受，信的末后，廖秀玉写道："……收到我的信，你可能感到有些突兀。是啊，高中生活，我们是多么封闭呀。那个环境我们的交流是那样的困难，现在想想真是有点儿好笑。我们都已是成年人了，离开中学，与社会交往多了，眼界也开阔了，望我们能常保持联系，相互交流学习，共同进步。"廖秀玉的信，徐哲连着看了三遍。十八岁的徐哲已经懂得了男女间那种特殊的情感，但他在廖秀玉面前却感到自卑。两年的高中生活，虽然廖秀玉的身影老在他脑海闪现，懵懵懂懂中对廖秀玉有深深的好感，可他从未幻想自己能和廖秀玉会走到一起，尽管在他心里是那样的渴望。在农村，像他这个年龄的孩子如果在家务农，已经到了找媳妇的时候。徐王氏曾对他说，有好些热心的来家中提亲，问他愿不愿定亲。徐哲从心里对此不感兴趣，面对祖母的询问总是摇摇头。在他内心深处认为那是一种神圣的情感，他不敢奢望那种神圣的情感会降临到自己身上，但又不甘心像周围同龄的农村青年那样，找一个媳妇在以后的日子里过着"老婆孩子热炕头"的生活。廖秀玉主动给他来信，徐哲心里除了激动外更多的是感激。他当然明白廖秀玉除了鼓励自己，还有别的意思。可他在心里问："我配吗？""你不配，起码现在不配。"他回答自己。于是，在给廖秀玉的回信中，他斟酌着每一句话和每一个用词，说得客气而谨慎。

　　这日徐哲上班早早地打扫完卫生，又将几个暖壶的水灌满，便去了一趟厕所。回屋时，郝主任、孙秘书等人也陆陆续续地来了。进了屋，徐哲感觉气氛有些不对，见孙秘书一脸生气的样子，郝主任也一脸的严肃。徐哲不明就里，望着他俩。郝主任对他道："孙秘书说他刚买的一块儿上海牌手表不见了，你打扫卫生没见到吧？"徐哲回道："没有哇。孙秘书的桌子上除了茶缸子和几页信纸没有别的。"郝仁又对孙秘书道："你不要着急，慢慢找找，说不定落在别的什么地方。""我记得清清楚楚昨天下午下班时放在桌子上了，绝对不会有错。"孙秘书说这话的时候看着徐哲，"门窗都好好的，也没有别的人进来。昨天下午好像是徐哲最后一个走的，今早也是第一个来。"孙秘书说话的时候神情怪怪的，让徐哲感到很不舒服。于是徐哲道："我是昨天下午最后一个走，今天早上也是第一个来。可我确实没有看到您的桌子上有手表。昨天下午我走时还专门把您茶缸子里的茶叶倒掉，根本没看到桌子上有手表。"孙秘书冷笑了一声道："这倒怪了，难道它长了翅膀自己飞了不成。"郝主任道："事情要调查清楚再说，不要轻易下结论。"孙秘书却话里有话地说："人做错了事不要紧，要是不承认可就是错上加错了。"徐哲刚要说啥，郝仁正色道："孙秘书，事情还没搞清楚，你不要无端猜疑。"孙秘书道："事情不是明摆着嘛，我怎么是无端猜疑？""那你说是谁拿了你的手表？"郝主任道。孙秘书眼睛瞟着徐哲道：

"非要让我说出名字来吗？""能说你就说出来！"郝主任看着孙秘书。孙秘书嗫嚅着："昨天下午谁最后一个走，今早上谁又最早一个来？"徐哲听孙秘书如此说，既生气又委屈，争辩道："孙秘书，你说话要有根据。"孙秘书哼了一声，还要说什么，郝主任正色道："都不要说了，等事情搞清楚了再说。"几日里，孙秘书一直用仇视的目光看徐哲。徐哲出去办事，总觉背后有人指指点点说着什么。机关里传出一阵风，说办公室里有了贼，连孙秘书的手表都敢偷，隐隐约约还说什么"家贼难防"之类的话。徐哲同人打招呼，人家的目光里也含着异样的神情。徐哲第一次体会到了什么叫栽赃陷害，也明白了什么叫人言可畏。他知道这是孙秘书为自己设了一个陷阱，原因肯定是和颜青的事败露了而怀恨在心。徐哲一时不知该怎么办，他觉得自己以后可能在这里干不下去了。他知道郝主任相信自己绝不会干那种事，可在没有弄清事实真相之前，郝主任也没有办法证明自己的清白。他想把孙秘书和颜青的事跟郝主任说，但又觉得不妥，那样会让徐元琐在人前更抬不起头来。几天后的一个下午，等大家都下班走了，郝主任把徐哲留了下来。面对徐哲，郝主任欲言又止。见此状，徐哲心里明白了八九分。他直视着郝主任道："郝主任，您有话尽管说。"郝主任掏出一支烟点上，深深地吸了一口，说道："徐哲，我真的不知该咋和你说。"见徐哲在那里站着，郝主任拉过一把椅子叫他坐下。待徐哲坐定，郝主任缓缓地说："徐哲，前几天孙秘书去找了张书记，把丢手表的事和张书记说了。张书记又找了我问我是否查出了偷手表的人。我和张书记说孙秘书丢手表的事有点儿蹊跷，可张书记说在公社机关里出了这种事影响总归不好，并说在你未来之前还没发生过类似事情。"郝主任又沉吟了一会儿，道："徐哲，要不然咱再换个地方……""郝主任！"徐哲眼里噙满了泪水，他打住了郝主任的话，"我明白了您的意思，我也不打算在这里干了。只是，只是我对不住您和元络大爷。还有，我奶奶要是知道了此事……"徐哲说不下去了。郝主任叹了口气，道："你奶奶那里，我会叫你元络大爷去说清楚。另外，徐哲你也别太难过，真相总有一天会水落石出的。哦，对了。咱公社煤井的负责人章有程和我是好朋友，我把你的事情和他说了。他答应让你先到井上干着，等有合适的活再说。"

徐哲闻听此言，不知咋感谢郝主任，只是说："郝主任，我一辈子都不会忘了您。"郝主任拍拍徐哲的肩，说道："好吧，你先收拾一下东西回家一趟。过两天你就去煤井吧。"徐哲含着泪回到自己住的地方，开始收拾自己简单的行李。这时，徐元络进了屋。徐哲有点儿哭声道："大爷，我对不住您。"徐元络道："社会很复杂，啥事都会遇到。以后处事要多长个心眼。正好我也要回家，你把东西放到我的自行车上我给你带着。不要担心，我会把事情和你奶奶说清楚的。"徐哲感激地点着头。徐元络骑着车先走了，徐哲空着手徒步回家，心里却沉甸甸的。

　　徐元络先到家把徐哲的事向徐王氏说了。徐王氏抹泪道："这孩子的命咋这么不济。"转又道，"也是这孩子有福，又遇见了郝主任这样的好人。"又宽慰和嘱咐了徐王氏几句，徐元络便回了自己的家。徐元络离开不久，徐哲也进了家门。徐王氏没说别的，只是问徐哲何时去煤井。徐哲说后天就去，又愤愤道："我知道是俺婶子和孙秘书搞的鬼。"便把自己知道的事同徐王氏说了。徐王氏叹气道："我早说你叔镇不住家，迟早得会出点事。"徐哲道："这样下去，以后还不知道会出啥事？"徐王氏不让徐哲再说啥，见天色不早，便去准备晚饭。

第八章

34

　　隔了一天，天刚麻麻亮，徐哲搭大队里拉煤的拖拉机去了公社煤井。煤井在南部山区，距徐家村足有一百余里，中间要经过县城。拖拉机开始在坑坑洼洼的土路上颠簸，徐哲的心也随着车厢的震动而忐忑不安，他不知道等待自己的将是什么样的生活。初冬的晨风已有些刺骨，徐哲不得不将身上的衣服裹紧。拖拉机驶到县城的时候，天已大亮。平坦的柏油马路让拖拉机不再颠簸，徐哲感到舒服多了。这是徐哲第一次看到县城，一切都让他感到新鲜而好奇。平坦的柏油路两边矗立着高高的路灯杆子，一个个宽敞的大门上挂着这样那样的牌子。近处几家工厂的烟囱足有几十米高，冒着白色或黑色的烟。好多院子里还立着水塔，让住在里面的人能吃上自来水。路上的行人或骑车或步行，都穿得干干净净，精神头十足。过一个十字路口时，徐哲看到了一座二层楼房，那上面的字徐哲没看清楚，他猜想可能就是大人们以前说的百货大楼了。徐哲心想，生活在这里的人该是多么幸福啊！下雨雪不用走泥巴路，买东西也不用跑老远。就连晚上走路都有电灯照着，不像在家里那样一黑天都不敢出门，生怕被磕着碰着。想着的工夫，拖拉机渐渐远离了县城。看着在视线里越来越模糊的一切，徐哲像是在小憩中做了一个梦。

过了县城往南行驶了一段路，拖拉机就进了山区。七拐八拐又走了将近一个小时，前面不远处出现了一座黑色的小山。等到了跟前，才看清那是一个煤矸石堆。堆积了多年，已有小山那样高。煤矸石堆不远处矗立着一个塔形铁架，铁架下有又长又粗的铁索牵引着铁厢斗上上下下，铁厢斗里盛的是黑黝黝的煤炭。这便是徐哲所在的清河公社的煤井。煤井是清河公社的社办企业之一，能到这里来干活也不是一件轻而易举的事。如果没有郝仁的介绍，徐哲想来这里找点活干恐怕要费一番周折。拖拉机停下后，徐哲从后车斗里下来，和司机姜大叔告了别，便按照郝仁的嘱咐，找到了煤井负责人章有程。章有程见了徐哲显得很亲切，倒了杯水给他。等徐哲喝完水放下杯子，章有程说："郝主任已把你的情况和我说了。按说咱井上都是些粗拉活，实在不适合你。这样吧，你先到锅炉房跟着刘大爷干，等有了合适的活再给你调调。"徐哲道："章叔，给您添麻烦了。我干啥都行。"章有程笑笑："你这身子骨也干不了重体力活。按说下井工资高些，可你承受不了。"说完，打发人领着徐哲去了锅炉房。章有程早和锅炉房的刘大爷打过招呼，见徐哲来了，显得很高兴的样子："这下好了，来了个小伙子，我也轻快了些。"

徐哲和刘大爷每日的活便是把洗澡堂的水烧热，以保证下井工人上来后洗上热水澡。并定时换放澡池里的水，打扫好澡堂内的卫生。刘大爷为人随和厚道，还时不时拽个侃子，逗得徐哲直乐。几日下来，两人处得像是爷俩，徐哲的心情变得逐渐开朗起来。这日刘大爷对徐哲说："孩子，现在池子里的水不冷不热，趁着人少水清，你快下去洗个澡吧。"徐哲听了，高兴地应着便去脱衣下水。池子里的水真是不冷不热，井下的工人还未到倒班的时候，来洗澡的人很少，池子里的水清得能看到池底。这是徐哲长到这么大头一回冷天洗热水澡。暖暖的水泡得他从内到外感到舒服。不知不觉中，他竟全身浸在水中头枕着池边睡着了。他的身心得到从未有过的放松，以至于渐渐进入了甜蜜而温馨的梦乡。他走在一条阡陌小路上，身边丽日下清澈的河水缓缓地流淌，河两岸田野上一片片的庄稼翻着金黄色的波浪。远处他看到一排排高大的建筑时隐时现，于是想象着那就是人们说的大城市里的楼房。他隐约听到一个亲切而温柔的声音喊自己，仔细听听像是廖秀玉。循声望去，果然看见廖秀玉在不远处向他招手。廖秀玉穿一身淡蓝色的裙装，阳光下显得清新淡雅。他一下激动起来，高声答应着朝廖秀玉站着的方向跑去。刚跑出两步，却被一个声音喝住了。他猛地一惊，睁开了眼。旁边有人喊他："你洗澡睡着了，不怕沉到水里淹着？"他感激地望了那人一眼，不好意思地笑了笑。这时，井下工人开始下班来洗澡，看到他们一个个乌黑的脸上只露出白白的牙齿，徐哲心里感到既好笑又好奇。他赶紧洗好穿上衣裳，出了澡池子，心里还想着刚才那个短短的梦。"要是那个梦不醒该多好啊！"他在心里想。来到煤井后，尽管章有程对他很亲切，和刘大爷也合得来，但徐哲的心里总觉得有块东西堵着，使他感到窒息。有时他想好好地哭一场，那样可能会舒服些，可他却又哭不出来。他内心有好多话想向人倾诉，可又找不到倾诉对象。连着几天，夜里他都梦见廖秀玉。白天的时候，廖秀玉的影子总在他眼前晃动。自从那次他客气而又委婉地给廖秀玉回了信，两人没有再联系。他好想再收到廖秀玉的信，可他又怕再收到廖秀玉的信。每当想起廖秀玉，他的内心就像针扎一样难受。情窦初开的他们，当然有着自己的心事。徐哲自然也明白廖秀玉的意思，可徐哲总在心里反复问自己：你配吗？他努力压抑着内心的情感，殊不知越是压抑那情感就像地球深处的岩浆越想努力地向外迸发。澡堂子里的梦，让徐哲稍许平复的内心再次掀起波澜。他突然觉得自己内心的积郁和满腹的衷肠似乎有一个人能够倾听，那就是廖秀玉。下班后吃过晚饭，同宿舍的刘大爷到附近村子里串门去了。徐哲坐在那张有点儿"吱呀"直响的三抽桌旁，信手翻阅起一本早已泛了黄的旧书，书的名字叫《少年维特的烦恼》。翻开又合上，合上又翻开，徐哲一页也看不到心里去。他于是抱头瞑目，努力使自己什么也不去想。过了一会儿，他从铺盖底下拿出一沓信纸，然后掏出钢笔，刷刷地在信纸上写了起来。一提起笔，他的思绪像是开了闸门的河水汩汩流淌起来，他感到了从未有过的舒畅和痛快。笔尖在信纸上犹如春蚕吐丝般延绵不断，待他画上最后一个句号时，信纸已写满了整整十几页。他把十几页信纸折叠起来装进一个信封，然后在信封上写上收信人的名字，最后用糨糊把信封粘好。信是写给廖秀玉的，徐哲准备明天把信寄出去。第二天早上，徐哲来到邮筒前，在准备将信塞进去的那一刹那，他内心又犹豫起来。东方的太阳挂在天上，被一片云彩遮住了半个脸。徐哲突然一下子把信撕了，撕得粉碎，然后把碎纸屑扔进了旁边的一个水塘里。

35

这日徐哲打了午饭端着碗正往寝室走，被传达室的张大爷叫住了，并把一个大号信封的邮件递给他。徐哲接过一看，信封下面印着大红的"××编辑部"字样。他的心开始突突地跳，赶紧回到寝室放下干粮和碗，忙不迭地拆开信封。里面是一本杂志，并附有一短笺。短笺上写道："徐哲同志：大作本刊已采用。现寄上样刊，请查收。希以后常赐佳作。"看罢短笺，徐哲急忙翻开杂志，找到登载自己作品的页码。那上面有一篇名曰《迷茫》的诗，标题下面清楚地印着"徐哲"二字。徐哲的眼泪不自觉地淌了下来，拿着杂志的手在微微地颤抖。刘大爷见状忙问他怎么了，徐哲自知失态，忙笑了笑道："大爷，我的一首诗发表了。"刘大爷有点儿不大相信："啥？你写的诗印到书上了？"徐哲点了点头。刘大爷猛地拍了一下徐哲的肩头，哈哈笑道："没想到你小子还是个秀才！"自这日起，煤井上的人都知道徐哲会写诗，而且还上了杂志。

一个星期后，徐哲突然收到了廖秀玉的来信。信是先寄到清河公社办公室而后转到煤井的。徐哲急急地拆开信，读完之后，知道是廖秀玉看到了自己发表的诗后给自己写的信。信中除了关切，更多的是鼓励。信的末尾写道："……你暂时的迷茫我完全能够理解，但我相信你的前途是不会迷茫的。事实证明你的才华不会被埋没，你是一块儿尚未雕琢的璞玉，有朝一日终究会发出光彩来的。现在你可能处在人生低谷，你会慢慢走出低谷，创出自己的一片天地。"廖秀玉还在信中谈到自己过几天放寒假回家，希望能见到他。廖秀玉的来信，使徐哲稍归沉寂的内心又泛起了波澜。他对那日自己撕毁写给廖秀玉的信的举动感到了自责，觉得对不起廖秀玉，起码是愧对廖秀玉。在廖秀玉面前，他感到了自己的卑微和渺小。徐哲几乎是含着泪给廖秀玉写回信，他浑身的血液在快速地流淌，内心涌动着一股暖暖的甜甜的情感。信中少了前几日的幽怨与消沉，多了对未来生活的向往和自信。信发出后，徐哲感到从未有过的轻松。虽是冬日，凛冽的寒风刮得树梢和电线"嗖嗖"直响，可徐哲一点也不觉得冷。廖秀玉信中说希望放寒假时和他见一面，他的内心充满了期待。可这种轻松与期待持续了没几天，徐哲又陷入了深深的矛盾之中。他心里盼望着能与廖秀玉见面，可又不希望让廖秀玉见到自己，更确切地说他怕见到廖秀玉，尤其不希望廖秀玉见到他眼下在煤井的这个样子。刘大爷见徐哲几日来快快的神情，关切地问："小伙子，内心有啥事嘛？看你这几天蔫叽叽的。"徐哲笑了笑，未置可否。"虚岁有十八了吧？"刘大爷又问。"刚满十八"徐哲道。"快长成人了。"刘大爷一语双关。是啊，快长成人了，我将拥有什么呢，难道我就一直在煤井上干下去吗？徐哲在内心喃喃自语。"小伙子，别愁！"刘大爷像是看出了徐哲的心思，说道："俗话说得好，'牛吃稻草鸭吃谷，各人自有各人福'"。徐哲笑了，道："刘大爷您真会说话。"刘大爷摸了一下嘴巴道："不是我会说话，天下就是这个理儿。是你的早晚是你的，不是你的咋的也不是。就拿我来说，你大爷我活了五十多年了，该得的不该得的也琢磨得差不多了。"徐哲虽觉得刘大爷说的话有些玄，可又分明有道理，于是便问："大爷您说咋叫该得咋叫不该得呢？""得到的就是该得的，得不到的就是不该得的。"刘大爷说这话时神情显得很庄重。徐哲若有所悟地点了点头。

再过一星期就是小年了。连着下了几天的大雪，漫山遍野一片白茫茫。雪停后过了三天，路上的积雪才慢慢融化。早晨晚上一冻，又结了一层冰。好几天路上都很少见到行人。等路好走些了，章有程开始安排放假的事。今年效益不错，公社来通知，叫章有程除了按时发给工人工资外，另外每人再加五块钱。

工人们领到了工资和额外发的五块钱，个个心里都喜滋滋的。安排好了井上的值班人员，章有程宣布放假，人们便收拾行李回家过年。徐哲回到家，把钱交给徐王氏，徐王氏接过钱，又从其中拿出十元钱给徐哲，让他零花用。午饭后徐王氏和徐哲祖孙俩拉呱，徐王氏道："你今年虚岁也十八了，按说也不小了。前些天你姑姥娘来咱家，要给你说个媳妇，不知你想不想找。"徐哲听了有些脸红，笑笑道："奶奶，我还小呢。以后再说吧。"徐王氏道："也是，过个一两年再说也不迟。你姑姥娘还说，他村里有个算卦的，他让人家给你算了一卦，说你将来能吃皇粮。所以才有人找你姑姥娘来提亲。"徐哲笑了，摇头道："算卦的咋能信呢。"停了一会儿，徐王氏又道："我前天听你元络大爷说你的一个同学出事了。"徐哲忙问："哪个同学，出啥事啦？"徐王氏道："说你那个同学是贾庄的，放假的时候回来，坐的车因为路滑翻到了沟里。"徐哲心里"咯噔"一下，急问："贾庄的，叫啥名字？"徐王氏道："说是一个女的，和你元络大爷家是亲戚关系。"徐哲的心提了起来："是不是姓廖？"徐王氏道："像是这个姓，小名叫啥玉。"徐哲听罢脑袋"嗡"的一声，声音有些颤抖："人咋样了？""伤得不轻。昨天她家的人来找你元络大爷借钱说是在医院里做手术。"徐王氏道。徐哲觉得天旋地转起来，他努力使自己镇定些："是在公社医院吗？""车是在快到公社时才翻的，说是当时就死了三个人，伤得厉害的都送到了公社医院。"徐哲再也坐不住了，起身道："奶奶，我要去医院。"说着人已出了屋门。徐王氏喊住他："看你慌得，连大袄也不穿上。"徐哲赶紧折回身，拿起放在床上的大袄，飞快冲出了家门。

　　十几里的路，徐哲跑着只用了半个多小时。等赶到公社医院时，汗水湿透了内衣。徐哲到住院处一打听，果然有一个叫廖秀玉的女伤号。徐哲急忙赶到廖秀玉住的病房，见简陋的房间内三张床上都住着病人。其中两张病床上各自躺着一个男病号，而另外一张床上躺着的病号头部全被白纱布裹着，仅从衣着上看出是一位女性，床边有一男一女两位四十多岁的人守候着。一根输液管连着输液架和床上静卧不动的病号。守在床边的女人眼里含着泪，男人喃喃地说着什么，像是安慰女人。徐哲走了过去，小心翼翼地问："大叔大婶，请问床上的病人是廖秀玉吗？"女人抬起了头望着徐哲，男人问道："你是谁？"徐哲回道："我叫徐哲，是廖秀玉的同学。"女人忙问："是徐家村的徐哲吗？"徐哲忙说是的。男人长长地叹口气道："这是我的女儿廖秀玉。"看着床上一动不动的廖秀玉，徐哲鼻子酸酸的。他强忍着不让泪水流出来，问道："廖秀玉她不要紧吧？"男人没吱声，女人叹口气道："已经三天三夜不吃不喝了。"徐哲忙问："咋不上别的医院？"女人道："在这里住院还是跟亲戚朋友借的钱，眼下都已借遍了……"徐哲刚要说啥，男人对他道："你出来我跟你说句话。"徐哲跟他出来，到了一个没人的地方，男人的眼圈红了，对徐哲道："孩子，我听秀玉说起过你。现在不是钱的问题，医生说已没必要转院了……"两人正说着，病房里传来女人撕心裂肺的哭声，徐哲和廖秀玉的父亲快步回到病房，见医生正从廖秀玉身上拔掉输液针头，用一块儿白布罩住了整个身体。男人和女人同时趴在女儿身上号啕大哭。徐哲呆住了，脑子里一片空白，眼前发黑，跌倒在地……

36

过了年还不到上班的日子，徐哲就早早地要去煤井。徐王氏见他这个年过得无精打采，知道他心里难过，也就不阻拦他。临走时，徐哲来到了廖秀玉的坟前。廖秀玉下葬时，他也来了，那时人多，徐哲只能在一旁默默流泪。今天天气真好，习习南风吹过，让人感到了早春的气息。天上没有一丝云彩，太阳挂在空中暖暖地照着大地。徐哲双腿盘起，坐在了廖秀玉跟前，他要和她好好说说话。还未张嘴，悲痛和哀伤一阵阵向他袭来，泪水早已顺着脸颊淌下来。"秀玉……你说的放假后要和我见面的，可你，为什么……"徐哲字字哽咽，句句含泪，"谢谢你，秀玉，是你在我迷茫时给我方向，在我颓废时给我力量。我原打算等我有出息了，能有机会向你说我内心最想说的话，可是，可是，秀玉，你为什么不等到我有那么一天……我知道，我不配跟你说那句话，可，今天我要跟你说……我喜欢你，秀玉，你放心，我不会让你失望的，我会对得起我心中那句话，让我有资格喜欢你……"徐哲喃喃着，泪水模糊了双眼。恍惚间，廖秀玉微笑着向他走来。自从高中毕业后，他们未曾见面，眼前的廖秀玉不再是上高中时的廖秀玉。长长的辫子变成了齐耳短发，白皙的皮肤更加水灵透红，那双湖水般的眸子里含着脉脉的柔情。走到徐哲跟前，廖秀玉笑而不语。徐哲的心跳急速加快，他从未和廖秀玉这么近的面对面。激动、喜悦、紧张……他简直有些不知所措。良久，他才缓过神来，伸手去抓廖秀玉的手。可就在刚要触到廖秀玉的手的一瞬间，廖秀玉却消失得无影无踪。徐哲急得满头大汗，大声地喊着廖秀玉的名字。睁开双眼，面前是一堆隆起的黄土。"徐哲！"他听到有人喊自己的名字，声音却是从背后传来。他转过身，见一名中年妇女站在身后。定了定神，他看清了是廖秀玉的母亲。徐哲赶紧叫了声："大婶。"廖秀玉母亲的脸上也挂满了泪珠，她看着徐哲，不知说啥好："……孩子，秀玉以前常提起你，你也是个苦命的孩子。唉，好孩子，回去吧，以后自己要长志气，将来能有个好前程……"说着泣不成声起来。为了不让廖秀玉的母亲太难过，徐哲赶紧控制住了自己的情绪。他擦干脸上的泪安慰廖秀玉的母亲道："大婶，您也不要太难过。我会记住秀玉的，以后家里有啥活您和大叔尽管吱声。"廖秀玉的母亲也慢慢止住了哭泣，刚才她出门办点事，远远看见村外女儿坟前有人坐着，还传来悲切的哭声，便走了过来。徐哲又安慰了廖秀玉母亲几句，便告辞了。等徐哲走远了，廖秀玉母亲长长地叹了口气，也回了家。

　　廖秀玉的死像是当头一棒，击得徐哲晕头转向。回到煤井后，他日渐精神恍惚，常常莫名其妙地自言自语。这一切都被刘大爷看在眼里。这日晚饭后，望着木讷不语的徐哲，刘大爷掏出烟袋，装了满满一烟锅旱烟，点上后深深地吸了一口，徐徐地道："小徐子，不管有啥事，不能老装在心里，这样会作践坏了自己。"徐哲听了，朝刘大爷凄然一笑。刘大爷又道："你要是信得过你大爷，不妨把你的心事说出来听听。我可能帮不了你啥忙，但能使你好受些。"徐哲感激地望着刘大爷，心里翻江倒海难以平静。和刘大爷的朝夕相处，徐哲知道他是一个和善的长者。但，又能和他说什么呢？徐哲嘴唇嚅动了一下，终究没有说出什么。"按说像你这个年龄，不应该这样心事重重。十七八岁的小伙子，得整天像小老虎似的。"刘大爷道，"我知道你有文才，和别的小伙子不一样……""不是……"徐哲忙打住刘大爷的话。不等徐哲继续往下说，刘大爷接着道："人一生下来，不知道这一辈子要经历些什么。但不管怎么说，该挺住的时候一定要挺住。你大爷我快往六十上数的人了，有些事情也琢磨个差不离。我说的话你可能觉得是迷信，人这一辈子该遇上哪些事是命中注定了的。谁也不能一辈子光享福，也不能一辈子光受罪。有的是先甜后苦，有的是先苦后甜。老天爷总得给每个人匀和匀和。命中注定该是你的早晚是你的，不该是你的早晚都得不到。"听了刘大爷的话，徐哲的鼻子有些发酸，但内心却感到轻松了许多，他强忍着不让眼泪掉下来。是啊，他的内心有太多太多的东西要向人倾诉，但没有倾诉的对象。确切地说，他内心的酸楚不是和谁说说就能排解得了的。他感激地望着刘大爷，认真地说："大爷您放心，我不要紧。"刘大爷磕掉烟锅里的烟灰，重又装满了一烟锅点上，哑摸了一会儿，说道："你有文化，又会耍笔杆子。无法和别人说的话，自己写成故事不是也挺好的吗？"刘大爷的话像小锤一样重重地敲在徐哲的心上。面对刘大爷，徐哲像看着一个陌生人，直看得刘大爷有点儿不知所措，他摸着花白的头发望着徐哲："你不认识我了？"徐哲一下子拉住刘大爷的手，真诚地说："大爷，今天我才真正认识了您。谢谢您！"

日子在不知不觉中一天天度过，转眼又是一个深秋。这日徐哲下班刚回到寝室，章有程进来对他说："徐哲，郝主任打电话来说找你有点儿事，明天你到公社去一趟吧。"第二天，徐哲来到公社，找到了郝主任。办公室内只有郝主任和一个自己不认识的人，郝主任向徐哲介绍说这是王秘书。去年徐哲离开公社办公室不久，孙秘书和颜青的事就被传得沸沸扬扬。话传到领导的耳朵里，经调查核实确有此事，孙秘书就被调离了公社办公室。领导找孙秘书谈话时，孙秘书承认了丢手表的事是子虚乌有。自此后，公社机关里对徐哲一些不三不四的话也便得到了澄清。等徐哲坐定，郝主任也忙完手头的活，单刀直入地问徐哲："徐哲，你愿不愿意去当兵？""当兵？"徐哲听了郝主任的话感到有点儿突兀。因为眼下当兵是年轻人都向往的事，但不是每个人都能如愿。要是没点关系和家庭背景，到部队当兵只能是一个梦想。"是这样。"郝主任道，"今年来接兵的有宁江军区卫戍部队的，这个部队要招一批政治上过得硬文化程度高的青年。我觉得你适合去，你要是愿意，抓紧报上名。"说心里话，徐哲自小就羡慕当兵的，曾无数次幻想着有朝一日自己也能穿上绿军装。听郝主任这样问自己，哪还有犹豫的空儿，忙不迭地回道："我愿意，我愿意！"郝主任见他那样不由得笑了："那好，你赶紧回村到大队里报上名。"说着端过一杯水递给徐哲，徐哲接了水杯，有点儿不放心地道："郝主任，你说我真的能当上兵吗？"郝主任道："只要体检过了关，我觉得问题不大。"徐哲喝完水，把杯子放到桌子上，对郝主任道："郝主任，您要是没别的事，我就先回村了。"郝主任点点头，道："别的没啥事。你先回村吧，也和家里人商量一下。"徐哲告别了郝主任，临走也没忘和王秘书打声招呼。

徐哲兴奋地回到家，把郝主任让自己报名当兵的事同徐王氏说了。徐王氏自是高兴，道："郝主任真是你的贵人，你啥时候也不能忘了人家。"徐哲点头称是。徐王氏又道："你去报名当兵应当去和你爹妈说一声。"徐哲不解道："和他们说干啥？"徐王氏叹口气道："唉！有些事你不懂，到时候不要落埋怨。"听奶奶这么说，徐哲吃过午饭后便到了徐元河两口子屋里，把自己要去报名当兵的事说了。没等徐元河开口，陈娴清道："徐哲你来得正好，缸里没水了，你去挑担水吧。"徐元河嗔道："徐哲刚进屋，你让他挑啥水？"徐哲瞥了一眼水缸，见里面的水不到一半，便到院子里抄起扁担挑着两只铁桶出了门。徐哲刚出门，陈娴清对徐元河道："这刚能干活挣点钱，没事当的哪门子兵。当兵的那几块钱能够吃还是够喝？"徐元河道："出去当几年兵兴许能混出个人样来。""混个啥样？你没见咱表哥家的小坤子出去当了三年兵，回来该干啥还是干啥。"陈娴清不服气道。"那你咋不说咱村的亮子当了十几年兵回来吃上了国库粮呢？"徐元河也不示弱。"那得看看你家祖坟上有没有冒青烟。"陈娴清揶揄道。"你……"徐元河刚要反驳陈娴清，见徐哲挑着水进了大门，便不再言语。徐哲把水倒进缸里，见还没满，就又要挑着水桶出去。徐元河拦住了他，道："行了，先不用挑了。"等徐哲到院子里放下扁担和水桶回来，徐元河道："你当兵的事能不能再想想。现在你在煤井干着，还能挣点钱。要是你当几年兵回来了，一切还得从头开始，说不定还找不到合适的活干。"陈娴清也在一旁道："就是嘛，到部队白白耽误上几年，还不知将来咋样。"徐哲听了心里很不是滋味，他耐着性子道："人家公社郝主任说今年来接兵的专门招文化程度高的，到部队可能有前途。"陈娴清道："那也不一定轮到你。"见徐哲面带不悦，徐元河道："你寻思寻思吧，想好了自己拿主意。"徐哲闷闷地回了奶奶的屋，徐王氏问道："你爹妈说个啥？"徐哲道："他们说当兵不一定有啥出息。"徐王氏叹口气道："咱不能辜负了人家郝主任一片心意。你今年才十八岁，就是万一当上三年兵回来了，到时候啥事也耽误不了。"徐哲"嗯"了一声。徐王氏又道："赶紧去大队报上名吧。要真的到了部队，老实巴交地干，说不定能混出个前程。"说完催着徐哲去了大队部。徐哲来到大队部说自己要报名当兵，大队会计郢靖涛给了他一张表让他填上，并说整个大队里已有二十几个人报名了。填完表，徐哲恭恭敬敬地递给郢靖涛。郢靖涛拿过表看了看，点了点头："嗯，字写得不错。"然后和所有的报名表放在了一起。郢靖涛叫徐哲坐下，笑眯眯地望着他，道："听说你发表了诗，还写小说，挺有才分嘛。"徐哲不好意思地笑了笑："啥才分，学着写呗。"郢靖涛道："不错，要是到了部队，一定会有出息的。"两人聊了一会儿，徐哲要回家，郢靖涛送出屋门，要他在家等体检通知。徐哲应着去了，老远回过头一看，郢靖涛还在门口望着自己。

37

一个星期后，徐哲连同其他二十三名报名参军的青年进行了体检，最后包括徐哲在内共有十二人身体合格。可公社分配给大队的参军名额只有三个，也就是说，还要从十二人里面再选出三人去部队，竞争便显得异常激烈。参军入伍是农村青年跳出农门的有限的途径之一，人人都不想放弃这个机会。对自己能不能顺利入伍，徐哲没有把握。体检合格后，徐哲把情况告诉了郝主任。郝主任对他道："过了体检这一关，剩下的就要看你大队里的了。这样吧，我给你们大队书记写封信，看能不能对你特殊照顾一下。"徐哲把郝主任的信给了大队书记，大队书记道："徐哲，你也知道，年年当兵人人都想去，稍有不公便有人往上反映。所以每年要按条件排号，上面给咱大队几个名额，便从前面走几名。"徐哲道："这我都知道，我也不愿搞特殊，能排到几号算几号。"大队书记安慰他道："根据你的条件，我估计差不多。"几天后，大队里把十二名体检合格的青年从家庭出身、社会关系、个人在学校时的表现以及村里的推荐等情况进行了排队，徐哲被排在了第一名。就在徐哲为此感到庆幸的时候，有人却向大队书记反映，说徐哲在公社做临时工时被怀疑偷拿别人的东西。大队书记找到徐哲问他怎么回事儿，徐哲回说那是有人冤枉自己，并说事情已经搞清楚了。大队书记便打电话到公社办公室，听郝主任说明了事情的原委，这才放心。可又有人说，徐哲已在公社煤井干活，也算是有了工作，不应再和别人争当兵的名额。大队书记便对那人道："今年部队重点招文化程度高并且有文才的青年，徐哲会写文章还在杂志上发表。你要有这个才能，就先叫你去。"听了这话，那人才不再说啥。几天后，部队带兵的人又来大队挨个进行走访和调查了解，最终确定了排号顺序。又过了半个月，徐哲和另外两名青年拿到了入伍通知书。

拿到入伍通知书的第二天，徐哲没忘来到廖秀玉的墓前和她道别。虽然廖秀玉已走了近一年，可徐哲内心的伤痛却仍难以抚平。面对隆起的黄土，徐哲像是和廖秀玉面对面站着。他对她道："秀玉，我要当兵去了，你替我高兴吗？你会的……"他看到廖秀玉笑盈盈地站在自己面前，抿着嘴却不说话。徐哲继续道："我不知道将来会怎样，可我一定会珍惜这次机会的。到部队后，我一定会好好干，争取有个好的前程……"他看到廖秀玉点了点头，像是肯定，又像是祝福。一阵风吹来，廖秀玉倏忽不见了踪影。徐哲揉了揉眼睛，眼前一片寂寥，哪还有廖秀玉的影子，徐哲禁不住潸然泪下。擦干了眼里的泪，稳定了一下情绪，徐哲来到廖秀玉的家里，把自己要去当兵的消息告诉了廖秀玉的父母。廖秀玉的父母自是高兴，嘱咐徐哲到了部队要好好听领导的话。临走廖秀玉的母亲拿出两块钱给徐哲，说要他带着到部队上用。徐哲说啥不要，反而拿出二十元钱留给廖秀玉的父母。两人拗不过徐哲，只得勉强把钱收了。望着远去的徐哲，廖秀玉的母亲忍不住抹起了眼泪。

得知徐哲再过几天就要当兵去部队了，街里街坊和亲朋好友都来祝贺。祝贺中，有的还少则一元多则两元地表示一点心意，徐王氏手里一共收了三十几元钱。临走那天晚上，徐王氏拿出三十元钱给徐哲道："这一年多你挣的工资大都给了我，自己没留下多少。把这些钱带上，到部队后也好宽绰些。"徐哲道："听说部队上吃穿都管，不会用到钱。"徐王氏道："还是拿着点好，手里也好有个灵便。"徐哲沉吟了一下，说："那我就拿十块吧。""多拿点没坏处。"徐王氏还是把三十块钱塞到了徐哲的口袋里。徐哲犹豫了一下，对徐王氏道："昨天在我爹屋里，有好几个亲戚给了他一些钱。爹要给我点，被我妈抢了过去，说是以后还要还账。我从屋里出来后，还听我妈说我挣的工资没交给他们，凭啥还要给我钱。"徐王氏叹口气道："她说这话好没道理。今年你爹妈屋顶换瓦，不是叫你给他们拿过去一百块钱嘛。唉，差一点都不行啊！"徐哲能去当兵，徐王氏自是高兴，可明天徐哲就要离开自己到千里之外，徐王氏心里不免生出酸楚来。祖孙俩唠了一晚上的话，徐王氏千叮咛万嘱咐。一想到自己这一走几年内不一定能见到奶奶，徐哲也感到心里酸溜溜的。等到两人说话都感到乏了的时候，天已经快亮了。

公社在礼堂为入伍的新兵举行了隆重的欢送仪式。徐哲他们近百人都换上了绿色的军装，胸前戴着红花。徐哲还被选为新兵代表作了发言。欢送仪式结束后，公社用一辆大交通车把他们送到了县城。在县城住了一夜，第二天上午开始，所有的新兵便分乘火车去各自的部队。吃过早饭，徐哲一行二十人在一名军官的带领下步行去火车站。眼下虽只是初冬，可连着刮了几天北风，气温下降了许多。天上没有太阳，天气显得阴沉寒冷。徐哲心里感到矛盾，能去部队实现了自己的愿望，心里自然高兴。可想一想以后的路不知会怎样，内心便生出一丝惆怅。好多人都对他说，到部队后最可能有出息的就是他，因为他文化程度高又有文才。但徐哲对自己的未来却没有一点把握。不知从啥时候起，徐哲心里就产生了一种想法，早日离开这个家，走得远远的，永远不再回来。今天终于实现了离开这个家的愿望，但愿不会几年后再重回这个家。自从高二以来，徐哲便感到自己的大脑常常处于一种混混沌沌的状态，内心飘忽不定，书本上的一切根本看不到心里去，早日离开家的愿望便越来越迫切。今日终于可以离开家了，宽慰之余却又有些担心。担心什么，他自己也说不十分清楚。不管怎么说，能离开家到一个遥远的地方去，自己的内心便升起一线希望。高中毕业后的这一年多，是廖秀玉的安慰和鼓励使他的心中亮起了一盏灯，迷茫和困惑之中不至于感到太多的绝望。可，廖秀玉却走了，走得这样突然。让他像是一个在山岩攀登的人一下子踏空，虽然身上还系着绳索，可那种腾空的感觉让他感到恐惧和无助。一路上，徐哲的脑子里像是过电影一样，县城陌生的一切引不起他的好奇，就这样机械地跟着队伍往前行。路两侧熙熙攘攘，除了看热闹的人，还有好多做家长的来为孩子送行，人群中不时传出叮咛声和唏嘘声。徐哲知道不会有谁来送自己，因为自己的村子离县城太远。就这样木木地前行，却有一个声音在喊他的名字。那声音显得底气不足，但徐哲听清了是一个女人的声音。循着声音望去，徐哲看到了一个熟悉的身影，尽管那身影挤在人群中不时被人遮住脸庞。他看清了，是自己称作亲妈的人。寒冷中似有一股暖暖的东西在心里涌动。他想起来了，听别人说亲妈再嫁的村子距县城不远。可他不知道她是如何知道自己去当兵的消息。徐哲不知道是不是该高声喊她一声"妈"，随着前行的步伐和人群的拥挤，被称作亲妈的人的影子消失了。就在将要进车站候车室的一瞬间，徐哲无意之中一回头，却又看到了一个熟悉的身影，那是自己的父亲徐元河。父亲没有说要来送自己，所以徐哲也便没有一点思想准备。远远地看见父亲一只手在向自己挥动，一只手还像是在抹着眼睛。徐哲的鼻子便有些酸酸的，两行暖暖的液体便流出了眼眶。他向父亲站着的方向挥了挥手，身子就随着队伍进了候车室。

在候车室排队的十几分钟里,徐哲的心里像是打了五味瓶。他不知道父亲是不是看到了自己的亲妈,在他的记忆里近二十年来父亲和亲妈从未见过面。他想象着父亲若是和亲妈打了个照面,各自会是什么心情和想法。三人在同一时刻见面该是多么平常和自然的事,可这种见面却只有这么一回,还是在这个时候这种情况下。如果这种见面出现在每一个日子里,自己不就和别的孩子一样享受到应该享受的一切吗。想到这里,徐哲心里觉得遗憾而好笑。

大家鱼贯而行开始登上火车。这是徐哲第一次坐火车,他看到火车的确很长,从头远远地看不到尾。趁还没有上车,徐哲默默地数了一下,前后车厢要有十几节。他突然想起了以前听过的一个笑话,说有个脑子不太灵便的人看到火车后大发感慨:火车爬着走还跑得这样快,要是站起来跑还不知会如何快。这样想着,便随着上了车厢。待大家坐定,带兵的军官就讲上车后一路上的注意事项。他刚刚讲完,就听到一声长长的鸣笛,接着车窗外的东西便往后移动。不多时,窗外东西移动的速度越来越快,车下路轨上传来迅速而又有节奏的声响。

带兵的军官告诉大家,他们需要坐十几个小时的火车才能到达部队。徐哲坐在车上感到从未有过的轻松和快意,他想,要是这样一直坐下去该有多好。

下　篇

第九章

38

因接新兵的专列要给旅客列车让路，所以徐哲他们乘坐的火车时走时停，有时一停就是半个小时以上，等到达宁江市火车站时，已是第二天的上午了。带兵军官领着他们下火车出了车站，早有部队的一辆解放牌卡车在广场上等候。徐哲他们要去的部队在宁江市北郊，中间隔着长江，相距市区不到十公里。当卡车行驶到宁江长江大桥上的时候，带兵军官向他们介绍了一番。徐哲在上初中时课本上曾有介绍这座大桥的课文，早知道了它的巍峨和壮观。如今身临其境，看着大桥巨龙般横卧在长江上，还是被深深地震撼了。卡车很快到了部队驻地，带兵军官将他们交给新兵连的首长，同人家打了招呼便回了自己的连队。

徐哲被分在新兵二连一排一班，和他同分在一个排的老乡有赵日月和吴方虎等五人，其余的老乡分到二排和三排。新兵连的内容主要是队列和轻武器训练，尽管每日的训练紧张而劳累，可徐哲却感到充实而愉悦。只是刚到部队的前几天，他产生了想家的念头，好在一个星期过后，想家的念头便渐渐消失殆尽了。徐哲他们刚来时只是穿着绿军装，而没有发帽徽领章。每当看到老兵军帽上闪闪发亮的红五星和衣领上鲜艳的红领章，徐哲和新兵们着实羡慕。尤其是早上出操时，每个连队长长的队列犹如一条条绿色长龙，老兵连队列里的红五星和红领章，在朝阳的映衬下熠熠生辉，正像茫茫草原上的朵朵红花，看上去既威武雄壮又亲切而不失浪漫，新兵们都盼着自己早些能戴上帽徽领章，想象着自己将会是什么样子。没过几天，新兵也发了帽徽领章，大家各自戴上，你看看我，我看看你，自是欣喜无比。到了星期天赶紧去附近照相馆照了相，取出来后急不可耐地各自寄回家。徐哲也照了相，取出来后装在信封里寄回了家。奶奶不识字，来部队后给奶奶写的信他便寄给三叔徐元信，让三叔念给奶奶听。新兵连的首长在一次大会上告诉大家，他们所在的部队番号是宁江军区炮兵××师LWB团。但写信的地址不能写部队的番号，而应该写代号。代号一般由七位阿拉伯数字组成。

宁江市是六朝古都，又是省会城市，所以尽管徐哲所在的部队地处郊区，但仍会感到大地方的气息。宁江市属南方气候，跟徐哲的老家有很大的不同。眼下虽已是冬季，但许多树上的叶子还碧绿碧绿的。来到部队不到两个星期，下了一场不大不小的雪。在老家，下雪的季节早已是满地枯槁，一场雪下来看到的只是白茫茫的一片，可在这儿，皑皑白雪压在苍翠的树叶上，却是另一番风景。尤其是雪融化的时候，地里的油菜和一些叫不上名来的蔬菜和野草，在残雪中闪着幽幽的青绿，其间有零零散散的或红或黄的颜色，远远望去极像一幅色彩斑斓的水彩画。尽管班长顾同刚对战士们说，新兵连的生活是比较艰苦和劳累的，等下了老连队就好多了，可徐哲却感到很轻松。尤其是每个星期天都会休息一整天，而且每星期还能看两场电影，更让徐哲觉得开心。记得在上高中时体育老师在体育课上经常告诫他们要向解放军学习，说解放军战士冬练三九夏练三伏，是多么不怕苦不怕累。可眼下徐哲虽然在相对来说最苦累的新兵连，但他觉得比在学校时轻松舒心多了。

训练之余，徐哲不忘手中的笔，时不时写点诗歌和散文之类的记在本子上。被战友们知道了，便拿去传着看。这事后来传到新兵连首长的耳朵里，于是徐哲在新兵连里便有了点小名气。尤其当大家听说他已在报刊上发表过作品时，更是对他刮目相看。

就在队列训练阶段即将结束而要转入轻武器训练的时候，徐哲突然拉起了肚子。班长顾同刚带他到团卫生队一检查，患的是痢疾。这在部队属于传染性疾病，卫生队便要求他住队治疗。徐哲在家时几乎每年都要拉肚子，尤其是到了秋末初冬的时候。那时没有人领他去看医生，啥时好了啥时候算。有时拉肚子疼得耽误了上学，也只好忍着。记得有一次拉肚子厉害，有人告诉他用红糖水煮鸡蛋可以治。他回家跟奶奶说了，可奶奶未置可否。那个时候鸡蛋是稀罕物，红糖也不是家家都有的。尽管徐哲觉得自己家用红糖煮鸡蛋不是很难的事，但见奶奶不吱声，也就不再说啥。没想到到部队后拉肚子还要住在病房治疗，现在他知道了拉肚子尤其是拉痢疾不是个小病。他又想起了有一年奶奶也是拉痢疾，姑姑来给奶奶伺候。奶奶也只是请了庄里的医生来瞧的，给开了些西药吃。厉害的几天奶奶一天拉了好几次，盖的被子都弄脏了。姑姑便和奶奶商量将徐哲盖的被子换了盖。徐哲盖着原来奶奶盖的被子，闻到了里面的一股异味，从那以后徐哲便记住了那是痢疾的味道。后来奶奶拉肚子好了，可徐哲一听到别人说拉痢疾，就会想起奶奶被子上的那股味道。部队的治疗自然是正规而及时，三天过后，徐哲的肚子便不那么疼了，每日拉的次数也由原来的五六次减少到两三次。一个星期下来便基本痊愈。徐哲住在团卫生队感到很惬意，尤其是肚子不再疼，也不勤跑厕所的时候。况且卫生队的伙食比新兵连的要好得多，有时炊事人员还主动询问自己想吃什么。班长经常领着班里的战友来看自己，这让他感到了温暖。以前听说部队是一个友爱团结的大家庭，对这一点徐哲现在有了切身的感受。这天军医告诉他病基本好了，过几天就可以回新兵连，徐哲听了自然高兴。看到外面的太阳很好，徐哲就走出病房转转，刚好看到自己同班的战友在不远处趴在地上用冲锋枪练瞄准。徐哲的心里便痒痒起来。来到部队后徐哲还没有摸过枪，看到战友们手里的过去在电影里才能看到的真枪，徐哲情不自禁地走了过去。班长和战友们见了他问他怎样了，他说已经好了就要离开卫生队。他向班长说也想拿枪瞄准，班长听他说就要出卫生队了，便答应了他。徐哲高兴地趴在一个战友跟前，借他的枪瞄着靶子。趴了一会儿，徐哲觉得肚子里面有些发凉，便赶紧站起来。班长叫他不要待得时间太长了，免得卫生员找他。徐哲便回到了病房。谁知回到病房不长时间，肚子里面一阵阵地又疼起来，疼了一阵就开始往厕所里面跑。从厕所里出来，正好碰见给他诊治的军医，忙问他怎么了。徐哲支支吾吾不好意思，道："肚子又疼了。"军医不解地问："怎么搞的，不是已经不疼不拉了吗？"徐哲只好道："刚才我去瞄靶趴在地上可能是着了凉……"军医嗔道："还没完全好，怎么能去趴在冰冷的地上呢？"因徐哲是新兵，军医也就不好再往深里说。这样一反复，徐哲在卫生队里又多住了一个星期。

徐哲从卫生队回到新兵连，正好赶上冲锋枪实弹射击和手榴弹实弹投掷考核。第一次真枪真弹，徐哲和所有的新兵一样心里充满了新鲜和紧张。冲锋枪射击，卧倒、瞄准，扣动扳机，"嗒嗒嗒"，子弹飞出去，枪的后坐力顶得肩膀生疼。训练时班长曾说要用肩膀用力顶住枪托。徐哲把肩膀往前靠了靠，使劲地顶住，再射击时，肩膀果然好了许多。十发子弹，只打了五十环。班长说，新兵第一次实弹射击，不全部脱靶就不错了。投手榴弹时，更是紧张和刺激。为了避免事故的发生，新兵实弹投掷往往选择坡度比较大的场地，从高的地方往低的地方投，一旦新兵紧张不慎将拉了弦的手榴弹掉到地下，手榴弹可顺地势往远处滚，不至于造成人员伤亡。对新兵第一次投弹，不要求投出多远，只要扔出去响了就行。投掷结束，新兵个个脸上带着紧张后的喜悦。

四十多天的新兵连训练结束，接着要往老连队分。听班长说团首长两次来新兵连挑选去警卫排的人，徐哲好像已经被选定。好多人都觉得羡慕，因为到了警卫排，便整天和团首长打交道，自然前途要广些。只是徐哲不明白，团首长来挑选时并没有见到自己，为何还会被选中。况且从新兵一连、二连近三百号人中仅选出不到十个人。一个半月的新兵连生活，让彼此之间产生了恋恋不舍的感情。不知为什么，一向对自己不错的班长顾同刚突然对徐哲冷淡了起来，看徐哲的眼神也有点儿异样。徐哲开始感到不解，后来才发现同班战友有的买了塑料皮日记本，有的买了别的纪念品送给了班长，而自己没送给班长啥东西。他于是赶紧也去军人服务社花七毛钱买了一个日记本送给班长，接着，班长的脸色便由阴转了晴。几天后，所有新兵都被分到了老兵连队，有的欣喜，有的羡慕。欣喜的多是被分到警卫排和汽车连的人。徐哲果然被分到了警卫排。新兵连结束时刚刚过了元旦，不久就是春节了。到了警卫排，训练不再那么紧张，空闲时间也多了起来。警卫排一共三个班，一班跟随团首长，二班负责团司令部杂务，三班负责在团政治处和后勤处值班。徐哲被分在一班。时间久了，徐哲对自己所在部队的性质和基本情况有了大致的了解。他所在的这个高炮团，主要任务是守卫宁江市长江大桥。他听老兵们说，炮兵在所有部队中是比较"享福"的，有顺口溜道："紧步兵，松炮兵，稀稀拉拉后勤兵。"与高炮团相邻的是一个步兵团，徐哲常看到他们背着背包肩负武器跑步训练，而炮兵一出动，都是坐在车上。这正验证了老兵的话。徐哲看到，整个团驻地分南北两个大院，北院是团司令部和一营，南院是团政治处、后勤处和二营。

39

到部队后徐哲感到什么都好，只是几乎顿顿吃大米干饭让他有点儿不适应。其实徐哲从小就喜欢吃大米干饭，虽然在家十几年中吃大米干饭的次数能数得过来的，但在印象中大米干饭是很好吃的。可来到部队后徐哲吃的大米干饭却不是小时候吃的味道，米饭不香不说，吃到嘴里还有点儿散口。后来徐哲知道，部队吃的大米大部分是杂交稻，而且是陈米。而小时候在家吃的是当年收的一季笨稻。还有那萝卜咸菜，说咸不咸，说甜不甜，有一股怪怪的味道。家在南方的兵吃起来倒也香甜，可徐哲他们这些来自北方的兵开始吃起来却有些倒胃口。按规定，南方的部队伙食应是70%的大米，30%的面粉。但徐哲所在的部队南方兵占了多数，况且司务长和炊事人员也多是南方人，所以根本吃不上30%的面食，一个星期也就吃个一次两次的馒头或面条。做的馒头也不是在家时吃的味道，面软软的不说，吃起来还甜丝丝的，据说是做时加了糖。偶尔吃上一顿蒸大包子，徐哲他们北方兵便像过节似的高兴一大阵子。让徐哲感到疑惑的是，在家只有过年时当青头用的青蒜苗，可南方却用它炒熟了当菜吃。徐哲过去听说青蒜苗是种在马粪里长的，像这样用青蒜苗炒来当菜吃，要好多蒜苗，真不知要用多少马粪才能种出来。当然徐哲后来知道了，南方种蒜苗是不用马粪的，就像别的青菜一样直接在地里种就行。徐哲倒是挺喜欢吃炒蒜苗，尤其是就着大米干饭，吃起来挺香的。徐哲和几个老乡见面时常常抱怨南方的伙食不合胃口，好在春节快要到了，大家都盼着能吃上可口的饭菜。

不几天就到了春节，每个连队除了放假外还要举行会餐。除夕这天警卫排炊事班也做了许多菜，有好几个菜徐哲在家时不曾吃过。其中一个叫炒蚕豆的，看着大如杏核的豆子，徐哲不知它是怎样长出来的。吃起来面面的，南方兵都喜欢，可徐哲尝了尝觉得不像自己想象的那样好吃。第二天正月初一，中午安排吃水饺。光靠炊事班几个人是包不上全排人吃的，于是以班为单位各自包了轮流去锅里下了吃。不管是南方兵还是北方兵，新兵会包饺子的不多。尽管北方新兵在家里吃饺子的次数多，但却不曾动手包。南方新兵就更不用说了，吃的次数就少，别说动手包了。老兵们不管是南方的还是北方的，几乎在部队都学会了包饺子。于是老兵带着，新兵们跟着和面、擀皮、动手包。馅子是炊事班统一做好了的，各班只管按人数用盆子分盛了来。面板子不够用，各班便将三屉桌面冲洗干净来用。徐哲感到这一切挺有趣，等包好了下出来吃，味道相当不错。

春节过后，战士们可以轮流请假到宁江市里游玩。这天，徐哲和分在六连的老乡吴方虎还有在修理所的老乡毛大明一起请了假，一同到市里去玩。三个人只到过县城从未去过大城市，徐哲还是入伍临走时到的县城。所以三人都很心盛，尤其是毛大明，早早地就打电话约他俩早点走。从部队驻地到市里要倒两次公共汽车，徐哲他们到了市里时已是上午九点多。初进市里，给他们的第一印象是路宽、人多、树高。宽阔的柏油路上车流滚滚、人来熙攘，高高的法国梧桐如撑天的巨伞，阳光从枝桠间射到地面，斑斑日影像是铺了一地细碎的银子。树后面是一幢幢高楼，沿街的阳台上晒着五颜六色的衣物。他们曾听老兵们讲过，宁江市有三大怪：三个蚊子一盘菜、女的比男的坏、裤头马桶满街晒。仔细瞅瞅，那花花绿绿的晒物中果然有各式各色的短裤。逛了商场，遛了大街，三个人觉得肚子有点儿饿了。可撒摸了半天，也没见到吃饭的地方。他们也不好意思问路人，就饿着肚子瞎转悠。终于在一个胡同头上，看到一个炸油条的摊子。三人走上前，人家正收拾摊子准备回家。摊子上还摆着几根油条。毛大明上前问："馃子多少钱？"人家没听懂他说什么，怔怔地望着他。毛大明又问了一遍："馃子多少钱？"人家指了指摊子上的油条反问他："你问的是油条吗？""哦，是的师傅，他问油条多少钱。"吴方虎忙接过话头。他听老兵讲过，在宁江问路问事要叫人"师傅"，再说，人家城里人叫油条不叫馃子。这次人家听懂了，忙道："哦，油条呀，就剩这几根了。你们要就给三毛钱二两粮票吧。"徐哲忙掏出钱和粮票递给人家。人家用纸给包了，仨人拿了油条找到一个僻静处分分吃了，虽没填饱肚子，但也不觉得饿了。又到一个公园转悠了半天，问问路人几点了，人家告诉他们两点多了。三个人准备往回走，五点之前要回去销假的。这次进城，三人确是开了眼界，但吃饭费劲让他们觉得大城市也有不好的地方。回来后同老兵说，老兵笑他们："你们是不会找。大城市哪有满街卖吃的。要到小吃店里或酒店里找。"他们不知道老兵们说的酒店是什么，酒店难道不是卖酒的地方嘛。

　　南方的春天来得早，春节刚过不久，刮的风就有了柔柔的感觉。这天徐哲收到了叔父徐元信的来信。自从徐哲参军后，徐王氏便一个人过。她时常牵挂想念徐哲，可自己不识字无法写信，便让儿子元信写。徐元信的信中除了告诉徐哲奶奶及家中一切都好不要让他挂念外，在末尾还写了这样一段："……有一件事不知是告诉你好还是不告诉你好，哎，就是说的你那父母。你知道咱这里的地已分到了各户，一开始你和你奶奶的地分到一块儿由我种着。可刚过了年你爹妈不愿意了，说是你长大了以后找媳妇成家都要靠他们，所以你的地他们要种。还有你当兵大队里有照顾，他们也想把照顾的钱要去。你从小到大长病、上学、穿衣等他们啥也不管你，现在有了好处他们却想要了。为此他们和你奶奶打了仗，村里说和，地和照顾的钱先不给他们，等过两年再说。可他们不愿意，非要现在要过去。你奶奶没法，只好依了他们……"徐哲看了信，心里有一种说不出的滋味。他早已厌倦了所谓的家，对家里的一切没有半点留恋。除了奶奶，家里很少有什么让他感到温情。吃过晚饭轮到徐哲站岗，他的哨位是北院的南大门。大门外不远处是一条铁路，长长的铁轨在晚霞映衬下发着紫幽幽的光。来到部队的两个多月，让他暂时忘却了在家时的烦扰，叔父的信重又勾起了他的心事。他不知道来部队后的前景是什么。他当然希望自己能干出点名堂好留在部队，不用再回到那个使他伤心至极的家，但一切又不是自己能左右得了的。他真担心自己会像家乡的其他人那样，当了几年兵又回到村里。一声汽笛传来，接着是一列火车"轰隆隆"地开过。望着远去的火车，徐哲脑子里突然产生了一个念头："如果当几年兵还要退伍回到家里，我宁肯在火车道上压死。"

出了正月，便有新战士的亲属陆续来部队探望，大多数来的是母亲。看到战友们和家人相聚时其乐融融的样子，徐哲的心里便感到一阵阵酸楚，也更加想念奶奶。但他知道奶奶年事已高，自己自然来不了千里之外的部队，也不会有人陪她来。于是，徐哲便把对奶奶的思念和心中的郁闷写在本子上。过了几天，排长在开会时说凡是高中毕业的可报名参加考军校，并说团里还会组织集中复习和辅导。徐哲听了非常高兴，他知道只要考上了军校毕业后就成了军官。第二天，他和排里的高中毕业生都报上了名。可三天过后，排长又在会上宣布，说今年考军校的政策有了改变，当年新兵不允许报考。徐哲听了心里有点儿失落，但想到明年还可以报考，也就没有太当回事。

警卫排的主要任务是保卫团首长和团部的安全，擒拿格斗术是每个警卫战士所必须掌握的技能之一。学习擒拿格斗的基本功是前倒和后倒，而后倒是具有一定危险性的，如果不得要领，就会伤到头部。徐哲生性胆子小，在练后倒时怎么也不敢倒下去。班长做了许多思想工作，又示范了许多遍，徐哲才怯怯地试着跳起来往后倒。可跳起来刚要后倒时，心里又发起了怵，终究没有倒下去。班长看了直摇头，战友们也都鼓励他。徐哲感到自己有些不争气，在心里骂着自己。班长沉吟了一下，又对他讲了几遍要领，说道："你先跳起来试试。"

徐哲便按班长的要求，身体稍微一躬，就在徐哲双手后摆，身子前倾，双脚刚一离地的瞬间，班长用脚轻轻勾了一下徐哲的小腿，只见徐哲整个身子向后一仰，倒在了松软的土地上。班长道："你这不是倒得很好嘛！"徐哲站起身来，一下子也觉得后倒并不可怕。又倒了几次，渐渐符合了训练要求。班长和战友们都鼓起了掌，徐哲也尝到了成功的喜悦，心里轻松了许多。

徐哲在闲下来的时候时常想起廖秀玉，尤其是晚上躺在床上睡不着的时候。他望着黑黢黢的天花板，默默地念着廖秀玉的名字。他想，如果廖秀玉还在的话，还有一年就毕业当老师了。

转眼两个月过去了，徐哲对部队的生活从渐渐适应、习惯进而到喜欢。他多希望永远在部队待下去。看到穿四个兜的干部和志愿兵，他便非常羡慕，期盼有朝一日也和他们一样，能拿工资自己养活自己。由于他是应届高中毕业生，又有扎实的文学功底，加上手脚勤快，得到了团首长和老兵们的肯定和喜爱。这天晚上徐哲值班正在打扫团首长的办公室，值班首长陈副团长突然对他说："小徐，打扫完卫生到我办公室来一下。""是，首长。"他朗声答道。拖完地，收拾好一切，他来到陈副团长办公室门前，喊了声："报告！""进来。"里面传来陈副团长的声音。徐哲轻轻推门进去，站在陈副团长面前。"哦，小徐，坐吧。"正在看报纸的陈副团长指了指旁边一张方凳。徐哲小心地坐下，他不知道陈副团长找他来有什么事。"嗯，小徐你家是农村还是城市的？"陈副团长问。"我家是农村的。"徐哲答道。"家里兄弟几个。"陈副团长又问。"有两个弟弟和一个妹妹。"回答陈副团长这话的时候，徐哲的语气不是那么干脆。说起来他是有两个弟弟和一个妹妹，可自己从小不跟他们生活在一起，而且自己与他们也不是一个母亲。在他内心深处，总觉得他们和自己不是一家人。说完这话，他又加上一句："我母亲不是亲的。""噢？"陈副团长抬起头，看着徐哲，"你的母亲？""我父母离婚，现在的母亲是继母。""哦。"陈副团长轻轻地点了一下头。陈副团长又随便问了几句，徐哲一一作答。陈副团长沉吟一下，说："好的，小徐，你先回去吧。""是！"徐哲起身离开了陈副团长的办公室。他原以为陈副团长找他要做什么，可陈副团长什么也没让他做。

40

春意越来越浓，团司令部大楼前面的树上和道路两侧，开满了各式各样徐哲叫不上名字的鲜花，白的、红的、黄的、紫的、蓝的……有的像鸡冠，有的像蝴蝶，形形色色，争奇斗艳。宁江的春风吹到身上格外柔，不像北方，春风吹起来夹带着尘沙，吹到脸上生硬干疼。宁江的风中带着湿润，吹到脸上，温柔而湿滑，舒服极了。大自然的一切都充满着朝气和希望。南方的春天让徐哲感到新奇而惬意。

这天下午，班长通知他说团文书叫他去帮忙写点东西。文书姓姜，是湖北人，人很随和。没事的时候他常到文书屋里玩，时间长了，看到文书有时忙不过来，他就帮他抄写点东西。文书看出他文字功底很厚，而且字写得漂亮，空闲的时候也愿意和他交流。一次文书对他说："我今年很可能要退伍，到时我推荐你当文书。"徐哲听了很是高兴，但他说："我可能干不了吧。"文书说："小徐莫要谦虚嘛，听说你还发表过文章呢，当文书是绝对没问题的。""那就谢谢您了。"徐哲从心里感激地说。

徐哲来到了文书屋里，文书正在写一份学习计划。见他进来，文书站起来对他说："小徐，政委叫我去和他办点事，这份计划王干事等着要，你帮我誊一下吧。""好的。"徐哲应着，坐到桌子跟前，拿过纸笔誊写起来。文书拿了个包要出门，嘱咐他说："你誊完了回去时帮我带上门就行。""好哩。"徐哲答应着。徐哲誊材料写到一半的时候，协理员进来了。"小徐在誊材料呢？"协理员问。"哦，协理员好！"徐哲忙站起身。"是这样，小徐。明天你到炮兵司令部军务处找万处长，拿一份文件回来。"协理员对徐哲说。"好的协理员。"徐哲应着。协理员又和他说了需要换乘几路车然后到哪里下车，说完就回了自己的办公室。协理员刚走不久，刘参谋进来，问徐哲："小徐，听说你明天要到炮兵司令部拿文件是吗？""是的，刘参谋。"徐哲回道。"那麻烦你顺便帮我买一张汽车票回来。"刘参谋告诉了他汽车站在哪里，坐公交车到哪里下，并说不用多跑路，耽搁不了多长时间。然后刘参谋把钱给了徐哲，并在纸条上写明车票的目的地。

　　第二天吃过早饭，徐哲按照协理员讲的路线，乘上了去炮兵司令部的公交车。听到乘务员报了汽车站的站名，他赶紧下了车，到车站售票处给刘参谋买了票，复又乘上去炮兵司令部的公交车。买票时还算顺利，排队的人不多，徐哲等了不到半小时。协理员告诉他换乘最后一辆公交后在长江路站牌下车，再往前走五十米左右见一红绿灯路口，左拐约二十米路北便是。等到乘务员报了长江路站，他便下了车，很顺利地找到了炮兵司令部的大门。这是徐哲头次独自一人进市里，因为有任务，他无心观看车外的景色和市容，两个耳朵竖得直直的，唯恐听不到乘务员报站名的声音。这下找到了炮兵司令部的大门，他紧张的心才缓松了下来。和门口的哨兵讲明情况，哨兵便放他进去。又向一位干部模样的人打听了一下，终于找到了军务处的办公室。办公室的门半开着，徐哲向里面喊了一声："报告！"里面很快传出"请进"的声音。徐哲推开门，见办公室内有三个人，他冲那个看上去年长的领导敬了个礼，说道："报告首长，我是高炮团的徐哲，我们协理员让我来找万处长拿份文件。"那位年长的领导回了个礼，和蔼地说："哦，小徐，我就是。你先坐下。"徐哲在一张椅子上坐下，处长微笑着缓缓地对他说："小徐呀，叫你来不是拿文件。"徐哲听了感到不解，不让我拿文件那让我来干啥？他只是在心里疑问，嘴上却没说出来。处长看出了他的意思，继续笑着说："咱们文印室缺少一名打字员，叫你来是想问问你愿意不愿意来这儿做打字员。"徐哲听了，心里一阵惊喜，他说啥也没想到协理员叫他来找万处长是为了这事。他不假思索地说："我愿意。"他又觉得这样回答有点儿不妥，又补充了一句："我服从首长安排。"处长听了笑着点了点头，又问他："你打算在部队当几年兵呀？"徐哲又脱口说道："时间越长越好。"听完他这话，屋里的三个人都笑了。处长站起身，说道："好，你来。"说着，领他到了隔壁的一间办公室。这间办公室和处长的办公室一样大，只不过里面多了几张桌子，而且桌子上放着一些他不知啥用途的机子。两位战士坐在机子前工作着。处长对他说："这就是文印室，他们两位是程远和庄岳。瞧，那几台就是打字机。"处长对其中一位瘦一点的战士道："程远，这是 LWB 团的小徐，准备调他来当打字员。"名叫程远的战士盯着徐哲看了一会儿，对处长笑着点点头。聊了几句，处长又领着徐哲回到办公室。处长对徐哲道："这样吧，你先回去。我跟你们团领导说一下，如果你们团里肯放你，过几天你就来报到。要是团里不放你，我们也没办法。"徐哲望着处长，心里说："炮兵司令部要人，团里还能不放吗。"他虽然是个新兵，对一些规则还不甚明了，但他觉得处长说这话是一个客气话，或者是留下一个余地。徐哲说了声："是。"没有别的事，徐哲便要回去。处长问："回去坐公交车都记住路线了吗？"徐哲回道："记住了。"并说，"来时我还帮我们团的刘参谋买了汽车票呢。"处长笑了："哟，你还会买汽车票呀。行，你先回去，就按刚才说的办。"徐哲告别了处长和其他人，按原路又乘上了回团里的公交车。也可能是有点儿兴奋，到换乘第二路公交车时，他竟忘了下车，幸亏这辆公交车的终点站离他的换乘点只有一站路，当年轻漂亮的女乘务员对他喊了一声："解放军同志，到终点站了，请下车。"他才意识到自己坐过了站。他不好意思地对乘务员笑了笑，赶紧下了车。不知为什么，他对那位女乘务员充满了好感和感激。可能是这些年人们都开始称呼他们为"当兵的"，而这位女乘务员叫了自己一声"解放军同志"，而让他产生了这种好感和感激。好在一站路并不远，走了不到十分钟，他乘上了到团里换乘的最后一路车。回到团里，已快到中午开饭的时间，他赶紧找到了协理员，对协理员说："协理员，处长不是叫我去拿文件，而是问我愿不愿意去当打字员。"协理员笑了："那你愿不愿意去呀？"徐哲答道："愿意。"协理员道："行，你先去吃饭，过两天团首长决定后你就去报到。"徐哲高兴地去了。

徐哲要调到炮兵司令部当打字员的消息很快传遍了团机关和警卫排，许多新兵甚至老兵都用羡慕的眼光看着他。有个老兵对他说："我们老家有一个人在某部军部当兵，他的父亲就整天在村里吹嘘。你的父亲要是知道你到炮兵司令部去当打字员，还不知道在村里怎么自豪呢。"徐哲心说，我的父亲不会这样的。

　　这天晚上吃过晚饭，六连指导员打电话说是叫徐哲到他那里去一趟。六连指导员叫王培坤，是徐哲在新兵连时的指导员。在新兵连时，指导员并未和自己单独说过话，自己和他也没有啥特殊关系，他叫自己去干啥呢。不过徐哲对王指导员的印象是蛮好的，王指导员说话柔声细语，看上去像一个书生。到了王指导员的办公室，王指导员笑着问徐哲："小徐，听说你要到炮兵司令部当打字员了？"徐哲点了点头："嗯。""你知道你是怎么能到炮兵司令部的吗？"王指导员问。徐哲摇了摇头："不知道。""是我推荐的你。"王指导员说。"您……"徐哲不解地看着王指导员。"我是从炮兵司令部军务处来咱LWB团的。"王指导员说。"哦。"徐哲明白了，赶紧说："谢谢您，指导员。""不用谢，到了那里要好好干。"王指导员嘱咐道。"指导员，您放心，我一定不辜负您的希望。"徐哲感激地说。又闲聊了几句，王指导员就让徐哲回去了。在回去的路上，他怎么也想不明白王指导员为何要推荐自己。他想起了在新兵连时自己曾和班长说起过自己发表过诗歌，并把自己搞创作的本子给班长看过，莫非指导员也看到了。琢磨了一路，也没想起别的缘由。

　　徐哲从炮兵司令部回来的第三天是"五一"。五月二日，协理员告诉徐哲，让他准备一下，明天团里用小车送他到炮兵司令部报到。徐哲心里很是高兴。

　　同徐哲一起到LWB团的十五名一个公社的老乡，有的去学驾驶员，有的去学卫生员，还有的到外地训练。留在团里的没有几人。第二天下午，团司令部值班室来人通知徐哲，送他去炮兵司令部的车在营房大门口等他，叫他赶快去。徐哲告别了排长、班长还有全排的战友，背着背包朝营房大门走去。就在他刚要上车的时候，看到一个公社的老乡汪长翔跑着过来。徐哲站住，汪长翔气喘吁吁地到了跟前，对他说："咱几个老乡都不在家，我是刚下哨，赶来送送你。"看着汪长翔满头的汗，徐哲心里很是感动，嘱咐他有空去找他玩。

　　汽车驾驶员在按喇叭，徐哲赶紧上了车，和汪长翔还有排里的几名战友招招手。汽车发动，鸣了一声笛开走了。

第十章

41

宁江军区炮兵机关是个军级单位，下辖两个地炮师和一个高炮师，另外还有两个靶场和一个农场。机关所在的位置长江路288号，是宁江市的繁华地段。宁江市是六朝古都，又曾是国民政府所在地，所以宁江市是所有省会城市中，无论是城市规模还是文化底蕴，都算得上是数一数二的。尤其是宁江地处长江南岸，东接上海，西望徐州，既居鱼米之乡之位，又有战略要地之险，实乃龙盘虎踞之城。东临紫金山逶迤滴翠，北依玄武湖波光粼粼，长江大桥横卧江上，莫愁湖、雨花台、夫子庙等景点星罗棋布，也是全国首屈一指的旅游胜地。

从基层来到大机关，从乡村来到大城市，一切都让徐哲充满好奇和欣慰。想想自己能在这样的环境里工作，一种自豪和喜悦油然而生。初次接触打字机，徐哲感到很新鲜。或许是自己喜欢文学创作的缘故，徐哲对打字机有一种自然的亲切感。要想学会打字，首先要记熟打字机常用字盘上的近三千个字的位置。字的排列规律性不强，只是词和词组相连。况且字盘上的字都是反字，所以记起来比较吃力。用了近一个星期，字盘上的字徐哲能大体记住位置了。程远是文印室的组长，也是徐哲的老师。当徐哲把字盘上字的位置记得差不多了，程远便叫他练习打报纸上的文章。看到自己在滚筒的蜡纸上打下一行行字迹，徐哲心里升起一股成就感。这天高炮团的团长来司令部办事碰到了徐哲，他见到团长格外亲切。团长对他也很关切，还嘱咐他："小徐呀，你调到这里来工作，是咱团里的光荣，好好干，给咱团里争光。"徐哲认真地点点头，说了声："请团长放心。"

　　一晃半年过去了，徐哲的打字速度越来越熟练，得到了各个处里参谋干事的好评。有一次在给政治部宣传处钱干事打一份文件时，他不但一字不差不漏，而且还纠正了草稿中的一个错别字，这让大家对他另眼相看。但老兵庄岳不服气，说这是因为钱干事的稿子誊得清楚。但钱干事反道："有的打正规文件还出错呢。"

　　徐哲调到炮兵司令部不到半月，LWB团就调防到了苏北的滨海县。从此他和一个公社的老乡便很难再见面。好在他在上面打电话比较方便，所以除了写信，便常打电话找老乡叙叙。他找得最多的是吴方虎，吴方虎和他是高中同学，同级不同班。因坐火车来部队时两人挨着坐在一起，所以彼此熟悉亲近起来。和徐哲一个大队的赵日月，两人在小学和初中时是同班，上高中时赵日月高他一级。吴方虎分到连队后学了驾驶员，而赵日月在团卫生队当了卫生员。徐哲和他俩关系最密切，联系也多。

　　时间久了，徐哲去了宁江市的许多景点。机关不像基层部队纪律那么严，徐哲他们下了班几乎是自己管自己。只要不出事，没人过问他们下班后的生活。

　　机关有两个连队，一个是指挥连，一个勤务连。指挥连有一个通信排，里面全是女兵。开始看到女兵，徐哲被她们英姿飒爽的样子所震撼。徐哲在勤务连食堂就餐，勤务连食堂和指挥连食堂紧挨着。每次去吃饭，碰到指挥连队列中的女兵们，徐哲都禁不住多看上几眼。时间久了，徐哲发现女兵中有一位长得极像廖秀玉。几次观察，徐哲不仅觉得那位女兵长相像廖秀玉，而且走路的姿势也很像。这不免让徐哲对她产生了兴趣。徐哲很想知道那位女兵的名字，可是他们之间很少打交道，他知道这是一件很难的事情。一天，徐哲正在打一份文件，突然有两位女兵进了他们的办公室，其中跟在后面的那位就是像廖秀玉的女兵。徐哲的心开始扑扑地跳。前面的女兵进来后同程远说："我们来维护一下电话机。"说着便走到电话机旁，检查了线路，又打开电话机进行维护。这功夫，像廖秀玉的女兵走到了徐哲跟前，看他打字。徐哲的心快要跳到嗓子眼，他很想问她叫什么名字，但羞怯的他终究没有开口，直到她们维护好电话机出了门。徐哲给吴方虎和赵日月打电话时，都是要通过司令部总机转接，而总机班就是她们通信排的。有几次徐哲打电话时，总机接线的女兵总是甜甜地问他是不是才来的那位，并问他姓什么。徐哲希望这位就是那位问他的女兵，可他无法确定。慢慢地，那位女兵的影子在徐哲的脑海里扎下了根，他盼望见到她，可见到她时，他却又胆怯地绕开她走。

日子过得飞快，转眼又是一个春节到了，这时候的文印室只剩下了徐哲和庄岳两个人。程远在年前破格提了干，徐哲听说整个炮兵机关和所属部队只有两个破格提干的名额。这个时候战士直接提干已经停止，部队干部必须是院校毕业，虽说极个别优秀的战士还可以破格提干，但名额极少。徐哲还听说，以前打字员都是干部编制，两年前改为战士编制，但只要当打字员满两年，不是破格提干就是由部队出面安置在宁江市的机关工作。程远就是当打字员两年后提的干。机关有这么一句顺口溜：干部处的干部，军务处的兵。意思是在政治部干部处的干部和在司令部军务处的战士，是最有前途的。听了这些，徐哲心里很是高兴。若真的是这样，自己便可不用担心有后顾之忧了。春节的前几天，三叔徐元信来信，说是奶奶非常想他，若无特殊情况，年后就来部队看他，至于谁陪奶奶来，还没有定下来。听说奶奶要来，徐哲更是高兴，离开家已经一年多了，他真的很想奶奶。春节放假三天，庄岳探亲回家了，宿舍里只剩下了徐哲自己，第一天到街上转了一圈，他便觉得出去没啥意思了。第二天，在床上躺着也睡不着，他干脆到了办公室打起了文件。第一天晚上，处长叫他去家里吃了水饺，第二天副处长又叫了他去吃水饺。第三天的时候，处里的沈参谋来找他，也让他去吃饭。沈参谋的家属还未随军，是临时来部队探亲，他让家属炒了几个菜，叫徐哲和他们一块儿吃，并且还喝了点酒。

过了正月十五，机关进行队列训练。一天夜里，熟睡中的徐哲被一阵敲门声惊醒，庄岳跟着也醒了。徐哲问了一声："谁？""我是隔壁公务班小李，门口哨兵打来电话，说是徐哲你老家来人了，让你去门口去接。""哦，知道了，谢谢！"徐哲忙应了一声。他们宿舍隔壁是勤务连的公务班，公务班的宿舍里有电话。徐哲赶忙起身，穿衣下床。庄岳嘟囔了一声："家里来人也不提前说呀？"徐哲快步跑向大门口，远远地看见有三个人站在那儿。等到了跟前，见是奶奶和小叔徐元琐，另外还有一个人，看上去要比自己大几岁，但徐哲不认识他。徐哲上前叫了声奶奶和叔，小叔对他道："这是你民子哥。"徐哲忙叫了一声哥。虽是江南，但正值春寒料峭，徐哲赶紧领他们去宿舍。到了宿舍，庄岳道："你们先到办公室去吧。"徐哲看了看桌上的闹钟，才夜里一点多，便说："咱们先到办公室吧。"徐王氏道："你的床空着，就让你民子哥躺一下吧，咱和你叔去办公室。"于是，徐哲叫民子哥在自己的床上先睡一会儿，领着奶奶和小叔去了办公室。办公室里点着炉子，不算太冷。等奶奶和小叔坐下了，徐哲才说："小叔，你们来咋不发个电报呢？"小叔笑了一下说："还以为你盼着奶奶来，天天到火车站去接呢。"徐哲心说，这是部队，哪能那么随便，再说从老家方向来的火车那么多，我怎么知道会是哪趟车呢。徐哲虽内心有点儿埋怨，但也不好再说啥。他又和奶奶说话，因当了一年多的兵，口音变了一些，奶奶说听不懂他说什么。徐哲问和他们一起来的民子哥是谁，小叔说是他的一位同事的儿子，在宁江市上大学，大名叫万川东，小名叫民子。小叔和他说起了来之前的一些事。徐王氏本想让徐元河和她一起来，可徐元河非要让陈娴清陪婆婆来，徐王氏嫌陈娴清说话办事不沉稳，说啥也不愿意。过年后徐王氏去了已调到县文化馆的小儿子家，听说了徐元琐同事的儿子在宁江市上大学，年后开学要回宁江，非要跟着人家来看孙子。徐元琐劝了半天没劝住，徐元河又不说陪母亲来，徐元琐哪能放心母亲跟着外人坐十几个小时的火车，只好请了假一起来了。徐哲听了心里很不是滋味，他心里责怪父亲做事太欠考虑。说了几句闲话，徐王氏和徐元琐打起盹来，徐哲把煤炉子的火拢旺了些，好让室内暖和一点。好不容易熬到了天亮，徐哲领着奶奶和小叔回了宿舍。到了吃早饭的时候，徐哲到食堂打了米饭和咸菜，徐王氏对徐哲道："到外面给你民子哥买点吃的。"说实话，徐哲从未到外面吃过饭，也不知道应该去买什么，再说他手里没多少钱。他只好含含糊糊地答应着，但并没有出去买。徐王氏也没再说啥。

吃过早饭，庄岳和徐哲说，这几天他去隔壁的公务班睡，让奶奶和小叔睡在他们的宿舍。机关本来有个小招待所用以招待来队家属，但几个房间都住满了人，因之前不知道奶奶具体什么时候来，所以也无法预定。

知道徐哲的奶奶和小叔来了，处长和副处长都来看望。小叔对处长客气道："希望部队领导对徐哲多加教育和培养。"处长道："小徐挺老实的。"处长走后，徐元琐对徐哲道："能得到领导'老实'的评价还是不错的。我在单位这么多年，人们总是说我不老实。"徐哲听了不置可否。

徐王氏肠胃不太好，加上岁数大了，上了火车后肚子便不舒服起来。阵阵作痛，还有点儿拉肚子。徐哲感到不知怎么办才好，他总觉得自己照顾不好奶奶。好在奶奶的肚子两天后好了些，徐哲才有点儿心安。

处长让徐哲陪着奶奶和小叔出去玩玩，这天天气不错，徐哲领着奶奶和小叔逛了宁江市最繁华的地方新街口和鼓楼。徐王氏是小脚，走起路来非常慢，徐哲和小叔每走一段路都要停下来等她。从新街口百货商店出来，徐哲和小叔笑着说奶奶走得太慢了，徐王氏不知是错会了意思还是走累了心情不好，一下子坐在了地上生气地说："嫌我走得慢，你们走吧。"见此情景，徐哲心里一阵难过。可能是觉得有点儿不妥，徐王氏赶快又站起来，挪着小脚往前走。

徐哲想领着小叔到中山陵玩，因中山陵有几十级台阶，怕奶奶爬不上去，而且去中山陵的公交车上人很多怕挤着奶奶。便和小叔商量让奶奶在家歇着。不料奶奶非常愿意去，并说车上肯定会有人让座。见奶奶态度坚决，只好带着奶奶一块儿去。上了公交车果真有人让了座，徐王氏劲头很足，几十级台阶上下竟没有喊累。

趁徐元琐不在跟前的时候，徐王氏对徐哲道："来时在车上，你小叔老是追问我身上带了多少钱，我能告诉他吗。我看跟你在一起的人不少都戴着手表，我给你钱，你也买一块儿吧。"徐哲说不用。徐王氏说："我带的钱挺宽绰的，你问问人家戴的表多少钱，买块不贵不贱的就行。"徐哲说："他们戴的多是钟山牌的，防震的四十块钱，不防震的三十块钱。"徐王氏说："那就买块防震的吧。"又说道："有你大姑大爷见月给我寄钱，我手里也攒了两个。徐骏在外上学回家，我常给他点。知道你在部队也没啥钱，想给你点，可怎么给啊？让你三叔给你寄不合适，你爹那个样的，让他寄也不行。"徐哲说："奶奶，我在这里不缺钱。买东西我都是买最便宜的。""是啊，手里钱少，就将就着花。"徐王氏叹了口气。正说着，徐元琐进来，徐王氏道："我看着人家好多都戴着手表，也准备给徐哲买一块儿。"徐元琐笑了笑，没有说啥。第二天，徐王氏给了徐哲四十块钱，徐哲买了一块儿防震的钟山牌手表。

徐王氏和徐元琐在部队住了一个星期，就回去了。奶奶走后，徐哲总觉得没有让奶奶住好玩好。徐王氏和徐元琐回去后不到半月，徐哲收到了父亲徐元河的来信。信中讲道，婶子颜青回家时到处跟人说，是小叔陪奶奶去看的徐哲，一路上的钱都是小叔出的，还说小叔还花六十块钱给徐哲买了一块儿泰山牌手表。徐哲感到莫名其妙，回信中责问父亲为什么不陪奶奶来。

42

五一过后，机关组织高中毕业的战士进行了一次测试，从中选拔一部分参加今年的部队院校招考。徐哲也参加了测试，但因理化基础差，所以仅以二分之差未能通过测试。和徐哲同桌参加测试的是驾驶班的刘田利，他是山东益都人。通过交谈，得知是山东老乡，自然熟络起来。自高炮团调防之后，徐哲和同来的老乡很少能见到面。炮兵机关没有和徐哲一个地区的老乡，最近的就是益都的几位同年兵。以后通过刘田利，徐哲又认识了钱佳进、肖建温等几位益都老乡，徐哲在工作之余便常找他们拉呱闲谈。一次在和刘田利聊天中，刘田利对徐哲说："话务班的一个女兵打听过你呢。"徐哲感到不解："打听我干什么？"刘田利诡异地笑笑："可能是对你有意思吧。""怎么可能？"尽管徐哲不太相信，但内心深处却希望是真的，"是哪位？""我也不知道叫啥名，就是眼睛大大的、皮肤白白的那位。"刘田利道。徐哲听了，觉得很像长得和廖秀玉一样的那位女兵。刘田利的话，使他想起了往日的情境。女兵宿舍就在勤务连食堂旁边，一次因天热徐哲端着碗在食堂外吃饭，女兵宿舍的窗子开着，他无意中一抬头，看到那位像廖秀玉的女兵从窗子里在看着自己。他觉得她不像是无意的，因为看她的眼神明明是在注视着自己。来机关时间长了，徐哲和勤务连还有指挥连的许多干部战士也就渐熟起来。不过对那十几个女兵，徐哲只是认识她们，但叫不上名字。其中有一位小眼睛的女兵，每当在一起的场合，徐哲隐隐约约总觉得她在注视自己，有时碰个对面，那个小眼睛女兵的眼神总是在他身上扫来扫去。开始他认为那是她无意的或者是自己的错觉，可次数多了，不能不让徐哲感到她的眼神里有些特别的东西。但徐哲对那位小眼睛的女兵没有啥感觉，所以对她的"注目"便也没放在心上。一些调皮的男战士喜欢给女兵们起外号，那位脸蛋漂亮但体态较胖的，战士们叫她"保温桶"。还有一位女兵，面部老是没啥表情，像是哭丧着脸的丧夫女人，于是战士们便叫她"寡妇"……偶有一次，徐哲到指挥连的食堂办点事，看到墙上有一张花名册，在女兵的名字里面有一位写着叫王慧娟，他觉得这个名字应该就是像廖秀玉的那位，于是很长一段时间在心里徐哲就叫她"王慧娟"，直到后来知道了她的真名字。日子久了，徐哲知道了人称"保温桶"的女兵叫王芳，还有一位长得不算太漂亮、性格开朗的女兵叫谭雅芹。这也是徐哲最早知道的两位女兵的名字。徐哲宿舍隔壁的公务班中，有一位比他入伍晚一年的战士叫王圣连，安徽广德人。几次接触，徐哲和他很谈得来。慢慢地，两人成了无话不谈的好友。王圣连的母亲来部队探亲，徐哲去看她，见谭雅芹也在那里，还给王圣连的母亲买了麦乳精。徐哲看出了谭雅芹对王圣连和别的战友不一样。徐哲除了跟王圣连还有刘田利、钱佳进等老乡接触多些外，再就是电影队的华爽和罗汉良。电影队的队长严忠民和程远是好友，两个人常在一起玩，有时程远带着徐哲去电影队，徐哲便和电影队的人也熟了。

　　天渐渐热起来，转眼到了夏天。宁江是全国四大火炉之一，还未入伏，徐哲就感受到了火炉的威力。宁江的热和徐哲家乡的热不一样，徐哲的老家在鲁西北，夏天虽然也热，但是干热，风一刮有爽爽的感觉。而宁江的热像是在蒸笼里蒸，热得让人透不过气来，身上总是黏糊糊的。但让徐哲感到惬意的是，到了高温季节，公务班不再是给各个办公室打开水，而是打酸梅汤。徐哲在家时从未喝过酸梅汤，第一次喝下那甜甜的酸酸的咖啡色的液体，他觉得很爽。机关不但供应酸梅汤，而且还供应雪糕。以前徐哲吃的叫冰糕，三分钱一根，就是水里加了糖冻成冰块。最好的是所谓的奶油冰糕，不像三分钱一根的那样透明，颜色是乳白色，里面有没有牛奶不知道，因为徐哲从未吃过牛奶，所以也不知道牛奶是啥味道。现在徐哲吃的雪糕一放到嘴里就有湿滑的感觉，徐哲虽然不知道这是不是牛奶的滋味，但又香又甜的感觉，让徐哲觉得味道好极了。有的雪糕外面还包有一层巧克力，吃起来外面酥脆，里面香甜，一股凉爽直沁心脾。不但有雪糕，还有蛋筒、冰淇淋。徐哲曾听奶奶说她小时候吃冰淇淋的事情，1949 年前徐王氏的父亲在省城做买卖，家境殷实，徐王氏儿时是随父母在省城度过的。徐哲当时无法想象奶奶说的冰淇淋是个什么样子，现在吃了，才知道是装在纸杯子里的雪糕，只不过更湿滑更香甜。徐哲觉得像是一步登上了天，酸梅汤和雪糕随便喝、随便吃，这在以前他是不敢想象的。

　　这天，庄岳外出办事，文印室只有徐哲一人在打印文件。他听到有人敲了几下门，抬头一看，见是两个女兵站在门口。前面的是王芳，后面跟着的就是徐哲自认为名叫"王慧娟"的那位。不知为啥，徐哲脸红心跳起来，请她们进来，然后问："你，你们有啥事吗？"前面的王芳说："我们在复习准备参加军校招考，想跟你要点纸做练习用。"徐哲感到有点儿难为情，程远提干后，文印室由庄岳负责，现在庄岳不在，他觉得自己是新兵，不敢做主，于是说："老兵不在，我不敢……"跟着后面的"王慧娟"闻听此言掉头就要往回走，这时处里的黄参谋正好进来，见状问怎么了，徐哲便如实相告。黄参谋道："小徐，给她们点吧。"徐哲道："好的。"转身要走的"王慧娟"又回转身来，徐哲便分别给了她们一沓纸，她们连声说："谢谢。"等她们走后，徐哲想起了她俩也参加机关测试了，而且都过了关。两个月后，部队院校招考结束，徐哲听说机关一共有三名战士被录取，其中一名男兵，两名女兵。此后好长一段时间，徐哲没有看见那个"王慧娟"，后来得知，被录取的两个女兵中就有那个"王慧娟"。

43

"八一"过后，宁江军区组建第二离职干部休养所，干休所所部临时地址就在炮兵司令部的后院，军务处万处长被任命为所长。军务处暂由华副处长主持工作。程远提干后，文印室一直缺少一名打字员，华副处长就从下面部队选了一名战士来文印室当打字员。这名战士叫袁勇祥，是浙江人，比徐哲晚一年入伍。

不知为什么，徐哲突然产生了想家的念头。按照部队规定，服役三年期满才有探亲假，徐哲到部队才一年多是没有探亲假的。这天下午，他抱着试试看的态度对华副处长说："副处长，我想回家一趟。""家里有事吗？"副处长问。"我……"徐哲一时不知怎么回答，他稍微沉吟了一下，说："家里为我的事产生了点问题，我想回去处理一下。"徐哲说这话也不是空穴来风，上次父亲来信说婶子四处扬言小叔花六十元钱给徐哲买泰山牌手表的事后，小叔也来信，说他的父亲如何不懂事，自己替他花了钱耽误了工作，还得到他的埋怨。他们之间的事徐哲不愿掺和，因为他管不了，也没法管。徐哲曾将自己的身世告诉过处长，想必副处长和几个参谋也都知道了。听徐哲这么说，副处长道："现在你们文印室忙吗？"徐哲道："不太忙。""那好吧，给你一个星期的假，够吗？""嗯，够了。"徐哲没想到副处长这么痛快地答应自己回家，心里很是感激。"今天几号？"副处长问。"十九号。"徐哲道。"干脆你到月底回来吧。"副处长想了想说。徐哲一听，甭提多高兴了，明天是二十号，到月底有十天的时间呢。"谢谢副处长，那我明天去买车票吧？"徐哲问。"可以。"副处长点头道。晚上徐哲碰到了处长，同他说了自己要回家的事，并说家里因为他出了一点问题，要回去处理一下。处长关切地说："回去后不要和他们计较，妥善处理。"徐哲"嗯"了一声。想想明天就要回到离开了快要两年的老家，徐哲既高兴又激动，整整一个晚上，徐哲怎么也难以入眠，在床上翻来覆去，好不容易盼到了天亮。第二天，他早早地去火车站买了票。火车是晚上九点的，徐哲又好不容易熬过了白天，终于坐上了回家的火车。车上挤得很，根本没有座位，将近十二个小时的时间，徐哲站了一路。但徐哲并没有感到特别累，当火车驶进山东境内，喇叭里播起吕剧唱段时，一股亲切感油然而生。车到泉城，徐哲下车出站后看到小吃摊上有小米粥，坐下就要了一碗。香香的小米粥下肚，徐哲尝到了家乡的味道。因是第一次回来，他也不知道回家里要坐什么车。看到火车站旁边有一个汽车联运站，他走进去，从车次表上看到了有到他公社驻地的汽车。他马上买了票。可当他把票装进兜里时，抬头又看见了到岳庆的汽车。岳庆是省城郊县的一个公社，他的叔伯兄弟徐俊大学毕业后就分在了岳庆。虽然徐哲不知道省城到岳庆到底有多远，但他知道肯定要比到老家近得多。他想先坐车到岳庆，叫上兄弟徐骏一块儿回家。可已经买了到老家的车票，他不知道该怎么办才好。正在踌躇之际，旁边挨着他一块儿买票的一位大爷看他像是有心事的样子，关切地问他："解放军同志，有啥事吗？"他感激地望着大爷，把自己的想法说了，大爷说："这好办，把票退了，再重新买就行。"好心的大爷把他买的票拿过去，凑到售票口对售票员说："人家这位同志想去岳庆找他兄弟，麻烦你能不能把先前买的票退了再换一张到岳庆的？"售票员看了看大爷，又看了看徐哲，把先前买的票拿回去又给了他一张到岳庆的票，还把余下的钱也给了他。徐哲对大爷道了谢，便乘上了到岳庆的汽车。到了岳庆公社大院时正好是开中午饭的时候，徐哲不知道徐骏在哪个办公室，正好碰到一伙人往院外走，他便上前询问，其中一人道："姓徐呀，往里走左拐第二间办公室就是。"徐哲道了谢，找到了那人说的办公室。里面一个四十岁模样的人在吃饭，他敲了敲门，问："请问徐骏是在这里上班吗？"那人抬起头看了他一眼，说："徐骏驻队搞秋收去了。"徐哲又问："那他什么时候回来？"那人又吃了一口饭，说："说不准，要不你在这里等一下，我给你问问。""好的，谢谢了。"徐哲进了屋，在一只凳子上坐下。那人吃完了饭，出去洗了碗回来，问他从哪里来。徐哲告诉了他。过了一个多钟头，一个三十多岁的人来问徐哲："你是找徐骏的吗？"徐哲回答是的。来人说："你跟我来吧，我们是一个办公室的。"徐哲便跟来人去了另外一个办公室。来人比先前的那人客气多了，说："我给徐骏打了电话了，他马上就回来。""好的，谢谢。"徐哲道。又过了一个来小时，徐骏回来了，见了徐哲很是惊喜，上来拥抱了徐哲。近两年未见，徐骏长高了不少。徐骏问："哥，你咋回来了？""我，领导批准我回家看看。"徐哲道。"不是当兵三年才能探家吗？"徐骏问。"我们在机关，比较好请假。"徐哲说。徐哲又把在汽车站买好了票又退了，以及到了这里遇到人的事告诉徐骏。徐骏说："那个四十岁模样的人也姓徐，你问的人可能把他当成我了。后来的那个是我们的科长。"徐骏又说，"我已请好了假，明天我们骑自行车一块儿回家。"见天色尚早，徐骏对徐哲说："我们公社的打字员，也是从部队回来的，我领你去见一下。"于是徐骏领着徐哲到了一间办公室，里面一人正在打字。徐骏对那人说："孟哥，我哥在部队也是打字员，现在回来探家。"孟哥忙站起来同徐哲握手："你好！我叫孟玉璜。"徐哲连忙上前握住孟玉璜的手："孟哥你好，我叫徐哲，在宁江军区炮兵司令部当打字员。"孟哥叫徐哲快坐下，忙去倒水，倒好水后递给徐哲："我原来在新疆军区当兵，也是当打字员。前年退伍的。"三人唠了一会儿，天快要黑了。徐骏对孟哥说："孟哥，等一会儿一块儿到我们办公室吃饭。""好的。"孟哥说。徐骏和徐哲回去，这时办公室的另一个同事也回来了，他们对徐哲都很亲热。徐骏去外面买了几个菜，还弄了酒，摆到了桌上。加上孟哥，他们一共五个人，坐在一起边吃边聊。

徐骏骑自行车带着徐哲，回了老家。岳庆离老家也有将近一百里路，路上徐哲和徐骏替换着骑车。快到家时，徐哲对徐骏说："到家后就说我和战友出差办事路过泉城，办完事战友先回去了，我顺路回家看看。"徐骏问："为什么要这样说？"徐哲说："我才当了两年兵，别让人产生误会。"用了三个多小时的时间，终于到了家。一进家门，徐哲见奶奶正在院子里剥玉米皮，叫了一声奶奶。徐王氏抬头一看，惊得不得了："怎么，你退伍了？""没有，我还回去呢。"徐哲笑着说。徐王氏这才放下心来："这咋就回来了？""我和战友出差办事，事办完后，战友先回去了，我顺路来家看看。"徐哲道。徐王氏停下手里的活，和徐哲、徐骏一块儿进了屋。徐哲一踏进屋，觉得屋子又矮又窄。在家时，徐哲觉得自家的屋子在村里是又高又宽的。眼看响午了，陈娴清扛着镢头收工回来，见徐哲回来，也感到惊奇。问明了原委，自是高兴。弟弟妹妹们也都陆续放了学，一家人自是欢喜。晚上，左邻右舍听说徐哲回来了都过来探望。大家都知道徐哲在大城市当兵，而且还是部队的大机关，都为他感到自豪，便问他外面的一些见闻。元琛大爷家的兴民哥在公社文化站工作，这天正好回家，听说徐哲回来了，特过来看看。兴民哥问徐哲宁江的庄稼长得如何，徐哲说自己很少到郊区，不清楚那边的庄稼怎么样。兴民哥听了徐哲的话似乎不悦，徐哲觉得自己的回答也有点儿欠妥，又说了一句："那边主要是种稻子。"大家又说了些闲话，就各自散了。连着几天，徐哲被几个大娘叫去吃饭，元络大娘还给他包了水饺吃。

　　这天，陈娴清说要带着徐哲去看他姥爷。徐哲从心里不愿去，因为他对那个姥娘家实在没有啥好感。陈娴清的母亲去世后，父亲跟着她叔婶一家生活。徐王氏劝说徐哲跟陈娴清去，徐哲只好答应，但说不在那里吃午饭，去了坐一下就回来。徐哲跟着陈娴清到了陈安邦家，一家人说话并不十分热络。陈安邦看上去明显的老了，耳朵很背，要大声说话才能听得见。闲聊了几句，徐哲说要回去。二姥娘说："吃了饭走吧。"徐哲说："不了，姥娘，回去还有事。"陈娴清也想吃了饭再走，说道："吃了饭再走吧，看把你姥爷急的。"徐哲看了看陈安邦，见他表情木讷，不知是急的还是听不清楚大家在说什么。徐哲委实不想在这里吃饭，他有点儿急了："不是说好了不吃饭就走的吗？"陈娴清也不再说什么，两人便出门要走，一家人送出大门。村口有家商店，陈娴清进去非要给徐哲买身绒衣。徐哲觉得实无必要，坚持不买，陈娴清只好作罢。徐哲觉得这次回来陈娴清的态度出奇地热情，他倒觉得有些别扭了。

徐哲去了姑母元美家，姑母姑父见了徐哲很是高兴，给他做了很多好吃的。临走时，姑母交给徐哲五元钱，说："这是我借你父亲的钱，你给他捎回去。他要是要，你就给他。他要是不要，你就带着到部队上用。"回到家后，徐哲把钱拿出来给父亲，说："这是我姑还给你们的钱。"父亲接过去，给了陈娴清，说："快去还给元福哥，前些日子咱借了他的一直没有钱还。"徐哲看了这一幕非常难过，这明显是演给自己看的。陈娴清还话里有话地说，她娘家的一个侄子当兵第一年就见月给父母寄钱。

在家住了十天，徐哲准备回部队。临走那天晚上，左邻右舍又都来送行。徐王氏剥了些花生米，让徐哲带着给领导和同事们吃。

44

徐哲探亲回来后，有消息说，因部队改革需要，炮兵机关要解散，同时解散的还有其他一些兵种机关。一个月后，这一消息得到证实，军区正式下文撤销有关机关，并开始进行人员分流。有的干部战士转业退伍，有的调往下属单位和其他部队。文印室三个人，庄岳服役满三年，他本人愿意退伍，于是在他走之前让他入了党。袁勇祥是华副处长选来的，他的去处华副处长自有安排。徐哲服役刚满两年，肯定要去别的单位。和许多战士一样，他也为自己会去哪儿感到迷茫。LWB团的警卫排长来宁江办事碰到了徐哲，排长对他很关心，问他机关撤销后去哪里，若要想回团里，他可以帮助办一下。徐哲很感激排长，但他实在不想再回LWB团，在机关待了一段时间，他觉得回团里会不适应。有人给他出主意，让他问问万处长，可不可以跟他到干休所。徐哲去了万处长家里，把自己的想法说了，没想到万处长很痛快地答应了他，这让徐哲悬着的心放了下来。

　　各个处里开始处理东西，徐哲看到每个办公室里都在用车拉箱柜等办公用具，纸张掉落在地上，人们进进出出。徐哲想到了电影里国民党部队撤退的样子，很像现在的情景。

　　庄岳已经退伍走了，文印室里只有徐哲和袁勇祥在忙着打印机关最后的一些文件。这天，有两个人来到处里，一个四十岁左右，一个二十多岁，都是干部模样。他们先到处里坐了坐，然后华副处长领他们到了文印室。从华副处长和他们的谈话中，徐哲听出了他们是冲着袁勇祥来的。年轻干部模样的人拿了一张试卷样的东让袁勇祥填写，华副处长便和年长的干部回到办公室喝水。袁勇祥填起那东西来显得有点儿吃力的样子。徐哲便凑上前看热闹，见袁勇祥在一道填空题前犯了难。徐哲看了看那道题，其实答案很简单，他便悄悄地把答案告诉了袁勇祥。看到前面有个题袁勇祥答错了，徐哲也压低声音告诉他让他改过来。这一切都被年轻干部看在眼里。等袁勇祥填完，年轻干部拿着回到处长办公室。不一会儿，年轻干部出来，把徐哲叫到了一边，轻声对徐哲说："我们是军区政治部的，那位是我们秘书处的处长，我是文印室的组长。我们文印室想在撤销的几个机关中选一名打字员，本来是想选新一点的兵，你们华副处长推荐了小袁，可我们的处长看中了你，想让你去，不知你的想法怎样。"听年轻干部这么一说，徐哲感到不知如何回答："……这，这，太突然了。我，我……"见徐哲说话吞吞吐吐，年轻干部又说："你放心，到了我们那边，个人前途问题是不用担心的。即使提不了干，最起码是转志愿兵或由处里出面给你安排好出路。"徐哲真是有点儿为难，因为他已经和万处长说好了去干休所的。他只好又说："让我考虑一下行吗。"年轻干部说："我去和我们处长说一下。"说着去了屋里，不一会儿又出来，对徐哲："我们处长同意让你考虑三天，然后再答复我们。"两个干部又和华副处长说了些话，就回去了。他们走后，华副处长对徐哲说："他们本来是来看小袁的，这下好了，他们非要你去。你去不去，仔细考虑一下，过几天他们会来问。"

　　徐哲真的是拿不定主意，他不知该如何选择。他问了处里的翁参谋和黄参谋，他们都说这种事别人不好替他定，只有自己拿主意，因为这影响着将来的前途。最后还是处里的吴保密员对他说："我觉得还是跟万处长去比较好，因为你是万处长选来的，又是老领导，以后有什么事比较好说。"徐哲听从了吴保密员的意见，还是决定跟万处长去干休所。晚上，徐哲给处长打了个电话，徐哲说："处长，今天军区政治部来选打字员，本来是来看小袁的，谁知那个处长看上了我，要让我去。您说我该怎么办？"万处长听了笑着说："这是个好事嘛，军区政治部是大机关。"徐哲说："我还是想跟您去。"万处长说："你愿意跟我来也好，但要和华副处长说清楚。"徐哲说："好的。"第二天，徐哲和华副处长说，他要跟万处长去干休所，而不想去军区政治部。过了三天，军区政治部来电话，问徐哲考虑好了没有，并说，其他几个被撤销的机关不去了，就等着徐哲的答复。华副处长来问徐哲："你考虑好了去不去，军区又来电话了。"徐哲说不想去，华副处长不好直接说，便回电话说："他还没考虑好。"对方说："那，再给他考虑两天。"说完挂了电话。华副处长放下电话，又过来对徐哲说："现在机关撤销是特殊情况，要在平时这样根本不行，军区要调一个战士没有这样的。"两天后，军区政治部的电话又来了，这次华副处长自己不接电话，而是让翁参谋接。翁参谋一拿起电话，对方就问："徐哲他考虑好了没有？"翁参谋道："我去问一下。"翁参谋来到文印室，问徐哲："军区政治部的电话又来了，你可要考虑好。"徐哲说："我考虑好了。"翁参谋回到办公室拿起电话，犹犹豫豫地说："他说，不想去。""啊？"对方显然对这个结果感到意外，沉吟了一下，说："不想来？那，我们研究一下。"翁参谋一听这话，忙说："首长，您不用研究了吧，他想学驾驶员，已经到下面部队去了。"对方一听这话，也只好作罢。翁参谋放下电话来到文印室，对徐哲说："你说不想去，他们说要研究一下。要是研究了下个调令，你敢不去？我只好撒谎说你下部队了。"徐哲说："谢谢翁参谋。"翁参谋道："机关撤销，好多战士愁着没地方去，你倒好，两个地方还随你挑。"

　　到了十二月份，炮兵机关撤销工作已接近尾声。留守处在继续处理善后工作，其他人员都去了新单位。徐哲去了干休所，袁勇祥去了炮九师。华副处长到新成立的炮兵部军务处任处长，黄参谋在新的军务处仍任参谋。翁参谋去了涡湖农场任场长，沈参谋去了干休所，吴保密员去了军区档案馆。

炮兵机关撤销后，驻在大别山区的军区技术侦查三局驻进了原炮兵机关的前院，原炮兵机关的话务班集体给了三局。

第十一章

45

干休所是团级单位，没有专职打字员编制。徐哲被编到公务班二班，但主要工作是打字，打字机和油印机都是从文印室带过去的。因打印的文件不多，空闲时间，徐哲也和班里的人一起干些别的。沈参谋任所里管理员，直接管理公务一班和二班。所里的领导全部是炮兵机关的干部过来的。程政委、朱副政委和萧干事分别是原政治部干部处的处长、干事；翟副所长和张助理员是原司令部管理处的参谋，卫生所的所长和军医也是原炮兵机关卫生所的。

干休所的主要工作就是为离职干部服务，除了两个公务班还有两个驾驶班，再就是一个炊事班。驾驶班、公务班和炊事班的战士也大都是原炮兵机关的战士。徐哲的益都老乡刘田利、钱佳进和肖建温也一起来了干休所。军级以上干部家里配备公务员和炊事员，但没有专车。所以离职干部用车都统一由所里派遣，但每个干部按职级享受不同免费公里数用车。

刚到干休所时，徐哲感到无比的欣慰，人们都知道他是跟所长来的，所以都高看他一眼。他自己住一个二居室，大的房间做文印室，小的房间做宿舍，里面还有马桶，但他不知道马桶怎么用，所以解手还是到外面公厕。如果这样下去，徐哲将会过得很愉快。这天，新兵连的指导员王培坤来南京办事，到干休所看了所长后找到徐哲。徐哲见到王指导员很高兴，他很感激王指导员，要是没有王指导员，自己不可能有这样的工作环境。这次见到王指导员，徐哲感到亲切多了。王指导员没有了以前的严肃，更多的是和蔼可亲。王指导员说，不久前他从 LWB 团调到了 xx 师师部当干事。

在二居室住了没多久，沈管理员让徐哲去和别的战士一起去住。因为他也是个战士，他住的二居室是干部和家属住的，他没有资格居住。徐哲只好搬到了其他战士住的楼上，文印室也搬到了同幢楼的一个单间里。这座楼是过去炮兵机关单身干部住的，都是单间。和所长说了一下，他住到了文印室内。能独自住在一个房间，徐哲也觉得满足。这样，在工作之余，独自有一个空间，他可以继续搞他的文学创作了。他开始构思小说，一个月内，写出了三个短篇。

这天徐哲到前院的三局去办事，在三局院内徐哲忽然见到一个熟悉的身影。等走近了，徐哲看清是自己认为叫"王慧娟"的女兵。"王慧娟"也看到了徐哲，看样子要和徐哲打招呼，但徐哲却一低头过去了。徐哲感到懊恼，他也想和她打招呼。已经半年多没见，徐哲似乎把她忘了，但没想到却又碰见了她，心中那股"好感"又升腾起来。想见她，见了她却又"害怕"她，徐哲为自己的"没出息"而自责。回到干休所，"王慧娟"的影子怎样也挥之不去。一股强烈的想向她表白的愿望占据了徐哲的整个内心，但到现在他仍不知道她究竟叫什么名字，他的联系地址是啥。虽然他认为她可能叫"王慧娟"，但毕竟是可能。于是，徐哲去找了益都老乡刘田利，想叫他帮自己拿个主意。刘田利听了徐哲今天遇到"王慧娟"的事和他的想法，笑着说："我说她对你有意思呢，你还不相信。这不，你自己看出来了吧。"她对自己有没有意思，徐哲不敢保证，但她想同自己打招呼徐哲却觉得是真的。刘田利进一步鼓动徐哲："赶快追呀，过了这个村可就没了这个店了。"徐哲说："人家军校毕业后就是干部了，我凭啥追人家？"刘田利道："你将来最起码也要转志愿兵，再说有所长帮你,你以后也差不到哪里去。"经不住刘田利再三"劝说",徐哲动了心:"那,咱又不知道她的名字和通信地址,咋追呀?"刘田利想了一下,说:"我知道她和王芳是老乡,我打个电话问一下不就行了吗。"于是,刘田利打电话到三局话务班,很顺利地找到了王芳,刘田利编了一套谎话,套出了她的名字和通信地址。这下徐哲知道她真的不是叫"王慧娟",而是叫肖妍。徐哲怀着忐忑的心给肖妍写了一封信。信写得很简单,只是粗略地介绍了一下自己并表明了自己的心迹。信寄出后却一直没见回信。徐哲和刘田利说了,刘田利说春节快到了,院校已经放了寒假,肖妍可能回家了而未能看到自己的信。

所长的岳父岳母家在无锡,岳父是一家大酒店的经理。女儿小蒲和儿子小庆放寒假后,所长的爱人带着他们先去了无锡。这天徐哲上街时,在路边看到有一个卖绣品年历的,上面绣的是长城,下面是年历。徐哲觉得很好看,想到明天所长也要去无锡岳父家,便又买了两包鞭炮,送到了处长家,说鞭炮是买给小庆的。所长很高兴,但说火车上不准带鞭炮。徐哲不知道所长说的是真是假。反正给了所长,徐哲心里也就释然了。

这天是星期天,徐哲上街买东西。从商店出来,忽地看见了一个熟悉的身影,仔细一看,原来是肖妍和一位女兵并肩走在路上。原来她没回家,那她肯定收到了自己的信。没收到她的回信,肯定是她对自己没意思,徐哲对自己的"鲁莽"感到了后悔。

第二天,徐哲到前院找在炮兵留守处的王圣连玩。找到王圣连,他正在电视室里看电视,电视里播的是电影《冰山上的来客》。这个电影徐哲没看过,于是和王圣连一同看了起来。看完电视,快到了吃中午饭的时间,徐哲起身赶紧回去。下了楼,没想到在路上徐哲又看到了肖妍,她正和老乡王芳一块儿走着,看样子是去食堂吃饭。眼看着彼此就要走到面对面,徐哲的心提到了嗓子眼,他看到肖妍朝自己看了一眼,却好像是不认识的样子。匆匆吃完了饭,徐哲赶紧找到刘田利,说自己昨天上街看到了肖妍,今天上午又看到肖妍来找她老乡了,她根本没有回家。徐哲对刘田利道:"我说人家对我没有意思,你还不信。"刘田利道:"即使她对你没意思,也应该回封信说一下呀,这是起码的礼貌。她也太目中无人了吧！"于是，刘田利打电话找到王芳，王芳在电话里说，肖妍收到徐哲的信了，说这是不可能的事，两个人又不是老乡，以后怎么可能在一块儿。还说肖妍收到徐哲的信，因为心里害怕，期末考试都没考好。还说肖妍已经把徐哲给她的信烧了。刘田利听后笑着对徐哲说："看来是剃头挑子一头热呀。"徐哲道："你不是说她还打听我，对我有意思吗？"刘田利无语了。徐哲想到在王圣连那里看的电视，心说，这正应了那"冰山上的来客"。

　　春节过后，所长对徐哲说准备让他去学驾驶员。因为按现在的规定，打字员不能转志愿兵。再说，干休所编制里也没有打字员。徐哲知道这是所长在为自己的前途考虑，尽管徐哲并不喜欢开车，但为了以后能转志愿兵，徐哲也只能这样。提干是不可能的了，考军校也没希望，唯一的只能转志愿兵，转了志愿兵，就可以转业安排工作。这当然是徐哲梦寐以求的。所长还说，学完驾驶员回来，让他开所部的车，而且继续打字。徐哲觉得所长给他想得很周到。谁知过了几天，沈管理员领来了一个叫郑君的新兵，叫徐哲教他学打字。徐哲明白了是怎么回事，说："所长不是说我学完驾驶员回来还打字吗？"沈管理员冷冷地说："你回来开车哪还能打字。"尽管徐哲不情愿，但也无奈。郑君是春节前刚入伍的新兵，开始还虚心听徐哲教他，觉得快要学得差不多的时候，便对徐哲的话不那么听了。徐哲有些生气，但看到沈管理员对他很欣赏，也只好忍在心里。

　　所里要派两名战士去××师汽训队学驾驶员，开始徐哲听到说让他和一名叫王国艺的新兵去。可就要去汽训队报到时，所里最后决定让当兵已经两年的俞勇和他一块儿去。本来每个单位派去学驾驶员的都是刚入伍的新兵，因为徐哲已当了三年兵，让一名新兵和他一块儿去，怕影响不好和别的新兵有情绪，所以决定一个新兵都不去。徐哲深深知道所长的良苦用心，从内心里感激。为此，那个开始说要和他一块儿去的新兵王国艺，因为没能去成而精神受到了刺激。在部队能学驾驶员，是每个战士都向往的，有了开车的技术，即便退伍回家也能找到工作。地方对从部队回来的驾驶员很放心，好多单位都抢着要。

　　清明节的前一天，徐哲和俞勇坐上了去××师汽训队的班车。

46

　　××师汽训队在师部驻地泗阳县城的郊外。徐哲到了汽训队时,学员们还没到齐,于是让先到的学员干一些杂活,比如打扫卫生、粉刷门窗之类。也许是习惯了机关规律而宽松的生活,刚到汽训队徐哲有些不适应。尤其是自己当了好几年兵,再和一些新兵干这干那,徐哲觉得很不习惯。关键是自己并不是从心里喜欢开汽车,所以一切都提不起他的兴趣。

　　学员们陆续到齐了,汽训队开始了正式学习。六个学员编为一个班,然后三个人编为一个组。一个班在一辆解放牌卡车上,三个人半天在车上跟班长学驾驶,另外三个人在家里跟着理论教员上理论课,上下午轮换。

　　四月份的苏北乍暖还寒,一阵风跟着一场雨。不知怎的,徐哲感到身体非常不舒服,但却说不出具体哪里难受。开始徐哲还忍着,可后来徐哲晚上睡不着觉,白天饭也吃不下。慢慢地头脑昏昏沉沉,迷迷糊糊,他不知道自己怎么了。这天他请了假在家休息,无聊之中想起了肖妍,内心突然非常生气,觉得肖妍太看不起自己了,不同意交往,起码也要回封信表明自己的态度,这是对人起码的尊重。徐哲越想越气,愤愤地又给肖妍写了封信,责问她为什么不给自己回信或者把自己的信退回来,而对自己不屑一顾。信中,徐哲说了一句:"……我简直怀疑你体内流着的是不是温血……"肖妍没有理他。难受越来越厉害,头也疼得厉害。在车上,他觉得晕晕乎乎,理论课上,教员讲的什么,他一句也听不进去。他不知道自己究竟是怎么了。一个多月后,徐哲产生了不想学下去的念头。可这个念头一产生,他就觉得不妥。为了让自己将来好转志愿兵,所长才想了这个办法。如果不学了不但对不起所长,就是自己将来的前途也不好说了。可是,莫名的难受无法让徐哲再坚持下去。他想给所长打个电话,可这个口可怎么开呢?他先想到了汽训队的班长,和班长说说自己的想法,也许班长会帮自己出个主意。可如何说呢?这天晚上吃过晚饭,徐哲把班长约了出来，说是要向他汇报一下。班长跟他出来了，在操场上踱步。徐哲鼓足了勇气，吞吞吐吐地开了口："班长，我这几天……非常难受，头疼头昏……"班长问："怎么回事，需要到医院看看吗？""我，我，唉！"徐哲真是无言以对，"我母亲不是亲的，我从小跟奶奶在一起生活……"不知为什么，徐哲同班长讲起了自己的身世，"我实在学不下去了，我想回去。"班长感到很惊讶，看来他是第一次遇到这种情况。"这，我看还是跟汽训队领导说一下吧。"班长说。徐哲觉得也应该跟汽训队领导说一下。第二天，班长就把徐哲的情况汇报给了汽训队领导。晚上，汽训队指导员把徐哲叫到了自己的宿舍，询问徐哲怎么了。徐哲听指导员说话的口音像是山东人，便问指导员："指导员您老家是哪里？"指导员说："我是山东安丘的，和炮兵机关的解济棠是老乡。"这样徐哲便和指导员有了一种亲近感。徐哲说自己最近老是头疼，而且昏昏沉沉的。指导员说心情不要太紧张，过两天看看再说。过了几天，徐哲并没有感到情况有好转。他终于给所长打了电话，电话中和所长说了自己的情况。所长说让他先坚持一下，过两天让沈管理员来看看他。第二天，××师师部军务科的科长来找徐哲，问他需要什么帮助。徐哲知道这是所长安排的，内心充满了感激。徐哲对科长说，自己在车上总是晕晕乎乎，不想再开下去了。科长说，过几天要淘汰一批不适合开车的学员，徐哲即使回去，也要等到淘汰学员结束后，否则人们会以为徐哲是被淘汰回去的。徐哲为科长的苦心而感动。淘汰学员一段时间后，沈管理员来了，徐哲跟他说了自己的情况，沈管理员说所长嘱咐带他回宁江看看。

徐哲跟着沈管理员回到了宁江。眼下刚过"五一"，路旁法桐的叶子全绿了，徐哲看到熟悉的宁江，真不想再离开。回到干休所，徐哲一会儿感到头疼，一会儿感到眼疼。所长让詹庆国军医带着徐哲去了军区总医院找了个熟人，做了脑电图，说是神经性头疼。又做了眼压测试，但都没发现器质性疾病。所长又说省工人医院眼科比较有名，叫徐哲又去看了，除了测试有五十度远视外，也没有其他毛病。看看没啥大毛病，所长对徐哲说："既然你不想开车，那就去学习修车吧。我联系了××师修理所，过几天你去报到吧。"徐哲听了，既感动又无奈，他心里实在不愿再回去。可对所长的一片好心安排，徐哲又难以推辞。鬼使神差，在去××师修理所之前，徐哲又给肖妍写了封信，说自己因收不到她的回信，连学汽车也学不下去了，现在回到了干休所。没想到几天后肖妍回了信，但信中充满了蔑视与戏弄，还说让他去部队的一所精神病医院就诊。徐哲非常生气，也回了一封信，言语生硬。

这天徐哲外出办事回来，刚进大门，值班室和他说刚才三局总机班的一个女兵找他。他正在懊恼错过了接电话，见大门口有两个女兵朝院子里走来，其中一个正是肖妍。徐哲不知如何是好，肖妍和另一个女兵已走到了跟前。还没等徐哲说话，肖妍怒气冲冲地开了口："你有没有点儿文学修养？！"徐哲大脑一片空白，既不知道怎么回应，也不知道该如何去做，只是说了一句："就当我们之间什么也没发生。"说着像逃兵一样溜之大吉，把肖妍和那个女兵晾在了那里。徐哲完全慌了，他赶紧去找了刘田利，把情况和刘田利一说，刘田利又打电话给肖妍的老乡王芳。王芳在电话里说，刚才肖妍去找徐哲，谁知徐哲却不予理睬，独自走了。还说肖妍把徐哲给她的信都交给了所长。徐哲听后，顿时傻了眼，所长知道了可该怎么看自己呀。他后悔不该给肖妍写信，谁知刘田利在一旁笑道："事情怎么会弄成这样呀。"徐哲心说，都是你，鼓动我写信，还说人家对我有意思。但嘴上又不能责怪刘田利，写不写信毕竟是自己的事。

徐哲只好硬着头皮去找了所长，一见所长，徐哲就哭丧着脸说："所长，我给您惹事了。"所长笑着说："惹啥事了？""总机班的两个女兵不是来找您了吗？她说把信给了您。"徐哲说。所长这才说："是啊，他们把信给了我。""所长，我，我……"徐哲恨不能找个地缝钻进去，所长为自己处处着想，可自己却做了这样的事，他从内心感到对不起所长，"我，想搞点文学创作，找点素材……"徐哲连自己也为找这样的理由感到勉强。好在所长并没有批评他，还开导他说："那个女兵也没说啥，说你只是给她写了信。还让我不要对你怎么样。"说着所长把那几封信拿出来给了徐哲，"你拿回去销掉吧。只是怕好事的人传出去不太好听。"徐哲心想，肖妍多亏把信给了所长，要是给了其他领导，可就真的麻烦了。所长又说："过几天你去了××师修理所，事情也就慢慢过去了。"徐哲也只有听从所长的安排。回到宿舍，徐哲看了看，自己写给肖妍的信一封不少。她不是说把给她的信都烧了吗？徐哲感到不解。徐哲还看到，肖妍对自己一封信中她认为是错别字的地方进行了修改。不解也罢，懊恼也罢，羞愧也罢，既然一切都不可能，这些信也就没有留着的必要了。徐哲找出火柴，擦着一根，点燃了那几封信放到铁簸箕里，看着一张张信纸跳动着蓝色的火焰，不大一会儿工夫，最后一抹火焰熄灭，纸全成了灰烬。

三天后，徐哲又乘上了去××师师部驻地的班车。

到达目的地后，徐哲刚下汽车，却看到了原在炮兵机关的黄邦文技师来接自己。黄技师是炮兵机关解散后来××师修理所的。见到黄技师，徐哲惊讶地问："黄技师，你咋知道我来？"黄技师笑着说："万所长早就告诉我了。"徐哲的内心一阵发热。

到了修理所，黄技师帮徐哲安顿好住处，然后领他来到汽车修理班。修理所分汽车修理和无线电修理，但主要是汽车修理。黄技师的主要业务是汽车修理，他对徐哲说："汽车修理是最吃香的，不管是在部队还是到地方，只要精通了业务，都是紧缺的人才。"他还对徐哲说："只要我在这里就由我带你，我要是不在就由班长带你，班长也是我们山东老乡。"徐哲心里又一次充满了感激，因为学技术由技师或班长亲自带，是莫大的荣幸。班长开始带他干一些零碎的修理活儿，开始徐哲满怀信心，他觉得说啥也不能辜负所长的一片苦心。也许是老天故意不让徐哲这一生与汽车打交道，过了不到半个月，那种莫名的难受又开始袭扰徐哲。整日浑浑噩噩，什么都提不起兴趣，睡不好觉吃不好饭，他每天度日如年，挨过一分钟就觉得时间好长好长。一次班长让他用钢锯锯一个零部件，他竟锯断了三根钢锯条还没干好。他不知道自己究竟是怎么了，为什么这么不争气。俞勇在汽训队学完后已回到干休所，他不是不羡慕。可自己为什么会这样？越想越难受，越难受越想。一件小小的事情，对他来说好像都是天大的事情。慢慢地他又产生了终止学习回干休所的念头。他甚至后悔当时不该拒绝去军区政治部，他觉得那才是自己的擅长。记得刚到炮兵司令部时，徐哲偶尔也有过这种难受的感觉，他曾看到过一本杂志，那上面说到一种病叫抑郁症，徐哲觉得自己很符合上面所说的症状。他在跟小叔的通信中谈到自己可能有抑郁症，但叔父回信中说的话让他很失望，小叔的意思是他思想有问题才会产生抑郁。现在徐哲早已忘记了看到那本杂志的事情，他把这一切归咎于自己从小没有长好，就像一株病秧子，经不住任何风吹草动。他抗争着，坚持着，他实在不想再给所长惹什么麻烦。但，徐哲终于还是坚持不住了，他觉得自己活着实在是没有意思，在这个世界上是一个多余的人。他还是把自己难受的情况写信告诉了所长，没想到所长的回信措辞很严厉，开头称呼他为"徐哲同志"，还责问他比张海迪还要困难、还要难以忍受吗？徐哲看到所长生气了，真的是欲哭无泪，欲喊无声。他给所长回信，开头称呼"所长（我心目中的父亲）……"他说所长已对他仁至义尽，自己今后无论怎样都是自己的命，只是希望不再学下去，要回宁江。这天，在××师师部当干事的王培坤指导员来了，把徐哲叫到了一边，狠狠地在"训"他，说他是"扶不起的阿斗"。徐哲感激他们，深深地觉得对不起他们。就在徐哲被内疚和难受折磨得难以忍受时，所长打电话到修理所告诉黄技师，说军区军事法院成立复查办公室，需要一名打字员，让徐哲回去帮助工作。徐哲再一次感激所长为自己所做的一切。他终于又半途而废，坐上回宁江的班车。

回到干休所，徐哲无颜面对所长和其他人，他木然地听从所长的安排，三天后他去军区军事法院报了到。这时，天已经很热了。

47

军区军事法院隶属于军区政治部，成立复查办公室，是要为过去的一些冤假错案平反。来之前，所长告诉徐哲，复查办公室可能存在约两年的时间，这样徐哲不在所里，可以减少徐哲因停学驾驶员和汽车修理的影响。复查办公室的工作人员都是从各单位抽调来的，一共有五名干部和三名战士，五名干部中还有一名女的。徐哲在三名战士中兵龄最长。在复查办公室，干着原来的本行，而且都是跟文字打交道，徐哲的心情好了许多，难受的程度轻了不少，而且次数也少了很多。看来，自己确实不是开汽车和修汽车的料，徐哲心想。办公室里需要打印的文件并不多，徐哲大多数时间是和其他人员一道翻阅案宗。案宗里面有刑事案件也有政治案件，但以刑事案件居多。徐哲很喜欢翻阅案宗，因为那里面记录的犯罪细节很详细，很吸引人，更主要的是他可以从中增长阅历为自己的创作搜集素材。

能够得以平反的案件微乎其微，大多数案宗翻阅后都以"犯罪事实清楚，量刑适当，维持原判"而结案。有的释放人员得知成立了复查办公室，千里迢迢而来，要求复查平反。

复查办的干部家都在军区大院内，只有徐哲和另外两名战士在政治部食堂就餐。政治部食堂是为政治部机关单身干部提供就餐的，伙食不但品种多而且质量好，徐哲在里面吃了一段时间，明显感到体质比以前好了。

复查办公室和政治部文印室相距不远，有一次因临时需要几个打字机上的钢字，经领导协调后徐哲到政治部文印室去拿。到了政治部文印室，见里面有两位男兵和两位女兵。看到组长不是以前找他谈话的那位而是一位女兵，徐哲猜想那位男组长可能是调走了。徐哲曾在军区杂志《前线文艺》上看到男组长写的一篇小说，知道了那位男组长很有才。或许是文印室的人知道了徐哲就是那位不想来这里工作的打字员，所以用一种异样的眼光看他。徐哲把一张写着所需钢字的纸给了那位女组长，女组长看了一下，指着其中一个问徐哲是什么字。徐哲回道是矛盾的盾。女组长用不屑的口气道："这个'盾'字写得不对吧？"徐哲的字写得不是很好，在写"盾"字时下面一横写长了。徐哲觉得有些不好意思，为了避免尴尬，他拿了钢字便迅速离开了。

干休所离军区大院不远，所以徐哲经常回干休所找老乡玩。这次他回去看到所里在分西瓜，每个战士都有。徐哲问在那里过秤的沈管理员有没有自己的，沈管理员冷冷地说："你出去帮忙，哪会有你的。"徐哲记得复查办公室另外两名战士单位分东西时都有他们的，既然沈管理员这么说，徐哲虽心里不悦，但也没办法。在干休所的领导面前，他是有愧的。沈管理员和所长是河北老乡，所以关系较近。徐哲和他都是从军务处来的，本来有一种亲近感，可慢慢地徐哲觉得沈管理员和自己有了一种疏远的感觉。时间长了，徐哲还看出沈管理员和萧干事之间有些不睦。萧干事是山东人，有着山东人典型的耿直与倔强。徐哲觉得沈管理员这个人有点儿小肚鸡肠。

在复查办公室待了两个月后的一天，徐哲晚上洗澡时没有关好宿舍门，刚买不久的上海牌手表被盗了。徐哲心情很沮丧，把这件事告诉了法院分管他们的领导。领导很同情他，为此还给了他三十块钱补助。徐哲又添上十块钱，又买了一块儿钟山牌手表。奶奶给他买的那块钟山牌手表，因经常出故障，他便寄给了父亲，父亲寄来三十块钱，他加上点钱买了一块儿上海牌的。他在信中曾同父亲说，钟山牌到底不是名牌，所以老是出故障。父亲回信不让他买什么名牌，因为名牌的价钱贵。他给父亲寄去钟山牌手表时说了这块表是奶奶花四十块钱给自己买的，父亲回信中说："……这就水落石出了，到底是'泰山'还是'钟山'，到底是四十块钱还是六十块钱……"上海牌手表丢失后，他在给三叔和四叔的信中都谈了这件"不愉快"的事情，三叔回信表示同情。四叔信中提都没提。这个时候奶奶正好在大女儿元婕那里，徐哲给奶奶的信中也说了。奶奶着急得不得了，说徐哲丢了手表肯定很难过，催着元婕给徐哲寄了三十块钱来。

徐哲到了复查办公室不到半年，全国范围内的"严厉打击刑事犯罪活动"工作开始了。这时有消息说，复查办公室要停止工作并解散。果然，过了不到一个月，复查办公室负责人对徐哲和另外两名战士说，复查工作即将结束，这里用不了这么多人，让他们三个人准备回原单位。徐哲回干休所时将这一情况告诉了所长，所长说："回来也好，在外面待得时间长了也不是好事情。"元旦过后，徐哲和大多数人回了原单位，复查办公室只留了两名干部处理一下手头的事情。

徐哲回到干休所，从郑君手里要过了他原来住的房间的钥匙。春节过后，郑君被所里派去学驾驶员了。

这天，徐哲从报纸上看到一则消息，宁江市青春文学院招收函授学员，徐哲便报了名，后来徐哲知道青春文学院租赁的是干休所的房子。所里的战士陶砚在老干部家当公务员，住的地方就在青春文学院的院子里。得知青春文学院同时还招面授学员，陶砚也喜欢文学创作便报了名，见到徐哲后也把这一消息告诉了他。徐哲便也去青春文学院报名参加面授班，下楼时碰到所长和政委在楼梯上谈事情，他就对所长和政委说了去青春文学院报名的事。所长看了他一下道："这件事你要跟沈管理员说一声。"徐哲听了说了声："是。"便去找沈管理员。沈管理员听了他要去报名的事，道："按说你们战士是不能随便到社会上去学习的。既然所长知道了，你就去吧。不过一定要注意，不要出什么事情。"徐哲赶紧应说："好的。"报名后，当文学院的负责人知道徐哲也是干休所的战士，而且既报了函授班又报了面授班，等于缴了两份学费时，便把函授的学费退给了他，徐哲很是感激。面授班要比函授班优越得多。函授班的学员大都是外地的，只能通过寄送《文艺学习》杂志进行理论辅导。而面授班除了每个星期能亲耳聆听知名作家当面授课和辅导外，还不定期组织学员搞一些活动。虽然文学院把函授的学费退给了徐哲，但每月一份的《文艺学习》杂志还一期不落地寄给他。

面授班分小说散文组和诗歌组，徐哲报的是小说散文组。组里一共有二十几个学员，只有他和陶砚是军人。

这年春节徐哲回家探亲，在去小叔家里的一天晚上，小叔没回来，他和婶子颜青唠起了家常。不知为什么，婶子对自己表现出十分关心的样子，和颜悦色地同他说着家里的一些事情。面对看上去温柔的婶子，徐哲内心的防线瞬时崩塌。一段时间以来的种种不顺利和满心的郁闷，似乎找到了发泄的口子，他把自己学驾驶员和汽车维修没能学下来，还有和肖妍的事情都一五一十地告诉了婶子。颜青当时没说啥，还轻声细语地安慰他。谁知他回部队后，小叔元琐来信责备他在部队不求上进，还瞎胡闹。徐哲感到无语，不知道婶子同小叔说了些什么。

天气越来越热，骄阳似火的宁江又开始了难熬的日子。这天晚上从文学院上完辅导课回来的徐哲，从拥挤的公交车上下来，虽已是晚上九点多，柏油路上的余热仍炙烤着行人。这是徐哲第二次参加面授班的辅导。公交车牌往南不远就是干休所，徐哲从前门下车后刚要往南走，忽听到有一个声音在同他打招呼："你好！"他一扭头，见从后门下车的一位姑娘在看着他。他疑惑地望着那姑娘。"怎么，你不认识我？"那姑娘微笑着问他。"你是……"徐哲确实不认识她。"我也是小说组的。"姑娘的脸上仍带着微笑。"哦。"徐哲这才明白这位姑娘是文学院的同学，"对不起，我没有认出你来。""没关系，我记你好记，因为你穿着军装。"姑娘笑道。这时，徐哲仔细端详姑娘，高挑的身材挺拔匀称，一袭藕绿色的连衣裙，衬托出她的文静，眼睛不大但很有神，小巧的鼻子透着机灵。"请问你叫……"徐哲不知道她的名字。"我叫艾宁。"她回答。"我叫……"徐哲刚要介绍自己，没想到她说："我知道，你叫徐哲。"见徐哲有些不解，她遂又补充道："老师点名的时候知道的。"徐哲笑了，她可真心细。"你住哪儿？"她又问。"喏，过去十字路口三十米路东就是。"徐哲道。"哟，我们离得很近。"她说，"十字路口右拐五十米路北便是我家。""哦，的确很近。"他说。说话间，到了十字路口，她伸出手："有空到我家玩。"徐哲犹豫了一下，缓缓地伸出手，轻轻地握了一下她的手，纤细的小手柔软而温暖。"好的。"徐哲有点儿脸红。见他这样，她仍是笑着，朝他摆了摆手："再见！""再见。"徐哲也摆了摆手。

在文学院学习一段时间后，徐哲对文学创作理论有了更高的认识，从而对自己的文学创作实践有很大帮助，短时间内，他就写出了好几个短篇。每次辅导课上，他都能带自己的习作给辅导老师，老师对他很是欣赏，说他是一名出色的学员。同学听了，用羡慕的眼光看着他。有个连续几次参加辅导班的学员对徐哲说："我跟老师学了这么长时间，都没得到老师这样的评价。"

过了几天，徐哲正在院子里和公务班的人一块儿打扫卫生，见艾宁和一位姑娘进了大门口，徐哲连忙停下手里的活上前同艾宁打招呼。徐哲认得那位姑娘也是文学院的同学，是写儿童文学的。陶砚也看见了她们，过来和她们打招呼。徐哲领着她们往宿舍里走，上楼的时候，在楼梯上碰见了沈管理员。徐哲觉得有些不好意思，对沈管理员说："这是我们文学院的同学。"沈管理员用一种异样的眼光望着他们，没有说啥。到了宿舍，徐哲给她们沏了茶，聊了一些文学创作的事。艾宁问徐哲和陶砚最近在写什么，徐哲笑笑说："没写啥，胡乱涂鸦。"艾宁说他谦虚。陶砚说："最近事情比较多，没有时间动笔。"那个搞儿童文学的姑娘，徐哲不知道她的名字，她也不大说话。看来，艾宁来找徐哲是故意叫上她的。玩了不多会儿，她们就起身告辞了，艾宁再次邀请徐哲到她家去玩。她们走后，沈管理员来到徐哲房间，对徐哲说："你可不要瞎弄。"徐哲说："她们就是来玩一会儿。""以后注意点。"沈管理员又说。

　　这些天徐哲又开始头痛。上次詹庆国军医带着徐哲到军区总医院看病后，医生说他是神经性头痛，并给他开了药。每次头痛，徐哲便会去找张军医带他找的那位熟人开药。这次，他又去开了药吃。吃了药，头痛倒是减轻，但是头脑昏昏沉沉的，像是腾云驾雾一般。徐哲去上文学辅导班，老师讲的课他也只能听进去一半。老师曾对他的两个短篇小说给予了好评，并说他要是修改一下可帮他发表。能发表作品，是每个文学爱好者梦寐以求的，可徐哲的大脑每日昏昏沉沉，清醒的时候很少，所以最近不但写不出东西来，就是老师要他修改一下原来的作品，他都觉得吃力。这次上课，艾宁因事没有来。同组的章小丫告诉他："艾宁今天没来，她说让你把老师看后的习作捎回去给她。"徐哲听了后说："还是你给她带回去吧。我们是军人，不便交往。"可能是徐哲说这话的时候神情有些严肃的样子，章小丫张着嘴巴点了点头。其实，徐哲不是严肃，而是头脑昏昏沉沉地说话有些吃力。徐哲的身体虽然不像在汽训队时那么难受，但还是经常莫名地心情沮丧，提不起精神，有时头痛，有时浑身酸痛乏力。

48

元旦前夕，徐哲他们这一期辅导班就要结业。文学院负责人说，在结业前，要组织他们搞一次改稿笔会，地点是常州。徐哲把改稿笔会的事同沈管理员说了，沈管理员不同意他和陶砚参加，说是怕他们出事。无奈徐哲又去找了所长，所长同意他们去参加。

早上六点，文学院组织学员乘上了去常州的火车。宁江到常州需要两个多小时，到常州后学员们先去了下榻的宾馆。进了宾馆的门，徐哲碰到了艾宁和几个女学员。他看了艾宁一眼，艾宁说："你们是不是把我们地方的人都看成豺狼虎豹？""不，不！"徐哲不知道说什么好。艾宁显然是听了章小丫的话后生了他的气。"我们部队有规定，不让战士随便和地方的人接触。"徐哲只好实话实说。艾宁没再说啥，他们一行人各自去了自己的房间。徐哲是第一次住进地方宾馆，四个人一个房间，房间里有卫生间，还可以泡热水澡。住下后，学员们被组织先去参观一家寺院，然后再去常州自行车厂参观。在寺院，一位僧人在同他们交谈，那僧人很健谈。徐哲对佛教了解很少，只听那僧人说道："现在科学家提出的许多问题，我们佛教早就提出来了。比如说宇宙是无限的，两千多年前，释迦牟尼佛就说了。"到了自行车厂，他们参观了自行车生产流水线。说实在的，这次改稿笔会，一大半目的是组织学员出来玩玩。学员的稿子已交给了辅导老师，也没开什么会，更没有组织大家改稿子。第二天下午，学员们便准备坐火车回宁江。徐哲来时早上吃的饭有点儿变质，所以一到常州就闹起了肚子。肚子里咕咕噜噜地阵阵作痛，还有些拉肚子。好在从药店买了点药吃下，才感觉好了些。在宾馆里结完账，大家从宾馆出来，发现天气突然下起了小雨。因住的宾馆离火车站不远，所以大家步行去火车站。不知怎的，走着走着，徐哲和艾宁走到了一起。艾宁撑着伞，两个人肩并肩地走着。看样子艾宁早就不生徐哲的气了，两个人谈得很投机，一路聊着，不知不觉就到了车站。徐哲回头望望走过来的路，心里只恨这段路太短了。进了候车室，徐哲说要吃药但没有水。艾宁便和他一块儿找水，找了半天没找到，艾宁说："车上会有的，到车上再吃吧。"进了站台，两个人站在一块儿等车。艾宁问徐哲："你今年多大啦？"徐哲说："二十一岁。"又问艾宁，"你呢？"艾宁笑着说："你是哥哥，我比你晚一年来到这个世界。"徐哲说："我真希望有个姐姐，我叫你姐姐可以吗？""可以呀。"艾宁愉快地说，"我家里有个弟弟，我还真没有叫哥哥的习惯。""说好了，你当我的姐姐。"徐哲说。"没问题。"艾宁痛快地应道。"你们部队对你们管得很严吗？"艾宁问徐哲。"我们是战士，所以纪律很严。领导总是怕我们出事。"徐哲说。"出啥事呢？"艾宁问。徐哲不好直说部队有规定，不允许战士与驻地女青年谈恋爱，只好搪塞道："总之是不希望我们出事。"艾宁笑了笑，说："部队不让我到你们那里去，你就到我家，我们家可没那么些清规戒律。"艾宁还说她的妈妈是个开明的妈妈。徐哲只好答应着。上了车，徐哲和陶砚坐在了一起，而艾宁和另外几个女学员坐在一起，中间隔着几个座位。艾宁不知啥时候找来了开水，她端着杯子过来对徐哲说："你不是要吃药吗，我找到水了。"徐哲心里一阵发热，他都把吃药的事忘了，没想到艾宁还想着给他找水，并给他端了过来。徐哲连忙找自己的杯子，艾宁笑着说："不用找杯子了，水温正好，用我的杯子喝就行。"徐哲好感动，只好接过艾宁递过来的杯子，用里面的水把药吃了。下了火车，他们又乘同一辆公交车回到住处。

　　从常州回来，徐哲心里像是吃了蜜一样甜。他觉出了艾宁是有意和自己靠近，可徐哲在感到甜蜜之外更感到了苦涩，因为现实不允许他们靠近。

　　这时有确切消息说部队要进行大精简，减员幅度达一百万。徐哲已经服役快满五年，应该是到了转志愿兵的年限。可因自己汽车驾驶和修理都没学成，徐哲对自己的前途充满了迷茫和无奈。他没有资格再跟所长提什么要求，自己必须做最坏的打算。他写信给父亲，说今年部队大精简，自己退伍的可能性非常大，让父亲要是觉得有合适的姑娘可以定下亲来。前两年家里提起为他定亲的事，尤其是奶奶，总觉得过了二十岁还没定亲就是老大不小了。但前途未卜，徐哲不愿仓促定亲。但眼下大局既定，还是早点定下来好，因为在部队要比回家后好找对象。不久，父亲回了信，说是他卫家村的老朋友卫忠殿本家的哥哥卫忠旭，有一个女儿比徐哲小两岁，目前还没定亲，但尚在学校复读。对父亲的老朋友卫忠殿，徐哲当然很熟悉，因为卫忠殿每年都到徐哲家里做客。对卫忠旭，徐哲也不陌生，父亲曾带着他去过他们家，记得还在他们家住了一夜。但徐哲不曾记得卫忠旭有这么一个女儿，他印象当中，倒是卫忠殿家有一个比自己小几岁的姑娘。徐哲在给父亲的回信中说了自己的疑惑，没想到父亲回信显得很不悦，说："我经常去他家还不知道吗？"想起奶奶说的，奶奶年事已高，力不从心，以后的一些事情要靠父母了，徐哲也就不再说啥。卫忠殿于几年前因病去世，但两家的来往并未中断。卫忠殿还有一个弟弟叫卫忠君，继续和徐哲家保持着关系。父亲就是通过卫忠君了解到卫忠旭小女儿情况的。徐哲把自己的打算同所长说了，所长说可以定下来，因为他对部队下一步的形势也不甚明了。

徐哲也把部队要大裁军自己可能面临退伍以及想要找对象的事写信同三叔和小叔说了，三叔一直没回信，小叔却回信对他大加斥责，说他没有入党不求进步云云。看了小叔的信，徐哲难过了好几天。

眼看就要到小年了，父亲来信说，卫忠旭的女儿同意和徐哲见面。徐哲想趁春节那姑娘在家回去同她见一面。他去向沈管理员请假，沈管理员只给他七天假，而且必须腊月二十六走。徐哲一算，腊月二十六到家，家家都准备过年了，而且一共七天假期，要是真的定亲需要一些程序，这样时间根本不够。可沈管理员一天也不多给他假，来回的时间也不能变。徐哲无奈，只好又去找了所长，所长说再给他加五天假。徐哲一算，问题不大。这样他腊月二十四回去，正月初六回来。

徐哲回到家，知道了卫忠旭一共有五个女儿，要和徐哲见面的是最小的女儿，名叫卫萍。去年初中毕业考中专没考上，后又到大姐姐家驻地的一所学校复读。卫萍的大姐姐婆家在外县的一个镇上，她是通过姐姐的关系去复读的。徐哲的父亲便和卫忠君商量徐哲和那姑娘见面的事，两家商定，腊月二十六这天徐哲去卫忠君家。

这天徐哲骑车到了卫家村，先去了卫忠君家。一进大门，见有一个二十来岁的姑娘在院子里压水机旁洗衣服，徐哲心想这应该就是卫萍了。那姑娘见了他，说了一声："你来了。"徐哲知道卫忠旭家就在卫忠君的对门，姑娘应该是来借用卫忠君家的压水机洗衣服的。姑娘虽弯腰侧着脸，但徐哲看得出她还算是标致的。听到声音，卫忠君的母亲迎了出来，让徐哲赶紧进屋。给他倒了杯水，说："你忠君叔出去了，一会儿就回来。我去和对门他嫂子说一声。"卫忠君的母亲去了卫忠旭家，不一会儿卫萍进了屋。刚才她回了家里，这是卫忠君的母亲过去后叫她来和徐哲拉拉的。刚进大门时，徐哲没有打量卫萍，只是觉得她模样还可以。这下屋里就他俩人，而且是近距离地挨着，徐哲得以仔细端详她。她长得不丑，个子也不算矮，在农村算得上是出类拔萃的。徐哲把自己在部队的情况向卫萍做了介绍，并问她在学校的情况如何。她不大说话，只是听徐哲说。徐哲问她学校的情况，她也只是说还行吧。徐哲说："我们两家是多年的朋友，关系一直很好。我的意思是，如果你今年考上了中专而我退伍回了家，我们的关系便不再继续发展下去，因为那样将是不现实的。你要是万一落了榜而我又回了家，我们的关系就继续下去。"卫萍对徐哲说的话，没有说行也没有说不行，只是说："就这样吧。""就哪样？"徐哲问。"就你说的这样呗。"卫萍说。有一句话徐哲没有说，卫萍也没问，那就是她落了榜而徐哲万一不退伍，他们的关系将如何发展。正说着，卫萍的三姐卫蓉进来了。徐哲见过她，看样子她是为了妹妹和徐哲见面而专门来的。一进来，三姐就热情地道："徐哲，还认识我吗？"徐哲忙笑着说："姐姐，我怎能不认识您呢？"三姐道："好了，到家里去吧。"她说的家里自然是卫忠旭家。"我们还没谈完呢。"徐哲说。"还有啥好谈的，就这样定了。"三姐说。徐哲也不好再说啥，只好跟着她去了。到了家里，一家人自是热情。卫萍的父母过去对徐哲就有好感，这下就更多了几分亲近。吃了中午饭，卫萍的父母对徐哲说："回去和你爹妈说，一切都好。就这样定了就行。"徐哲回家后将这一情况说了，元河两口子也很高兴。过了年，卫萍到了徐哲家，按照风俗，元河两口子给她买了些衣物等物品，两个人的关系就算确定了下来。

正月初六，徐哲回到了部队。

49

这天徐哲正在办公室里打一份文件，程政委进来问："小徐，你没有被打吧？"徐哲有点儿莫名其妙："政委，什么被打？"程政委道："哦，你没有去抬木头呀？三局的民工和咱公务班的人打架了。"程政委说完出去了。徐哲赶忙出去看啥情况，原来，前院三局雇用的民工和干休所的战士因为一点琐事动手打了架。自三局搬到前院后，和干休所的关系一直不好。主要因为干休所的人大都是原炮兵机关的，三局占了前院后，干休所的人因心里有怀旧感往往表现出旧时主人的样子，而三局的人总认为现在他们才是前院的主人，所以干休所的人到前院去，他们往往趾高气扬地对待。干休所的人当然不吃他们那一套，久而久之，彼此便有了隔阂。但部队人员之间不便发生摩擦，三局的人便唆使民工找碴儿闹事。这天，干休所的人在自己院里抬木头，三局民工过来办事，因言语不和便吵了起来。三局民工自以为有三局的领导为他们撑腰，吵着吵着动起手来。干休所的战士见他们动手，情绪也激动起来，彼此产生了推搡行为。谁知三局一位民工拿起木杠朝干休所的尹班长头上砸去，尹班长的头上顿时鲜血直流。对这件事，三局的领导不但不安抚，反而把这件事报告了军区司令部。军区司令部金副参谋长负责处理此事，他认为军人与老百姓发生争斗，单位领导负有责任。于是给干休所所长和政委每人记了一个处分。干休所当然不服，多次申诉，但都无果。所长政委甚至写信到解放军报社反映此事，但干休所方面是军人，而三局方面是老百姓，所以三局的领导一直也没受到处分，甚至连批评也没有。程政委上高中的儿子因为此事觉得脸上无光，加上在学校受了点委屈，一时想不开喝了毒药，但抢救无效而身亡。为此，程政委的母亲每日大骂军区金副参谋长。

　　这天，徐哲到位于中央路的老干部居住处碰到了王能才管理员。王管理员对徐哲说："这次发展党员有你，沈管理员和你说了吗？"徐哲回道："沈管理员没有和我说。""哦，支部刚刚研究，过几天就开支部大会。"徐哲知道王管理员是支部委员，他说的肯定是真的。果然，过了几天，所里让他和钱佳进、肖建温和刘田利填写入党志愿书。3月12日下午，召开支部党员大会，会议通过吸收他们为预备党员。

　　支部大会开过不久，全军精简一百万的工作开始了，干休所大部分干部战士面临着精简分流。4月份，所长政委被确定转业。徐哲心里很是忐忑，他不知道这次部队精简对自己来说意味着什么。所长转业，使他失去了主心骨。这天沈管理员来找他，说部队精简马上开始，他被确定退伍，只是现在还没到退伍季节，他们被确定退伍的人先到别的单位过渡一下。他还对徐哲说："你已经超期服役两年，到哪里都得退伍。"徐哲尽管有心理准备，但听了沈管理员的话还是感到失落。他央求沈管理员道："既然我到哪里都是退伍，您能不能让我在干休所待到年底，从这里退伍。"沈管理员坚决地说不行。徐哲的心一下子冰冷下来，他担心的事情终于还是发生了。现在他不能对干休所的领导提出任何一点要求，因为他没有这个资本和底气了。这期间，他的两个短篇小说在青春文学院的《文艺学习》上发表，但这并没有给他带来多大的喜悦。徐哲又一次感到了无助和无奈。性格软绵的张震助理员反倒替徐哲想了一条出路，他说他认识地方一家打字社，徐哲要是到了别的单位要退伍的话，他就介绍徐哲去那家打字社。徐哲很是感激，以前他和张助理员打交道并不多。詹庆国军医也替徐哲出主意："你可以再找找所长，我听说政治学院缺少一名打字员，让所长帮你问问。"徐哲去找了所长，所长也正在为自己转业的事闹心，但听了徐哲的话，还是打电话帮徐哲问了一下。只可惜政治学院已经有了打字员了。徐哲只好听天由命了。有人对徐哲说："你是跟沈管理员从军务处一起来的，现在谁走谁留沈管理员说了算。为了自己的前途，你去求求沈管理员，让他把你留下。现在面子不是最重要的。"徐哲听了那人的话，在一个晚上到沈管理员的家里去，可敲了沈管理员的门，里面没人。萧干事和沈管理员的家对门，见沈管理员不在家，他就敲了萧干事家的门。萧干事开了门，见是徐哲，忙让他进去。徐哲坐定，小心地问萧干事："萧干事，我不想再到别的单位去，您看我能不能先留在干休所？"萧干事道："小徐呀，这个事我真的说了不算，都是沈管理员一人决定。"萧干事说这话的样子是诚恳的。坐了一小会儿，徐哲便告辞了。谁知第二天沈管理员找到徐哲，质问他："昨天你去找萧干事了？"徐哲便把去找他而他家中没人顺便到萧干事家的事说了，沈管理员很是不悦，冷冷地道："你找他有啥用？"并告诉徐哲，他走的事已经定了，过了五一就送他走。

　　徐哲的情绪跌到了低谷，莫名的难受又开始袭扰他。难道五年的当兵生涯要就此画上句号了吗？这天他木木地坐在屋里，萧干事拿着一个文件进来，说要让他打一下。徐哲望着萧干事，说："我都这样了，还让我干活吗？"萧干事听了有些生气，说："小徐你怎么能这样？你要不干就赶快走。"听了萧干事这话，徐哲也来了气，说："你不要欺人太甚！"萧干事又说："小徐，干休所对得起你了。"徐哲回道："我也对得起干休所。"见徐哲态度这样，萧干事口气缓和了些："小徐呀，部队精简是大势所趋，这也是没办法的事。"徐哲道："萧干事，我对您一直是尊重的。"徐哲还是给萧干事打了文件。

　　马上就到"五一"了，徐哲被告知他们先到军区司令部管理局，然后再由管理局往下属单位分。这天所长来到了徐哲屋里，他听说徐哲发表了小说，让徐哲拿出来看了看。然后他问徐哲："听说你不想走？"徐哲知道这是干休所让所长来做他工作的，他不想让所长为难，痛快地说："所长你啥也别说了，我走。"所长说："在统计人员名单时，把你注明了是打字员，估计管理局不会把你当作一般战士分配。"徐哲面对所长只有感激。后来沈管理员来通知徐哲，说他被分到军区司令部警卫营，是管理局下属单位。还说把他分在了营部，当什么营部书记。徐哲已经听天由命了，不管到哪里，也不管干什么。"五一"过后，干休所用一辆面包车把徐哲送到了军区司令部警卫营。

　　从常州改稿笔会回来不久，徐哲曾约着陶砚去了艾宁家。他不愿一个人去，所以约了陶砚。那天艾宁的父亲不在家，艾宁的母亲看上去就是一位慈祥的妈妈，对徐哲和陶砚的到来很是欢迎。艾宁的弟弟也很热情，给徐哲二人沏了茶水。

去警卫营之前，徐哲觉得有必要到艾宁家去一趟，告诉她自己将要离开干休所，到别的单位过渡一下，年底就要退伍。到了艾宁家，徐哲说了自己的情况，并说："他们让我入了党，不久却又让我离开干休所。"艾宁很是惋惜和同情，道："先给你戴顶红帽子，然后再向你抽黑鞭子。"并一再嘱咐徐哲不管到了哪里都不要忘了她，徐哲郑重地点了点头。徐哲走时，艾宁非要送他下楼。徐哲道："你还是不要下去了，让人看见不好。"艾宁笑道："这有啥不好的呢？"说着坚持把他送下了楼，站在楼底下直到看不到徐哲了才转身上了楼。

到了警卫营后，徐哲写信把联系地址和电话号码告诉了艾宁。艾宁接着给他来了电话，说给他准备好了礼物，里面还写了好多话，但是礼物要等到徐哲退伍回家时才能给他。

第十二章

50

军区司令部警卫营是专门保卫军区机关和首长安全的，下属三个连队，营部有一个摩托排。警卫营是个独立营，有自己的党委，还有军械助理、财务助理和管理员，原来的营部书记就是现在的文书，营部书记是干部编制，而文书则是战士编制。虽然取消了营部书记设了文书，但大家习惯上还是称其为营部书记。

徐哲到警卫营报到后，被安排在楼上的值班干部宿舍睡觉，营部通信员也睡在里面。五月的宁江，蚊子早已是四处横飞。人们常说宁江"三个蚊子一盘菜"，可见宁江的蚊子是何等的大。蚊子不光大，而且身上有一道道白纹，就像美国国旗上的白条条，所以人们也叫它为"美国蚊子"。"美国蚊子"有个特点，咬人从来不"打招呼"。北方的蚊子个头小，而且来之前"嗡嗡"地叫，似乎是告诉你它要来咬你。而"美国蚊子"跑来就咬，咬完就走，等你感觉到痒了，看看被咬的地方起了个大疙瘩，它早就不知道飞到哪里去了。徐哲睡的床上没有蚊帐杆，所以没法挂蚊帐。熄灯后蚊子们都到他的床前集合，不一会儿他的脸上就起了几个大包。他把被子盖在身上，但五月的江南已有了夏天的滋味，盖了不到十分钟，他浑身就出汗了。不盖被子咬得慌，盖了被子热得慌，正在为难之际，值班干部许助理在叫他："小徐，你到我的蚊帐里来睡，我到下面宿舍去睡。"原来，值班干部在楼下旁边的平房里还有自己的宿舍。许助理把自己值班睡的床让给了徐哲，他才睡了个好觉。第二天，他找蚊帐杆，通信员王宝章说营部没有，下面连队里可能有。正说着，一连指导员来营部办事，徐哲就问他那里有没有蚊帐杆。一连指导员说有，并让徐哲去拿了四根来。有了蚊帐杆，挂上了蚊帐，徐哲不愁晚上睡觉的事了。

报到这天正好是星期天，第二天一上班，教导员范靖把他叫到了办公室，说营部前不久买了一部打字机，准备培训"军地两用人才"用，但没有会打字的，一直闲着。并说徐哲以后在营部除了打印一些文件外，还要培训"军地两用人才"，也就是说，他要培训打字员，让他们退伍后到地方能有一技之长。营长刚调走，新的营长还没有任命，营里现在由范教导员主持工作。营里领导除了范教导员外，还有一名副营长叫张众敏。

警卫营不同于干休所，更不同于炮兵机关。刚到警卫营的徐哲，感到非常不适应。加上个个是生面孔，更让他感到不自在，那种莫名的难受又在开始折磨着他。想想在这里待几个月就要退伍回家，徐哲心里就像针扎一样的疼。当初他是抱着誓死不回家的念头出来当兵的，可现在却要面临着回到那个令他感到灰蒙蒙的家。虽说当兵几年来心理的承受能力强了些，但他还是怕退伍回家后的境遇会让自己难堪。和卫萍见面回来后，她只给他回了一封信。见面时他们约定，徐哲给卫萍的信寄给卫忠君，再由卫忠君转交给卫萍。到了警卫营，徐哲及时把自己新的单位情况和通信地址告诉了卫萍，但她一直没给他回信。他知道她在学校学习紧张，只希望她回信说一下自己的情况，但她却只字不回。徐哲有一位要好的同学黄邦典在华山镇派出所，徐哲便写信让他替自己去看看卫萍，有什么需要帮助的，这样也能了解一下她的近况。黄邦典回信说他去了学校，还叫了一名同事一块儿去的，卫萍没说有啥需要帮忙的。即使这样，卫萍也没有给徐哲来信。徐哲来警卫营后给卫萍的信中说，自己今年退伍是定了的事情。

徐哲到警卫营报到不久，碰见了原炮兵军务处的翁参谋，他现在在涡湖农场当场长，不大经常回宁江。他的家就住在军区大院。翁参谋看到徐哲很惊讶，问他到军区大院来干啥。徐哲说自己被干休所精简出来了，现在在警卫营。翁参谋问："沈参谋是干啥的，怎么把你精简了？"徐哲回答说："就是他让我走的。"翁参谋沉吟了一下，说道："你要是有啥事找我就行。"徐哲感激地说："谢谢翁参谋。我就是想留在部队，今年我已当兵五年了，很想转志愿兵。"翁参谋说："行，我和你们管理局直工处的徐参谋打个招呼。"徐哲听了很高兴。

艾宁经常打电话找徐哲，一次聊天中艾宁说今年春节时文学院的同学聚会没看到他，问他怎么没去。徐哲回答说自己回家找对象了。艾宁笑道："年纪这么小就找对象啊？"徐哲说："在我们那儿我已经是大龄了。"艾宁每次电话中都邀请徐哲到她家里玩，而徐哲每次都说好的。一次徐哲又说"好的"，艾宁道："老是好的、好的，可老是不来玩。"徐哲笑了，笑得很无奈。他不是不想去，从内心里他想找她去玩。可是，他又觉得不能去，起码现在不能去。一次在电话中徐哲说自己最近情绪很不好，艾宁说："现在是春暖花开的季节，我约几个同学咱们去游栖霞山吧。"徐哲说："好的。"可到了约定的日子，徐哲却犹豫了，他没有如约而去。因为前两天范教导员找他谈话，问他家是农村还是城市的，他回答说是农村的。教导员又问他想不想在部队长期干，他回答说服从领导安排。教导员说："你要是想在部队长期干，年底就给你转志愿兵。关键是你想不想在部队长期干，你要是不愿意，留下了肯定干不好。"徐哲稍微沉吟了一下说："只要留下我，我一定好好干。"教导员说："好吧。年底我们争取名额给你转志愿兵。"徐哲说："谢谢教导员。"对范教导员的话，徐哲没有全信，因为警卫营满三年以上的兵没有几个，而且只要是留下的肯定是要转志愿兵。徐哲刚来不到几个月，就占用人家转志愿兵的名额，他觉得有点儿不大可能。不过既然教导员这样说了，又不能全不信。所以，徐哲觉得自己还是谨慎点好。真能转志愿兵，是他梦寐以求的，自己不能因为不小心而影响了前途。所以到了艾宁约好去栖霞山的日子，他爽约了。过了两天，艾宁给他打电话，问他为何没有如约去栖霞山。徐哲撒了个谎，说自己那天突然有事。艾宁说："专门为你组织的活动，而你却失约了。"徐哲只好请她谅解。艾宁再次约他到家里玩，徐哲答应了。

十几天以后的一个晚上，徐哲叫上陶砚去了艾宁家，谁知艾宁出去了没在家。她的父母亲还有弟弟正在吃晚饭。徐哲和陶砚不便久坐，闲聊了几句，便告辞要走。艾宁的母亲送他们出门，临告别时说："艾宁最近谈了个男朋友，是气象学院的。今天一块儿出去玩了，还没回来。"徐哲听了，心里像是掉了什么。第二天，艾宁打电话给徐哲，说："真对不起，你们昨天晚上来我家，而我不在。"徐哲说："你行呀，找了男朋友还保密。"艾宁说："我们刚刚认识。"徐哲说："祝福你。"艾宁说："还不知道怎么样呢。"艾宁嘱咐徐哲再去找她时提前打电话告诉她。徐哲道说："好的。"

"八一"这天，徐哲收到了卫萍的来信，信中说考中专没有考上，现在回了家。徐哲给她回了信，责问她为何一直不给自己来信。卫萍说自己在学校学习紧张，没时间写信，还怪徐哲猜疑她。回到家里不久，卫萍在本村的幼儿园里当了幼儿教师。两个人的通信渐渐频繁起来。

营部管理员岳玉欣是山东诸城人，得知徐哲也是山东人，便自然亲近起来。岳玉欣个子不高，但很精神，眼珠子一转就是一个主意。知道徐哲发表了小说，便说他是个才子，没事就和徐哲聊天。这天，范教导员不小心被摩托车碰了一下，住进了军区总医院，岳玉欣叫着徐哲一块儿去医院看望。见徐哲和岳玉欣来，教导员很高兴，并主动对徐哲说，他转志愿兵的事差不多了。徐哲说："谢谢教导员关心。"

年底，又到了老兵退伍的时节。徐哲没有列入退伍的行列，他知道自己转志愿兵的事没啥问题了。果然，老兵退伍结束后，他和警卫营另外两个同年兵填写了转志愿兵的有关材料。当上级通知他们转志愿兵已经被批准时，徐哲感到压在自己身上二十多年的包袱终于卸下来了，他浑身无比的轻松，觉得天变蓝了，太阳也变得艳丽起来。他高兴地写信给三叔告诉他这一事情，好让奶奶悬着的心放到肚子里。全家人都为他高兴，徐骏得知后，专门来信表示祝贺。想到以后自己的生活有了保障，不用再仰人鼻息，徐哲走路时腰板挺直了许多。他也把这一消息告诉了卫萍，卫萍回信说，她还盼着他回家，说是知道有退伍的人回来了，她都会希望看到他的身影。当然，徐哲也及时把这一消息告诉了艾宁。艾宁听了比自己遇到喜事还高兴，她在电话里说："这下我们可以不用道别了，给你的送别礼物自然也用不上了。"徐哲很想知道艾宁要送给他什么礼物，而且更想知道，艾宁说的写了很多话到底说了些什么。

元旦过后，张众敏副营长转业回了老家，三连的连长郭润被任命为副营长。郭润是山东即墨人，和徐哲也是山东老乡。不久，范教导员调到了军区华东饭店，来接替范靖当教导员的是山东蓬莱人段昌元。已调到别的单位的原营长钱戎胜，回营里主持军事工作。

51

这次春节回家探亲，徐哲的心情不同于了以往。转了志愿兵，和卫萍的关系也在逐渐升温，让他心里感受到了一丝踏实和欣慰。但有一点，徐哲心里说不出是个啥滋味，那就是从今以后要和父母徐元河两口子打交道了。奶奶年事已高，几年前就由几个儿子轮流赡养了。三年前那次探家，看到奶奶在父亲和三叔家轮流吃住，而原来他和奶奶住的房子已经破败不能居住，徐哲心里顿时心酸起来。这意味着他已经没有了"家"，奶奶轮到谁家谁家就是自己的"家"。今年春节前，奶奶去了县城小叔家，徐哲回家，只能到徐元河这边了。不过在面临退伍的时候，是父亲徐元河安慰他，并帮他找了媳妇，正如俗语所说：抓把灰也比土热。尽管从某种意义上说，徐哲仍未跳出这个家，但毕竟可以挺起腰杆，不用看人脸色行事了。

徐哲腊月二十三到的家，第二天就去了卫萍家。一家人见了徐哲自是喜不待言，卫萍的母亲告诉徐哲，卫萍幼儿园里放了假，她一大早又到集上帮小姐姐收做衣服去了。集市离卫家村不远，徐哲便到集上去找卫萍。到了集上，看到卫萍和小姐姐正忙得不亦乐乎。他走到跟前，轻轻地叫了她一声。卫萍一抬头，见是徐哲，高兴得喜笑颜开。徐哲又叫了一声："小姐姐！"小姐姐也是喜得捂嘴直笑。待散了集，徐哲和卫萍欢欢喜喜地回了家。两人约定，过年后一块儿去县城小叔那里看奶奶。徐元琐几年前调到县文化馆工作，颜青和孩子也随着一块儿去了县城。颜青在文化馆里干临时工，两个孩子都在上学。卫萍对父母说了要和徐哲一起去县城看望他奶奶，父母也没提出反对意见。徐哲回到了自己的家，把和卫萍过年后一块儿去看奶奶的事同父母和三叔说了，元河两口子没说啥，元信则对徐哲说："过年后你领着未过门的媳妇去了，你叔和你婶子咋办呢？"按照风俗，未过门的媳妇进门，长辈是要给钱的，尤其是过了年，给的钱还要多些。徐哲对三叔说："去了不用给钱，就是去看看奶奶。"元信也不好再说啥。

按照规矩，过年后初六徐哲和卫萍定了亲。初七，徐哲到了卫萍家。定了亲就要改口叫对方的父母为爸爸妈妈，当徐哲见到卫萍的母亲叫了一声"妈"时，卫萍的母亲眼睛笑成了一条线，但她没有答应。卫忠殿和卫忠旭一家都是忠厚老实之人，卫萍的母亲更是一位慈祥仁厚的女人。下午，卫萍的三姐卫蓉来了。看看天色不早，徐哲便要回去，并约好明天和卫萍一块儿去县城小叔家看望奶奶。

第二天徐哲和卫萍骑车到了小叔家，奶奶见徐哲领着未过门的媳妇来了，自然是最高兴的。卫萍很懂事，叫奶奶和叔婶叫得很甜，一家人自是喜欢。徐元琐和颜青去上班，两个孩子也都上了学，家里只剩下奶奶、徐哲还有卫萍。三个人说着体己的话，徐王氏觉得徐哲已经长大成人，转了志愿兵，找上了媳妇，以后的日子有了着落，自己的辛苦总算没有白费。翌日下午，徐元琐说要到下面公社文化站指导工作，几天后才能回来，颜青正好有事今天也不回家。晚上，家里只剩下了奶奶和徐哲、卫萍三个人。吃过饭后，徐哲对卫萍说："今晚你和奶奶在一张床上睡，我睡到另一屋。"奶奶听了，很是高兴。看了一会儿电视，奶奶早早上床睡下了，徐哲和卫萍依偎在一起继续看电视。电视里正在播一部爱情剧，里面的男女主人公正处在热恋中。当看到电视里的男女亲热的时候，徐哲和卫萍两个人也情不自禁地浑身燥热起来。不知不觉，两个人也搂在了一起，和电视里的男女一样热吻起来。徐哲这是有生以来第一次和一个姑娘接吻，他感觉到卫萍也是初吻，两个人在甜蜜中还带着一点羞涩。

在小叔家待了三天，徐哲和卫萍便回了老家。两个人是各骑一辆自行车来的，到了分路的岔口，因卫萍的村子卫家村离路口很近，徐哲便说："天还不黑，你自己回去吧，我就不送你了。"谁料卫萍说："你就不邀我到你家去坐一下吗？"徐哲看出了卫萍的意思，她想跟他去自己的家，只好说："你愿意去就跟我一块儿回家吧。"卫萍就跟着徐哲去了徐家村。到了家，玩了好大一会儿，卫萍丝毫没有要走的意思，看样子她是想住下。徐哲觉得不妥，可家人都没说啥，自己也不好撵她。卫萍住了一夜，第二天下午仍没有走的意思。太阳已经偏西了，这时卫萍的弟弟晓钧推着自行车进了家来，一进大门他就大声对卫萍说："明天家里有事咱爹妈叫你快回去。"看晓钧的神色，徐哲知道其父母对卫萍在他家住下很是不高兴。徐哲只得催促卫萍跟弟弟快回去，卫萍临走的时候还问徐哲哪一天去她家，徐哲说过两天他就去。

隔了一天，徐哲又到了卫萍的家。一家人对他很是热情，并没有因让卫萍住下而有埋怨的意思。下午徐哲要走，一家人却都极力挽留他住下。三姐卫蓉也来了，她更是留徐哲再住几天，并说："结婚前女的住男的家里别人容易说三道四，男的住女的家是没人说啥的。"看一家人执意叫他住下，徐哲也就不再走了。吃了晚饭，一家人坐着说话，卫萍倚在里间门框上，徐哲无意中瞥了一眼，见灯光下的卫萍格外的妩媚，她一直注视着徐哲，看得出她的满足和幸福。三姐卫蓉在东厢房为徐哲铺好了床，并给他灌上了烫壶。快九点了，屋内已封上了炉子，卫蓉便让徐哲去铺好的床上暖和一下，卫萍和晓钧也跟着来到东厢房。卫蓉说："天还早，大家都不困，咱在这里说会儿话吧。"于是，四个人偎依在床上，用被子盖住腿，在唠着家常。话越说越近，气氛无比的融洽，不知怎的，话就说到了卫萍好几个月不给徐哲回信的话题上。卫萍说那几个月没有给徐哲回信，除了自己学习紧张外，还有自己想跟徐哲结束关系发展的念头，并说她几次写了信要和徐哲说明并断绝联系，都叫小姐姐卫贞给拦下了。卫萍说她之所以想跟徐哲不再发展关系，是因为觉得徐哲的家庭关系太复杂，日后要是结了婚，怕不好相处。还有一点，几次摸底考试，她的成绩还不错，估计有考上的希望。但小姐姐对她说："你现在并没有考上，徐哲也没有真的退伍回来，谁知道以后的情况会咋样。再说，等你考上，徐哲退伍回来再做决定也不迟。"小姐姐还说，她和徐哲是高中时的同学，她比徐哲高一级。在学校时她就觉得徐哲很优秀，卫萍要是和他结束关系，以后会后悔的。小姐姐还开玩笑说，要是自己小两岁，自己就要嫁给徐哲。卫萍这才打消了要和徐哲结束联系的念头。

原来如此！徐哲听了，嘴上没说啥，心里却像是打了五味瓶。

徐哲在卫萍家住了几天，已到了正月十四。这天下午，徐哲的弟弟徐赢来叫徐哲，说是父母叫他回去过正月十五。徐哲的假期到正月十七，徐哲告诉卫萍，自己过了十五之后，到小叔家和奶奶再待一天就回部队了。一家人把徐哲送出大门，看着徐哲和徐赢骑车走远了。

过完了正月十五，徐哲到了小叔家。晚上吃过饭拉起家常，颜青对徐哲说："你现在转了志愿兵，还打算跟卫萍谈吗？"徐哲沉吟了一下，说："不谈该怎样呢？"颜青说："以后你转业就安排工作，而卫萍在家里，会有许多不便。"徐哲说："要是和卫萍散了，还好找吗？"颜青道："那有什么难的？县城里姑娘有的是。"两个人的话被徐王氏听到了，她正色对徐哲道："你可不能和人家散了，两家都是多年的朋友了。"颜青道："朋友咋了，还是以后的日子要紧。"徐哲不再说啥，心里犯起了嘀咕。

回到部队后，婶子的话老在徐哲耳边回响。是啊，自己已经转了志愿兵，以后将转业安排工作。能够跳出农门，脱离那个使他厌倦了的家，是徐哲从幼小的时候就有的愿望。如今这个愿望已经实现了一半，可如果和卫萍结了婚，他不得不和父母有千丝万缕的联系，而且自己的小家也必然得安在徐家村。想想自己儿时的日子，他感到有些后怕。但他还没有足够的决心跟卫萍提出来中断关系。

日子在不知不觉中又到了夏天，卫萍来信中说徐哲的母亲通过关系让她到徐家村的学校里当了代课老师。徐哲既没为此高兴也没为此不悦，他感到这是一件无所谓的事情。

这天徐哲和管理员岳玉欣在聊天，说话间谈到了他和卫萍，岳玉欣突然问徐哲："你打算还和她谈下去吗？"这下又触到了徐哲的心结，他说："我也不知道该怎么好。"岳玉欣说："现在你找个农村姑娘会对以后的日子造成麻烦。"徐哲说："我想想再说吧。"

渐渐地，徐哲不愿意再给卫萍写信，卫萍在家时晚上说的话，总是在敲打着徐哲的心。在他最痛苦、最需要安慰的时候，卫萍却因考学有望而要和自己结束关系，这件事像一根鱼刺卡在徐哲的喉咙里。但是，考虑到卫萍的一家和自己家是多年的朋友，两个人一旦断了关系，就等于两家的朋友关系也就断了。想到这些，徐哲又不愿意当个"罪人"。徐哲忐忑着，犹豫着。终于有一天，徐哲下了决心，他觉得"当断不断反受其乱"，于是给卫萍写了一封信，里面只有一句话：为了更完整的爱，我们的关系就此结束吧。不要问为什么！

信寄出后不到五天，卫萍突然来到了部队。她责问徐哲为什么这样做，徐哲说："我为什么这样做，你心里应该清楚。"卫萍说自己不清楚。徐哲说："那我提醒你一下，我们第一次见面时是怎么约定的？"卫萍问："我们约定什么啦？"徐哲说："你真健忘。当初我们说的是如果我退伍了你也没考上中专，我们的关系就继续，而如果你考上了而我退了伍我们的关系就中断。""是啊，是这样说的。"卫萍说。"既然你想起来了，那你觉得我们的关系是应该继续呢还是应该中断呢？"徐哲问。"这……"卫萍一时语塞，"我们应该继续呀。""为什么？"徐哲又问。"因为我没考上你也没退伍呀。"卫萍说。徐哲道："我们的约定是你没考上我退了伍我们的关系才能继续呀。"卫萍无言以对。徐哲又说："你考上我退伍我们的关系就中断，你觉得这样公平吗？"卫萍红了脸。徐哲紧接着道："在我最痛苦最需要安慰的时候，你因为自己几次摸底考试成绩不错就要想和我断绝联系，你不觉得自己很残忍吗？"面对徐哲的步步逼问，卫萍一句话也答不上来。最后卫萍只得说："我同意中断关系。"徐哲从内心里道："我唯一担心的是因我们两个人的事，而影响了两家的关系。"卫萍说："我回去后做工作，争取两家还和以前一样好。"徐哲说："但愿如此。"

52

徐哲和卫萍中断关系，徐元河很是生气。他觉得无颜再面对卫忠旭还有卫忠君一家。这天徐哲下班正要回宿舍，营长钱戎胜叫住了他："小徐，你过来一下。"徐哲到了营长的办公室，营长拿出一封信对他说："小徐呀，你和女朋友是怎么回事呀？你父亲给我们来了一封信，你拿回去看看妥善解决此事。"徐哲拿过信一看，正是父亲的笔迹，收信人是营领导。徐哲回到宿舍，抽出信笺一看，足足有十来页纸。信中说，徐哲和女朋友卫萍本来关系挺好的，不知为啥徐哲提出来要和女朋友分手，希望领导能过问此事。信的末尾还盖了印章。徐哲看完信，非常生气。这事在前些年，部队领导会当成一件大事来处理，如果战士提了干或者转了志愿兵，没有正当理由和农村未婚妻分手，要受到处理。即使现在，如果遇到和自己过不去的领导，也会借题发挥做出相应处理。所以，没有哪个父母会冒着毁了自己孩子前程的危险而写这样的信。徐哲觉得，父亲能做出此事，真是有点儿"狠毒"。多亏营里领导都对自己不错，否则，肯定会给自己惹来麻烦。徐哲心里非常感激营长，一般情况下，这信是不会交给本人的。

卫萍的承诺得到了兑现，他俩关系的中断，没有影响两家的来往。徐王氏过生日这天，卫忠旭和卫忠殿两家仍和往年一样前来祝寿。徐王氏觉得愧对卫家，对卫萍的母亲说："徐哲这孩子不懂事，做了不应该做的事。"卫萍的母亲道："孩子们的事由孩子们做主吧，我们大人该咋样还是咋样。"徐王氏抹着眼泪道："难得你这当老的大人大量。"

徐哲和卫萍中断关系后，颜青却没有兑现自己的承诺，她开始找种种借口拖延给徐哲介绍新的女朋友。徐元河知道了徐哲和卫萍中断关系，是颜青在里面作梗，本来就对颜青看着不顺眼的他，更增加了对颜青的仇恨。徐哲又成了没有未婚妻的"单身"，当奶奶的自然成了一桩心事。她目睹和亲耳听到了颜青让徐哲和卫萍分手的事，所以她几次催促颜青快些再给徐哲找对象。颜青道："县城里的姑娘哪里那么好找呀？"徐王氏责问道："当初你不是说县城的姑娘多得是吗？"颜青无奈，只好不情愿地托人帮徐哲介绍对象。可半年过去了，颜青连个姑娘的影子都没给徐哲介绍。又过了些日子，徐元琐写信给徐哲，说是在离县城不远的一个村子里帮他物色了一位姑娘，并把那姑娘的照片寄了来。徐哲看完信，又看看那位姑娘的照片，心里不觉产生一丝凉意。很显然，叔婶是在应付敷衍自己。徐哲给叔婶回了信，说自己跟卫萍中断关系的目的是在县城里找一位姑娘。如果不是在县城，起码也要有工作。见徐哲不乐意，徐元琐两口子只好作罢。

同意和徐哲中断关系的卫萍，并没有和徐哲彻底断绝联系。她时不时地还给徐哲来信，说两个人既然成不了夫妻，那就成为兄妹吧，她永远忘不了这个哥哥。很长一段时间，徐哲内心非常矛盾，他甚至产生了想和卫萍恢复关系的心思。转眼又到了年底，卫萍来信说，她非常放心不下他这个当哥哥的，想要来看他。徐哲回信说，要是妹妹来看哥哥可以，以别的名义来不行。春节过后不多久，卫萍真的来了。也许是因为颜青的食言让徐哲看不到希望，卫萍来后，徐哲没有仅仅把她当作妹妹看待。可是，当卫萍拐弯抹角地提出要恢复关系时，他没有明确表示同意。甚至晚上快睡觉时卫萍说，只要徐哲同意恢复关系，他想干什么都行。徐哲仍没有答应。卫萍住了有五六天，徐哲带她游览了宁江市的名胜古迹。刚过完年初二那天，徐哲出去办事回来碰到了教导员段昌元。段教导员对徐哲说："刚才我接到你一个同学的电话，是个女的，说是让你初四到她家去玩，她在家里等你。"徐哲听后猜想到打电话的同学肯定是艾宁。他对教导员说好的，但他并没有去艾宁家。卫萍来后徐哲带她到街上游玩，走到了艾宁母亲上班的一家药店。徐哲犹豫了一下，走进了那家药店。见徐哲进来，艾宁的母亲很是高兴，问他春节是不是出去玩了，还说初四那天艾宁在家等了他一整天。徐哲只好顺水推舟说是的，老家的女朋友来了，自己带她出去玩了。艾宁的母亲看到了站在门口的卫萍，忙说："蛮好的，蛮好的！"艾宁的幼儿园开学后，徐哲给艾宁打了电话，说她打给自己的电话别人转告了，并对自己没能去艾宁家表示歉意，还说之所以没去是老家来人了。艾宁道："肯定是她比我重要哟！"徐哲听了这话，知道了艾宁的母亲肯定告诉了她见到自己的事，于是说："哪里的话，她毕竟是远道而来。我们都已经分手了，她只是来玩玩。""那你怎么和我母亲说……"艾宁的声音有些低。徐哲想起了自己曾和艾宁的母亲说卫萍是自己的女朋友，便道："我当时只能这么说。""你们干吗要分手呢？"艾宁问。徐哲简单讲了他和卫萍的事。艾宁又问："你不能原谅她吗？"徐哲道："她在我最痛苦最需要安慰的时候，却想着和我分手。我心里的确过不去这道坎。"艾宁又说："我们已经好长时间没有见面了，啥时候到我家玩。"徐哲说："好的，有空我一定去。""你老是这句话，真不知道你啥时候有空。"艾宁有点儿不悦。徐哲很无奈，他何尝不想见艾宁呢，他从内心里想她。徐哲换了个话题说："你和男朋友挺好的吧？""就这样，还行。"艾宁道。"真心祝你们快乐幸福。"徐哲道。"谢谢你。"艾宁说。放了电话，徐哲心里一阵失落。开始他去艾宁家时，走的时候艾宁都会送他下楼并到公交站牌。徐哲不让她送，怕叫人看见，艾宁说："看见怕啥？"可艾宁有了男朋友后，徐哲再去她家，她只送他到楼梯口，说是叫人看见不好。

　　领着卫萍玩了几天，徐哲请了假回家探亲，和卫萍坐上了回家的火车。可到了泉城时，徐哲没有和卫萍一块儿坐上回老家的班车，而是让卫萍回去而他却坐上了到县城叔婶家的班车。到了叔婶家，颜青见面就问："听说你和卫萍恢复关系了？"徐哲说："哪里的事。"颜青说："家里都传遍了，说你们恢复了关系，卫萍还去宁江找你。"徐哲说："她那是当妹妹的去看哥哥。""什么妹妹哥哥的，"徐元琐插了话，"不沾亲不带故的哪来的哥哥妹妹？"徐哲只好不言语，说实话，这所谓的"哥哥妹妹"的确是勉强。也许是在泉城下火车的一瞬间，徐哲意识到了他们早已分手。徐哲对叔婶道："恢复关系那是不可能的事。"说着拿出五百元钱给了婶子,说:"二老还是要多操心,这点钱你们先花着,要是不够的话等我攒了钱再给你们。"颜青接过钱,脸上露出了笑:"你放心,我和你叔不会不管的。"

在叔婶家待了两天,徐哲回老家看望奶奶。在家住了些日子,徐哲又回了叔婶家,婶子告诉他,她的一个同事给他介绍了一位姑娘。介绍人说,姑娘的家虽然在乡下村里,但姑娘本人在公社里工作,还是党校毕业的大专生。介绍人还说,现在姑娘是聘用制干部,不久就要转为正式干部。徐哲听了,觉得可以见一见。婶子领徐哲到了她的同事那里,叫徐哲称她为刘婶。刘婶对徐哲说,那姑娘是自己的朋友梁丽珍的干闺女,现在正好在梁丽珍家,她可以和梁丽珍商量一下,让徐哲和姑娘见见面。第二天,刘婶和颜青说,她和梁丽珍说好了,晚上让徐哲和那姑娘见面。晚上,刘婶领着颜青和徐哲去了梁丽珍的家。一进家门,徐哲看见一位姑娘正在和一个八九岁的女孩玩耍。梁丽珍迎他们进了屋,请他们坐下,并给他们沏了茶水。徐哲看见屋里还有一位五十来岁的妇女,像是来找梁丽珍办事的。梁丽珍和那位妇女说了好大一会儿话,那妇女才告辞走了。梁丽珍送走那妇女,对刘婶说那位妇女的丈夫有点儿经济问题,是来找自己探询情况的。徐哲想起了刘婶说过,梁丽珍是干纪检工作的。梁丽珍坐下,书归正传。她简单说了一下那姑娘的情况,说姑娘已经拿到了党校的大专文凭,现在是聘用制干部,下一步有可能转正。还说她即使转不了正式干部,也准备把户口迁到县城驻地的城关大队。简单聊了几句,梁丽珍和刘婶、颜青借故出去,让徐哲和那姑娘单独聊聊。三人走后,徐哲对那姑娘说:"我的情况你都了解了吗?"姑娘说:"不了解。"听姑娘这么说,徐哲只得又把自己的情况简要地说了一遍。当徐哲正要询问姑娘的情况时,梁丽珍她们三人进了屋,坐下后,梁丽珍说:"我的意思是让这两个孩子先互相留个通信地址,通过写信彼此了解一下。等这闺女转了正式干部或者是户口迁来城关大队后,再说进一步发展关系的事。"刘婶颜青说行,就让他们先彼此通信联系。徐哲写了自己的通信地址给了那姑娘,姑娘也写了自己的通信地址给徐哲。徐哲接过姑娘写的纸条,知道了姑娘的名字叫刘万梅。又闲聊了几句,刘婶和颜青便提出来告辞。

梁丽珍留给徐哲的印象不像个女人，无论是外表还是说话的口气和形态，很像个男人。过后徐哲从刘婶口中得知，梁丽珍是个离了婚的女人，家中那个八九岁的女孩叫灵雨，是她抱养的。梁丽珍以前曾在刘万梅所在的公社工作过，下村驻队时在刘万梅的家里住过一段时间，两家一直保持着良好的关系。

　　回到部队后，徐哲分别给梁丽珍和刘万梅写了信。在给刘万梅的信中还附了自己的照片，并在信中希望刘万梅也给他一张照片。刘万梅回了信，但没有照片。开始，徐哲给刘万梅写信，刘万梅回信还算及时。但过了一段时间，刘万梅不大给徐哲回信了，徐哲写信询问原因，刘万梅也不回信。徐哲把这一情况告诉了叔婶，说他和刘万梅之间的通信联系不是很正常。说心里话，徐哲对刘万梅的印象还是不错的，刘万梅虽然面相长得一般，但身材匀称苗条。那天她穿一身西服配一双红色皮鞋，看上去很有气质。尤其是她写给徐哲的字条，字迹秀丽而遒劲。梁丽珍倒是不断给徐哲来信，说她对徐哲的印象非常好，称赞徐哲是一个出色的青年，在当代年轻人中是不多见的，希望他和刘万梅多联系加深了解，云云。

　　"八一"节的前夕，徐哲收到了一封信，寄信地址是扬州旅行社。徐哲感到很纳闷，扬州旅行社并没有自己熟识的人。疑惑中拆开信，看看信后面的寄信人，原来是刘万梅的干妈梁丽珍。徐哲读完信，才知道梁丽珍的侄女在扬州旅行社工作，暑假期间，她带着女儿灵雨出来游玩，在扬州游玩结束后，准备到宁江来玩玩顺道看看徐哲。信中还告诉了徐哲她在扬州的联系电话，希望徐哲和她联系。徐哲看完信，打通了梁丽珍在扬州住处的电话。梁丽珍告诉徐哲后天她坐火车到宁江，徐哲要是有空就去接一下。徐哲说："好的。"第二天徐哲见到段教导员，把梁丽珍要来的事说了，并说梁丽珍是现在女朋友的干妈。段教导员听了，安排了车到时和徐哲去接站。第三天早上，徐哲按梁丽珍说的车次时间到了火车站，可所有下车的旅客都走完了，也不见梁丽珍的影子，徐哲只好和单位的车一块儿回去了。回到单位，徐哲觉得梁丽珍有可能没赶上那趟车，而坐了下一趟车。于是，他又乘公交车去了火车站。梁丽珍果然是坐了下一趟车来宁江，徐哲看到她把领导派车来接她的事说了，梁丽珍说因为有点儿事没有赶上电话里说的那趟车。徐哲和她还有女儿灵雨便坐公交车回了单位。看到了徐哲工作的单位和居住的环境，梁丽珍很是满意。徐哲领梁丽珍游玩了宁江主要的几个景点，谈话间自然说到了他和刘万梅的事。徐哲说，他和刘万梅的通信很不正常，刘万梅从来不主动来信，对徐哲的去信也很少回。徐哲几次和她要照片，她都没有寄来。梁丽珍表示，回去后好好劝劝刘万梅，让她多给徐哲写信，并寄照片来。但梁丽珍却又谈到，地方正在进行改革，刘万梅转正式干部的事可能希望不大，并说希望他俩先确定关系，然后再考虑给刘万梅迁户口的事。徐哲说："梁姨呀，在家时咱说的是先通信联系加深彼此的了解，然后再说迁户口和确定关系的事。况且是迁户口在前，确定关系在后。"听徐哲这么说，梁丽珍也不好再说啥。八一那天他们在街上玩的时候，梁丽珍在一家小饭店里要了几个菜，说是要给徐哲过生日。女儿灵雨不解地问："今天是徐哥哥的生日吗？"梁丽珍笑着说："今天是解放军的生日，你徐哥哥是解放军，所以也是他的生日。"徐哲听了很是感动。

梁丽珍走后两天，徐哲又收到了卫萍三姐卫蓉的来信。信中说的话很难听，说徐哲搞阴谋诡计，还说他的家风不好。徐哲生气地给卫蓉用红笔写了回信，驳斥了她信中的一些不实之词。此后，两家的关系彻底断了。

梁丽珍回去后接着就给徐哲来了信，信中对徐哲大加赞赏，并说对徐哲的招待非常满意。几天后，刘万梅也来了信，信中说她对干妈梁丽珍来宁江一事毫不知晓，但她对徐哲的热情招待表示感谢。并说前段时间自己的母亲在干农活时不慎伤了身子，她因照顾母亲而没能常给他写信，请他原谅。刘万梅还随信寄来了照片。徐哲不相信刘万梅对梁丽珍来宁江一事毫不知情，他认为梁丽珍的到来就是来看看他在部队的情况的。徐哲给刘万梅回了信，除了问候了她的母亲外，重点提出了他们以后关系向前发展的几项原则，其中一条就是要加强通信联系，增进彼此了解。

然而，以后的情况并没有向良好的方向发展。刘万梅的来信还是少得可怜，态度暧昧不明。徐哲觉得刘万梅对他们关系的发展毫无诚意，于是果断地和她结束了联系。对此，叔婶表示理解。过了些日子，徐哲收到了梁丽珍的信，信好长好长。信中说，她最近身体不太好，住了一阵子医院。在医院中，她特别想念徐哲，就像母亲在病中思念自己的儿子。她对徐哲和刘万梅结束联系表示惋惜，并说刘万梅不合适咱可以在县城再谈一个。以后娘俩要保持联系等。徐哲看完信很受感动，回信说明了自己和刘万梅结束联系的原因，并希望和她经常联系。

第十三章

53

光阴荏苒，转眼又是一年。钱营长和段教导员先后被调到了别的单位任职，警卫营新任营长和教导员分别为万隆、程大卓。

再有几天就要过春节了，营里已经安排好了值班人员和探家人员。徐哲没打算春节探家，所以被安排节日值班。腊月二十四这天，徐哲突然收到了徐元琐打来的电报，内容是：家有急事，速归！看到电报，徐哲有些纳闷，就要过年了，家里会有什么急事呢。不会是奶奶身体有病吧。程教导员正好看到徐哲拿着电报发愣，便安慰他说："不要着急，先回去看看是咋回事。"于是重新调整了值班人员，安排徐哲即刻回家。徐哲很感激程教导员。

徐哲急急地到了徐元琐家，一进门他就问叔婶："家中有啥事？"徐元琐道："啥事你心里还不清楚吗？"在火车上，徐哲猜想家中可能没啥大事，有可能是叔婶又给他介绍了对象，让他回来相亲。果不其然，婶子说："你叔单位的温姨给你介绍了一个姑娘，让你回来见见面。"徐哲道："都快过年了，单位已安排我值班，收到电报吓我一跳。"颜青不悦道："还吓一大跳？你奶奶整天催我给你找媳妇，你自己没数吗？"事已至此，徐哲只好听从叔婶安排。可当问到姑娘叫啥名，多大了，家里都有什么人，她本人多大了以及父母是干啥的时，叔婶只知道那姑娘家是城关大队的，姓阚，其父亲在鲁中地矿局工作，其它的却一概不知。徐哲想尽快和那位姑娘见面，徐元锁两口子却迟迟不做安排。第二天徐哲把二百块钱给了婶子，颜青这才领着徐哲去找介绍人温悦红联系和姑娘见面的事。温悦红向徐哲说了姑娘家的基本情况，姑娘叫阚倩，父亲在鲁南地质材料厂工作。其母亲和弟弟妹妹的户口随父亲由农村转到了材料厂，弟弟妹妹还安排了工作，阚倩因超了年龄而没能转出去，现在公社的塑料厂上班。温悦红随后又去了姑娘家，商定晚上两个人在她家见面。到了晚上，颜青陪着徐哲又去了温悦红家，进了北屋，见上手椅子上端坐着一位中年妇女，脸上没有啥表情。温悦红连忙向颜青介绍，说坐着的那位就是阚倩的母亲。颜青同阚倩的母亲打了招呼，并让徐哲叫了她一声"大姨"，中年妇女只是看了徐哲一眼，没有应声。温悦红说阚倩去上班了，很快就下班回来。果不其然，几个人聊了不到十五分钟，一个姑娘推门进来。温悦红说，这就是阚倩，并让阚倩喊了颜青一个"姨"。徐哲打量了一下姑娘，个子不算很矮，但还没有看清她的脸，姑娘却转身去了里间。等了好大一会儿，姑娘还没出来，颜青给徐哲使了个眼色，说："给你大姨和阚倩倒杯水。"徐哲心领神会，端起桌上的茶壶，先给阚倩的母亲倒了水，又端着茶壶进了里间。阚倩在里间见徐哲进来倒水，忙端着茶杯出来进了客厅。这时徐哲仔细端详了阚倩，觉得她长得还可以。又说了几句闲话，颜青便领着徐哲告辞。回去后，徐元琐和颜青问徐哲觉得姑娘咋样，徐哲说还行，可以和她谈谈。谁知两天过去了，颜青去问温悦红姑娘是啥意思，温悦红说阚倩和她家里还没表态。又过了一天，徐哲和婶子又去问温悦红，温悦红说她马上再去问问。徐哲说："温姨，请她们尽快给个答复。如果愿意，我就留下来和阚倩啦啦。如果不行，我就赶快回部队。因为我一年只有一次假期。如果待的时间长了，我今年的假期就没有了。若是我在一个星期内回去，今年还可以再休假。"温悦红赶紧去了阚倩家，问她和母亲的态度究竟如何，阚倩的母亲说："我们没有说不愿意。"温悦红回来说了这话，徐哲说："既然没有不愿意，那我们就尽快见面谈谈，加深一下了解。"温悦红又把这话带给了阚倩家，她们家也答应。于是，徐哲和阚倩单独见了面。通过两人的交谈，徐哲更详细地了解了阚倩以及她家的情况，徐哲也把自己和家庭情况如实地告诉了阚倩。阚倩是个非常实在的姑娘，对于徐哲的话，她总是默默地接受。徐哲非常现实，他知道自己现在不是在享受浪漫的爱情，而是在面对实实在在的生活，他需要一个家，一个能让他不再有漂泊感的家。他向阚倩提出来将来结婚的形式问题以及结婚后的生活问题，甚至以后有了孩子由谁来看的事也提了出来。阚倩的回答令徐哲感到满意，所以他让阚倩问问母亲，这次趁自己在家里是否把关系确定下来。第二次见面时，阚倩告诉徐哲母亲同意他们定亲。这次，徐哲吻了阚倩。当他的嘴唇刚刚贴近她的嘴唇时，她把舌头伸进了他的嘴里。他感觉到了她的老练，不像是羞涩少女的初吻。

过了年正月初六，徐哲和阚倩定了亲。两人再约会时，徐哲问阚倩今年能不能结婚，阚倩说可以。过了正月十五，徐哲假期满了要回部队，阚倩坐汽车送他到泉城。坐在汽车上，徐哲的心里有了一种归属感，他不再觉得自己飘忽不定。阚倩送徐哲到了火车站，看着徐哲进了检票口，她才回去。

通过书信来往，徐哲和阚倩彼此间的了解不断加深，两人约定"五一"过后阚倩来宁江。过了"五一"，本来说好颜青陪着阚倩一块儿来的，可到了临走的时候，颜青却因故而突然决定自己不能陪阚倩来了，阚倩只好只身来了宁江。五月的宁江是令人遐想和陶醉的季节，春末夏初的风吹到人的脸上，像是少女温柔纤细的手在轻轻抚摸。徐哲带着阚倩游览了宁江的大小景点，牵手走过了宁江的大街小巷。在一个温馨而迷人的夜晚，他们彼此拥有了对方。他们约定今年国庆前后结婚，回去后阚倩和母亲说了，母亲也没表示反对。

营长万隆因犯了错误被调走了，郭润被任命为营长，张剑朋为副营长。

这天是星期天，徐哲正在宿舍里看书，值班室说大门口有人找他，让他去接一下。徐哲到了大门口，远远看到艾宁站在外面。徐哲没想到来找他的是艾宁，心里一阵激动。他疾走上前，对艾宁说："你来了？走，到我宿舍吧。"

艾宁却没有跟他走，而是把目光投向了几米外。徐哲顺着她的目光望去，见有一男子站在那里。徐哲明白了，忙问："是你男朋友？"艾宁点了点头。徐哲赶紧上前同那男子打招呼："你好！""你好！"那男子也回了徐哲一声。"走，到我宿舍坐坐吧。"徐哲道。"还去吗？"男子看着艾宁。艾宁说："既然来了，就去坐坐呗。"男子看来不是很情愿，但见艾宁要去，只好随着走。军区的院子很大，徐哲是骑自行车来大门口的，徐哲推着自行车，艾宁和她男朋友随着徐哲走。徐哲问那男子："您贵姓？""他跟你是同姓，老家也是山东。"艾宁替男子回答说。"真的？这么巧！"徐哲脱口而出，他说的"巧"当然有好几层含义。说着话的功夫，就到了徐哲的宿舍。已是初夏季节，天开始热起来。徐哲打来一盆水，让他们洗洗脸上的汗渍。徐哲端着脸盆进屋的时候，听到那男子说："你后悔了吗？"徐哲进了屋，看见艾宁笑着说："后悔了还这么高兴吗？"说着两个人一块儿在脸盆里洗手，样子很亲热。等他们洗完了，让他们坐下，便聊了起来。交谈中徐哲知道了男子叫徐振砚，大学毕业后留在了学校。时间快到中午了，徐哲留他们吃饭，艾宁说："不用了，我妈妈在家做好了饭等着我们呢。"又有点儿开玩笑地说："我们要是不回去，妈妈还会以为我们失踪了呢。"说着起身要走。徐哲也不好强留他们，便起身送他们到大门口。快出大门的时候，艾宁笑着对男朋友说："你看人家这里站岗的多么正规，不像你们那里松松垮垮的。"徐哲问男子："你们那里也有站岗的？""是的。"男子回答。"是武警吗？"徐哲以为男子的工作单位是地方的大机关，所以有武警在站岗。"不是，也是军人。"男子回答。"那你们是？"徐哲有点儿不大明白。艾宁见徐哲有点儿疑惑，笑着说："他也是当兵的。""啊？"徐哲真的有点儿惊讶，他没想到艾宁的男朋友竟然也是当兵的。上次听艾宁的母亲说她的男朋友是什么气象学院，但没听清是部队的。"他的学校是空军气象学院。"艾宁说。原来如此！徐哲又一次感到了"巧"。艾宁竟然也找了个当兵的。想想人家是干部，而且是大学本科毕业。徐哲感到了自己的渺小，不仅仅是个子。

　　过了两个月，艾宁打电话告诉徐哲，说她结婚了，并约他星期天到她家吃饭。谁知到了星期六下午，艾宁又打电话来，告诉徐哲星期天她妈妈叫他们去吃饭，以后有机会再请他去。但过去了好长时间，艾宁也没有再约他去吃饭。徐哲觉得这样正好，他正犯愁给艾宁带什么礼物好。

"国庆节"很快就要到了，徐哲去做了婚前检查，开了介绍信，然后坐上火车回去结婚。

徐哲和阚倩选择了旅行结婚，他们先是坐火车到青岛，再从青岛坐船去了大连，然后又从大连坐火车去了北京，最后从北京回到泉城。在青岛和大连，他们领略了海滨风光，到了北京，他们深切感受到了首都的魅力。尤其是当站在天安门广场的那一刻，徐哲觉得体内的血液流速在加快。望着巍峨壮丽的天安门，徐哲想起了小时候经常唱的那首歌《我爱北京天安门》。他们随着滚滚人流瞻仰了毛主席遗容，一进纪念堂，高大威严的建筑使人不自觉地感到了自己的渺小。当从毛主席遗体旁经过时，内心的敬仰油然而生。

"我终于结婚了，我终于有了自己的家。"回到他们临时居住的婚房，徐哲觉得自己像是一只漂泊了多年的小船终于回到了港湾。

54

时间到了 20 世纪 80 年代末，轰轰烈烈的改革已经进行了十一个年头，大多数人渐渐习惯了改革后的日子。尽管各种声音在社会上流传，但一切都还是按部就班地进行。

徐哲和大多数人一样，在半迷半醒、懵懵懂懂中过着一天又一天。艾宁这天打来电话，叙谈中艾宁说自己的女儿已经快两岁了，出去和小朋友玩总是被小朋友打哭了回来。徐哲说："是孩子胆小吗？"艾宁说："可能是吧。"徐哲还想说什么，但一想到艾宁是幼儿教育工作者，自己还是不要班门弄斧的好。于是，徐哲换了个话题："最近好吗？"艾宁道："还可以吧，说不上好也说不上不好。你呢？"艾宁反问道。"我……"徐哲一时不知如何回答，"还行吧。"

徐哲自从结了婚，虽没有了以前的飘零感，但觉得生活中少了点什么，没有了创作的欲望和冲动，也没有了亢奋和激情。他常常想起艾宁，有时他不自觉地幻想如果自己和艾宁结了婚会是一种什么样的日子。他越来越觉得艾宁就是自己要寻找的那个人，可是，虽然他和艾宁住的地方相距虽不是太远，但他在心里觉得自己和艾宁根本就是两个世界的人。是的，他早就觉出了艾宁的心思。他希望这是真的，但又希望不是真的。记得有一次在和陶砚闲聊时，陶砚突然说了艾宁对他有意思。可见，外人也看出了这一点。电话那头艾宁仍在说着什么，徐哲一时走神竟没听清艾宁说的是啥。徐哲胡乱地"嗯嗯"了两声，艾宁又问："我们啥时候见个面？""好的。"徐哲仍是胡乱地应着。他想和艾宁见面，每时每刻都在想。可他又怕和艾宁见面，因为见了面他和艾宁说话总是那么小心翼翼。"好的好的，你只会说这句话吗？"电话里传来轻轻的嗔怪。"好吧，你定个时间。"徐哲只好说。"那，这个星期天，行吗？我丈夫，他出差要好几天才回来。"说最后这句话的时候，艾宁的声音有点儿低。"好吧。"徐哲道。放下电话，徐哲的心有点儿"突突"地跳，这是艾宁第一次趁丈夫不在家的时候约他。今天是星期四，徐哲一下子觉得离星期天有点儿远，他盼望着星期天快些到来。

好不容易熬到星期天，徐哲如约来到了艾宁家。艾宁的小家是她丈夫单位的单身宿舍改的，两个单间，中间墙上掏了一个门，形成一个简易套间。家里只有艾宁一个人，徐哲问："孩子呢？"艾宁道："昨天去她外婆家没有回来。"艾宁给徐哲冲了一杯酸梅汤端过来，徐哲望着艾宁，轻轻地呷了一口，酸中有甜，甜中带酸，很是爽口。"你今天，真美……"徐哲对艾宁说。看得出，今天艾宁是刻意打扮了一番的。"我只是今天美吗？"艾宁莞尔一笑。"哦，你，一直都美。"不知为什么徐哲低下了头，他有点儿不敢直视艾宁。艾宁结婚后，徐哲只来过她家两次。第一次徐哲来找艾宁，是想让艾宁的丈夫帮自己老乡一个忙。徐哲的老乡也在这个学院上学，眼看就要毕业，问问艾宁的丈夫能不能帮老乡找一个好单位。艾宁的丈夫说，自己毕业留校没几年，而且是一般工作人员，帮不上啥忙。徐哲的老乡只好服从组织分配，去了大西北的一个部队。

第二次来艾宁家，是徐哲出来玩时路过这里，顺便进来坐了一会儿。前两次都有艾宁的丈夫在场，除了那次想请她的丈夫帮忙，其他说的都是一些无关紧要的客套话。看得出艾宁的丈夫不大欢迎徐哲的到来，所以艾宁每次说要徐哲到她家来玩，徐哲都以虚言伪语搪塞过去。"你丈夫他……"徐哲问。"哦，他们单位一个干部需要政审，他出去搞外调了。"艾宁回道。记得艾宁谈男朋友前徐哲有一次去她家，艾宁的母亲为了他们说话方便，借故出去了。那时两个人单独在一起，徐哲心里很坦然，没有感到不自在。可这次，同样是两个人单独在一起，徐哲心里却像是做贼一般。尤其当艾宁给他往杯子里添水时，艾宁的身体几乎紧挨着他，他的脸上一阵发烧。艾宁坐下，他们便闲聊了起来，谈到了各自的单位，谈了当前社会上的一些现象，最后谈到了各自的家庭。徐哲说："你现在应该是很幸福的。""嗯。"艾宁看着徐哲，"也许是吧。在外人看来应该是。""本来就是嘛。你先生是本科毕业生，你们工资都这么高。"徐哲说。"钱可以买来舒服，但不一定能买来幸福。"艾宁说。徐哲不知道艾宁这话的含义是什么，便道："你现在是既舒服又幸福。"艾宁轻轻地叹了口气，轻得不仔细听都听不出来，但徐哲听出来了。"你现在还写东西吗？"显然艾宁不愿再谈论刚才的话题，她问徐哲。"没怎么写。"徐哲道，"现在好像无话可说了。""你的妻子好吗？"艾宁突然问。"你是指……"徐哲不知道艾宁说的好是什么。艾宁笑了："我当然是说她对你好不好。""哦。"徐哲应了一声，"她对我倒是可以的。""我还一直没见过她呢。"艾宁说，"下次她来的时候别忘了叫我去看看。"徐哲说："好的。"但徐哲猜不透艾宁为什么要去看看自己的妻子。"你有新作吗？"徐哲又拉回了刚才的话题。"这两年啥也没写，光顾着孩子了。"艾宁笑了笑说。徐哲的住处离艾宁的家骑自行车要一个小时，看看手表，快十一点了，徐哲起身要走，艾宁留他吃了午饭再走。徐哲没有留下，他觉得那样不太合适，尤其是艾宁的丈夫不在家。"那，下次啥时候再来。"艾宁问。"有时间我一定来。"徐哲道。"你老是这句话。"艾宁又笑了起来。她笑起来特别好看，徐哲以前就注意到了。而此刻的笑更是多了一层妩媚，而且声音愈加温柔。他起了身，她也跟着起了身。她轻轻抬了抬手，似乎要做个什么动作，但终究没抬起来。徐哲看着她，从内心不想离开。徐哲恋恋不舍地出了艾宁的房门，艾宁也恋恋不舍地看着他离开。她没有送他下楼，因为这个楼上住的都是她丈夫的战友和同事。艾宁只好站在窗台前，目送着徐哲骑车出了大院的门，直到消失在车流人流中。

徐哲回到宿舍，内心还弥漫着一股甜意。虽然艾宁没有向他过多表示什么，但他明显地感觉到艾宁是要向他表达什么的。也许她婚后的生活并不如意，就像自己一样。想到这里，徐哲也想起了远在老家的妻子。结婚将近一年了，妻子曾来部队住了一些日子。他觉得艾宁像是一杯可乐，妻子是一杯白开水。他知道，可乐不能常喝，而白开水不能一日不喝。

吃过午饭，徐哲去找陶砚玩。陶砚也是从干休所被精简出来的，后到了军区机关门诊部，去年刚刚转了志愿兵。来到陶砚的宿舍，看到陶砚的妻子郭中萍来了。陶砚是在干休所时和郭中萍认识并订婚的，到了机关门诊部后两人结了婚。他们结婚后，徐哲非常羡慕他们。郭中萍不仅人长得漂亮，而且谈吐之间显出不凡。徐哲曾认为他们是幸福的一对儿。可当徐哲这次见到他们时，觉得他们之间好像有什么事情。尤其是郭中萍，脸色很难看，说话的时候没有了以前的喜悦和幸福神色。陶砚说话的神情也不自然，不像以前和郭中萍说话总是半开着玩笑。陶砚出屋的空当儿，郭中萍对徐哲说："陶砚要和我离婚。"徐哲心里一惊，每次郭中萍来或者是阚倩来部队，他和陶砚都会一起陪妻子出去游玩，彼此无话不谈。他不知道陶砚为啥要跟妻子离婚，陶砚没有跟他说起过此事。面对郭中萍，徐哲没有说啥，他不知道该怎样回答郭中萍的话。一会儿陶砚进来，徐哲和他们闲聊了几句，就告辞了。

徐哲回到宿舍，通信员说有他一封信。徐哲拿过信，见是妻子来的。他拆开信，读了一遍，没啥新鲜内容，除了问候便是说了自己的近况。

自上次从艾宁那里回来后，徐哲的内心产生了一种渴的感觉，这种渴当然不是生理上的，而是心灵上的。他知道是艾宁让他感到渴，也只有艾宁才能解他这种渴。好久没动笔的他，有了想写点什么的冲动。可拿起笔，又觉得无从写起。于是便拿笔在纸上乱涂乱画，不知怎的就画了一个女人的头像，眼睛圆圆的，头发长长的，很显然，他画的是艾宁。他又想起了郭中萍说陶砚要和她离婚的话，徐哲知道郭中萍没有工作，虽然长相不错，但家在农村。陶砚转了志愿兵，显然觉得郭中萍配不上他了。徐哲又想起了上个星期天到岳玉欣那里看到的一幕。岳玉欣一年前去二连当了连长，经常叫徐哲去玩。那天徐哲到了二连在岳玉欣的宿舍里两个人在聊着天，突然听到副连长王勇的宿舍里传来"乒乒乓乓"的声音，接着就是一阵打闹的声音，中间还夹杂着女人的哭声骂声。岳玉欣快步出去，徐哲也跟在后面。到了副连长的门口，朝里面一看，副连长和他的未婚妻正打作一团。女的使劲地搂住男的，拼命斯打着。男的像是要到门口来开门，女的死活拉住不让开。男的头上流着血，地下有碎了的啤酒瓶子。显然男的头是被女的砸的。岳玉欣赶紧去开门，但门从里面被反锁上了。男的使了好大劲来到门口，用胳膊肘使劲撞碎了门上的玻璃，岳玉欣从坏了的玻璃处伸进手去，才把门打开。闻声赶来的众人拉开了两个人。女的披头散发，嘴里一个劲儿地说："没有无缘无故的爱，也没有无缘无故的恨。"等到两个人稍微平息了，人们便各自散了。回到岳玉欣的宿舍，徐哲问他们为什么打架。岳玉欣说："副连长王勇在考上军校前便和女的谈恋爱，女的是个体户老板，自己开了一个厂子，平时男的花了女的不少钱。王勇军校毕业后，当了军官，想和女的分手，女的不愿意，两个人一直别扭着。今天是两个人的矛盾爆发了。"徐哲听了，嘴里吸了一口冷气。他在心里说："流血的情，流血的爱。"徐哲看那女的，长得很漂亮。按说，女的身为老板，也应该算是成功人士，可男的当了军官后却要和她分手。世间的事真是很难说。

　　徐哲两个月后再见到陶砚时，陶砚说他和郭中萍已经离婚了。陶砚说，两个人办完了离婚手续出来，郭中萍放声大哭。

55

　　艾宁又给徐哲打来电话，闲聊几句之后，徐哲感觉到艾宁的声音有些低沉，像是不太高兴的样子。果然，艾宁说，她的弟弟今年大学毕业，可他们这一批毕业生全都分到了边远地区，而且单位都不太好。徐哲对艾宁的弟弟艾辉的印象还是蛮好的，几次到艾宁家里，艾辉对徐哲都非常客气，而且徐哲看得出艾辉的性子很好，说话慢声细语，像个大姑娘。"我弟弟还算好的，听说过几年大学毕业后国家不包分配了。"艾宁道。"他们也太不信守诺言了吧。"徐哲说。"现在人们都开始怀念毛主席了。"艾宁又道。说起这个，徐哲深有同感。1990年，长江流域发生了百年不遇的大涝。大暴雨连着下了六七天，整个长江流域都超过了警戒水位。安徽省有一个县瓢泼大雨下了整整三天，大多数房屋都被洪水淹没了顶。有一家来不及转移，两口子和一对双胞胎儿女被淹在水里，四个人只有父亲一个人会水，他双手夹起两个孩子朝高处游，眼看着妻子被大水冲走。游了一段后，水越来越深，两只胳膊夹着孩子无法游泳，如果丢下一个，就有可能游到安全的地方，可看看两个可爱的孩子，哪一个他都舍不得丢下。眼看着三个人就要全部遇难，这时一个浪头打过来，他本能地松开了左手，孩子就在他松手的一瞬间被冲走了。当他抱着一个孩子游到高处时，望着滚滚洪水，早已没有了妻子和另外一个孩子的影子，他对天嗷嗷大叫，后来他疯了。洪水过后，除了国家对受灾地区进行赈灾外，全国各地也都对灾区伸出了援助之手。不知从哪个驾驶员开始，在汽车驾驶室里挂起了毛主席像。有人说，发大水时凡是家里挂着毛主席像的，大都得到了佑护，还说汽车驾驶室里挂了毛主席像，行车格外安全。于是汽车驾驶室里挂毛主席像风靡全国。而且，歌唱毛主席的歌曲也渐渐在全国重又唱响起来。经过了十几年的改革，人们重新又怀念起了毛主席。想到这些，徐哲道："也许，我们中国把过去一切好的东西丢得太多了。"电话那头突然没了声音，过了一会儿，一阵啜泣声从电话里传过来，徐哲以为是自己听错了，他把话筒紧贴到耳朵上，啜泣声更加清楚，他没有听错。"你怎么了？"徐哲小心地问。"我，我们……"艾宁长出了一口气，"我们吵架了。""和谁？"徐哲猜到了是谁，但他还是问了一句。"我们家那位。"艾宁小声说。"为什么？"徐哲有些不解。"也说不出为什么，总之这两年我们老是为了一件小事甚至一句话就吵了起来。"艾宁说。"那这次是为什么？"徐哲问。"就是为了我弟弟被分配到边远地区的事。他不但不帮忙，反而冷嘲热讽。"艾宁叹口气道。徐哲不知如何回答艾宁，他并不同意艾宁丈夫的说法。徐哲只好对艾宁说："我虽然绝对不同意你丈夫的说法，但我尊重他说话的权利。"看得出，艾宁的婚后生活并不美满。自己呢？自己的婚姻就美满吗？"你最近咋样？你妻子来了吗？"艾宁转换了话题。"还行吧。妻子最近没来。"徐哲如实道。"我真想见见你的妻子。"艾宁又一次说。"好的，等她下次来了，我叫你来玩。"徐哲道。"还记得我们文学院的姜老师吗？"艾宁突然想起什么似的说。"记得。姜老师怎么了？"徐哲问。"他最近离婚了，现在和我们的一位同学结了婚。"艾宁道。"哪位同学？"徐哲觉得好奇。"就是章小丫。"艾宁说。"是章小丫？"徐哲感到有些意外。章小丫人长得漂亮，看上去很文静，估计她比姜老师要小十来岁。师生恋自古不乏，当今之世也算不得稀奇。"是因为章小丫的出现，姜老师才离得婚吗？"徐哲问。"这个倒不太清楚，不过听说姜老师是恢复高考后第一批考上的大学，上大学前就已经结了婚。"艾宁说。"哦，难怪。"徐哲应道。两个人又聊了一会儿，徐哲说："先聊到这里吧。"艾宁有点儿恋恋不舍，轻轻叹了口气："好吧。啥时候我们再见个面？""行，抽空我们再联系。"徐哲说完，也有点儿不舍地挂了电话。

刚过了国庆节，阚倩来了宁江。徐哲想到艾宁几次想见见阚倩，就给艾宁打了个电话，告诉她阚倩来了。艾宁在电话里说，她星期天来他这里。徐哲把艾宁要来的事告诉了阚倩。阚倩问艾宁是谁，是干啥的。徐哲告诉她艾宁是自己在文学院的同学，现在是一家幼儿园的老师。阚倩没说啥，但看得出她脸上掠过一丝不悦。到了星期天，艾宁来了。阚倩见了艾宁，好像有点儿不自然。艾宁和阚倩打了招呼，拉住阚倩的手，亲热地说："我应该叫你嫂子呢还是叫你妹妹呢？"徐哲曾同艾宁说过，阚倩和她同岁，但生日比她小。阚倩不知道说啥好，徐哲道："还是让阚倩叫你姐姐吧。""哦，对了。你们都应该叫姐姐。"艾宁想起了什么似的。阚倩有点儿不大明白，徐哲比艾宁大，为什么还要叫她姐姐。徐哲赶紧打哈哈："好了，你们愿意叫什么就叫什么吧。"阚倩对艾宁几乎没有话说，差不多是艾宁说一句她答一句。聊了有半个时辰，艾宁说："我今天请你们两人吃饭，怎样？"徐哲说："你到我们这里来，怎能叫你请我们。应该我们请你才对。"艾宁笑着说："你们就别客气了。你们结婚时我也没给你们啥礼物，请你们吃顿饭，等于'将功补过'吧。"徐哲心说，你们结婚的时候我也没给你们礼物。但事情过去了好几年，也不好再提了。于是，快到吃中午饭的时候，艾宁带着徐哲和阚倩来到一家小饭馆。艾宁让徐哲和阚倩点菜，徐哲说："客随主便，还是你点吧。"艾宁于是点了一盘咸水鸭、一盘炒蚕豆、一个红烧鲢鱼和一个炒空心菜。艾宁问徐哲喝不喝酒，徐哲说："我不喝酒，你呢？"艾宁说："你啥时候见我喝过酒？"她又问阚倩，"妹妹喝点啥？"阚倩刚要说话，徐哲说："我看我们还是喝点茶水吧。"艾宁说："那不行，怎么也得喝点啥。要不我们来点可乐吧。"徐哲说："行，随你吧。"于是艾宁要了一瓶可乐，打开，给每人倒满了杯子。等咸水鸭和炒空心菜上了桌，艾宁说："好了，已经两个菜了，我们开始吃吧。"她举起了杯子，看着徐哲和阚倩，"祝你们幸福！"说着自己先喝了一口可乐。徐哲和阚倩也随着举起杯子，徐哲说了声谢谢，两个人也喝了一口。阚倩不大说话，她本来就不爱说话，在这样的场合，她更觉得无话可说，也不知道该说些啥。于是，阚倩只顾吃菜，偶尔喝一口杯子里的饮料。等红烧鲢鱼上来了，艾宁用筷子夹了一块儿鱼肚上的肉给阚倩："妹妹多吃点，我们宁江的鲢鱼味道还是蛮好的。"阚倩连忙说："谢谢，我自己来就行。"徐哲也吃了一口鱼肉，说："宁江的鲢鱼确实好吃。"他又吃了一块儿咸水鸭，慢慢咀嚼着。徐哲突然想起什么似的问艾宁："哦，对了，宁江号称'六朝古都'，到底是哪六朝？"艾宁咽下口里的蚕豆，笑笑说："连这都不知道？""请教了。"徐哲也笑笑。艾宁说："六朝指的是东吴、东晋和南朝的宋、齐、梁、陈。"她又问徐哲："知道建邺路和建康路的来历吗？"徐哲摇摇头。艾宁接着说："建邺原是宁江古地名。晋太康二年，秣陵县被一分为二，秦淮河以南仍称秣陵，以北置建业，次年改称建邺。建兴元年，为避晋愍帝司马邺讳，改建邺为建康。现在的路名就是据此起的。"徐哲听了点点头。艾宁说话的时候，阚倩的眼睛一直朝着窗外，可能她对徐哲和艾宁的话题不感兴趣，或许是听不明白。见阚倩有些失落的样子，艾宁说："妹妹多吃菜，吃完了我领你们去逛玄武湖。"

吃完饭，徐哲和阚倩、艾宁来到了玄武湖。艾宁想买票，徐哲说啥也不让她买。阚倩拉住艾宁，徐哲赶紧去买了票。进了门口，徐哲问艾宁："你知道这里为什么叫玄武湖吗？"艾宁想了想说："光知道玄武湖在城的北边，为啥叫玄武湖还真不太清楚。"徐哲道："过去东西南北有四方神，所谓东青龙，西白虎，南朱雀，北玄武。因这块湖面在城的北面，所以叫玄武湖。""嗬，你这半个宁江人比我知道得还多。"艾宁打趣道。两个人不约而同地看了看阚倩，阚倩红了脸，道："你们都是些文化人，俺不懂这些。"徐哲怕阚倩难堪，赶紧说："走，我们去划船。"

三个人租了一只四座脚踏游船，在宽阔的湖面上悠然地游荡。徐哲和阚倩坐一头，用脚蹬着踏板。艾宁坐一头，给他们讲着宁江的一些逸闻趣事。划完了船，又在岸上玩了一个多小时，阚倩说："时候不早了，我们回去吧。"于是三人往回走。艾宁一直都很兴奋，但阚倩显得有些沉默寡言。到了分手的地方，艾宁伸出手，对阚倩说："再见，有空来我家玩。"阚倩伸出手轻轻地碰了碰艾宁的手，淡淡地说了声："行。"艾宁看了徐哲一眼，没有和他握手。徐哲看得出艾宁的眼里除了兴奋还有不舍。回到宿舍，阚倩还是有点儿不大高兴。徐哲问："怎么了，不舒服吗？"阚倩摇摇头。"是不是太累了？"徐哲又问。阚倩还是摇摇头。过了一会儿，阚倩问："你和她究竟是什么关系？""谁？"徐哲不解地问。"就是你那位女同学。"阚倩说。"哦，你是说艾宁呀。"徐哲道，"就是同学呗，还能是啥关系。""她撇下孩子和男人来和你玩，仅仅是同学关系？"阚倩眼圈有点儿红。"不是来和我玩，是来和我们玩。她早就想见见你，这次听说你来了，便来看看你。"徐哲说。听了徐哲的话，阚倩没再说什么。显然她不完全相信徐哲的话。凭女人的敏感和直觉，她认为徐哲和艾宁不只是同学关系这样简单。

第二天，艾宁给徐哲打来电话，说昨天是她这几年来最快乐和高兴的一天。

56

这两天阚倩老是感到恶心，饭也吃得很少。徐哲以为她病了，便要带她去医院看看。谁知阚倩依偎在他怀里，轻轻地说："这个月我例假没来，可能是有了。""有了？"徐哲开始还有点儿不解，继而一想，一下子抱起阚倩，"有了？有了孩子？我要当爸爸了？""轻点。"阚倩嗔道。徐哲放下阚倩，激动地说："你想吃啥，我给你买去。""我现在啥也不想吃，就是想吐。""等过了这几个月会慢慢好的。""我们都快有孩子了，你可不能想三想四的。"阚倩看着徐哲说。徐哲道："看你想哪里去了，别胡思乱想。"

晚上，徐哲躺在床上怎么也睡不着，阚倩白天的话老是在耳边响起。上次他们三人游完玄武湖，艾宁回去后，给徐哲来了几次电话。徐哲听得出艾宁对婚后的生活充满了疑惑甚至不满。徐哲知道，即使艾宁再对婚姻不满，他们之间也不可能发生什么。他知道阚倩对自己的担心是多余的，既然结了婚，就应该对婚姻负责，除非有重大变故。说实话，阚倩并不是徐哲理想中的妻子，他当然觉得艾宁是理想中的伴侣。可现实却往往阴错阳差，让理想变为不可能，而让不理想成为实实在在的存在。常言道：人生不如意十之八九，理想与现实总是存在差距。他想劝劝艾宁，起码在外人看来，他们是般配的，所以应该是幸福的。当然，徐哲知道自己劝不了艾宁，因为艾宁懂的道理不比自己少。看着熟睡中的妻子，徐哲心中突然升起一种爱怜。是啊，妻子是无辜的，他虽然说不上爱她，但阚倩过日子确是一把好手。自从有了阚倩，自己才有了真正意义上的家，自己游荡了二十多年的灵魂才有了落脚之地，自己应该感谢阚倩。想到这里，他轻轻吻了一下阚倩的额头。阚倩并没有睡实，徐哲的吻使她从迷迷糊糊中清醒过来。她看着徐哲，突然一下子搂住了徐哲的脖子："你要吗？"阚倩轻声低吟着。徐哲身上的血急速流淌起来，周身的燥热让他不能自已。他紧紧地抱着阚倩，把嘴唇贴到阚倩的嘴唇上。阚倩的身体也不由自主地扭动起来，微闭着双眼，嘴里不停地喃喃着："我要你，我要你……"徐哲的呼吸越来越急促，他解开阚倩内衣的扣子，亲吻着阚倩暖暖的肌肤。从凸起的乳峰，一直到微微鼓起的小腹……

　　阚倩在宁江住了一个月便回家了，阚倩走后很长一段时间，徐哲才从孤寂中慢慢走出来。

　　这天，徐哲到岳玉欣那里去玩，岳玉欣对徐哲说："听说了吗？新来的司令员秘书刘朵欣是你们明泉老乡。""哦，真的吗？"徐哲听了感到高兴，因为自从他从高炮团调走后，遇到的明泉老乡不多，尤其是在机关大院，几乎没有一个明泉老乡。刚来军区大院时，他曾听说家属宿舍住着一个明泉老乡，但那位老乡是下面部队的一位师级干部，只是家属住在大院。岳玉欣又说："有了这个老乡，以后有啥事可以帮忙了。"徐哲听了，并没感到多大兴奋，因为他已经转了志愿兵，好像也没啥事了。最主要的原因，人家刘秘书是首长的秘书，本身也是团级干部了，而自己只是一名志愿兵，根本不是一个档次的。所以，不可能像一般老乡那样可以常在一起聊天和来往。"啥时候我领你去见见。"岳玉欣说。徐哲只是轻轻地说了声："行。"岳玉欣所在的二连是专门为军区首长做警卫的，所以岳玉欣得以经常和首长们见面接触，能和首长接触，和首长秘书接触的机会自然就更多了。岳玉欣在和徐哲的聊天中谈到了首长们的一些趣事，以及最近人们经常谈起的一些话题。两个人又唠了会儿别的闲话，便到了中午开饭的时间。徐哲要回去，岳玉欣留他吃了饭再走。徐哲看看时间不早了，回到营部的距离又不短，便留了下来。岳玉欣让通信员打来了两份饭菜，和徐哲一块儿吃起来。吃完了饭，徐哲正要回去，看到二连指导员领着一名战士从岳玉欣房门口经过。岳玉欣看着二人走过，摇了摇头，还发出一声轻轻的叹息。徐哲见状问其缘由，岳玉欣说："这名战士叫刘强，因为谈女朋友的事这几天情绪一直不稳定。""和他女朋友怎么了？"徐哲有些好奇。"他偷偷和当地一位姑娘谈恋爱被人知道了，指导员找他谈话让他和那姑娘断绝来往，他心里一直不痛快。前两天自己出去喝闷酒，还和酒店里的服务员发生了争执。"岳玉欣说。部队规定义务兵不得在驻地谈恋爱，但有许多战士还是偷偷摸摸地谈，但绝大多数都不会有什么结果。每当退伍季节，在车站会看到有的即将回乡的战士与姑娘在痛哭告别。到车站送别的部队干部看到这一幕既感到痛心又觉得好气。平时苦口婆心地告诫，就是怕以后出现这种结果。徐哲为这位名叫刘强的战士感到难过，这倒不是因为部队不让他谈恋爱，而是为这位战士动了真感情。

　　回去的路上，徐哲眼前一直晃动着那位战士的影子，那位战士脸上复杂的表情让徐哲深感怜惜。

　　抽了一个机会，岳玉欣领着徐哲来到了刘秘书家里。刘秘书的家在机关干部家属院的西院，西院的宿舍比东院的要大，大多是师级以上干部住的。刘秘书虽然是团级，自然是沾了司令员秘书一职的光，住到了高一级干部的宿舍。刘秘书的妻子也是同乡，刚从泉城调来宁江不久，被安排在军区制药厂工作。见岳玉欣领着徐哲进来，刘秘书和他们打招呼。岳玉欣称刘秘书为大哥，徐哲也便跟着轻轻地叫了声大哥。徐哲觉得应该叫他刘秘书，心里又感到不妥，叫他首长，又觉得生分。刘秘书的妻子端来了茶水，岳玉欣亲热地说了声："谢谢嫂子！"徐哲起了起身，也叫了声嫂子。刘秘书问徐哲是明泉哪个公社的，徐哲回答说是清河公社的。徐哲又问刘秘书："大哥您是哪个公社？"刘秘书说："是夏关的。"徐哲在家时不大出门，他光知道夏关公社在他们公社的南边，离他们挺远。刘秘书妻子的态度显得不冷不热，给他们倒了水便到一边去和刚上小学的儿子玩去了。岳玉欣和刘秘书拉呱，徐哲插不上嘴，只是听着。坐了不到一个小时，岳玉欣和徐哲便起身告辞，刘秘书也没强留他们，刘秘书的妻子也起身相送。

　　一个月后便是中秋节了。离中秋节还有三天，岳玉欣叫着徐哲买了些月饼送到了刘秘书家。

中秋节的前一天，岳玉欣叫徐哲到他的家里吃饭。岳玉欣的妻子刚调来宁江不久，来宁江之前在他们家的县城工作。岳玉欣家在农村，妻子家是县城的，看得出他的妻子有一种优越感，但她欣赏岳玉欣的机灵和聪明。相处时间长了，岳玉欣的妻子对徐哲便无话不说。这天岳玉欣的妻子谈到了她和岳玉欣刚认识时候的事："俺俩刚认识那阵儿，一看他个子这么矮，俺心里有点儿不愿意。可跟他见了两次面，觉得他这人儿怪聪明的。"岳玉欣的妻子脸上满是自豪，她是潍坊人，说话时舌头总是卷着弯儿，"那次俺的一个朋友和俺俩在一块儿玩儿，俺那朋友老是看他，一会儿就往厕所跑。"岳玉欣的妻子说的朋友是一位女的，但徐哲不明白她为什么总是往厕所跑。岳玉欣只是笑，也不插嘴。"真是不要脸呢！"岳玉欣的妻子说她的那位朋友。

中秋节过后，天渐渐凉了起来。这天徐哲收到阚情寄来的一个包裹，打开一看，是一条毛裤和一个用海绵做的椅垫子。穿上毛裤，坐在柔软的椅垫子上，徐哲内心充满了暖意。同事见了徐哲的椅垫子，直夸徐哲的老婆贤惠。

57

在闲下来的时候，徐哲心里总是想起艾宁。艾宁也经常给徐哲打电话。徐哲常常将艾宁和阚情两个人做比较，不得不承认，在他内心深处有艾宁的一个位置，而且这个位置还占了很大的空间，只是徐哲把这个位置放在了最深处。他有时幻想着艾宁成为自己妻子的情景。"她才是我真正要寻找和需要的妻子。"徐哲心里有一个声音这样说。徐哲写了很多咏情诗，对象多半是写给艾宁。

这日教导员把徐哲叫到办公室，对徐哲说："小徐呀，《战友》杂志社要在咱营里聘一名记者，我和营长商量了一下，觉得你适合。这里有一张表，你拿去填一下吧。"徐哲一听说要聘自己当记者，心里一阵激动。在他心里，记者是令人钦羡但一般人是不可及的。能当上记者，就意味着自己的东西随时可以发表。自己的文章变成铅字发表在报纸杂志上，是喜欢文学的他梦寐以求的事情。拿过表格一看，需要填的项目并不多，在填到学历一栏时，营长对他说填大专就行。徐哲的真正学历是高中，于是他对营长道："这，不大好吧。"营长笑笑说："没关系的，又没有人去查证。"教导员也说："无所谓的，就填大专吧。"于是徐哲在学历栏里填上了大专。填完表格，教导员说："行，先放到这里，过两天杂志社的人来了就交给他。"过了三四天，教导员又叫徐哲到办公室。进了屋，见除了教导员外还有一个不认识的人。教导员对徐哲道："小徐呀，这是《战友》杂志社的范社长。"徐哲连忙向范社长敬了个军礼，范社长站起来同徐哲握了一下手，嘴里道："你好。"徐哲道："范社长好，请您多指教。"范社长身材颀长显得有些消瘦，两只眼球转动起来显得非常灵活，他声音有些沙哑地说："哪里哪里。我叫范克平，咱们杂志社刚刚开始创刊，以后还要有劳你。"听范社长说杂志刚开始创刊，徐哲心里既有几分高兴又有几分失落。又聊了几句，教导员就叫徐哲回去了。徐哲出门时看到教导员把徐哲填好的表交给了范克平。

过了几天，范克平让一个年轻人给徐哲送来了一张聘书，上面写道：兹聘请徐哲同志为《战友》杂志社宁江记者站站长。看着记者站站长这几个字，徐哲感到有点儿难以接受，但看到"战友杂志社"鲜红的印章，他心里又感到了坦然。

后来徐哲慢慢了解到，范克平是部队一位退休老干部的儿子，现在市政府某部门任职。《战友》杂志社是他一手操办的，目前正在筹划创刊之中。不管怎么说，能参与一本杂志的创刊，还能担任记者站的负责人，徐哲还是愿意为之付出劳动的。

过了半个多月，范克平打电话找徐哲，让他到自己办公室去一下，说是有事商量。第二天，徐哲请了假来找范克平。一进入市府大院，路两边硕大的松柏树赫然矗立，让人顿生肃然之情。范克平的办公室在一进院门左侧的一幢楼上，徐哲来到范克平办公室的门口，轻轻地敲了两下门。"请进。"里面传来软绵绵的声音，徐哲听出了是范克平。徐哲推开门走了进去，叫了声："范社长好。"见是徐哲，范克平连忙起身，他微笑着让徐哲在沙发上坐下，并倒来一杯水给徐哲。"谢谢范社长。"徐哲连忙起身致谢。范克平笑了笑回到座位上，对徐哲说道："我们《战友》杂志马上就要创刊，之前我们想搞个活动，名字叫'将军吟诗歌朗诵会'。我们想和宁江日报社、宁江电台还有宁江市工会共同举办。叫你来是想同你商量一下具体事宜。"徐哲听到这些，感到很高兴。但听到范克平说同自己"商量"，又觉得受之"有愧"，便道："您需要我做些什么尽管说。"范克平指着办公桌上的一摞纸说："几家单位联办需要有个书面协议，内容已经商议好了，现在需要到这几家单位去盖上公章。我看这件事你去办吧。"听了这些，徐哲明白了范克平所谓同他商量只是客气话，真正的目的是让他去跑腿盖章。徐哲听范克平说杂志还未创刊，便问："范社长，我们杂志啥时创刊？""要到下半年吧。"范克平说。徐哲明明记得上次范克平去警卫营时说杂志"刚刚"创刊，这下又成了"下半年"，徐哲心里不免泛起了嘀咕。又闲聊了几句，徐哲起身道："那我去盖章吧。"范克平说："不急不急。"边说着话却边站起了身。徐哲也只好起身，拿起范克平放进文件袋的那摞协议书，出了范克平的办公室。

徐哲先是来到了宁江市工会，找到办公室说明来意，一位负责人模样的嘱咐一位工作人员："把公章给他拿来吧。"那位工作人员应声去拿了公章来给徐哲，徐哲便在协议书上盖起章来。徐哲不明白协议书为何要有几十份，一份一份地盖完，花了整整二十分钟。

从工会出来，徐哲又来到了宁江日报社。没想到宁江日报社的人却不容易说话。接待他的人看了协议后说："搞这个活动是要花钱的，你们打算给我们多少钱？"徐哲没想到对方会提这个问题，一时竟不知如何回答。那人又接着说："你们至少要给我们一万块钱。"徐哲笑笑道："这个，我也不知道。是杂志社领导让我来的。""那，你们回去商量好了再来吧。"那人站起身不阴不阳地说。显然这是下了逐客令。徐哲只好悻悻地出了宁江日报社。回到范克平那里，徐哲把宁江日报社的人的意思说了，范克平道："真是'狮子大张口'，不要理他们了，没有他们我们照样搞。他们只要给我们登朗诵会的消息就行了。"看看时候不早了，然后又嘱咐徐哲第二天再去宁江市电台。

第二天徐哲来到电台，见办公室里一位四十岁模样的女人坐在一张办公桌前，徐哲轻轻地敲了敲门。那女人听见敲门声抬起了头，见是徐哲，便问："有事吗？"徐哲进屋笑着说明了来意，那女人道："哦，你等一下，我告诉一下领导。"说着去了另一间办公室。不一会儿那女人回来，笑着对徐哲说："你稍等一下，管公章的马上过来。"徐哲笑着说："好的。"那女人打量了一下徐哲，突然问："杂志社是部队的吗？"徐哲说不是，心想女人肯定是看见自己穿了军装才这样问的，于是解释说："是市政府办的，我是被聘用的。"女人道："我是刚刚从部队转业到这里的。"听女人这么说，一下子拉近了他们的距离。"哦。"徐哲应道。"多写些稿子，对你以后有好处。"那女人对徐哲道，"我来之前有一个转业到这里的，也是写稿子的。来时拿着自己写的东西，台领导看到他发表了那么些稿子，便同意他来了电台。"徐哲点了点头："嗯。""现在转业安排一个好工作难啊。"女人叹了口气，"现在有些安置政策根本不透明，按规定副团职以上转业就可以安排在宁江市，但我们不知道。转业时差一点回了原籍，知道了这个政策，我们两口子才留在了宁江市。"女人说话的样子像是见到了娘家人。正说着，管公章的人来了。徐哲连忙拿出协议书，一张一张地盖好了。临走时，徐哲和那女人客气地道了别。看得出，那女人对部队还是有些留恋的，所以见了穿军装的人，自然也就亲切些。

58

按照宁江日报和电台发布的消息，朗诵会于今天晚上举行，地点设在市政府的会议室。上午，徐哲和另外几个人布置好了场地，范克平过来看了看，点了点头表示满意。他对徐哲说："晚上你也过来吧。"徐哲答应："好的。"晚上，徐哲来到了朗诵会现场。范克平让徐哲帮另一名工作人员去拿摄像机，说是要把整个朗诵会过程录下来。徐哲帮那人背着摄像机回到现场，那人便把摄像机架了起来。现场来了不少参加朗诵的人，从二十几岁到五十来岁的人都有。徐哲还看到几位穿军装的人。因为徐哲也穿着军装，所以显得有些扎眼。可能是朗诵会的主办单位《战友杂志社》名称有"战友"二字，有些人就觉得这次活动与军队有关。朗诵会就要开始了，徐哲看到范克平有些着急的样子，一个劲儿地看手表。眼看离朗诵的时间不到十分钟了，范克平过来对徐哲说："一个评委可能有事来不了了，你上去顶一下吧。"徐哲一愣："我……能行吗？""没事的。"范克平说。犹豫片刻，徐哲只好坐到了评委席上。徐哲之前不知道还有评委打分，看样子朗诵会像是一场比赛。徐哲刚坐定，一位年轻姑娘走到徐哲后边悄悄说："我是从某某部队退伍的，多照顾一下哟。"徐哲看了看那姑娘，未置可否地笑了笑。挨在徐哲旁边的一位评委是电台的一位记者，这位记者还带了采访机放在桌子上。电台记者同徐哲寒暄了几句，并问杂志社宁江记者站站长是谁。徐哲说了声："是我。"说完这话，徐哲内心感到了一丝不踏实。正当徐哲还要再同那位电台记者说点什么的时候，场上主持人宣布朗诵会开始。朗诵会的朗诵内容是《将帅诗词录》里的，朗诵者可以任选一首朗诵。另外三位评委徐哲都不认识，他们年纪都比较大，看样子有六十多岁。第一位上场的是一名四十岁开外的男士，长得很像电影演员陈述。第二位是一位军人，从服装上徐哲知道他是一名军官。徐哲穿的也是军官的服装，但他只是一名志愿兵。志愿兵的服装和营级以下军官的服装一样。虽服装一样，但一个是兵，一个是官。参赛的人不少，多数是年轻人。有两名年轻姑娘给徐哲留下了较为深刻的印象，两个都姓周，一个叫周红，一个叫周芹。周红看上去文静贤淑，而周芹则显得活泼有朝气。徐哲内心更喜欢周红这种类型的。徐哲甚至想象着自己要是能娶了周红这样的姑娘做妻子，那将是一生复何求。朗诵会举行了三个晚上，徐哲并没有得知最后的结果。也许，范克平举办这次朗诵会的目的，只是为即将创刊的杂志造声势。可惜，《战友》杂志最终还是胎死腹中。通过这件事情，徐哲感到了社会的复杂和难以捉摸。

自朗诵会结束，范克平一直没有再找徐哲。徐哲觉得和范克平这样的人交往不是自己的意愿，所以和范克平断了联系后，徐哲反而感到了一种解脱。

这天是个星期天，徐哲正在宿舍里创作一篇散文。通信员喊他说南大门传达室有人找自己。徐哲应了，到了南大门，没想到找他的竟是周芹。周芹见了徐哲，脸上泛起了红晕。徐哲看着周芹，说了声："周芹是你？"周芹笑了笑："怎么，不欢迎？"徐哲忙道："哪里哪里。你，找我，有事……""没事就不能找你吗？"周芹的眼里明显含着一丝温情。"这……"徐哲有点儿不知所措，他不知道该不该让这位不速之客到自己的宿舍里坐坐。"我想请你出去玩一会儿，可以吗？"没想到周芹却主动发出了邀请。"这，这……"徐哲挠起了头皮，"这不太好吧？""这有什么不好的。"周芹眼里满含着真诚，"我们去游玄武湖好吗？""哦，不行。今天单位还有点儿事。"徐哲觉得应该拒绝她。"那，你什么时候有空？"周芹望着他。徐哲真的不知该怎么回答："这，不好说……""看你，说话总是吞吞吐吐的，亏你还是军人呢。"周芹笑了，"好吧，既然你这么作难，那就算了。我只好自己去玩了。"说着，周芹推起自行车要走。"真对不起！"徐哲突然说。"没什么对不起的，走啦。"周芹说着抬腿上了自行车，回头冲徐哲笑了一下，然后头也不回地走了。徐哲看着一袭乌发和飘逸的裙子消失在视野中，摇了摇头，回到了宿舍。

宁江的夏天潮湿而闷热，"八一"过后，感觉才好了些。这日南大门传达室通知徐哲老家来人了。徐哲赶紧骑车去了南大门，进了传达室门卫指着一位四十多岁模样的男子对他说："哦，这是你老家来找你的人。"那男子立即站起来，冲着徐哲笑了笑。男子身边一个年轻的姑娘也站起来。徐哲并不认识那男子和姑娘："您是……""你好！我是咱明泉县文史办的，名字叫方仁。我女儿考上了宁江的一所大学，我是来送她上学的。"说着，男子从包里掏出一封信递给徐哲，"是梁丽珍主任让我来找你的，这是她写给你的信。"听男子这么一说，徐哲连忙把信接过来，他没有立即拆开看，而是赶快热情地说："哦，那咱们到我宿舍吧。"来到宿舍，徐哲才拆开梁丽珍的信，看过后，他知道来人是他们县里文史办的主任。徐哲心里不免添了几分敬意，因为这位方主任说话柔声细语，看上去和蔼可亲，一点也不像一个县里的局级领导。

老家来人，徐哲感到亲切和高兴。尤其是梁丽珍介绍来的，徐哲更感到多了几分亲近。彼此聊了些家常话，眼看就要到了中午开饭的时间。方主任说要和女儿回学校去。徐哲道："那哪儿行，吃了饭再回去。"方主任的女儿执意要回去，见父亲没有要走的样子，只好作罢。徐哲让通信员到商店帮他买了两个罐头，开饭时自己又到食堂打了两个菜和米饭。徐哲不太喝酒，但自己有保存的酒。吃饭时他给方主任倒了一小杯，自己也倒上了点。方主任不是个健谈的人，说话也慢条斯理。喝了一杯酒，徐哲要再给方主任倒上，方主任说不能再喝了，下午还要和女儿到学校办些手续。徐哲也就没有再劝。简单吃了饭，方主任告辞。临走时对徐哲说，女儿床头上要拴根绳子挂毛巾，问徐哲有没有。徐哲赶紧找了一根带皮的电线给方主任，方主任说："这种电线最好。"徐哲问方主任在宁江住几天，方主任说三天后回去。徐哲说："我明天请假带你们玩一天。"方主任道："你请假能行吗？不要耽误你的工作。"徐哲道："没事的。明天我带你们逛逛宁江的几个主要景点长江大桥、玄武湖和中山陵。"

第二天，徐哲请了假带着方主任父女二人先去游览了中山陵。中山陵在宁江市东郊紫金山南麓，是民国国父孙中山的陵墓。紫金山逶迤数公里，犹如一条紫色蟒龙盘卧在长江南岸。山上林木茂盛，郁郁葱葱，尤其到了深秋季节，层林尽染，犹如一幅巨大油画。登高远眺，中山陵东西北三面环山，陵前明堂开阔，秦淮河在南面曲折蜿蜒流过，远处案山齐具。整个陵墓南北长约数百米，层层台阶直达陵寝。陵寝及其他建筑的顶部皆是蓝色琉璃瓦，远远望去，群山环抱，整个陵墓像是一条卧龙沿山而上。陵墓最前面是一道牌坊门，门额上写着"民族民权民生"六字。进了牌坊门，徐哲三人拾级而上，经过碑亭等附属建筑，然后登上了392级台阶的最后一个平台。徐哲回首往远处眺望，对方主任和其女儿说："你们回头向远处看看，真叫'心旷神怡'"。方主任和女儿也回头向远处眺望，方主任的女儿说："哇，真的呢！"他们进了平台上的中山先生的陵寝。陵寝内，先生的大理石塑像仰面而卧，双手轻握放于下腹。面色安详，像是睡着一般。徐哲三人绕先生塑像瞻仰一周，然后随着人流出了陵寝。游览完了中山陵，徐哲三人在一家小餐馆吃了点饭，时候已经不早了。告别时徐哲说明天再带他们游览长江大桥和玄武湖。方主任女儿说明天学校里有事不能出来，徐哲笑着对方主任说："那，明天我先带你去，等以后有时间我再带着妹妹去。"方主任父女一个劲儿地说："真是太麻烦你了。"

翌日徐哲领着方主任去了长江大桥。宁江长江大桥是长江上第一座由中国自主设计和建造的双层式铁路、公路两用桥梁，在中国桥梁史和世界桥梁史上具有重要意义，是中国经济建设的重要成就、中国桥梁建设的重要里程碑，具有极大的经济意义、政治意义和战略意义，有"争气桥"之称。它不仅是新中国技术成就与现代化的象征，更承载了中国几代人的特殊情感与记忆。尽管徐哲上小学时就知道了长江大桥，但当他第一次徒步登上大桥时还是被深深地震撼了。近五公里的桥身像一条巨龙横卧在江面上，这要比小时候在画中看到的更为壮观。上初中时，同学们中间在传一本手抄本，说的是公安部门在长江大桥上破案的事。因此，长江大桥除了壮观之外，还被蒙上了一层神秘的面纱。而当徐哲亲身站在大桥上，这层神秘的面纱便被江风吹跑了。在桥上游玩中，方主任和徐哲谈起了工作的事。徐哲说："我当兵已有十一年了，再有两年就要转业了。"方主任问徐哲转业有何打算。徐哲说："我妻子已在她爸爸的单位就了业。按照规定，转业的去向一是回原籍，二是到配偶所在地。所以我转业时要么回咱老家，要么去我妻子所在的鲁县。""哦。"方主任沉吟了一下道，"你要是回咱老家，我们能帮你联系一下单位。如果你到你妻子的所在地，我们就帮不上忙了。"徐哲想了想说："我要是回咱老家，还要调我的妻子。那样太麻烦了吧。"方主任道："你要回了咱老家上班，还可以以夫妻分居两地的名义调你的妻子到咱县里。如果你到了鲁县，以后再想回咱老家就难了。"徐哲一时不知该怎么回答，想了一下说道："离我转业还有两年，到时候我和妻子商量一下再定吧。"方主任说了一句："行。"

从长江大桥下来乘公交车只要两站就到了玄武湖。玄武湖位于宁江市东北角，东枕紫金山、西靠明城墙、北邻宁江站、南倚覆舟山，是江南地区最大的城内湖，也是中国最大的皇家园林湖泊、仅存的江南皇家园林，被誉为"宁江明珠"，又称后湖、北湖。玄武湖的人文历史最早可追溯至先秦时期；六朝时，成为皇帝操阅水师的场所，并被辟为皇家园林，南岸建有华林园、乐游苑等皇家宫苑；北宋时，江宁府尹王安石"废湖还田"，玄武湖因此消失二百多年；元朝时，经过两次疏浚，玄武湖重新出现；明朝时，设为后湖黄册库，系皇家禁地；清末举办南洋劝业会时，开辟丰润门，玄武湖成为游览区；民国十七年（1928年）8月，玄武湖作为公园正式对外开放。玄武湖呈菱形，景区总面积5.13平方千米，湖面面积3.78平方千米，湖泊被五洲（环洲、樱洲、菱洲、梁洲、翠洲）分为三大块：北湖（东北湖、西北湖）、东南湖及西南湖。北湖水较浅，西南湖水最深，东南湖其次。湖内由湖堤、桥梁和道路连通。玄武湖属于浅水湖泊，水源来自紫金山北麓，主要入湖沟渠有7条，并与护城河、金川河、珍珠河相通，担负着生态景观、市民休闲、观光旅游、城市防洪排涝、城区河道生态补水等综合功能。

游完了玄武湖，太阳快要落山了。徐哲告别了方主任，便回了单位。临走时，徐哲说第二天到车站送方主任，方主任一个劲儿地说不要送。第二天，徐哲还是到了火车站。因夜里起风降了温，徐哲担心方主任没有带厚衣服，便拿了自己的上衣带给方主任。方主任笑着说："你真细心，我带了厚衣服了。"送方主任上了火车，看着火车开走了，徐哲才离开车站回去。

半月后的一个星期天，徐哲到了方主任女儿的学校，问她还需要什么帮助。方主任女儿说没有。徐哲见她没有什么事，就带着她去游了玄武湖。

59

徐哲与万处长一直走得很勤，几乎每个月他都要到万处长家里坐坐。时间久了，万处长和爱人便把徐哲不当外人。徐哲更是把万处长和爱人当成自己的亲人。只要超过一个月徐哲没来家里坐坐，万处长和爱人便猜测他可能是回家探亲或是有别的事了。虽然万处长后来成了所长，但干休所是徐哲的伤心地，所以从干休所出来后，徐哲一直称他为处长，而不称所长。

这天，徐哲碰见了在炮兵司令部军务处时的吴中豪助理员，闲聊了几句后，吴中豪问徐哲："小庆的事你知道了吗？""小庆怎么了？"徐哲不解地问。小庆是万处长的儿子，上面有一个姐姐叫小蒲。小庆两年前参了军，万处长曾说等小庆退伍后送他到在澳大利亚的舅舅那里，为此万处长没让小庆入党。"小庆出事了。"吴中豪说，"在一次游泳时被淹死了。""什么？！"徐哲惊愕地瞪大了双眼。吴中豪接着说："听说他一次出车回来和几个驾驶员到池塘洗澡，不慎掉到深水里淹死了。"徐哲张着嘴不知说啥好："……这，这，怎么可能……"徐哲一下子接受不了这个现实，前不久小庆探家时他们还在一起吃过饭。又和吴中豪聊了点别的，徐哲便借故走了。

在路上走着，徐哲脑子有点儿昏昏的样子。回到宿舍，他觉得应该到万处长家去一趟。

晚上，徐哲来到了万处长家，开门的是万处长。见是徐哲，万处长轻轻地说了声："小徐来了。"徐哲明显地看到万处长面色凝重，一脸的憔悴。徐哲不知道该怎样说第一句话。万处长让徐哲在客厅里的沙发上坐下，自己也坐下。见万处长的爱人没在屋里，徐哲问："阿姨没在家吗？""她出去买东西了，一会儿就回来。"万处长缓缓地说。"我，我听吴中豪说……小庆，他……"徐哲说这话的时候声音有些哽咽。"哦，你知道了。"万处长看了一下徐哲，语气显得很平静，"是一个多月前的事了。他们几个驾驶员出车回来，到附近的一个池塘去洗澡，不小心掉到深水区。"万处长轻轻叹了口气，接着说："他们部队结论说是小庆自己掉下去的，可有战士说是被另一个战士推下去的。""那，那个战士承认吗？"徐哲问。万处长缓缓地说道："那个战士自然是不敢承认。我和你阿姨看那个战士害怕的样子，想一想小庆已经没了，别再让这个战士出啥事，所以也就不再追究了。当时处理此事时想着叫你一块儿去，打电话到你单位说你回家探亲了。唉——刚出事时你阿姨整天哭得像个泪人似的……"正说着，万处长的爱人开门进来。徐哲叫了声"阿姨"，她冲徐哲点了点头，道：

"小徐来了。"等她把买来的东西放下然后坐在沙发上，万处长说："小徐听说了小庆的事……"徐哲连忙说："哦，我是刚听吴中豪说的。"万处长爱人刚听到"小庆"两个字，眼泪接着就流了下来："不要，再说了……"看着万处长爱人悲痛的样子，徐哲和万处长不再谈这个话题。坐了不到半个小时，徐哲起身离开，临走一再嘱咐万处长和爱人要保重身体。

转眼又是一年。这年回家探亲，徐哲带着妻子阚倩和刚满周岁的女儿嫚嫚回老家看望了祖母徐王氏。徐王氏明显地老了，脸上的皱纹像是熟透晒干了的核桃皮，步履也蹒跚了许多，但精神尚可。看到徐哲的女儿嫚嫚可爱的样子，徐王氏脸上也堆满了笑。她逗着嫚嫚，嫚嫚看着她只是抿着嘴笑。在老家住了一个星期，徐哲带着阚倩和女儿来到住在县城的叔父徐元琐家。徐元琐夫妇对徐哲一家三口的到来显示出了热情。他们做了徐哲小时候最爱吃的饭菜，颜青还到百华大楼给嫚嫚买了身衣服。阚倩的家是城关镇"文革"大队的，和徐哲结婚时还是农村户口。按照大队里的规定，村里的女孩如果找了非农业户口的丈夫，也可以在村里批地基盖房子。当然，规定是规定，男孩子批块地基都非易事，女孩子批地基就更不容易了。好在有在镇上工作的梁丽珍帮忙，徐哲和阚倩结婚两年后就批下了地基。因为徐哲转业去哪里还未最后确定，所以也就还没决定盖不盖房子。徐元琐把颜青和孩子带到县城后，还一直租房子住，所以他们心想要在徐哲和阚倩的地基上盖房子。尽管有这个想法，但还没有机会和两个人说。这次徐哲一家三口回来，徐元琐两口子想把自己的打算告诉他们。这天阚倩和嫚嫚在院子里玩，徐元琐两口子和徐哲说着闲话。颜青突然话头一转，对徐哲说："你们批的地基不是还空着嘛，咱们两家一块儿在上面盖座楼房，一家住上面，一家住下面。"听了颜青的话，徐哲一愣，他不知道该怎样回答。颜青这个问题显然问得有些突兀，徐哲毫无思想准备。他脑子转了一下，心想：两家一块儿盖房子，将来究竟算谁的。他觉得不好直接拒绝婶子，但又不能答应，只好默不作声。见徐哲不搭茬，颜青的脸色显得有些不好看。徐元琐见状，只好转移了话题。剩下的几天里，徐哲明显地感到了叔婶一家态度的变化。尤其是婶子颜青，脸色不阴不阳，说话待答不理。就连弟弟小愣，对徐哲和阚倩也不时地翻起白眼。好在假期快要结束了，几天后，徐哲和阚倩带着嫚嫚回到了阚倩的单位。徐哲又在阚倩单位待了些日子，便回了部队。

　　回到宁江不几天，徐哲接到万处长的电话，说是女儿小蒲半月后结婚。自打没了小庆，女儿小蒲成了万处长夫妇俩唯一的孩子，好在夫妇二人很快从中年丧子的痛苦中走了出来。小蒲高中毕业后考上了军校，毕业后分配在军区机要训练大队工作。小蒲与未婚夫鲍永两个人是在军校里相识并恋爱的。鲍永的父亲也是部队的一位团级干部，两个人可以说是门当户对。小庆死后，徐哲到万处长家去的次数更勤了，隔三差五就去陪他们聊聊天说说话。接到万处长的电话，徐哲晚上就去了万处长家。万处长告诉他，小蒲公婆家举办喜宴的日子定在半月后的一个星期六，他们家提前一天招待自己家的亲戚。半个月的时间眨眼就过去了，万处长招待自己家亲戚这天，徐哲拿着给小蒲买的一床太空被来到了万处长家。万处长老家在河北，来的亲戚主要是小蒲在无锡的外公一家和在宁江的干妈等人。一家人都在忙活着，徐哲也挽起袖子帮着干这干那。万处长夫妇看着徐哲勤快的样子，脸上露出欣慰的笑容。

　　第二天晚上，徐哲随万处长和爱人一同前往参加小蒲公婆家举办的喜宴，同去的还有沈管理员。喜宴上，小蒲的公公致欢迎词。他拿着写好的稿子，郑重其事地读着。万处长爱人笑道："哎哟！像是在大会上做报告似的。"徐哲和万处长也跟着笑了笑。喜宴上的菜很丰盛，有几个菜是徐哲没吃过的。

　　时间就这样不紧不慢地走过，在徐哲的生活里没留下什么特别深的印迹。

　　这天阚倩来信，信中说他们的地基批下来时间也不短了，问徐哲打不打算盖房子。徐哲一直在犹豫，能在县城里盖起自己的房子当然最好，可要是转业到阚倩工作的地方，那么盖的房子就用不上了。再说，盖房子要花一笔不小的费用，徐哲现在的积蓄是难以支撑的。所以，徐哲在给阚倩的回信中说，现在转业后到哪里还不一定，盖房子的事等回去后再作商量。其实，徐哲心里对转业后的去向已有了八成主意，那就是到阚倩工作的地方，因为那样可以省去许多麻烦，徐哲是最害怕麻烦的。

　　这天营长郭润见到徐哲突然问："徐哲你今年多大了？"徐哲有些不解，回道："我今年二十八岁。""哦。"郭润应了一声，又问，"是周岁吗？"徐哲回答："是的。"郭润没有再说什么。徐哲也没好意思再往下问。过了几天，郭营长告诉徐哲，今年有破格提干的名额，营里准备把他和一名叫岳功深的战士报上去。徐哲听了很是感激，说："那太谢谢营长了。"郭润道："报上去也不一定能批，司令部首长还要把关。不过一般问题不会太大。"郭营长和徐哲是一个省的老乡，这层关系肯定在这件事情上起了作用。但郭营长又说："这事最好和刘秘书说一下，让他再使使劲。"徐哲道："我和刘秘书毕竟不好说话，能不能麻烦您见到他时说一下。"郭营长说可以。

没过多久，局里把徐哲和岳功深的档案调了过去，并安排两个人体检。徐哲对这次提干的事不是特别上心，因为自己还有两年就要转业了，要是提了干不知还能再干几年。尤其是提干后可能到基层连队带兵，徐哲觉得自己的身体状况会不适应。不过提干总是一件好事，所以徐哲对此事一半期待一半担心。一切都在按程序办理，郭营长告诉徐哲他已把此事告诉了刘秘书，刘秘书也答应帮着打个招呼。谁知二十天后，营长通知徐哲，说他和岳功深提干的事黄了，档案被退了回来。还说是司令部参谋长做的决定，原因是下面报的志愿兵比例过大。这次破格提干上级本意是提一批义务兵，可下属单位觉得有些志愿兵表现突出，不提成干部有些可惜，于是在上报时多半报的是志愿兵。徐哲还听说提干成功需要盖五个章，他们的程序上已经盖了四个章，就差一步了。提干未成，徐哲心里倒没有多少失落感，反而有一丝释然。

60

春末夏初的风吹到人身上既温暖又柔软，尤其是一场雨过后，清风徐来，空气中带着一股清香和丝丝甜意。徐哲特别喜欢这种感觉，这种感觉常常使他想起儿时的情景。今年的春脖子短，人们刚刚从冬的感觉中缓过劲来，还未等享受春日的暖阳，夏天的感觉就悄悄地来了。

　　这天是个星期天，徐哲准备到江边去游玩。刚要走，值班室喊他接电话。电话是艾宁打来的，听艾宁的口气和往常有些不一样，声音里好像有一丝哽咽。徐哲和艾宁有一阵子没有电话联系了，彼此寒暄了几句，艾宁问徐哲星期天准备干什么。徐哲便说要去江边玩玩。艾宁轻轻叹了口气，说："我和你一起去好吗？"徐哲犹豫了一下，"这……你有时间吗？"徐哲知道艾宁的女儿才刚刚三岁，星期天她是要带孩子的。"有时间。"艾宁声音轻轻但又很坚定地说。"那，我们到中山码头去会合好吗？"尽管徐哲觉得一个人同艾宁出去游玩不太合适，但还是下意识地答应了她。"好的。九点钟到，不见不散。"艾宁说完，挂了电话。放下电话后，徐哲的心还在"突突"地跳。他突然意识到这样做可能给自己带来麻烦，但已经答应了艾宁，也不好反悔了。出了值班室，徐哲骑上自行车，一路直奔中山码头而去。徐哲看了一下手表，现在时间不到八点，去中山码头用不了一个小时，九点之前赶到没有问题。

　　八点五十分，徐哲到了码头，正好有一艘客轮从江对面开过来。客轮上乘客很多，人们鱼贯而下。徐哲正看着乘客下船，背后传来一个轻柔的声音："徐哲，你早来了？"徐哲回转身，见是艾宁，忙道："哦，我也是刚到。"他们两人已有近一年没有见面了，徐哲觉得艾宁看上去憔悴了许多。"今天天气真好。"艾宁可能是被徐哲盯得不好意思了，忙找了个话题。"哦，哦……是的。"徐哲回过神来，"天真好。""你常到码头来玩吗？"艾宁问。"是的，心里烦闷的时候就来江边玩玩。"徐哲道。"你也有烦闷的事？"艾宁问。徐哲笑了笑，道："人哪能没有烦闷的事呢？你女儿呢，她爸爸带着吗？""唉——"艾宁轻轻叹了口气，"她外婆带着呢。""哦，最近一切都好吗？"徐哲问。"不好。"艾宁道。"怎么？……"徐哲有些吃惊。从他接艾宁的电话到现在看到她的神情，徐哲觉得有些异样。没等他再往下问，艾宁道："我，离婚了。""什么？！"徐哲张开的嘴老半天没有合上，"你，你们……"自从艾宁结婚后，他们的联系少了许多，本来次数不多的见面就更少了。虽然多少次在梦里见到她，多少次萌生和她见面的念头，但他都把这一切压在了心底。"我们，前天刚办完离婚手续。"艾宁的声音明显有些哽咽，眼圈也有些发红。"为什么？你们……"徐哲轻轻地问。"唉——"艾宁叹了口气，道："他，在外面有了人……"徐哲听了心里"咯噔"一下，这有点儿出乎他的意料。他不知道该怎样安慰艾宁，沉吟了一会儿，他说道："人生真是无常，你要多保重。"艾宁稍微平定了一下自己的情绪，道："没事的，我能挺得住。其实我们早就同床异梦了。"停了一会儿，她问徐哲："你呢，怎样？你们过得还好吗？"听见艾宁这样问，徐哲道："还可以，只是过日子而已。""你爱人怎样？"艾宁又问。"她，是一个好人。"徐哲道。"呜——"远处传来一声长长的汽笛声，像是一声长长的叹息。徐哲和艾宁都望着辽阔的江面，默默地不说话。不知过了多久，徐哲说："我们，回去吧。"艾宁把眼光从远处收回来，望着徐哲："时间过得太快了……中午，我们能在一起吃个饭吗？"徐哲犹豫着："这，中午我还有点儿事。再说，你的女儿还在等你……"艾宁听了轻轻地点了点头。其实，徐哲中午并没有什么事情，之所以这样回答艾宁，是因为他觉得自己和艾宁单独在一起吃饭有点儿不合适。他们道了别，等看到艾宁骑车走远了，徐哲还站在那儿愣神。徐哲不知道该怎样去看待艾宁离婚这件事，是必然，还是不该。徐哲幻想着如果自己和艾宁结了婚会是个什么样子，想到这里，艾宁的影子又变成了廖秀玉，一张秀丽的脸望着他，一会儿是艾宁的，一会儿是廖秀玉的。面对着两张脸，徐哲脸上露出了一丝苦笑。又凝神沉思了一会儿，徐哲这才骑上车往回走。

三天后，艾宁又打电话给徐哲。听得出艾宁的声音比几天前欢快了些。艾宁问徐哲这几天在干吗，徐哲回说："还能干吗，一天一天地过呗。"他听到电话那头艾宁轻轻地笑声。他又问艾宁："你在干吗？"艾宁道："还能干吗，一天一天地过呗。"徐哲笑道："你真是的。"艾宁又道："我妈妈常念叨你，说有好长时间没见到你了。"徐哲道："是的，我也挺想念她老人家。""星期天到我们家玩好吗？"艾宁轻声问。"嗯……"徐哲不知该如何回答。"你总是这样，说话吞吞吐吐。"艾宁的声音里明显有一丝嗔怨。"好吧。"徐哲道。说完这几句话，徐哲不明白自己为什么答应了她。"太好了。"艾宁高兴道。"你，现在住哪里？"徐哲知道艾宁结婚后住的是其前夫部队的房子，他们离了婚艾宁自然不会再住在那里。"我先回到了妈妈家，等单位有了空房我再搬走。"艾宁道。徐哲知道她妈妈家的房子并不宽绰，而且她还有没结婚的弟弟住在家里。当然，徐哲也知道艾宁的弟弟是很厚道的，离婚后的姐姐住在家里不会有什么怨言。但这并不是长久之计，何况艾宁还有一个刚满三岁的女儿。又闲聊了几句，他们道了别挂了电话。

星期天，徐哲如约来到了艾宁的娘家。艾宁的父亲经常出差去外地很少在家，几天前又去了青海，弟弟最近谈了个女朋友出去玩了，家里只有艾宁和母亲还有女儿。艾宁的母亲见了徐哲显出很亲切的样子，招呼徐哲快坐下，并沏了茶水端给徐哲。刚开始，徐哲不知该说些什么。艾宁的母亲问徐哲家里怎样，妻子和孩子可都好？徐哲说都好。艾宁的母亲叹了口气，道："你看宁宁，本来好好的日子……""妈！"艾宁不让母亲再说什么。见女儿不让说，母亲只好道："好好，不说不说。你们先聊着，我出去买菜。"又对徐哲道，"小徐今天中午不要走，在这儿吃饭。"徐哲忙说不用了。艾宁母亲说："你还没有在我们家吃一次饭呢，今天说啥也要在这里吃。"艾宁也说："妈妈不让你走，你就别走了。"徐哲不知自己该走还是该留，支支吾吾不知说啥好。这时艾宁的女儿走到徐哲身边，嫩声嫩气地说："叔叔不走，叔叔不走。"徐哲弯腰抱起艾宁的女儿，在小脸上亲了一下，说："好乖，叔叔不走。"抱着艾宁的女儿，徐哲想起了自己的女儿，自己的女儿嫚嫚已经一岁多了，到了会叫爸爸的时候。他真想抱抱自己的女儿。

艾宁的母亲不一会儿就买菜回来了，篮子里除了鱼肉还有一只烤鹅。中午，她做了六个菜，艾宁还开了一瓶红葡萄酒。徐哲不善饮酒，只喝了小半杯，脸就红得像擦了胭脂。艾宁看着他一个劲儿地笑，笑得他都有点儿不好意思了。吃完了饭，艾宁的母亲领着外孙女出去玩了，屋里只剩下了徐哲和艾宁。两个人对坐着，彼此不说话。这时徐哲开始细细打量起艾宁来。已为人母的艾宁虽没有了几年前少女的清纯，却添了几分少妇的风韵。原先略显单薄的身材丰满了许多，白皙的脸庞多了几分红晕。看着看着，徐哲感到像是体内的酒精开始挥发，全身有些燥热起来。他突然有一股冲动，想去拥抱眼前这个在无数次梦里见到的女人。窗外初夏的阳光照射进来，暖暖地洒在艾宁的身上，她仿佛被这暖暖的阳光融化了，不自觉地微微闭上了双眼。她的呼吸开始变得急促起来，胸脯一起一伏像是水中泛起的微波。徐哲的双腿想站起来，可有一种力量却在拉住他，使他的屁股在椅子上不能挪动。一个声音在他耳边响着："……不能，不能……"徐哲开始使劲地咬着牙，双手握紧了拳头捶打着自己的双腿。慢慢地，浑身的燥热渐渐消退，头脑也开始冷静下来。他站起身，对艾宁说："我，该走了。"此时的艾宁双颊因体内血液的快速流动而变得绯红，她听见徐哲的声音睁开了眼睛。"艾宁，我该走了。"徐哲又说了一句。"哦，干嘛不再待一会儿？"艾宁显得有些失落。"时候不早了，我得回去了。"说着，徐哲往门口走。艾宁知道留不住他，只得道："啥时候再来？""这，我有时间就来。"徐哲道。"你这句话我耳朵都听出老茧了。"艾宁微嗔道。艾宁要下楼送徐哲，徐哲不让她送。艾宁执意要送，徐哲只好让她送自己到楼下。下了楼，徐哲说了句："你快上楼吧，我走了。"说着骑上车出了艾宁家大院的门。艾宁看着远去的徐哲，呆了好一会儿才上楼。

回到单位宿舍，徐哲的心还在"噗噗"地跳，和艾宁的初识到现在的一幕幕像过电影一样在他的脑海里浮现。从文学院回来下公交车艾宁主动和他打招呼，让徐哲感到了她的不一般。她给他的第一印象是清纯和朝气，更像是一泓清澈甘洌的泉水。而他那个时候正像是久渴的行者，看着眼前这泓泉水，却只能望泉兴叹。去常州参加笔会，更让他感觉到了艾宁的"不一般"。回程时从宾馆到火车站那条短短的路上，留下了他俩倾心的交谈。而艾宁为他找水吃药的情景，更让他一想起来就感到温暖。此后的相处，他们像是在钢丝绳上跳舞，小心翼翼地掌握着平衡。尤其是徐哲，唯恐自己越过雷池会给自己和艾宁带来麻烦。说真心话，徐哲内心充满了爱，他也看得出来，艾宁同样爱着自己。可，徐哲清楚地知道这一切都是不可能。因为，自己不具备爱她的条件，更不具备条件让艾宁爱他。徐哲在痛苦中品味着甜蜜，在甜蜜中啜饮着苦水。与艾宁的相处，时常让他想起廖秀玉。徐哲觉得是老天爷故意给自己制造痛楚，即让他看到希望却又不给他希望。徐哲是一个现实主义者，他心中虽有梦想，但让自己的双脚牢牢地站在大地上。因为，他不愿意让自己随着梦想飞高后再让现实把自己摔得鼻青脸肿。此时此刻，徐哲觉得心中有许多话要说。于是，他拿起了笔，心中的话化作了一行行文字。每当这种时候，他总是用笔来排解自己的苦闷与无奈。

第十四章

61

营长郭润调走了，副营长张剑朋被提为营长。

徐哲今年的探亲假还未休，五一过后，徐哲请了假回家探亲。徐哲先到了阚情所在的地方住了一星期，然后带着阚情和女儿嫚嫚回了原籍。徐哲一家三口坐火车到了县城，下了火车，他们直奔叔父徐元琐家。到了家里，谁知徐元琐两口子都不在家，家里只有小楞一个人。小楞去年高中毕业后高考落了榜，眼下正在家复习准备今年再考。见哥哥嫂子带着侄女来了，小楞显得很是高兴。他说爸爸妈妈去姥娘家了，要过几天才能回来。徐哲问："姥娘家有事吗？"小楞道："姥娘身体不好，他们回去看看。"在徐元琐家住了一夜，徐哲第二天便又乘汽车回了老家去看奶奶。几天后，徐哲一家三口从老家回到县城徐元琐家。不知为什么，徐元琐两口子对徐哲的态度极为冷淡。阚情姑妈家的村子离县城不远，在徐元琐家住了一夜，第二天阚情便和女儿嫚嫚去了姑妈家。徐哲抽空去了梁丽珍家，回来后徐元琐尤其是颜青脸色很是不悦。"你知道梁丽珍是一个什么样的人吗？"颜青问徐哲。"她，是个什么样的人？"徐哲被问得有些糊涂。"她是个唯利是图的小人。"颜青道。"她，怎么了？"徐哲有些丈二和尚摸不着头脑。于是颜青便同徐哲说，当初给自己介绍刘万梅时梁丽珍如何向自己索要物品等。徐哲心想这都是过去的事了，婶子还提这些干吗？他只得随和着颜青说："哦，她竟是个这样的人呀。"徐元琐插口说："以后要少和她来往。"徐哲胡乱答应着，他不明白叔婶为何对梁丽珍如此不满。

　　晚上，徐哲去找了战友吴方虎玩。吴方虎退伍后在一家单位找了个给领导开车的临时工作，他和吴方虎经常联系，彼此关系很密切。在吴方虎那里坐了半个小时，两人便到马路上散步。走着走着，一个强烈的念头在徐哲心头生起。"我转业要回原籍来。"他对吴方虎说。"什么？"吴方虎有些莫名其妙。"我转业时要回到咱这里。"徐哲语气坚定地说。"是啊，咱这里发展得还是挺快的。"吴方虎说。回到叔婶家，徐哲把自己想转业时回明泉来并打算盖房子的想法告诉了他们。谁知，徐元琐鼻子一哼："想转业来明泉，还想自己盖房子？你想得倒挺美！"徐哲感到不解，心想："难道你希望我过得不好吗？"上次探家时，徐哲知道了徐元琐当上了馆长，可徐哲觉得，当了馆长后的徐元琐，明显地和以前不一样了。还没等徐哲说什么，徐元琐又气哼哼地说："你来了，也不等我们回来，就偷偷地回了老家。"徐哲道："我们来后，小楞弟弟说不知你们啥时候回来，所以我们先回家看望奶奶，还不行吗？"徐元琐吼道："谁他妈说不行？你们回家也该去看看你姥娘，她病得那么厉害你们不知道吗？"徐哲听徐元琐的话越来越不讲理，忍不住委屈的眼泪流了下来。他心里清楚，自从上次自己不同意他们在自己的地基上盖房子，徐元琐两口子便恨上了他。不管怎样，徐元琐是长辈，他不能和他犟嘴，有委屈只好憋在心里。他甚至想打消转业回明泉的想法，徐元琐这个样子，要是回来了，自己该怎么和他相处呢。

　　因为过几天就要回去了，徐哲又去了梁丽珍家道个别。还有一年多的时间就要转业了，自然说起了自己将来转业去向的问题，徐哲便把徐元琐的态度说了。梁丽珍道："按说他应该欢迎你回来，那样他可以多个膀子。"徐哲道："他现在当了馆长，不需要什么膀子了。相反，他怕我回来给他添麻烦。"梁丽珍道："你这个叔怎么能这样呢。不过，你要是不借这次机会回来，以后想回来就很难了。""是啊。"徐哲道，"这次回来看到咱家乡发展很快，所以我突然产生了想回来的念头。"梁丽珍道："这样吧，不管你叔是啥态度，咱们办咱们的。有我和你方叔，办起来也不是什么难事。"徐哲道："行，我和阚倩家商量后再做最后决定。"徐哲和梁丽珍又聊了些家常话，便起身告辞了。

回到阚倩工作的地方，徐哲把自己想转业回明泉的想法告诉了阚倩的父母。阚倩的父亲啥也没说，她的母亲说："这个事情你自己拿主意，别以后怪我们阻拦了你。"徐哲道："现在阚倩工作还可以，但单位是企业。我回来也只能在一个单位。如果好还可以，要是单位不行了，两个人就都不行了。"听了这话，阚倩的母亲有些不高兴："单位为啥会不行了？！"徐哲不好再和她争辩什么，因为徐哲看到，好多企业因种种原因倒闭的倒闭，破产的破产。阚倩的弟弟知道徐哲想转业回明泉，对他道："你回了明泉，我姐姐咋办？"徐哲道："我回去后，再把你姐姐调回去。"阚倩弟弟道："调一个人那么容易吗？"徐哲明白，阚倩一家子是不愿意自己转业回明泉的。阚倩倒没有表示反对，但也没有表示赞成。

过了几天，就是阚倩父亲的生日。阚倩一家人在一起其乐融融，不知为什么，徐哲越来越觉得自己是一个外人。阚倩一家十几口人都在这里，徐哲可以说是举目无亲。慢慢地，徐哲想转业回明泉的想法越来越强烈。临回部队时，徐哲让阚倩从单位给自己的一位战友介绍女朋友。熟料阚倩的父亲说："现在谁还找穷当兵的。"徐哲听了，心里很不是滋味。

回到部队后，徐哲从营长郭剑朋口里得知，今年部队可能有一次小规模的精简整编。徐哲想，何不趁这次精简整编机会早一年转业回家呢。他把自己的想法告诉了郭营长，郭营长说："行，到时候再说吧。"徐哲决定了转业回明泉，所以盖房子的事也就定了。徐哲打算过段时间请假回家盖房子，顺便联系一下工作单位。徐哲把部队这次精简整编以及自己决定回明泉和要回去盖房子的情况，写信告诉了方仁和梁丽珍，并说春节过后自己就回家。快到春节的时候，徐哲请假回家盖房子。因为盖房子一般都在春天。这样回去后在阚倩那里过完了年，回去盖房子正好。他对郭营长说："如果部队精简整编的事确定后，自己想借此早一年转业。"郭营长说："可以。"

回到阚倩在的家，徐哲把打算盖房子的事说了，阚倩母亲说："我还以为你不打算盖了，现在又提出了盖。白让我高兴一阵子。"还说如果徐哲不打算盖房子的话，她想把地基送给自己的外甥女。

不知为什么，近段时间徐哲感到莫名其妙地难受。总是心神不宁，睡眠吃饭都不行。以前这种情况只是偶尔出现，可近些日子却是经常反复，而且持续时间越来越长。有时是胃不舒服，没有食欲，而且还有些恶心。有时感到腹胀嗳气，小腹部"咚咚"地跳。他去医院检查，却检查不出什么问题，吃了医生开的药，也没有什么效果。他不知道自己这是怎么了。

还有三天就是年三十了，徐哲患了感冒，而且阚倩的母亲也被传染上了。阚倩的母亲很是不高兴，埋怨徐哲把感冒传给了她，说过年自己有好多事情要干，被传上了感冒，浑身没劲啥都不愿干。过完年，徐哲和阚倩母亲的感冒才好了。徐哲谈起盖房子的事，阚倩母亲说，徐哲啥也不懂，自己虽然以前盖过房子，但现在年纪大了，操不了心了，回去后找个建筑队大包出去。这样省心，但却不省钱。徐哲从未盖过房子，阚倩对此也没经验，一切只好听从阚倩母亲的安排。徐哲打算过了年就回明泉，和梁丽珍还有方仁见见面，详细谈一下自己转业的事。阚倩母亲说她自己出了正月回去，因她在当地认识人多，回去后联系建筑队。

过了初五，徐哲就坐火车回了明泉。他先去了徐元琐家，徐元琐两口子还是不冷不热的态度。说到自己转业的事，徐元琐道："你自己有关系去办就行，我帮不了你。"而对徐哲盖房子的事，徐元琐两口子更是不闻不问。徐哲到了梁丽珍家，梁丽珍对他说："年前你只是写信说要转业回来，我和你方叔说这件事你要回来才能细谈，在信上有些事是不好说的。"口气里有几分埋怨。徐哲说："梁姨，这我知道。所以过完了年我就赶快回来了。"梁丽珍道："我和你方叔商量着给你联系单位从哪里下手好，觉得你有些文才，还是在文化部门比较好。正好文化局的张局长和你方叔是同学，我和张局长也很熟。你方叔已和张局长谈了这事，张局长倒是答应了。"徐哲听了梁丽珍这话也正中自己下怀，便道："一切全靠您和方叔了。"梁丽珍道："我和你方叔也不是外人，帮忙也是应该的。"停了一下，梁丽珍说："你叔也是文化口的，按说他是能帮上忙的。"徐哲道："梁姨，你也知道，他一开始就不同意我转业回来，指望他帮忙是不可能的。"梁丽珍又道："听说张局长很欣赏你叔，你叔当文化馆馆长也是张局长一手办的。"徐哲叹了口气，没再说啥。

徐哲又去了方仁家，方仁显得很热情，说他已和老同学张局长说好了，让张局长安排徐哲在文化系统上班。

<h1 style="text-align:center">62</h1>

徐哲把梁丽珍和方仁找张局长准备安排自己在文化系统的事告诉了徐元琐，徐元琐却虎着脸对徐哲道："张局长是我的关系，你别在里面胡掺和。"徐哲听了很是难过。在徐元琐家住了几日，徐哲受不了他两口子的冷言冷语，就借了个因由，搬到了阚倩在县城的老房子里住。今年的初春格外冷，几股冷空气接连而来，寒风刮到人身上直往骨子里钻。阚倩家的老房子是十几年前盖的，墙上裂了许多缝儿，北风顺着墙缝儿往屋子里钻，房子里的水都结了冰。即便这样，徐哲也觉得比在徐元琐家里住强，起码不用看他们的脸色。在阚倩的单位用的是煤气做饭，而在这里，用煤气做饭的是有单位的人家，而且买煤气还要用票。徐哲只好买了一个蜂窝煤炉子，从私人家的蜂窝煤场买蜂窝煤。因为徐哲的户口不在这里，所以不能买公家的蜂窝煤。公家的蜂窝煤也是凭票供应的，而且必须是城镇户口。

梁丽珍是从下面公社调到城关公社的，所以她能体谅到徐哲初来乍到的难处，所以多方面给他提供方便。知道徐哲还没有自行车，便把自己一辆闲着不骑的自行车让徐哲骑。做饭对徐哲来说不是难事，他小时候从五年级开始就自己做饭，所以做饭难不倒他。只是在家的日子有些无聊，除了看书，徐哲就去街上逛逛，有时去找战友吴方虎玩。过了正月二十几，天气才暖和了许多。又过了几天，阚倩的母亲回来了，她准备联系建筑队的事。回来后，看到自己房子里的家具有的被徐哲调整了位置，阚倩的母亲脸上显出不悦，并把家具恢复到了以前的位置。徐哲把自己当兵时的照片挂在了墙上，阚倩的母亲道："现在当兵的不吃香了，挂这个还能显摆啥？"这一切虽让徐哲心里感到不爽，但他没有在脸上表现出来。几天后，阚倩的母亲联系好了建筑队。建筑队的工头是她的一位远房表弟，阚倩母亲对表弟说希望能大包出去，因为自己年龄大了，徐哲也没有盖房子的经历。表弟却对她说："姐姐呀，今年的活特别多，我的人手实在不够，我的精力也有限，备料啥的我实在忙不过来。我看还是姐姐你自己备料，我负责给你盖好就是了。"听了表弟的话，阚倩母亲也觉得无奈，这两年盖房子的真是多，好多人家盖房子找建筑队都困难。于是，阚倩母亲也只能这样。好在阚倩母亲身子骨还算硬朗，以前在家时也盖过两处房子，所以她觉得这也不是太难的事。既然自己备料，事情就多了。木料、砖瓦、檩梁、水泥、石子，沙子等等，都要自己找人拉运。好在阚倩的表叔也抽出点精力帮着进些料，但大部分还是要靠阚倩母亲跟徐哲去联系。阚倩母亲不会骑自行车，所以出去联系事情都是徐哲骑自行车带着她。梁丽珍给徐哲用的自行车有些旧了，骑起来很费力，于是徐哲就买了辆新的，反正以后上了班也要用。备料时虽说跑的地方多些，但不用下什么力气。等到砖、木、石等料基本上备齐了，也出了正月有一些日子了。过了不久，阚倩表叔的建筑队就动起了工。

常言道：与人不睦，劝人盖屋。在农村，盖房子是一件费心劳神的事。就是一个壮汉，房子盖完后也得扒一层皮。徐哲从没下过力，加上体弱，时时感到力不从心。虽说有阚倩的母亲帮衬着，但一些琐碎的活还是要徐哲干。徐哲在部队时，一切都很有规律，自己不用操心做饭啥的。可回来后，一切都要自己操心。尤其是买面买菜做饭，都是自己的事。阚倩的母亲是当地人，性格又外向，时不时在亲戚邻居家吃饭甚至住下。徐哲除了忙盖房子的零碎活，还要自己做饭。打根基的时候，事情还少些。随着地面建筑的增高，一些琐碎的事情多了起来。慢慢地,徐哲开始有些吃不消了。因为需要看护工具和建筑材料,徐哲要睡在新房子的地方。阚情母亲帮着找了一张弹簧床给徐哲用。清明节之前,时常有冷空气光顾。尤其是到了晚上,尽管盖了两床被子,有时徐哲半夜还会被冻醒。此时的徐哲,不但感到吃力,更感到了无助。

徐哲不但忙着盖房子的事,他还要时时关心着自己联系单位的事。虽说有方仁和梁丽珍帮着联系,但有一些事还是要自己出面。这天徐哲来到梁丽珍家,谈了自己盖房子的进展后,说到了自己单位的事。梁丽珍说:"你方叔前几天来电话,说他已经和张局长说了你的事,张局长答应安排你在他的下属单位里面。"徐哲听了很是高兴,连忙对梁丽珍和方仁表示感谢,说是多亏了他们。梁丽珍说不要客气,过了一会儿她对徐哲说:"我这几天胃里不太舒服,约了医生明天要去检查一下。你能陪我去吗?"梁丽珍年轻时因不能生育而和丈夫离婚,现在除了领养的女儿在上学家中没有别的人,她提出这个要求,徐哲觉得并不过分。于是他爽快地答应了梁丽珍。回去后徐哲把梁丽珍要自己明天陪她去医院的事和阚情的母亲说了,阚情的母亲脸上有些不悦,道:"她家离医院这么近,又不是什么大病,自己去还不行吗?"徐哲听了没说啥。第二天吃了早饭,徐哲和阚情母亲说了一声骑车要走,阚情母亲高声道:"去了没事赶快回来,还有好多活要干呢。"徐哲应了声便走了。

来到梁丽珍家,见她正在给花浇水。徐哲道:"梁姨,你不是要去医院吗?我们走吧。"梁丽珍道:"不急,等我给这两盆花浇完水。"看上去梁丽珍的胃并不是很难受,脸上一点也没有痛苦的样子。"其实我这胃是老毛病了,就是有点儿炎症。这两天吃了药好多了。"听了梁丽珍这话,徐哲心里很是不得劲,心说:"既然不是大毛病,吃了药管用了,那还去医院干啥?"心里这么想,嘴上却说:"梁姨,你平时要多保重呀。"几次见面,徐哲知道梁丽珍吸烟很厉害,而且喜欢喝酒,这两样对胃都没有什么好处。"嗯嗯。"梁丽珍答应着,嘴里的烟卷儿快烧到过滤嘴了。等梁丽珍给花浇完了水,时间已经过去了半个多小时。梁丽珍这才换了衣服叫徐哲用自行车带着她去医院。她的家距医院也就是一里多路,徐哲骑车带着她不到几分钟就到了。梁丽珍没有挂号,直接去了消化内科。一进诊室门，梁丽珍就对坐着的医生很亲切地打招呼，那医生也赶紧起坐叫了她声"姐姐"，并让她坐下。看样子他们很熟，而且关系很热络。诊室里不忙，没有别的病人候诊。梁丽珍叫徐哲也坐下，对那医生道："这是我的一个外甥，今年从部队转业，现在家里盖房子。我抓了他个差，让他和我来的。"那医生笑着道："姐姐你到处都有亲人，也都愿意帮你。"徐哲听梁丽珍说自己是她的外甥，心里不免好笑。因为他们之间根本没有什么亲戚关系。梁丽珍又对徐哲说："小徐呀，这是你张叔。"徐哲赶忙叫了声"张叔"。张医生点了点头，应了一声。梁丽珍并没有急着和张医生谈看病的事，而是拉了些家长里短。大约过了十几分钟，梁丽珍才对张医生说："兄弟，我这几天吃饭不大行，胃里有些泛酸。"张医生道："姐姐是不是老胃病又犯了，你是想查一下还是吃点药。"梁丽珍道："还是兄弟你看着办吧。"张医生道："要是检查的话，不做钡餐就做胃镜。胃镜看得清楚些，但要受点罪。"梁丽珍道："要不就先做钡餐看看吧，要是不行的话再做胃镜。""行。"张医生答着，随手开了张做钡餐的单子。他把单子递给徐哲，道："你去替你姨交上钱，然后再和你姨去做钡餐。"徐哲拿过单子，去交了费，回来又和梁丽珍去了钡餐室。等结果出来，梁丽珍又和徐哲回到了张医生的诊室。张医生看了看结果报告，对梁丽珍道："姐姐你的胃没啥大问题，还是你以前的老胃炎。要不姐姐你先吃点药吧。"梁丽珍道："行，兄弟你看着给我开点药吧。"张医生便给梁丽珍开了甲氧氯普胺和硫糖铝片，还有一点别的。他把药方递给梁丽珍，道："姐姐你先吃这些药，要是还有啥问题你再来找我。"看到候诊室外有人在排队，梁丽珍起身对张医生道："兄弟那先这样吧，有事我再来找你。"然后叫上徐哲出了诊室。梁丽珍把药方给了徐哲，让他去药房取药。回到家里，徐哲问梁丽珍："你和张叔很熟吗？"梁丽珍道："那是！以前我们同在一个公社工作，我干妇联，你张叔干卫生院，那个时候就很熟了。"又和梁丽珍随便聊了几句，徐哲道："梁姨，要是没啥事我就回去了。盖房子的那里还有好多活呢。"梁丽珍道："那好，你先回去吧。有啥事我再叫你。"在回去的路上，徐哲心想，梁姨也没啥大病，干吗还要我陪她去医院呢。看她在张医生面前的样子，似乎有些显摆什么的意思。想着的功夫，就到了盖房子的地方。阚倩母亲见徐哲才回来，脸拉得老长，道："你梁姨有啥毛病嘛？"徐哲道："也没啥大问题，就是胃有点儿不舒服。"阚倩母亲道："没啥大毛病还来到这个时候！"她又指使徐哲道："干活的没开水喝了，你赶快去烧水。"徐哲赶忙支好车子，去点火烧水。

对于徐哲盖房子，徐元琐两口子本来是又嫉妒又生气，所以一直不管不问。徐哲是晚辈，心里虽然对徐元琐两口子不满，但又不能表现出来。所以，隔上一段时间，徐哲便到他们家里坐坐。两口子态度不冷不热，徐哲只好坐一会儿便告辞。

这天快到吃晌午饭的时候，梁丽珍突然来到了徐哲盖房子的地方。阚倩母亲对梁丽珍的到来虽感到突兀，但碍于礼数，也只能笑脸相迎，招呼徐哲赶紧沏茶。徐哲盖房子的这块地基，阚倩母亲曾找过梁丽珍让她帮忙向大队里过问一下。梁丽珍和阚倩大队里的干部挺熟的，在批地基的事上起了不小的作用。所以，阚倩母亲对梁丽珍是欠个人情的。梁丽珍这个时候来，显然是想在这里吃晌午饭的。阚倩母亲看出此意，便让徐哲去买菜。梁丽珍虚意客套了一番，便坐下喝起茶来。徐哲买回来一只扒鸡和一大块牛肉，阚倩母亲又炒了两个菜。梁丽珍喜欢喝酒，徐哲和阚倩的母亲虽不善饮酒，但还是各自倒上了小半杯陪梁丽珍喝。酒喝到一半的时候，梁丽珍突然道："徐哲呀，有个事我一直在琢磨。你叔在文化系统，我和你方叔又要安排你在文化系统，这个事怎么也不能撇开你叔。况且，你叔和张局长的关系还不错。我和你方叔的意思是，让你叔出面运作，我们在后面使劲。就是说，让你叔具体和张局长谈，我和你方叔在外围谈。"徐哲听了梁丽珍的话，既觉得有理，又觉得为难。他刚要说什么，梁丽珍又道："我和你方叔主要是考虑你和你叔以后在一个系统工作，要是考虑不周，关系会很难处。"阚倩母亲也道："你梁姨说得对，你不能撇开你叔办。"徐哲只好勉强答道："行吧，我抽空去和我叔说。"酒饭之后，梁丽珍又闲聊了几句，便说有点儿事走了。

第二天晚上，徐哲硬着头皮到了徐元琐家。徐元琐轻描淡写地问了问徐哲盖房子的事，颜青坐在一边啥也没说。徐哲把梁丽珍的话同徐元琐一说，谁知徐元琐沉吟了一会儿道："你要让我出面办，就先给我两千块钱吧。"徐哲听了一阵错愕，他没想到徐元琐会提出这样的条件。徐哲嗫嚅道："叔，我现在盖着房子，买料的钱还不够……"徐元琐眼皮也不抬地说道："现在找人办事哪有不花钱的？事情能白说吗，又得请客又得送礼。"徐哲只好道："行，我想想办法。"

从徐元琐家回来，徐哲一个晚上都没睡好觉。第二天，他把叔的话告诉了阚倩母亲。阚倩母亲撇了一下嘴，道："你盖房子钱还不够呢，他还好意思跟你要钱？"徐哲低下了头，眼睛有些湿润。自己转业回明泉，得不到家人的支持不说，除了冷眼旁观，就是故意刁难。但事已至此，开弓没有回头箭，就是咬着牙，自己也要坚持走下去。过了两天，徐哲从自己的备用钱里面拿出两千元，给徐元琐送了去。

63

新盖的房子在一天天增高，徐哲的情绪却在一天天往下落。除了盖房子，还要自己去跑工作单位的事，这让徐哲不仅从体力上感到疲倦，更从精神上觉得无助。晚上，他躺在没有屋顶的新房里看管建筑材料和工具，很晚才能入睡。睡着后，又常常被梦惊醒。每天吃饭时都味同嚼蜡，没有半点食欲。

这天夜里，徐哲刚朦朦胧胧地闭上眼睛，一阵"隆隆"的雷声把他惊醒。睁眼朝天空一看，西北方向黑压压的乌云翻滚而来。一阵凉风吹过，雨点开始往下落。徐哲猛地想起今天刚买来的水泥还码放在露天，如果让雨淋了就会全部失效。他翻身下床，赶紧找塑料布等防雨的东西。还好，白天借别人用的一块儿篷布还没有送走，他将篷布展开盖到水泥上，还没等压好，一阵风将篷布掀起一角。这时雨滴越来越大，徐哲顾不得自己穿雨衣，赶忙用砖块压好篷布。等把篷布压严实，自己躲到刚支好预制模板的一间屋子时，身上的衣服已被淋了个半透。雨水和着泪水从脸上淌下来，徐哲内心充满了孤寂和凄凉。

　　天气渐渐转暖，刮在身上的风不再是冰冷的，而是有了柔柔的感觉。上次徐哲给了叔父徐元琐两千块钱后，实指望徐元琐能领他见一下张局长，可徐元琐总是借故推脱。一会儿说天冷不便出去，一会儿又说自己太忙抽不出时间。眼看离安置时间越来越近，徐哲急得不得了但又无可奈何。这天徐元琐把徐哲叫了去，对他说："领导安排我要去外地学习，恐一时半会儿回不来。你联系工作单位的事我没法管了，你不是认识梁丽珍和方仁吗？让他们替你办吧。"徐哲听了，心里很是恼恨，但又不便表现出来。他赶紧到了梁丽珍家里，把徐元琐的话说了，梁丽珍点上一支烟，抽了一口，道："原本指望千张锄锄一块儿地，让他在前面牵个头，也算是为了他好看。他既然这样，撇开他也罢。这两天我抽空带你到张局长家去一趟。"徐哲听了，感激地说："梁姨真是太感谢您了。"梁丽珍道："谁让咱娘俩有缘呢，帮你也是应该的。"徐哲忽又想起什么似的问道："梁姨，还用给张局长钱吗？"梁丽珍听了，思忖片刻，道："按现在这个形势，给张局长点钱也是必要的。"徐哲忙问："那给多少好呢？"梁丽珍想了想，道："说起来张局长和我还有你方叔也不是外人，太多了也没必要。我看，五百块差不多了。看在我和你方叔的面上，张局长是不会要钱的，所以当面给他肯定不行。"徐哲想了想说道："梁姨，要不这样。我买点水果，把钱放在水果袋里，临走时向张局长提示一下。"梁丽珍听了，笑道："你想旳这个办法不错。"她又半认真半开玩笑地对徐哲道："我和你方叔这里就不用给钱了。"徐哲听了，不知如何回答，只好笑着道："我是不会忘记您和方叔的。"过了一天，吃过晚饭，梁丽珍带着徐哲提了一袋水果来到了张局长家。张局长名叫张远途，四十几岁的模样，看上去温文尔雅、气度不凡。梁丽珍和张局长寒暄了几句，又简单介绍了一下徐哲的情况。看梁姨和张局长谈得差不多了，徐哲忙对张局长道："张叔真是麻烦您啦。"然后将自己在部队的情况向张局长作了一下简要介绍。张局长听了，看着梁丽珍和徐哲道："前些天方主任也和我说了，我会尽力而为的。"徐哲听后一个劲儿地感谢。张局长又对徐哲道："徐元琐馆长是你叔对吗？"徐哲忙说是的，又道："我叔对我转业回明泉比较消极，他想让我转业到我爱人工作的地方。"张局长道："叶落归根，还是回老家来得好。再说你爱人老家不也是这里吗？"梁丽珍也道："我和方主任也是这样想，谁知他叔却不这样想。"张局长笑了笑没有说啥。坐了半个小时的样子，梁丽珍道："徐哲，你张叔挺忙的，咱们回去吧"徐哲连忙起身，对张局长道："张叔那就拜托您了！"张局长道："小徐不用客气。"梁丽珍也站起身，笑着对徐哲道："你张叔肯定放在心上的。"见梁丽珍起了身，张局长也没再强留，便起身送到门口。临出门的时候，徐哲对张局长道："张叔您留意一下水果，不要送了别人。"张局长略有所悟，看了一眼梁丽珍和徐哲。

过了几天，梁丽珍又来到了徐哲盖房子的地方。得知房子明天就要上梁时，梁丽珍高兴地说："徐哲，这下你双喜临门了。一个是上梁大吉，一个是你的单位定了。"徐哲忙问："梁姨，是哪个单位？"梁丽珍道："张局长把你安排在图书馆了。"听了梁丽珍的话，徐哲喜不自禁。他最喜欢看书，能在图书馆工作是他向往已久的愿望。梁丽珍见徐哲和阚倩的母亲忙碌的样子，没好意思再留下来吃饭，聊了几句便走了。盖房子的工人听说徐哲被安排在图书馆工作，不无羡慕地说："图书馆那可是事业单位，一般人是进不去的。"熟料阚倩的母亲却撇嘴道："事业单位有啥好的？连一分钱的奖金都没有。"徐哲听了，心里很不是滋味。这时有一名工人对阚倩母亲道："老嫂子，你都是快六十的人了，还操心在这里盖房子，不容易呀。"阚倩母亲道："我为谁呀？还不是为了自己的闺女嘛。"徐哲本来对阚倩母亲在这里帮自己盖房子心存感激，但听了阚倩母亲这话，感激便减了几分。

房子上梁后，徐哲感觉自己的身体状况越来越差。每日只能睡几个小时的觉，饭也吃得很少。犹豫再三，他给阚倩打了电话，希望她能来待几天。几天后，阚倩领着女儿嫚嫚来了。看到徐哲又黑又瘦的样子，阚倩不免有几分心疼。对于女儿的到来，阚倩母亲颇感意外。阚倩没有说徐哲给自己打电话的事，只是说单位近日不大忙，自己请了假来待几天。

阚倩来后，调剂着给徐哲做他喜欢吃的饭菜。徐哲吃饭和睡觉感觉好些，体力也慢慢有了些恢复。一个星期后，阚倩母亲催促女儿快回去上班，阚倩只好带着女儿回去了。

一个月后，房子终于盖完了。就在徐哲打算歇口气的时候，部队来了电报，要他回去办转业手续。徐哲马不停蹄又坐上了去宁江的火车。坐在火车上，徐哲的身体和内心得到了片刻的宁静。这不由得让他回忆起了十三年前坐火车到部队的情景。那个时候，他是怀着一去不复返的悲壮情绪离开家乡的。徐哲一直从内心感激部队，是部队给了他希望，圆了他脱离家庭独立生存的梦想。前些年在部队中讨论当兵是否吃亏时，他发自内心地向那些认为当兵吃亏的人说："当兵是自愿的，来到部队后不但免费供吃供穿，而且还发津贴，哪一点吃亏了？！"与其说是对别人说，更像是对自己说。反正他认为是部队成就了自己，尤其是转为志愿兵后，徐哲更是感激部队对自己的眷爱。有战士曾对他说："你最起码是团政委的料，当个志愿兵太屈才了。"他笑答："最后是什么就是什么料。"回想这些年在部队的收获，除了转为志愿兵和体验了大城市的生活外，那就是认识了艾宁。一想到艾宁，徐哲的心里就像是打翻了五味瓶。只要艾宁的影子浮现在脑海，内心总有两个声音在打架。一个声音说：你这么爱她，为什么不向她表白？另一个声音则说：你不配！

火车在疾速地行驶，半夜时分，车到了安徽符离集站。车门刚一打开，挎着篮子叫卖烧鸡的小贩便一拥而上。符离集的烧鸡是有名旳，可大家都知道，这些小贩卖的烧鸡多是病死的鸡，所以很少有旅客买。虽是病死的鸡，但烧鸡的味道从篮子里飘出来，还是蛮诱人的。这让徐哲想起了第一次吃烧鸡的情景。那还是在上高中的时候，有一次颜青叫他去帮着干点话。干完活也就到了吃晚饭的时候，颜青便留他吃饭。颜青刚做好饭，徐元琐下班回来了，他手里拿着一个用纸包着的东西，里面隐隐散发着一股香味，这种香味徐哲从来没有闻到过。吃饭的时候，徐元琐打开了用纸包着的东西，对颜青道："今中午几个朋友在一块儿喝酒，剩下的烧鸡他们让我拿回来了。"颜青道："你们这帮狐朋狗友，不是在一起喝酒就是唱歌跳舞。"说着把纸里的剩烧鸡放在盘子里。看到徐哲一直盯着盘子，颜青用筷子夹起一小块鸡肉放到徐哲碗里："尝尝吧，在家里吃不到这个。"徐哲慢慢用筷子夹住鸡肉放进嘴里，一股沁人心脾的香味让他终生难忘。在乡下是很少吃到鸡肉的，即使偶尔吃一次，也是得瘟病死后的鸡。乡下人是不舍得将瘟死鸡扔掉的，多是煺毛去内脏后炖炖吃了。就这，孩子们也是吃得津津有味。自从在徐元琐家吃了那香香的鸡肉后，徐哲第一次知道了烧鸡。

徐哲在车轮和铁轨的撞击声中朦朦胧胧闭上了眼睛……等他被列车员的叫喊声惊醒时，火车已到了滁州站。下一站就是宁江了，徐哲在心里道。宁江，这个让自己生活了十几年的城市，就要跟它说再见了，徐哲的内心说不出是一种啥滋味。宁江，曾给了他梦想。曾有一丝机会可以让他永远生活在这个城市，可那一丝机会还没来得及让他仔细憧憬，便稍纵即逝了。说实在的，徐哲对宁江的印象仅仅是服兵役所在地，并没有在他内心留下什么特别的东西。要说有些眷恋的话，也只能是和艾宁的交往。也不知道艾宁离婚后生活得咋样？此时此刻，徐哲的脑海里全是艾宁的影子。他不知道自己离开宁江后，还有没有机会再来宁江，能不能再见到艾宁。

"旅客们，列车马上就要驶入宁江长江大桥。请大家不要再使用列车上的厕所……"列车广播员柔美的声音在车厢内响起。列车乘务员开始反锁上车内厕所的门。几分钟后，列车驶上了徐哲再熟悉不过的长江大桥。徐哲已记不清多少次踏上大桥的桥面了。此刻的长江大桥，被绚丽的灯光映照得通体泛着金光，犹如一条巨龙横卧在江面上。

火车徐徐驶进站台，徐哲又看到了熟悉的宁江火车站。十三年来，无数次从这里上车下车，印象最深的莫过于那次从常州笔会回来，他和艾宁并肩走出车站的那一刻。宁江，让他与艾宁相识。宁江火车站，让他与艾宁之间的距离变近。

走出车站，一到广场上，温热湿润的空气扑面而来，让徐哲又感受到了江南夏天的味道。

回到单位，徐哲很快就办好了到地方报到的各种手续。按照惯例，转业人员离开部队前，单位要举行一个告别小酒宴。因警卫营这几天有一件紧急事情要处理，营里领导都没在家。营长张剑朋有点儿歉意地对徐哲说："真不凑巧，这几天有些事要急着处理，你又等着回去报到。无法为你举办个酒宴了。这样吧，你自己去买点东西，吃的用的都买点，只要不超过三百块钱就可以。买来后给你报销。"徐哲听了，感激地对张营长道："谢谢营长。"要知道，如果举行个小酒宴，总共也花不了二百块钱，张营长让他买三百块钱的东西，已经是对他非常够意思了。徐哲想了想，自己也没有啥可要买的，坐火车不超过十个小时，也没必要买吃的。他忽然想起机关北门有个小卖部，记得里面有个营业员是山东老乡。于是，徐哲到了小卖部，对那营业员套了阵子近乎，然后道："我今年转业回家，这两天就要走。领导让我买点东西报销，可我没啥可买的，你能给我开个发票吗？"没想到老乡很痛快地答应了他。徐哲便让她给自己开了二百九十元钱的发票。

临走前，徐哲先是去了万处长家。万处长对徐哲转业回明泉感到有点儿遗憾，他突然对徐哲说："小徐你想不想转业留在宁江市？"徐哲听了，心里有点儿酸酸的感觉，在心里自语道："处长你这个想法要早说该多好啊！"嘴上却道："我要是留在宁江，我家属咋办呀？"万处长道："等你工作后，再慢慢调你家属来啊。"说实话，万处长的话让徐哲有点儿心动。这不正是自己梦寐以求的吗？可此时的徐哲害怕麻烦。自己要是留在宁江，到什么单位还不好说，要是再调家属过来，更不知要费多少周折。想到这里，徐哲只好对万处长道："我在老家联系的单位挺理想的，我还是回老家吧。""既然这样，你就回去吧。图书馆是事业单位，也确实不错。"万处长留他吃饭，他没拒绝。回来后，徐哲感到自己的身体非常虚弱，说话多了都会感到累得慌。在万处长家吃了一顿全羊火锅后，徐哲才感到身上有了些力气。

徐哲忘不了要去跟艾宁告别。他骑车到了艾宁的单位，见到徐哲，艾宁不无惊讶地道："徐哲，几个月不见，你咋变成这个样子啦？"徐哲道："咋啦？""你看你，又黑又瘦，都快像个小老头了。"艾宁虽是笑着说，但语气里含着关切和嗔怪。"我回家盖房子了。"徐哲道。随后，徐哲把回家盖房子以及要转业回老家的事说了。艾宁听了神情有些黯然："你真的要走了吗？""真的。手续都办好了。"徐哲道。"也就是说，我们以后再也不会见面了。"艾宁看着徐哲道。"见面的机会可能很少了。"徐哲道。艾宁问徐哲哪一天离开宁江，徐哲说明天晚上。两个人对坐着，好长一段时间都没有说话。艾宁突然想起什么似的，她走到自己的办公桌旁，从抽屉里拿出一摞照片，对徐哲道："这是我和女儿最近照的一些照片。"徐哲接过照片，仔细地看起来。看完照片，又聊了一会儿，徐哲起身要走。艾宁要送徐哲到大门口，徐哲忙制止道："不要送了，你还要上班。"艾宁执意要送，道："你这一走，不知何日才能再见，就让我送一下吧。"徐哲看到艾宁的眼圈有些发红，自己不觉鼻子也有些酸酸的。等徐哲走出很远，艾宁才转身回了办公室。回去的路上，徐哲一下子想到艾宁拿照片给自己看，绝不只是想让他看一下而已。"她是……"徐哲猛地悟过来，"她是让我挑一张拿着。"想到这里，徐哲怪自己刚才太愚钝，没能看出艾宁的心思。

第二天，徐哲告别了他生活了十三年的宁江市。当火车启动的那一刻，他在心里向这座城市默默道别：别了，宁江！别了，军营！别了，我牵挂的人！火车徐徐驶离站台，徐哲无意中一回眸，发现一个熟悉的身影在向他挥手。他怀疑自己看花了眼，仔细揉了一下眼睛，那身影仍清晰地站在那里。"艾宁……"徐哲轻轻地喊了一声，随即使劲地朝那身影挥动双手。那身影越来越小，越来越模糊，最后消失在茫茫夜色中……徐哲觉得有两条蚯蚓在脸颊上爬动，用手一摸，两行热泪早已滚落下来。

64

一年前明泉县撤县设市，成为泉城下属的县级市。徐哲回来后，先去民政局复转军人安置办报了到，然后在家里等上班通知。虽说单位有了着落，但上班的时间由安置办统一通知。眼下刚过五一，一般情况下上班的时间要到七月份，因为部队的工资发到了六月份。

房子虽然盖完了，但一些零碎活还需要干，徐哲正好利用这段时间收拾一下。等一些零碎活儿收拾得差不多了，离上班还有段时间，徐哲决定到阚倩那里住些日子。自己这段时间以来身心疲惫，徐哲希望能在阚倩那里休养调理一下。从明泉到阚倩所在的峄城，坐火车要四个小时。阚倩一直和父母在一块儿吃住。徐哲到了时，一家人正在吃晚饭。见徐哲来了，阚倩母亲第一句话就问："新房子那里那些零碎活都收拾了吗？"徐哲答应说都收拾好了，心里却不是滋味。自己这段时间吃饭睡觉都不好，体重也下降了十来斤，没有人关心一下自己，回到这里却先被问干活的事。晚上，徐哲将自己的身体状况和阚倩说了，阚倩说这里有个老中医看得不错，明天去找他看一下。第二天，阚倩领着徐哲来到老中医处，老中医把脉良久，然后对徐哲道："你现在气血不足，吃药都扛不住。等恢复一下气血，我再给你调理一下。"又对阚倩道："回去后先给他做点好吃的加强营养，可熬点鲫鱼汤喝喝。"阚倩回去便去买了鲫鱼和人参蜂王浆。

过了几天，徐哲觉得身上有了些力气，吃饭睡觉也好了些。又到了老中医处，一番把脉后，老中医道："气血比前几天好多了。我给你开几副药，吃吃看看。"说完，开了药方让徐哲去拿药。吃了五副药的时候，徐哲觉得身体差不多恢复到了盖房子前的样子，于是便没再去拿药。徐哲担心着上班的事，也无心常在阚倩这里待着。半个月后，徐哲准备回明泉。临走这天吃饭的时候，阚倩母亲说起，阚倩所在的厂里原先有一人老家是明泉的，几年前调回了明泉检察院。回去后没有煤气，自己还要拉着板车去买蜂窝煤，现在如何后悔回明泉，云云。徐哲知道阚倩母亲这话是说给他听的，他只好装作没听见。

回到明泉的第三天，小楞打电话给徐哲，说他父母准备回老家看奶奶，叫徐哲一块儿去。徐元琐用了单位的一辆大头车，拉着他两口子和徐哲一块儿回了老家。让徐哲没有想到的是，徐元琐他们刚一进大门，徐元信突然举着一把铁质战刀从屋内冲了出来，嘴里喊道："你还回来干啥？我今天就要杀了你！"徐元琐也喊道："你想干啥？""我想干啥？我在电话里早跟你说了。我早把刀准备好了，今天就要杀了你！"徐元琐也不甘示弱："有事好好说，少来这一套！""你在电话里骂我'老半吊子'，今天我这个'老半吊子'就要杀了你！"徐元信仍怒气未消。元信媳妇忙从屋里跟上来，从徐元信手里夺下刀，嘴里直说："你这是干啥？"颜青一看这阵势，脸涨得像紫茄子，对徐元信吼道："老三你有本事把你兄弟杀了！不杀你算孬种！"徐元信手里的刀已被他媳妇夺了下来，但他仍气喘吁吁地道："咱娘一个劲儿地说想你，叫你来家一趟。你今天推工作忙，明天推身体不舒服。百十来里的路，你来趟家就这么难吗？娘是我自己的吗？"至此，徐哲大体明白了三叔徐元信发火的原因，他对徐元信和徐元琐道："三叔四叔你们都不要吵了。今天不是来看我奶奶的吗？"熟料徐元琐吼了一声："走！带着老娘子走！"说着，叫颜青到屋里床上给徐王氏穿上衣服。徐元琐本没有接母亲走的打算，见徐元信这样，赌气要带着母亲回县城。颜青已给徐王氏穿好了衣服，元信媳妇和她一块儿搀着婆婆出来。徐元信见徐元琐真的要把母亲接走，赶紧拿了床被子铺到大头车的驾驶室内。此时的徐王氏已经是清楚一阵糊涂一阵，她现在不明白徐元琐为啥急着弄自己走，只好稀里糊涂地任凭儿子媳妇们摆布。徐元琐和颜青也没到屋里坐一下，把徐王氏弄到驾驶室里后，徐元琐叫司机开车回去。见到这一场景，徐哲心里既气又急。气的是两个叔叔只顾自己发脾气，根本不顾年迈母亲的感受；急的是奶奶被这样没好气地弄上车，圈在里面样子很难受。车子很快驶离了村子，路上徐王氏一阵清楚，看到徐元琐，不解地问："元琐啊，咱这是去哪里啊？"颜青忙回答道："接你去城里住几天。"徐王氏脸上露出一丝笑容："我老早就想元琐了，梦里老是梦见他……"颜青道："元琐这不是来接你了吗？"汽车在乡村路上一阵颠簸，等上了柏油路才好了些。

　　徐元琐当了馆长后，一心想住进单位的家属宿舍院。无奈家属宿舍没有空的，他便收拾了一间大办公室供自己和颜青居住。其实徐元琐在当馆长之前，通过关系在距县城很近的一个村子里批了地基，并盖了自己的房子，只是他觉得自己是一馆之长，就应该住到馆内家属宿舍。之所以急着住进办公室，是想做个样子让局里领导和单位职工看看：自己为了工作宁肯住在简陋的办公室。局长曾答应他，准备让一个调到外单位的原馆内职工尽快给他腾房。

　　这间由办公室改装的宿舍，住着徐元琐两口子还凑合。把母亲接了来，就显得很挤巴了。况且此时已是夏天，三个人尤其是还有一位老人在里面，当然很不方便。徐元琐赌气把母亲接了来，虽然不方便，但嘴上也不好说啥。这天吃过早饭徐哲便来徐元琐的住处看奶奶，徐元琐一见到他就埋怨道："你奶奶真是不让人睡觉呀，整夜里不是喝水就是解手。"徐哲没说啥，他走到奶奶的床旁边，见奶奶正迷迷糊糊地睡觉。徐哲坐了一会儿，见奶奶的身子动了一下，忙叫了声："奶奶！"徐王氏睁开眼，她认出了徐哲，笑了笑，喃喃道："徐哲呀，你来了。我这是在哪里呀？""奶奶，这是在我小叔家。"徐哲道。过了一会儿，徐王氏又道："徐哲呀，你从边上那个抽屉里给我拿过那个包来。"徐哲问："哪个抽屉？"徐王氏道："你要是不知道，就问问你三婶子。"徐哲听奶奶这样说，知道她又觉得是在三叔家，忙道："奶奶，这是在小叔家，不是三叔家。"徐王氏听了，愣了一会儿，然后自嘲地笑道："我这是又迷糊了，又觉得是在老家里呢。"看到奶奶这个样子，徐哲心里很是难过。又待了一会儿，徐王氏问徐哲："你的房子盖好了吗？"尽管有时糊涂，但对徐哲的事徐王氏还是记得很清楚。徐哲道："盖好了，奶奶你就放心吧。""唉——"徐王氏叹了口气，"我就说嘛，你又没经历过盖房子，末了还不得脱层皮呀。"徐哲听了眼睛湿润了。徐王氏又问："你快上班了吧？"徐哲道："快了，奶奶。还有一个月就上班了。""徐哲呀，"徐王氏看了看孙子，慢慢道："你成了家又盖起了房子，也回来上了班。这样，我就是死了，也能闭上眼了。"这时，徐哲的眼泪在眼眶里直打转，他赶忙扭过头掏出手绢把快要掉下来的眼泪擦了。这时，徐元琐已去上班了。颜青办完事刚回来。见奶奶又迷迷糊糊地睡着了，徐哲和颜青打了个招呼就回去了。只要徐元锁两口子不在家，徐哲便天天来看奶奶。在奶奶明白的时候，祖孙俩就唠唠家常。

开始，徐王氏还只是清楚一阵糊涂一阵，可后来经常说肚子不舒服，解小便老感到困难。母亲老是喊肚子不舒服，而且解小便越来越困难，常常憋得难受。不得已，徐元琐喊来楼下的儿科门诊大夫给母亲诊治。儿科门诊租用的是文化馆的房子，徐元琐是馆长，大夫自然明白徐元琐的用意。无奈大夫毕竟是儿科的，用的药也不见得是什么好药，连着输了几天液，徐王氏的情况一直不见好转。徐王氏离开家已半个多月了，徐元河、徐元梅都来到徐元琐这里看望母亲。徐元信虽然还是一肚子气，但心里总归放心不下母亲，这天也来到了徐元琐这里。徐元琐见两个哥哥和妹妹都来了，便说自己是如何精心伺候母亲，又如何请大夫给母亲看病等等。又说母亲年龄大了，都是老年人常见的病，最好能回老家调养。徐元河、徐元信和徐元梅听了都没说啥，徐哲实在忍不住了，道："按说有你们这些做儿女的在，我这个当孙子的不便插嘴。可你们也不想想，奶奶解小便越来越困难，回到老家医疗条件更差，要是奶奶一直解不出小便，就等着憋死吗？再说，小叔只是请了楼下的儿科医生来给奶奶看。马路对过就是市医院，你们为什么不带奶奶上市医院看看呢？"停顿了一下，徐哲又道："你们要是不带奶奶去市医院，我就带奶奶去。"兄妹三人见徐哲说这话，便不再说让母亲回老家了。徐元琐也只好对两个哥哥和妹妹说："那我就从市医院请个医生来看看再说，二哥三哥还有元梅，没啥事你们先回去吧，等咱娘好些了我再送他回去。"元河兄妹三人走后，徐元琐从市医院请来个内科大夫，开了药输了几天液，徐王氏解小便不那么困难了。又过了两天，徐元琐找了个吉普车，把母亲送回了老家。

七月下旬，徐哲得到通知，到民政局开介绍信去市图书馆报到。徐哲到了民政局安置办开了介绍信，然后去图书馆报了到。馆长倪焉涛见到徐哲后，连连道："来了个小伙子，好好好！"徐哲又去派出所落下了户口，然后到粮食局办了粮食供应证。至此，徐哲悬着的心终于落到了实处。七月底，徐哲在图书馆正式上班。在别人看来，图书馆的工作枯燥而无聊，但喜欢看书的徐哲每天徜徉在知识的海洋里，却是如鱼得水。

徐王氏回到老家后身体时好时坏，每天吃得很少，时常迷迷糊糊。徐哲便时常抽出时间去看望奶奶。徐哲上班一个多月后，徐王氏寿终正寝。徐哲哭得死去活来，几次昏厥在葬礼上。他为未能好好地孝敬奶奶而懊悔，真正体会到了"子欲孝而亲不待"的含义。但奶奶临终的话让他感到欣慰："孩子，你以后不用看别人的脸色过日子了。"

这些天，徐哲在思忖着：他要把自己的经历写成小说。一来，对自己三十年的日子作一个总结；二来，以此告慰九泉之下的祖母。

续　篇

第十五章

65

　　和徐哲同一天到图书馆上班的，还有一位名叫刘菲的年轻姑娘。日后徐哲得知，刘菲是馆内员工刘先鼎的女儿，一年前从幼师毕业后分配到市实验幼儿园任教师，因不愿在幼儿园做孩子王，便让其父亲托关系调到了图书馆。刘菲的弟弟在一家企业上班，效益不是很好，刘先鼎本来是活动着让儿子调到图书馆的，因为那样的话，刘菲和弟弟都可以在事业单位上班，按照老百姓的说法，都可以吃上了"皇粮"。但刘菲死活不愿意，非要父亲把自己调到图书馆。母亲对她说："你现在已经在事业单位上班，可你弟弟在厂子里工作，上班累工资少不说，还咋呼着今天下岗明天失业的。你为啥不为你弟弟想想，非要和他争呢？"刘菲不听这一套，还以绝食来威胁刘先鼎两口子，气得她母亲道："我都三十多岁了才十月怀胎生了你，又辛辛苦苦把你养这么大，我们老两口子省吃俭用供你上大学毕了业参加了工作，你就这样对待我们吗？"刘菲听了，找了一把刀子划破自己的手腕，道："你们给我的命今天还给你们！"吓得老两口子赶紧夺下她手里的刀子，无可奈何之下只好答应了她。

图书馆现有工作人员连徐哲在内共十人，馆长倪焉涛四十四岁，副馆长贾春海比倪焉涛小一二岁。会计名字叫马倩华三十多岁，是局长的表妹。刘先鼎五十多岁，刘菲二十二、三岁。另外还有两男两女四名员工，分别是：李祥应，男，年纪刚刚过了五十；聂秋昂，男，四十来岁；杜林莎和郑业莲是女的，都是三十来岁。馆内设有一个阅览室和借阅室，徐哲上班之前，全额财政拨款的事业单位刚刚定编。图书馆编制是十二人，眼下还空着两个编。

在图书馆上班，徐哲是称心的，但是困扰他的失眠和食欲不振却日益加重。刚到一个新单位上班，徐哲很希望阚倩能常来照顾一下自己，以便能有一个好的身体状况和精神状态投入新的工作，给单位留下好的最初印象。但徐哲失望了，阚倩不但很少来，而且连信也不写一封。徐哲只好到邮电局去给阚倩打电话，让她在不忙或礼拜天的时候来一趟，可阚倩总是推脱事情多工作忙。有一次徐哲实在忍不住，在电话里向阚倩发了火，但阚倩依然无动于衷。在部队时，徐哲自己根本不用操心买面买菜做饭之类的事，但回来后一切都要由自己去做。食欲不好越不想做饭吃，越不吃饭越没有食欲，而且身体倦怠精神萎靡。此时的徐哲，体重已减到了一百零几斤。经不住徐哲几次打电话，加上同事的劝说，阚倩终于带着娜娜来了。有了阚倩在家里买菜做饭，调养了几日，徐哲的身体得到了稍许恢复。但有一天早上起床后，徐哲感到特别倦慵且毫无食欲。饭没有吃一口，看看快到了上班的时间，徐哲便强打着精神想去上班，可刚出屋门，徐哲觉得一阵眩晕，支持不住，旋即回屋一下子又躺在床上。过了一会儿，徐哲全身抽搐起来，双拳紧握两眼闭着。阚倩见此情景害怕起来，自己一时没了主张，便连忙去给徐元琐打电话。接到电话后，徐元琐急忙叫着楼下的儿科大夫赶来。这时徐哲已比刚才舒缓了些，渐渐平复下来，大夫看了看，又问了阚倩一下情况，便给徐哲输上了液。看看没啥大碍，徐元琐带着大夫回去了。输完液，阚倩给徐哲起了针，徐哲叫她到单位给自己请假。下午，刘先鼎和聂秋昂、杜林莎来家里看望徐哲，并说馆长嘱咐让他在家安心静养。

几天后，徐哲渐渐恢复到了阚倩来之前的样子。阚倩来了也已有半个多月，也该回去上班了。又过了两天，阚倩带着女儿回了峄城。阚倩的母亲见女儿走了半个多月还没回去，正准备来明泉叫阚倩，见女儿回去了，虽然脸上不高兴，但嘴里没再说啥。

因单位没有宿舍，新盖的房子门窗还没有安装好，徐哲便一直住在阚倩母亲的老房子里。下班回来，望着冷锅冷灶，一个人生火做饭，徐哲时常被难受和孤独所袭扰，使他心生一种绝望的念头，觉得自己可能不久于人世。于是他想，如果真的是这样，自己这一年来所做的一切不都成为徒劳吗？徐哲已回了明泉，阚倩调回来是早晚的事，按说阚倩应该考虑照顾一下徐哲，商量着怎么把自己调回来。可阚倩根本没有这个想法，更没有这个行动。徐哲感觉阚倩是个没有主见的人，许多事情好像要听从她母亲的安排。徐哲难受得实在撑不住的时候，就会打电话央求阚倩回来待几天。可阚倩走的时候，徐哲内心便充满了凄凉。他知道阚倩不可能一直留下来陪伴照料自己，临走的时候自己还要帮她准备回去应对母亲的说辞。不管肉体和精神上多么难受，徐哲都只能自己默默承受。因为转业回明泉是他自己的选择，不管是徐元琐两口子还是阚倩娘家一家，没有一个人支持他，更别说帮助他了。所以徐哲有了苦楚无处倾诉，只好自己往肚子里咽。

好在单位的工作不是力气活，时间上也充裕些，这使得徐哲能得到稍许的慰藉也能有暇调理一下自己的身体，从而不至于因难受而影响了工作。单位上的领导和同事都不错，对他都加以照顾。尤其是刘菲，常常和他唠唠心里话，使他在精神上得到些宽慰。看得出，刚参加工作不久的刘菲思想是单纯的，说的话问的问题常常让徐哲觉得她像一个天真的小妹妹。这天，刘菲突然问徐哲："徐哥，艾滋病是一种啥病呀？"听了刘菲的问话，徐哲一时不知如何回答："这……这是一种通过'三液'传播的疾病。""哪三液呀"刘菲不解地问。徐哲道："就是血液、唾液和精液。""哦"刘菲若有所思，"也就是说，这是一种男女之间传播的病。"徐哲道："同性恋之间也可以传播，另外母婴之间或者是输血的时候也有可能传播。""听说这种病治不好，是吗？"刘菲问。"是的。"徐哲道，"目前这种病是不治之症。"也许是干涸的土地特别吝惜每一滴水珠，时间长了，徐哲好像对刘菲产生了一种说不出的情愫，只要一天见不到刘菲，自己便会不由自主地去想她。刘菲喜欢听徐哲讲话，她觉得能从徐哲身上学到书本上学不到的东西。看得出刘菲对自己也是有好感的，但是不是男女之间的那种好感，徐哲自己也说不清楚。徐哲有时幻想着能和刘菲谈恋爱，可想过之后，他又为自己的想法感到脸红。这明明是不可能的！自己是有老婆孩子的人，况且自己比刘菲大了近十岁。

看到徐哲勤奋好学，工作积极主动，刘先鼎也渐渐喜欢上了这个年轻人，没事的时候也常和徐哲唠嗑。因馆里藏有许多善本和珍贵典籍，夜里需要有人值班。除了女的，馆里的男职工两人一班，轮流值夜班。值班室就在库房门口，值班的时候两个人可以倒替着睡觉。每当徐哲轮到和刘先鼎一个班，一老一少拉得很是投机。眼下正是冬天，馆里没有暖气，烧的还是土炉子。徐哲和刘先鼎一块儿值夜班的时候，会早早地来到值班室，把刘先鼎的被子放好，烧开了水灌了热水袋放到被窝里，常常感动得刘先鼎拉着徐哲的手一个劲儿地说："我要是有你这么一个儿子的话，一辈子就知足了。"徐哲知道刘先鼎的儿子因从小娇生惯养长大后不成器，时常惹得老两口子生气为他操了不少心。

这两天馆里好像发生了什么事情，大家都在窃窃私语议论着什么。只有杜林莎一人沉默不语。后来徐哲得知，杜林莎和文化馆的一名男员工偷情被其丈夫堵在了床上。杜林莎的丈夫找到了文化馆，要求处理那名员工。因两个人是你情我愿，所以单位也不好怎么往重里处理。那名男员工也不是党员，组织上也不能对其进行处理。最后，只好把那位男员工调离了文化馆。杜林莎因此在馆里有些抬不起头来，大家当面不好说什么，背地里却在指指点点。徐哲和文化馆那个男员工虽见过几次面，但并不是很熟悉。印象中那人长得挺帅，看上去文绉绉的，徐哲还知道那人是名舞蹈演员。时间长了，人们议论的声音也就越来越少了。杜林莎长得很标致，徐哲一到馆里，就觉得她与众不同。开始时，杜林莎不大和徐哲搭话。慢慢地，杜林莎主动和徐哲攀谈起来。交谈中，徐哲得知她夫妻关系不是很融洽。徐哲甚至从她的一丝幽怨中，听出了她和丈夫性生活的不和谐。见徐哲常和杜林莎说话，李祥应半真半假地对徐哲说："当心别被勾引了。"徐哲听后有些不好意思。

几个月后，图书馆又调进来两个人。一个年轻人，是局里一位副局长的儿子，今年刚刚高中毕业，名叫聂宝。另一个名叫林文山，已快到了退休的年龄，是市里某领导的亲戚，调到图书馆来，是看着从这里退休后工资要比原单位高。

至此，图书馆十二个编制就满了。

转眼又临近冬天，阚倩的母亲回明泉看望自己的父母，一并给父母拆洗一下被褥和过冬的棉衣。一日下午快下班的时候，阚倩的母亲到图书馆找徐哲，走进阅览室，正看见徐哲和刘菲在一起整理书籍。可能是工作得太投入，阚倩母亲喊了几声徐哲的名字徐哲都没有听见。徐哲和刘菲近距离地坐在一起，这让阚倩的母亲感到很不自在。她又使劲地喊了徐哲一声，徐哲才听见。见是岳母，徐哲赶紧站起身来。阚倩母亲没好气地道："这么叫你你听不见吗？"原来，阚倩母亲出门的时候忘了带钥匙，图书馆离她家很近，所以她来图书馆找徐哲拿钥匙回家开门。得知阚倩母亲是来拿钥匙的，徐哲赶紧把自己的钥匙给了她。阚倩母亲拿过钥匙，看了他和刘菲一眼，道："工作就要好好地工作，可别这别那的。"说完转身走了。徐哲看到她离去的背影，有点儿莫名其妙。刘菲道："徐哥，你的丈母娘好厉害呀！"徐哲笑道："她呀，在村里是有名的'泼辣户'。"

阚倩母亲回到家里，越寻思越觉得不对劲。她刚才明明看见图书馆那个女的紧挨着徐哲，样子十分亲密。她想，闺女离得远，要是老不在跟前，这样下去，难免要出点事情。她也耳闻了图书馆有个女的背着丈夫乱搞男女关系的事，她不允许徐哲也做出对不起自己闺女的事，思来想去，她决定要去找徐元琐。当初做亲，她家是冲着徐元琐两口子，现在有事自然也要去找他们。她听徐哲说，徐元琐嫌在文化馆工资低，既没有车坐，也没有奖金，得知工人文化宫的经理刚退休，便找了张局长要求调到工人文化宫。张局长开始没同意，但工人文化宫一时找不到合适的经理人选，便同意了徐元琐的要求。

当天晚上吃过晚饭，阚倩母亲来到了徐元琐家。徐元琐两口子吃完饭正在收拾碗筷，见阚倩母亲来了，忙迎进来让座。颜青问道："嫂子吃饭了吗？"阚倩母亲道："吃过了。"徐元琐冲了一杯茶来放到阚倩母亲跟前。扯了几句家常，阚倩母亲道："他叔婶子，我今天来是有事和你们商量。"徐元琐道："嫂子有啥事尽管讲。"阚倩母亲道："当初阚倩和徐哲定亲可是冲着你们的，是吧？"颜青道："是啊嫂子，当初徐哲的爹妈啥也不管，是咱们做的亲啊。"阚倩母亲道："既然这样，我有事还得找你们。"徐元琐忙问："嫂子咋了？"阚倩母亲叹了口气道："徐哲从部队转业执意要回明泉来，我们也没说啥，更没拦着。可他回来要好好地，不能出这事那事的。"徐元琐两口子听了阚倩母亲的话有点儿摸不着边际，便问徐哲咋了，阚倩母亲便把去图书馆时看到的情景说了。徐元琐听了笑道："嫂子，就这事呀，他们在一起工作不是很正常吗？"阚倩母亲道："工作是正常，但两个年轻男女离得那么近总不成个体统，我还听说他们馆里那些女的都有些不正经。"徐元琐两口子听了，笑了笑道："嫂子你多虑了。"阚倩母亲道："就算是我多想了，不过，徐哲一个人在这边，年纪轻轻的难免不会感到闲得慌。再说，他和俺闺女就这么分着，也不是个常法呀。"徐元琐道："当初我就不愿意徐哲转业回明泉来，要是去了你那边，和阚倩在一起，也离你们近便，多好啊，可他就是不听。"阚倩母亲道："事情到了今天这步说这话也没啥用了。我琢磨着你在这边当着个官，当初又是咱两家做的亲，所以我就想让你操操心把阚倩调过来，免得一个在这边一个在那边，时间长了出啥症候。"颜青道："徐哲这孩子就是犟，当初要是去了你那里，也不会有调动的事。你兄弟当官是不假，可这点芝麻粒都算不上的官能办啥事呢？"阚倩母亲听了，道："不管咋说，他叔跟上面当官的能说上话，就得让他叔多费心了。"徐元琐听了，心里思忖道："我若不答应她，这倒好像显得我没本事，不妨先答应了再说。"于是，他对阚倩母亲道："嫂子你放心吧，这件事我来办。不过，你知道现在办事没有关系是不行的，即使有关系也得看时机。"阚倩母亲："他叔只要有你这句话就行了，这件事早晚都得办，早办比晚办好。"又说了些别的话，看时候不早了，阚倩母亲便告辞了。阚倩母亲走后，颜青责怪徐元琐道："你这么痛快地就答应了，显得你有本事吗？"徐元琐道："她毕竟是亲家母，我要是不答应不光是显得我没本事，而且也显得不近人情。我先答应下来，至于啥时候办和怎么办不是看看再说吗。"颜青听了便不再说啥。

66

阚倩母亲照顾父母待了一个多月便回了峄城，回去后便把她去找徐元琐的事同闺女说了。阚倩道："这样也好，反正早晚也得调回去。"

阚倩在给徐哲的信中，把母亲去找徐元琐且徐元琐答应给她办调动的事说了，徐哲回信道：既然这样，我的身体又时好时坏的，你能不能请长假回来，一则照顾我调理调理身体，二则在这里待着可催促叔父快些办理。阚倩接到信看后觉得徐哲的话不无道理，便和母亲说了。阚倩母亲开始不同意，阚倩道："回去已是早晚的事，徐哲的身体不好，要是时间长了有了大问题不就更麻烦了吗？"阚倩母亲无奈只好同意。于是，阚倩便向单位请了长假，带着嫚嫚回到了明泉。因为请的是长假，单位便不再发工资，而是只发生活费。

回到明泉，阚倩常到徐元琐家里帮着干些活，一来让徐元琐两口子说不出啥，二来可时不时地催促徐元琐快些帮自己办调动。这天阚倩在徐元琐家里帮着打扫卫生，徐元琐下班回来了，对阚倩道："今年事业单位实行工资改革，每个人的工资都能翻一番，这下徐哲的工资都能和我一样多了。"这时颜青也进了门，听了徐元琐的话，接着道："可不，你都干了大半辈子了，和一个小年轻的拿一样多的工资。"徐元琐道："我们文化宫也得涨工资。"工人文化宫是企业单位，涨不涨工资自己单位说了算。阚倩从徐元琐两口子的话里，品出了酸溜溜的味道。

徐哲上班一年多后，张局长就调往省城了。新来的局长名字叫栗道群。对于张局长的调走，徐元琐颇有些失落，因为他是张局长一手提拔起来的，也只有张局长欣赏徐元琐，而别的领导都认为他不老实，单位的职工也都说徐元琐太滑。

又是一个秋雨绵绵的日子，在这样的季节，这样的日子，很容易勾起人内心深处的思绪。回来后，徐哲虽然和艾宁一直保持着书信联系，但通信的次数并不多，不过每年的元旦互寄一张贺年卡是必不可少的。近段时间以来，徐哲对艾宁的思念与日俱增。现在徐哲手里艾宁唯一的一张照片，是他们在文学院学习结束时的合影。照片上，艾宁身穿呢子大衣，脚蹬一双绛红色中跟皮鞋，文静而有气质。徐哲时常看着这张照片出神，眼睛紧盯着艾宁，心里默默道：真的好想你。三天前，徐哲收到了艾宁的来信。艾宁在信中谈了自己的工作和生活，并在信中询问徐哲的情况。艾宁和丈夫离婚后一直还是单身，女儿燕燕已经五岁了，她一直和父母住一块儿。徐哲曾在信中含蓄地问她为何还在单身，艾宁直白地说还没有遇见对的人。徐哲很快给艾宁回了信，他在信中这样写道："……我也说不清楚自己现在的日子好还是不好。曾几何时，我渴望自己能养活自己，不用看任何人的脸色。渴望有一个属于我自己的真正的家，不再过着寄人篱下的生活。如今，这一切我都实现了。可我，总觉得生活里缺少了什么。你问我妻子如何，我只能长叹一声……怎么说呢，原来不长期在一起生活，觉得她是个好人。在一起生活久了，却越来越有一种说不出来的滋味……"徐哲讲的"说不出来的滋味"已困扰他很久了，他渐渐感觉到阚倩不再是初见时那副"单纯"的样子。徐哲以前觉得阚倩虽然文化程度不高，但人还是通情达理的，可现在阚倩的一些做法让徐哲觉得难以理喻，在某些事情上做得有点儿过了头。于是徐哲想到了阚倩的父母，几次探亲和阚倩的父母生活在一起，让徐哲对阚倩的父母有了进一步的了解。阚倩的父母似乎话永远说不到一块儿，彼此互不服气。阚倩的母亲是一个泼辣的女人，时常用粗话骂自己的丈夫。而阚倩的父亲属于那种有些小聪明但为人处事有些小气的男人。妻子看不惯丈夫的吝啬，而丈夫也看不惯妻子"母汉子"的性格。但妻子的气势显然压倒了丈夫，对于妻子的粗口相骂丈夫也只能充耳不闻。有时徐哲在阚倩身上看到了她的父母的影子，既有愚钝又有些执拗。每每这时，徐哲更加觉得艾宁才是自己理想中的女人。尤其是想到去艾宁家时看见艾宁的母亲对丈夫贴心呵护的样子，徐哲就感到一阵阵温暖，觉得艾宁也会是一个体贴温柔的贤惠妻子，谁娶了她将会是莫大的福气。徐哲有些话不好在信中直说，便附上了一首小诗，题目是：你问我。诗中写道：你问我生活得如何／我只能告诉你／我活得很无奈／原以为时间能淡化一切／但有些东西／却随着时间在强化／模糊的／渐渐清晰起来／清晰的／却在变得模糊／错的时间遇见了对的人／而对的时间却遇见了错的人。信寄出后，徐哲几天内都被一种怅惘所笼罩。他在心中道：无论是对的人还是错的人，都是自己的命中注定。

半个月后，徐哲收到了艾宁的来信，信中也附了一首小诗。诗没有标题，内容是：从一个陌生的城市／寄来一首湿漉漉的小诗／诗中的无奈让人慨叹／世上有多少人／又不是在无奈和慨叹中度过／无论是对的人还是错的人／都是命里与你有缘的人／但愿时间永远是对的／这样也算不枉对人生。

信中，艾宁还告诉徐哲，最近朋友给她介绍了一位男士，是一位私企老板，一年前其妻子和儿子在一场车祸中双双罹难。俩人已交往了些日子，艾宁说对这位私企老板的初步印象还可以。徐哲觉得艾宁应该早一点重新组建家庭，因为一个单亲妈妈的日子有太多的不容易。可是要再组成新的家庭，而且新的家庭能尽如人意，也不是一件容易的事情。徐哲几次梦见自己和阚倩离了婚而和艾宁组成了新的家庭，日子过得甜蜜而温馨。梦醒来后，想想现实，徐哲便会无奈地长叹一口气。清醒时，他也无数次想象和艾宁生活在一起的样子。想象过后，依然是一声长叹。

过了很久一段时间，徐哲才给艾宁写了回信。信中除聊了些家常话外，徐哲希望她能与那位私企老板多处些日子，彼此了解得深一些了再考虑重组家庭的事。

阚倩调动的事，徐元琐不说办也不说不办，一直就这么拖着。阚倩旁敲侧击地催了几次，徐元琐总是打哈哈。这天是星期日，徐哲和阚倩又帮着徐元琐家干了一天的活。晚上，徐元琐和颜青回来，见家里收拾得停停当当，脸上都不免露出喜色。今天文化宫举办了一场演出活动搞得很成功，得到了市里有关领导的赞许，徐元琐的心情也比往日好得多，便多了几分喜悦写在脸上，嘴里还不停地哼哼着小调。吃罢晚饭，徐元琐自己谈起了阚倩调动的话题："阚倩呀，你调动的事我想了很久，别的单位不好去，要不你到我们文化宫来吧。"徐哲和阚倩听了，心里很是高兴，难得叔父能主动提起此事。文化宫一直是事业单位企业管理，单位效益也不错。这次事业单位涨工资，文化宫也跟着涨了上去。徐哲听了徐元琐的话，趁热打铁地说："那感情好！要不让阚倩的单位发商调函吧。"异地职工调动是要调出单位向调入单位发商调函的，只有调入单位同意了，才能开始办理调动手续。谁知颜青听了徐元琐和徐哲的对话，说道："阚倩到文化宫来，那周水莲怎么办。"周水莲是儿子小楞最近谈的一个女朋友，在一家工厂上班，因周水莲不愿意在单位上三班倒，想调到文化宫来上长白班。徐元琐听了颜青的话，脸上的喜悦减去了大半。儿子小楞高中毕业后没考上大学一直在家闲着，整天跟一些狐朋狗友东窜西跑。徐元琐让他找点正经事干，可他非要徐元琐托关系给自己找正式工作。徐元琐无奈，只好答应他等有机会转了非农业户口再给他安排工作。徐元琐便对颜青说周水莲的事以后慢慢再办，现在周水莲厂里工资不低还有不少奖金，来文化宫要少一大块收入。况且小楞和周水莲刚认识不久，还没有确定恋爱关系。颜青也觉得周水莲眼下调到文化宫来有些不合算，虽然心里有股醋意，但又不好说一些别的，只好默不作声。

第二天，徐哲赶紧叫阚倩给她父亲打电话，让他们单位给工人文化宫发商调函。

阚倩的商调函发过来了，可徐元琐还是拖着不给阚倩原单位发同意调入的函。阚倩请长假已有好几个月了，每月只有几十元钱的生活费。好在徐哲的单位每月按时发工资，不至于生活过得很窘迫。徐哲知道徐元琐是故意拖着不回函，但他也没有办法。他对阚倩说："我的工资够我们三口人吃饭的，他愿意拖到什么时候就拖到什么时候吧。"又过了两个月，上面领导通过局里要安排两个人到文化宫，徐元琐觉得如果让别人来上班而不让阚倩调入，实在有点儿说不过去，这才给阚倩原单位发了函，同意接受。阚倩原单位收到回函后立即将各种关系转了过来。谁知徐元琐对阚倩说，她上班的时候还要向文化宫交两千元钱，说是从今年开始凡进文化宫的人都要交钱。阚倩道："叔你也知道，我们刚刚盖了房子，现在还欠着些债，手头实在不宽裕，您看能不能先借给我们点钱。"徐元琐冷笑道："你还跟我借钱？我还没钱花呢。徐哲不是又涨了工资了吗？他现在工资都比我高了。"原来，事业单位工资改革之后，连着又涨了两次工资，这样下来徐哲的工资超过了徐元琐。徐元琐还想给自己单位的人涨工资，无奈他来了之后效益一直不景气，他投资了几个小项目又都赔了钱，实在没有钱再涨工资了。阚倩只好把徐元琐的话跟徐哲说了，徐哲咬着牙从战友那里借了两千块钱，阚倩把钱交上，徐元琐才让她上了班。后来阚倩听会计说，和她一同来上班的另外两个人都没有交钱，但她没把这件事告诉徐哲。

徐哲新盖的房子安好了门窗后，便从阚倩母亲的旧房子里搬了进去。住在自己的房子里，徐哲有了一种踏实的感觉。看到不少人家里都安了座机电话，自己手里已有了一点积蓄，徐哲便找了电信局也安了一部电话。

后来，徐哲知道了和阚倩同进文化宫的两个人都没有交两千块钱，还知道了徐元琐叫财会人员扣着阚倩的考勤奖一直不发。徐哲非常生气，但又不好发作。过了几天，徐元琐因阑尾炎急性发作住进了医院，别人都去看他，徐哲一直拖着没去。他让阚倩去医院，嘱咐阚倩如果徐元琐问自己为何不来，就告诉他只要不给阚倩发考勤奖，自己就不去看他。阚倩去了医院，徐元琐果然问阚倩徐哲为何不来，阚倩只好吞吞吐吐地说了徐哲的话。徐元琐琢磨了一阵子觉得自己做得确实有点儿过分，便答应出院就让会计发给阚倩考勤奖，徐哲这才去了医院。到医院后颜青在那里，正要对徐哲发脾气，徐元琐道："来了就好，不要再说了。"

徐元琐出院后的一天中午，徐哲刚下班回到家，突然接到了颜青的电话，说是自己结婚时欠她五百块钱，要徐哲还给她。徐哲有点儿莫名其妙，当年结婚时颜青是帮自己置办了些东西，可徐哲都把钱给她了，根本不存在欠她钱的事。徐哲觉得颜青现在向自己要钱，分明是在找事。徐哲道："婶子，我结婚时你是帮我买了部分东西，但当时钱都给你了，怎么会欠你的钱呢。"颜青道："你也太没良心了吧，我操心给你找了媳妇成了家，你不能忘恩负义吧！"听颜青这样说，徐哲也生气道："婶子，当初你帮我介绍对象是你自己愿意的，不是我求你的。"。颜青听了道："就算是我自己愿意的，你也不能欠我的钱。"徐哲知道在电话里和她扯不清楚，便道："婶子你想讹我的钱也不能这样做。"说着挂了电话。下午，徐哲去文化宫找了徐元琐，对徐元琐道："今天婶子说我欠你们的钱，叔你说有这回事吗？"徐元琐道："你婶子对你是有恩的。"徐哲道："我承认我找媳妇你和婶子都操了心。"说着从口袋里掏出一千元钱给徐元琐，道："叔，给你这些钱，就算是我对叔婶的补偿吧。"徐元琐道："你这是干啥，这个钱我怎会要？"徐哲道："那婶子不能再说我欠你们的钱。"徐元琐道："行，那我回去说说她。"这件事这样也就算了。

67

梁丽珍家中似乎总有干不完的活，差不多每个月都要徐哲去帮她干点啥。其实有些活她自己完全可以干，但她好像是个不愿干活的人，尤其是家务活，诸如打扫卫生之类，总是喜欢指使别人。去给她干活的也不仅仅是徐哲，有她的一个远房侄女婿，还有一个她本家的弟弟。时间在不知不觉中又到了过年的时候。腊月二十四，梁丽珍打电话给徐哲，让他去帮自己打扫卫生。梁丽珍住的是平房，院子有一百多个平方。梁丽珍喜欢收集一些旧东西，平时又懒得整理，所以整个院子每间屋里都是满满的，且杂乱无章。梁丽珍又是一个古板的人，过年的时候非要把每个犄角旮旯打扫一遍。今年的冬天格外地冷，尤其是到了年跟前，连着下了两场雪，雪后初晴，寒冷的空气滴水成冰。徐哲和梁丽珍的另一位亲戚在院子里擦门窗的玻璃，尽管抹布蘸着热水，但抹布很快就会变凉，手还是冻得生疼。好不容易擦完了门窗玻璃，梁丽珍又让两个人收拾厨房。梁丽珍平常几乎不清理灶台，厨房内灶台和墙壁的瓷砖上厚厚的一层油腻擦洗起来十分费劲。等两个人好不容易把厨房拾掇干净了，已是中午十二点半多了。简单吃了点饭，梁丽珍又让他俩把院子里的雪和垃圾清理干净，最后把大门和屋门上的旧对联清理干净，以备年三十那天张贴新对联。干完这一切，太阳正好落下西墙。梁丽珍留他们吃晚饭，但俩人都推说回去还有事便告辞了。他们都知道，要是留下在这里吃晚饭，说不定梁丽珍还要找什么话让他们干。

　　眼看春节就要到了，放假前的一天，刘菲正看着当天的报纸，她看到省报上面有一篇文章的作者是"徐哲"两个字，便过来问徐哲是不是他写的。徐哲接过报纸一看，是自己前几天投出去的一篇散文，便道："是的。"刘菲满脸的惊羡："徐哲你可以嘛！"徐哲淡淡一笑道："这没啥，以前也发表过小说散文啥的。"听徐哲这么一说，刘菲眼神里又多了几分敬佩。馆内其他人员也看到了报纸上徐哲的文章，并且知道了他以前还发表了小说散文等，无不称赞他有文才。自这以后，刘菲更加喜欢和徐哲在一起说话。

　　春节过后，这天下午到了下班时间，其他同事都走了，徐哲和刘菲最后一同从阅览室和借阅室走了出来。徐哲锁好了门刚要去推自行车，刘菲叫住了他："徐哥，这么急着回家吗？"徐哲笑了笑说："我回家还要照看孩子干家务，不像你回了家啥事没有。""徐哥，你，嫂子她对你好吗……"不知为什么，今天刘菲的神情有些异样，说话吞吞吐吐，脸上还泛着一层红晕。"这……"徐哲不知该如何回答刘菲，"我们……她……还行吧。"徐哲只能含糊其词。"家里，家里人给我介绍了个男朋友，你说我去见，还是不去……"徐哲没想到刘菲会问他这样的问题，他一时语塞"我……这……"刘菲又接着说："你要是不让我去见，我就不去……""你……这……这件事得由你自己决定。"徐哲的心速也变得快起来，结结巴巴地道。刘菲见他这样，脸上的红晕褪去了不少，她低声道："你，你快回家照看孩子吧。"说完，骑上车一阵风儿似的走了。望着刘菲远去的身影，徐哲摇摇头，又叹了一口气，也骑车回了家。

　　有好几天，刘菲见了徐哲爱搭不理的。徐哲主动和她打招呼，刘菲也只是象征性地应一声。徐哲想，女孩子的脾气就是古怪，令人捉摸不透。后来刘菲和馆里的人说自己订婚了，对象在工商局上班。徐哲知道后，向刘菲表示祝贺。刘菲只是淡淡地说了声："谢谢。"

　　这天，艾宁给徐哲来了一封信，信中告诉徐哲，她和那位私企老板已经确定了关系，如果不出意外的话，半年后就要领证并举行婚礼。不知为什么，徐哲的心里一下子觉得空落落的，但在回信中他真诚地祝福艾宁开启新的幸福生活。

因徐哲干工作踏实勤快，不但获得了同事们的好感，而且也得到了馆长倪焉涛的肯定。他有意识地让徐哲干一些业务性的工作，并有意无意地传授一些管理经验。"五一"过后，省图书馆举办全省图书业务理论研讨会，给了明泉图书馆两个参会名额。倪焉涛和贾春海商量后决定自己带徐哲参加。研讨会上，听了与会专家们的发言，徐哲不仅学到了知识，更开阔了眼界。徐哲渐渐明白，图书馆不仅仅是供人阅读书籍的场所，而且具有保存人类文化遗产、开展社会教育、传递科学情报、开发智力资源、提供文化娱乐的职能，甚至包括古籍的收藏、整理、研究。从研讨会回来后，多数人对徐哲的参会除了羡慕还表示了赞许。但徐哲从刘菲和父亲刘先鼎的眼里则看出了嫉妒和不服气。刘先鼎私下里对人说："俺闺女刘菲是大学生，就是去也应带上俺闺女。"过了些日子，马倩华碰到徐哲见四下无人故作神秘地对徐哲说："人家刘菲在填表你知道吗？"徐哲不解地问："她填什么表？"马倩华道："人家要定职称了。""职称是啥？"徐哲问。马倩华鼻子里哼了一声："你呀，连职称都不知道。咱们是业务单位，每个人都可以评定专业技术职称的，职称越高工资越高。""哦，是这样呀。"徐哲道。马倩华露出关心的口气说："你还不快去问问领导，怎么不让你填表呀？"徐哲听了，未置可否地笑了笑。见徐哲不是很上心的样子，马倩华转身要离开。刚要迈步，她又转身对徐哲小声道："问不问由你，我可是告诉你了。你可不要对人说是我告诉你的。"望着马倩华远去的背影，徐哲轻轻摇了摇头。第二天，徐哲有意无意地来到了馆长办公室。屋内只有贾春海在里面，见徐哲进来，贾春海问："徐哲有事吗？"徐哲迟疑了一下，道"倪馆长不在吗？"贾春海道："哦，他到局里去办点事。怎么你找他……"徐哲连忙道："哦，不，不……我听说刘菲在填表……"见徐哲这个样子，贾春海知道了他的来意，笑着道："是的。刘菲是全日制大专毕业生，按规定工作满一年可以直接确定初级职称。"听到这里，徐哲的脸微微一红，心说自己不是大学生，显然没有资格填表。他觉得自己不该来问这件事，所以内心有些不好意思。贾春海看着他笑道："以后你也可以评定职称，不过有一些条件限制。"徐哲连忙道："哦，我，我……那是以后的事。"说完，徐哲赶紧找了个借口出了馆长办公室。

这天徐哲一上班，看到马倩华、杜林莎和另外两个人围在借阅室门口看着一张报纸，还在嘁嘁喳喳地小声说着什么。徐哲凑上去问道："你们在看什么？有重大新闻吗？"听到声音，杜林莎回过了头，对徐哲道："快来看看，人家刘菲也在报纸上发表文章了。"徐哲近前一步，见大家看的是一张本市的《齐鲁日报》。这时大家已看完刘菲的那篇文章，马倩华把报纸递给徐哲，道："快看看吧，人家刘菲写的。"徐哲接过报纸，见副刊上有一篇名为《我在大学时的一件事》的文章，下面署名是刘菲。徐哲快速浏览了一篇，内容是作者在上大学时如何委婉地拒绝一名男生的求爱，而专心致志完成学业的事。徐哲朝借阅室内瞥了一眼，见刘菲坐在里面，好像是在看一本书，但注意力明显不在书上。刘先鼎坐在一边，脸上明显有一丝得意。马倩华看完报纸，走到刘先鼎跟前恭维道："人家刘菲不愧是大学毕业生，写的文章就是有水平。"刘先鼎故作谦虚地回应道："哪里哪里。"马倩华又看了一下徐哲，眼神里含着不可捉摸的神色。徐哲没说啥，转身去了阅览室。

两个星期后，馆内人们《中国图书》期刊上看到了徐哲写的一篇文章，内容是如何加强基层图书馆建设的。有人在私下里道："这两个人是摽上劲了。"其实，徐哲无意与刘菲比什么，他只不过是在做着自己的事。至于刘菲怎么想的，他就不知道了。他早就觉出了刘先鼎对自己态度的变化，有时说起话来阴阳怪气，含沙射影。

68

这天徐哲正走在上班的路上，隐隐约约听到后边两个人的对话，听口气像是两个乡下人。

一个说："现在城里人还让买枪吗，墙上地上咋这些广告呢？"

另一个道："你看看这些广告上写的，还有迷药呢。"

一个又道："这广告上办证说的是啥呢？"

另一个回道："听说是毕业证啥的，只要给了钱，人家就可以给你做一个。俺有一个亲戚在政府的一个局里上班，没有上过大学，但花钱买了个大学毕业证就当上了领导。"

一个叹气道："如今兴的都是些啥，没了正事了。"

……

那两个人拐过弯儿去走远了，隐约还听到你一言我一语地说着社会上的一些趣事。

徐哲听了那两个人的对话，心里也长叹了一声。这些年来，社会上的怪事越来越多，但人们渐渐地见怪不怪，慢慢也就习以为常了。徐哲脚下的路上，隔十几步就有诸如"迷药""办证"之类的野广告，路两边的墙上、电线杆上也贴满了广告纸，像是一块儿块牛皮癣让人看着不舒服。更让徐哲不解的是，那天从派出所门口经过，也看见小广告贴得到处是，好像贴广告的人故意在向公安部门叫板，而派出所的民警进进出出竟视而不见。

走进单位大门，徐哲看见几个同事在围着一个陌生人。那陌生人嘴里不停地说着什么，引得围观的同事发出一阵阵笑声，有的同事还凑趣地和那人搭讪几句。只听那陌生人说道："你们知道我们明泉市为什么还这么落后吗？"众人都道不明白。那陌生人故作神秘地说："我告诉你们吧，就因为咱们的书记、市长的名字不行。"咋个不行法？"一同事问道。"你们听听，咱书记的名字叫梁海亭，市长的名字叫马宪杰。现在中央号召全国都在下海，咱们书记倒好，到了海边停住了。"陌生人道。"那市长的名字又咋了？"有同事又问。"马宪杰，马宪杰，把咱们明泉市的人才都限制住了。你说，咱明泉市能好得了吗？"陌生人一脸洋洋得意。众人听了便都哄笑起来。徐哲这才明白那陌生人精神不大正常。那陌生人又在那里胡侃了一阵，被有的同事撵了出去。望着远去的陌生人，徐哲心里一阵感慨。现在全国一片下海声，各级政府部门和事业单位鼓励工作人员下海经商，有的还有政策性奖励，并规定下海后和原单位仍保留工作关系，如愿回单位者可以再回原单位。于是很多嫌在单位工资少的人员纷纷离开单位去经商办企业，有的大显身手发了大财，但更多的是因挣不到更多的钱而回了原单位。政府还鼓励大家招商引资，明文规定谁要是引进了工程项目，可以按投资额比例拿到奖金。

　　快下班的时候，徐哲正在阅览室整理被人翻阅过的报刊图书，副馆长贾春海过来对他说："徐哲，市里电视台来咱馆给倪焉涛拍个专题片，你去帮一下忙。"徐哲答应了一声便跟着贾春海来到办公室。办公室里除了馆长倪焉涛，还有两个人。其中一个徐哲认识，是电视台主持人周阳。另外一个身边放着一台摄像机，显然就是摄像师了。闲聊了一会儿，主持人对倪焉涛说："倪馆长，咱们开始吧。"倪焉涛道："行。"贾春海对徐哲道："小徐，你帮摄像师背着电池包。"徐哲应了一声，便从摄像师肩上接过电池包挎在自己肩上。电池包分量不轻，挎在肩上徐哲感到沉甸甸的。先是在阅览室拍摄倪焉涛接受采访的镜头，主持人问，倪焉涛答。然后，来到资料典藏室拍摄倪焉涛整理图书资料的镜头，主持人觉得只有馆长一人显得有些单调，便对徐哲说："你到馆长身边一起整理吧。"徐哲说："好的。"便来到了倪焉涛旁边。见徐哲过来，倪焉涛道："你过来干啥？"徐哲说是主持人让他过来的。倪焉涛道："不用，你闪开就行。"徐哲只好离开，重又帮摄像师背电池包。主持人看了看倪焉涛，又看了看徐哲，嘴角翘了翘，轻轻摇了摇头。拍完了所有的镜头，已是中午十二点多了，倪焉涛便领着一行人来到了离图书馆不远的一家饭店。一进饭店，便有装扮妖艳的服务小姐迎上来，领他们来到一个幽静的房间。大家落座，不一会儿酒菜便摆上了桌。服务小姐陪坐其中，不时地给每个人斟酒布菜。酒到兴处，服务小姐站起身跟每个人对饮。只见她浪声浪气，不管客人年龄大小，一律叫"哥哥"。徐哲听她那嗲嗲的声音，身上直起鸡皮疙瘩。这些年，小姐陪酒成了风气，人们到饭店不再单单是为了喝酒吃饭。酒过三巡，菜过五味，服务小姐便邀众人跳舞。先是和主持人跳，然后是摄像师。等轮到徐哲时，徐哲推说不会跳。服务小姐便双眼惺忪地说："哟，这位小哥哥还是这么传统。"徐哲知道，小姐和客人躲在宽大的布帘后面不仅仅是跳舞，还会做出一些亲昵和暧昧的动作。所以每每有同学好友邀他去饭店吃饭，他都找理由推辞，实在推辞不了，当小姐要和他"跳舞"时，他便以不会跳拒绝。等酒足饭饱每人都尽兴之后，倪焉涛才领着大家出了饭店。

林文山来图书馆半年多一点便退休了，一个月后，工人文化宫的书记查元理调到了图书馆。徐元琐到文化宫当经理后，一直与查元理不和。徐元琐总想啥事一个人说了算，可查元理是书记，徐元琐总嫌他碍事，一直琢磨着瞅机会撵走他。于是，徐元琐经常到局里告查元理的状，说查元理总想和他争权，搞得他没法干工作。现在企事业单位都是行政领导负责制，局里担心两人不和会影响单位效益，于是借图书馆有人退休空出编制之际，便和查元理商量让他去图书馆。查元理是一个老实忠厚的人，也懒得和徐元琐在一起生闲气，就同意了。因他在文化宫是书记，到图书馆后给了他一个副馆长的职务。谁知刘先鼎看到查元理来了后当了副馆长，觉得自己是从部队转业的干部，也算老资格了，现在在馆里也没混上个一官半职，所以闹起了小情绪。倪焉涛把情况反映到局里，局里从大局考虑，也给刘先鼎一个副馆长的头衔。好在任命一个副馆长也就是一张纸的事，局里也就顺水推舟做了个人情。

第十六章

69

再过一星期就要过年了，这天倪焉涛叫上徐哲还有聂秋昂带着年货去慰问离退休老干部和退休职工。他们先是来到离休的老干部唐凤禄家，因倪焉涛的业务是唐凤禄一手带出来的，所以彼此相谈甚欢。唐凤禄突然对倪焉涛说："焉涛你今年也快六十了吧？"倪焉涛道："唐老师，我今年已经五十六了。"唐凤禄道："也到了快退的时候了。"倪焉涛道："可不，没几年干头了。"唐凤禄沉吟了一下道："那你也该考虑培养接班人的事了。"倪焉涛听后笑了笑，突然道："徐哲就很不错呀。"唐凤禄听后看了看徐哲，意味深长地点了点头。三天后的一个下午快下班的时候，倪焉涛把徐哲叫到了办公室，道："小徐呀，我和贾副馆长商量了一下，局里领导也同意了，下一步准备把你提为副馆长。"徐哲听了感激地望着倪焉涛。倪焉涛道："你心里先有个数就行了，先不要声张，过了年局里就会下文件。"自从刘先鼎和查元理五十五岁退了二线后，只任命了聂秋昂为副馆长。当时许多人还以为徐哲会和聂秋昂一块儿被任命，谁知只任命了聂秋昂一个人。好在徐哲对当不当官无所谓，所以也就没有什么失落感。

春节过后，局里果然下文件宣布任命徐哲为图书馆副馆长，但同时宣布为图书馆副馆长的还有刘菲。

不久，馆里又来了一个年轻人，名叫宋唐，是馆长倪焉涛的一个远房外甥。

这天是星期五，梁丽珍给徐哲打电话，问他明天有没有时间，说是她家的房子坏了，找了人来修，让徐哲去打打下手。徐哲不好推辞，只好说有时间应了下来。第二天徐哲来到梁丽珍家，见有两个施工模样的人坐在屋里。梁丽珍忙说："小徐呀你来了，这是来修房子的王师傅和赵师傅。"又对那两个人道："这是我的外甥小徐，叫他来给你们打打下手。"徐哲冲那两个人笑了笑，那两人其中一个也欠了欠屁股冲徐哲笑了一下。梁丽珍给徐哲倒了杯水，道："咱这房子盖了有二十几年了，后墙的皮都掉了，既不美观也影响房子的质量。遇上下雨雨水往墙上湔，要是洇到里面，里面的墙皮也跟着往下掉。"喝完一杯水，两个修房子的师傅便站起身去房子后面看看。其实梁丽珍家的房子没啥大毛病，只是后墙的水泥墙皮有点儿轻微脱落，从外面看有些不美观。两个人看完后，其中那个叫王师傅的对梁丽珍道："房子呢也没啥大毛病，用点水泥补一下就行。"梁丽珍道："王师傅你敲敲那边上，看空空了没有？要是空空了，过两年还是要往下掉。"王师傅用瓦刀敲了敲掉墙皮的四周，有些"彭彭"的声音，道："是有点儿空鼓了。"他想了一下对梁丽珍道："问题也不是很大。不过你要想彻底修补，就要把这些有点儿鼓的墙皮都敲掉，然后再涂上一层新的。要这样的话，时间可能会长一点，成本也就高了。"梁丽珍道："既然修一次，就修得彻底一点吧。成本不成本的无所谓，时间长就长点吧。"王师傅道："这样吧，先把鼓了的墙皮去掉。"于是王师傅二人开始拿着锤子钎子敲砸墙皮，徐哲用手推车向外推砸下的墙皮。一个多时辰的功夫，鼓了的墙皮全都砸了下来。看看到了吃午饭的时候，王师傅二人喊着徐哲停了工。这时梁丽珍也做好了午饭，招呼他们洗洗手快来吃饭。梁丽珍给两位师傅倒了酒，自己也倒了一杯，她知道徐哲不喝酒，就对徐哲道："小徐呀，你不喝酒就快点吃饭。吃完了呢，你就去洇一下墙，这样等你两位叔吃完了就可以泥墙了。"徐哲听了便赶紧吃饭，吃完后拿了水管子就去洇墙。等把墙洇好了，王师傅二人也吃饱了饭。王师傅道："让墙滋洇滋洇再泥墙，这样墙皮和砖墙能紧黏在一块儿。"便招呼徐哲快来喝茶。歇了有一个来小时，王师傅和赵师傅就开始泥墙，到黑天时，墙也正好泥完了。

　　这天徐哲在馆里碰到刚从局里开会回来的倪馆长，倪馆长看了他一眼，迟疑一下说道："小徐，你叔的事听说了吗？"徐哲一愣，忙问："我叔，他咋了？"倪馆长道："你叔他不当经理了。""为啥？"徐哲很是吃惊。"是经济上有点儿问题。"倪馆长稍顿了一下，又道："你抽空到你叔家去一趟吧。""嗯。"徐哲应道。晚上，徐哲去了徐元琐家。一进家门，就见徐元琐两口子脸色都不好看。徐哲也不好直接问什么，便说了些别的话题。倒是徐元琐直截了当地问徐哲："我的事你知道了？"徐哲点点头："我听倪馆长说的。"徐元琐不服气地道："是有人故意整我。"徐哲听着不搭话。颜青没好气地插嘴道："别说了！又不是什么光彩的事。有人巴不得你下来呢。"徐哲觉得没趣，随便聊了几句便走了。事后徐哲得知，徐元琐指示财会人员做假账设立小金库，并肆意挥霍小金库里的资金。有人把此事反映到局里，局党委了解情况属实后，便开会研究免了徐元琐的职。

　　徐哲刚上班时，工资和同工龄的人一般多，可自从工资改革与职称挂钩后，徐哲因是普工身份，工资便落了下来。看着这样下去不行，徐哲也想办法尽快评上职称。评职称既要看学历，又要看专业工作年限。徐哲是高中学历，按照往年的条件，今年刚够了报初级职称的年限。倪焉涛的外甥宋唐是中专毕业，今年也到了报评初级职称的时间。谁知材料报到人事局，却说今年政策有变动，高中和中专学历的，专业工作年限要再加一年。倪焉涛便为外甥宋唐打电话到人事局，说宋唐是中专毕业，能否通融一下。人事局负责职称评审工作的张科长和倪焉涛是老熟人，碍于情面，只好答应报上去试试。而倪焉涛并没有为徐哲说情通融，材料又退了回来。徐哲有点儿不甘心，就去找了方主任。方主任和张科长也挺熟悉，便打了电话询问了一下。张科长和方主任也经常有工作上的来往，便让方主任通知徐哲再把材料拿过去让他看看。徐哲拿着材料又到了人事局，张科长沉吟道："你要是有篇论文就好了。"听此话徐哲忙说自己曾在《中国图书》杂志上发表过一篇文章，张科长道："你咋不早说，有了这篇文章就可以直接报评初级职称的助级档了。"徐哲听了非常高兴，因为他知道图书系列初级职称分员级和助级两档，于是赶紧回去拿了杂志来。张科长看了，便让他重又按申报助级职称填写了材料。这样，徐哲和宋唐的申报材料一块儿报了上去，但徐哲报的是初级职称的高档助理馆员，而宋唐报的是初级职称的低档管理员。几个月后，两个人的职称都批了下来。徐哲心里很是感激方主任和张科长，这样一来，徐哲要是再申报中级职称的话，时间就可以提前几年。

职称虽然评上了，但会计一套工资，还是不合适。因为徐哲工龄长，就是普工的工资也超了初级职称刚套的工资。无奈，有人给他出主意，说要是办了聘干，再套工资可能要高些。但办理聘干手续也挺繁琐，而且还要局领导同意，最后由人事局审批。徐哲便去局里向领导说了自己的情况，好在局领导对他很有好感，同意给他办理聘干手续，并把材料报到了人事局。但并不是报上材料会就批准，现在的形势是除了有成绩还要有关系。徐哲不好再去麻烦方主任，于是他想到了梁丽珍。

正好这天梁丽珍又找徐哲帮她干点活，干完活后，徐哲便把自己聘干的事对梁丽珍说了。梁丽珍想了想道："我的邻居吴贵正好在人事局当副局长，我抽机会和他说说让他过问一下。"过了几天，梁丽珍给徐哲打电话，说她已经把他聘干的事同吴局长说了，吴局长答应帮忙关照一下，还对徐哲说应该到吴局长家去一趟。徐哲自然明白到吴局长家去一趟的意思，晚上，他买了水果和一张购物卡来到梁丽珍家，让梁丽珍与自己一道去吴局长家。来到吴局长家，吴局长夫妇俩显得很热情。梁丽珍再次提起徐哲聘干的事还要吴局长多费心，吴局长说："老大姐不要客气，这也不是什么大事。"吴局长夫人道："咱自己家的事还用说吗？"看到徐哲拿了东西还有一张购物卡，又道："这样就见外了。"徐哲忙道："东西不多，一点点心意而已。"又聊了些别的话题，见时候不早了，徐哲对梁丽珍道："梁姨，咱们回去吧，好让吴局长和大姨早点休息。"

梁丽珍看了看墙上的挂钟，见快到十点了，忙起身道："咱姊妹们拉着拉着就忘了点，不早了，该回去了。"吴局长两口子也不再强留，忙起身相送。梁丽珍让他们留步，道："都在一个楼上又不是外人，不要送了。"吴局长两口子送出房门，看着他们下了楼，便关上了门。

半个月后，徐哲聘干的事批了下来。会计给他套了一下工资，果然比按职称套的要高。

70

这天晚上，徐哲吃过晚饭出来散步，信马由缰地走着便走到了梁丽珍住的院子门口。徐哲想想已有些日子没到梁丽珍家去了，就拐弯走了进去。到了梁丽珍家的门口，徐哲轻轻敲了敲门，好久没有反应。他以为梁丽珍出去了家中无人，正要转身走开，忽然隐隐约约听到屋里传来"嘤嘤"的啜泣声。徐哲重又用力敲了敲门，几分钟后门开了。开门的是梁丽珍，见是徐哲来了，忙让徐哲进屋。徐哲进屋坐下，看见梁丽珍面带不悦，眼角还有泪痕。徐哲刚要问梁丽珍怎么了，小卧室里又传来"嘤嘤"的哭声。徐哲听出来了，那是梁丽珍女儿灵雨的声音。"灵雨，她……"徐哲试探着问。"说啥也不上学了。"梁丽珍朝小卧室里努努嘴，轻声说。徐哲感到诧异，灵雨正在上初二，为啥好好的不想上学了。梁丽珍叹了口气，一副欲说又止的样子。徐哲见状也不好再问什么，便讪讪地找了些别的话题闲聊了几句，便说还有点事告辞了。临出门，梁丽珍道："你先回去吧，抽空咱再细啦。"

过了两天是星期天，梁丽珍来到了徐哲家，落座后徐哲赶忙冲了茶水端到梁丽珍面前。闲聊之后话题自然说到了灵雨的身上，梁丽珍叹口气道："唉！那天你去，咱娘俩没法细啦。"徐哲道："灵雨好好的，为啥不想上学了呢？"梁丽珍沉吟了一下，道："说是同学都在背后嘀咕她，说我不是她亲妈。"徐哲不知该怎样劝慰梁丽珍，记得在部队时有一次探家，徐哲在梁丽珍家里，梁丽珍和他说起了自己的过去，其中一件事就是自己因妇科病不能生育，她第一个丈夫因此和她离了婚，后来她的母亲劝她抱养了现在的灵雨。梁丽珍还说她曾带着灵雨又结过一次婚，但因后来的丈夫对灵雨不好又离了婚。想到这里，徐哲迟疑了下道："梁姨，你应该把真相告诉灵雨。"梁丽珍道："我总觉得她还小，和她说了怕她承受不了。"徐哲道："梁姨，灵雨还有一年就初中毕业了，她不算小了。再说，别人的风言风语传到她耳朵里，你瞒也瞒不住了。""还是等她大大再说吧。"梁丽珍道。"梁姨，我觉得现在告诉她是一个机会。一来，她如果为此不再上学了，以后该咋办呢。二来，你如果告诉了她真相，她不但不会恨你，反而会感激你。你如果还是瞒着不告诉她，她心里总觉得和别人不一样，说不定还会恨。你可以告诉她是你抱养的，等她大了愿意去找她的亲生父母你也不拦她。再说她也不一定会去找的。"徐哲道。听了徐哲的话，梁丽珍好久没有说话，她抽了一支烟，然后说道："不行，现在不能告诉她。"徐哲道："你不告诉她，她一直不上学怎么办？"梁丽珍道："不上就不上呗，就让她在家里糗着。"徐哲觉得梁丽珍有点儿不可思议，但又不好往深里说，只好不语。阚倩留梁丽珍在家里吃饭，梁丽珍没有拒绝，阚倩中午便做了几个菜让梁丽珍吃。

梁丽珍果然没有把真相告诉灵雨。灵雨也一直待在家里没有再去上学。

图书馆里的读者平时并不多，阅览室里经常是三五个老年人看看报纸杂志，尤其是下午，有时甚至一个人都没有。于是，李祥应常召集人打扑克。馆长倪焉涛对此不管不问，因为他知道机关事业单位都存在这个问题，局里的领导每到下午也是常常打扑克。徐哲对此很是看不惯，但风气使然却也无可奈何，便管好自己不去参与，有空就多看点书。这日，李祥应又召集人打扑克，但喊来喊去还是差一个人。李祥应没法，便只好过来叫徐哲去凑人数。李祥应知道徐哲不愿参与，便笑着道："小徐呀，看书累了也要放松放松嘛。"徐哲抬起头，朝李祥应笑了笑，道："我又不会打，谁愿跟我打对门呀？"李祥应道："打着玩，消磨时间嘛。"又道，"你看看现在哪还有像你这样学习和工作的？

你没听见老百姓所说的嘛，那些当官的'上午围着轮子转，中午围着桌子转，晚上围着裙子转'。"

看见徐哲在那里发愣，李祥应还以为他不愿意和他们打扑克，便有点儿不悦："怎么，难道还要请你去吗？"徐哲听了笑着说："瞧你说的，走！去跟你们凑一把。"李祥应笑道："这就对了嘛。"眼下，李祥应在馆里年龄是比较大的，人们都喊他"李老师"，徐哲不想驳他的面子。

来馆里的时间久了，徐哲知道了馆里虽然人不多，但关系还是蛮复杂的。李祥应和馆长倪焉涛不和，不是工作上有交集，两人很少说话。徐哲听说，倪焉涛前任馆长梁月轩和刘祥应关系很好。退任前，梁月轩本打算让李祥应接任自己当馆长，可局里领导却让倪焉涛当了馆长，梁月轩对此耿耿于怀，李祥应更是一肚子不服气。于是，原来跟梁月轩关系比较好的几个人便合伙使绊子，在工作中处处给倪焉涛找别扭，以至于前两年倪焉涛几乎无法开展工作，就自己闷头钻研学问，对馆里的工作睁一只眼闭一只眼，得过且过。刘先鼎和聂秋昂先后调进了馆里，在一些事上能够维护倪焉涛，倪焉涛的工作才有了起色。直到徐哲他们几个新人进来，倪焉涛工作起来才算是彻底得心应手了。

四个人打升级，李祥应和杜丽莎打对门，徐哲和马倩华打对门。一个对门是一方，另一个对门便是对方。俗话说得好，没吃过猪肉但见过猪跑，徐哲嘴上说不会打，但因常见他们打扑克，耳濡目染便也学会了里面一些基本的道道。打升级打的是对门俩人的相互配合，不会打的人只按着自己的意愿出牌，根本不去配合对门。打上手和打下手又不一样，打上手的除主动出牌外，还要照顾扣的底牌。打下手则要做到负责给对方拉副牌，又要尽量不要让对方得分或跑了分。李祥应经常和杜丽莎打对门，所以两个人配合得比较默契。徐哲虽是第一次上局，出牌却很有分寸，加上马倩华不时指点，两个人配合得倒也可以。玩起来，时间过得自然快。双方你上我下正打得起劲，徐哲无意间抬头看了看墙上的挂钟，已到了下班的时间。

一局结束，几个人起身准备关门下班，见邮递员送来了报纸。杜丽莎接过报纸，随手翻了翻，突然对徐哲说："小徐呀，你的文章又上报纸了，快拿去。"徐哲应声过去,拿过报纸看了一下。马倩华道:"又发表了什么呀,我也看看。"徐哲把报纸递给马倩华,马倩华看后,道:"哟,文章还不短呢。""是一篇小说。"徐哲道。马倩华浏览了一下,又把报纸还给徐哲,道:"快拿回去给你老婆孩子看看吧。"徐哲道:"拿回家她们也不看。"说着便把报纸锁到了抽屉里。

　　这天晚上梁丽珍出去办完事回来路过徐哲住的楼房,看看时间还早,便上了徐哲家的楼。徐哲和阚倩正在家看电视,听见敲门声开门一看见是梁丽珍,俩人赶忙把她让进屋。屁股刚坐定,梁丽珍便滔滔不绝地说起这段时间以来所经历的事。她只要开了口,别人根本没有插嘴的份儿。待她说了一大阵子喘息的空儿,徐哲问道:"灵雨还没去上学吗?"梁丽珍叹了口气道:"还在家里糗着呢,咋说也不去,我也没了办法了,由她去吧。"徐哲道:"我觉得你还是把真相告诉她好。""什么真相?"梁丽珍瞪起眼问徐哲。"灵雨,不是你抱养的吗?"徐哲道。"谁说是我抱养的,灵雨就是我生的。"梁丽珍情绪突然有些激动。徐哲听后愣住了,那次明明是梁丽珍亲口告诉自己灵雨是抱养的,为何现在却矢口否认。梁丽珍又道:"灵雨就是我生的,是我和胡华强生的。"徐哲知道梁丽珍说的胡华强是她的第一任丈夫。徐哲觉得没有必要再和梁丽珍争辩,她现在不承认灵雨是抱养的自然有她的考虑。只是徐哲不明白,那次是梁丽珍亲口告诉自己的她不应该忘记,为什么现在却又撒谎。徐哲赶忙换了个话题,又聊了近一个小时,梁丽珍才起身告辞。梁丽珍走后,徐哲对阚倩道:"明明是她抱养的,现在却又不承认了,真是莫名其妙。"阚倩道:"梁姨可能有她的想法。"徐哲道:"啥想法?她就不怕耽误了灵雨的前程。"阚倩不再说啥,徐哲见时间不早了,便去洗漱准备睡觉。

71

三月份，又到了聘任职称的时候。事业单位的职称评和聘是分开的。评职称只要够了条件，每年都可以进行，但单位聘任需三年一次，而且聘任职称受名额限制，也就是说即使评上了职称，到了聘任的时候，如果没有足够的名额，又没有人主动退出，就会采取竞争聘任的办法，这样的结果自然是有人会聘不上的。所以，到了职称聘任的年份，那些有职称的人多而名额有限的单位，便会有一阵激烈的竞争。图书馆有三个中级职称聘任名额，可是有职称资格的却有四人。为了公平起见，局里制定了职称竞争聘任办法，每个人按自身各项条件打分，分数高的优先聘用。馆里打完分后，查元理分数最高，聂秋昂第二，贾春海第三，李祥应第四。看到自己分数最低，也就意味着聘不上，李祥应急了。他最不服气贾春海，因为贾春海比自己来图书馆晚了好几年，再说贾春海的职称也不是图书系列的。于是，李祥应找了局里领导，又找了人事局。无奈，按照规定，不是图书系列便不能被图书馆聘任，贾春海只能放弃了，李祥应如愿以偿地聘上了。要知道，中级职称聘不聘上，工资有几百块钱的差别，所以人们急红了眼地想聘上。

时间过得飞快，再过几个月，查元理就要退休了。查元理在文化宫时是副高级职称，来到图书馆后聘的是中级。图书馆只有一个高级职称的名额，三年前倪焉涛评上了副高职称并聘上了。查元理想在退休前让倪焉涛把副高职称聘任的名额让给自己，这样退休后工资会高不少。局里领导也帮着查元理做倪焉涛的工作，可倪焉涛说啥也不愿意，这让查元理非常不爽，便对倪焉涛产生了怨气。所以几个月后办理了退休手续，馆里想搞个小宴会欢送一下，可查元理不屑参加。

查元理退休后，图书馆便又空出了一个编制。于是，想进图书馆的人又排起了队。其中，倪焉涛的儿子、贾春海的儿子和退休职工詹蓬蓬的儿子都是高中毕业后没有正式工作，也都看上了图书馆空出来的这个编制。他们使出浑身解数，托关系走后门想方设法想让自己的儿子到图书馆上班。局领导不好偏向哪一个，也不好得罪哪一个，便想出了一个办法，让图书馆的工作人员投票，谁的票数高就让谁来图书馆上班。这个办法一公布，倪焉涛、贾春海、詹蓬连便又做馆里人员的工作，谁都希望多投自己的儿子一票。这天，局里派了一名副局长来图书馆主持投票。谁知副局长刚说了几句开场白，刘先鼎突然道："你们局领导不能这样做！让我们馆里职工投票，而这几个人都是馆里职工的孩子，我们投谁？投谁都不合适，不投谁就得罪谁，这不是在馆里制造矛盾和不团结吗？"刘先鼎说完话，大家也似乎愣过神来，是呀，到底投谁不投谁还真是不好决定。于是，大家你一言我一语说了这样做不合适。副局长见到这般情景，只好说："既然大家有不同看法，那我回去和局长汇报一下，再做下一步决定。"副局长说完只好起身回去。几天过去，投票的事没了下文，之后也就不再提了。

转眼间，徐哲评上初级职称已过去了三年，刘菲被确定为初级职称也满了五年，两个人下一步就要考虑评中级职称了。徐哲学历低，凭自然条件很难评上，只能想法多发表几篇论文。因徐哲干活勤快脑子也灵透，倪焉涛常让他和自己一同做一些业务性工作，所以倪焉涛发表论文时有时带上徐哲的名字。刘菲虽然是大专毕业，但还没有发表一篇论文，所以评职称还不够条件。刘先鼎见徐哲自己发表了几篇论文，倪焉涛又带他发表了几篇，心里有点儿急了。他找到倪焉涛，道："徐哲已有好几篇论文了，评中级职称不成问题了，但你不能不管刘菲呀。"他仗着以前倪焉涛在馆里受孤立时自己常常站在倪焉涛一边，所以说话有点儿理直气壮。倪焉涛只好笑着说："行，我以后多带带刘菲就是了。"倪焉涛以后发表论文，便带上了刘菲的名字。

六月份又到了上报评审材料的时候，徐哲和刘菲同时把评审材料报了上去。徐哲虽然评上初级职称不到五年，但论文的级别和数量达到了破格的条件。几个月后，两人的中级职称资格都批了下来。

今年开始，各个机关事业单位开始施行离岗政策，也就是科级及以下人员男性年满五十二岁，女性年满五十岁，不管是否担任职务，一律离开原来的岗位不用再上班。这对一般职工来说无疑是一件好事情，因为年纪不大便可不用上班，自己想干点啥就干点啥。但对一些有职务特别是担任领导职务的人却不免有些失落感。

倪焉涛一直和贾春海一个办公室，贾春海因自己的职称不是图书系列在图书馆不好聘任，便找了局领导，要求调到与职称系列相符的单位去了。贾春海走后，倪焉涛便叫聂秋昂过来在贾春海原来的办公桌上办公。

再过几天又是春节了，这天倪焉涛把徐哲叫到了办公室，对徐哲说："小徐呀，你知道我已到了离岗的年龄，局领导让我再干一段时间。我和局领导商量了，我退了后由你来当馆长。局领导的意思是你当副馆长时间较短，让你再锻炼一个阶段。这样吧，过了年我就不在办公室上班了，你就来用我的办公桌。估计用不了多长时间，局党委就会任命你当馆长。"听了倪焉涛的话，徐哲感到有点儿突兀，说道："倪馆长，恐怕我干不了吧。"倪焉涛道："这有啥干不了的？你来的时间也不短了，馆里就这点工作，没有啥干不了的。"徐哲听了，沉吟了一下道："我觉得还是不用你的办公桌好，我把自己的办公桌搬过来用，等任命下了再用你的办公桌吧。"倪焉涛道："这样也好。"徐哲回到自己的办公室，没有透露倪焉涛找他谈话的内容。

徐哲觉得，既然倪焉涛找自己谈了话，自己也要表现出一点行动来。这天他来到倪焉涛的办公室，对倪焉涛说："倪馆长，我觉得咱们应该开个会强调一下上班纪律。"谁知徐哲的话还未说完，坐在倪焉涛对面的聂秋昂扔给倪焉涛一张纸，纸上写了馆内每个人的职责分工。倪焉涛拿起聂秋昂扔过来的纸一看，脸色变得阴沉起来。徐哲见此情景也不好再往下说什么，便找了个因由回了自己的办公室。谁知过了两天，马倩华对徐哲说："你知道吗？人家刘菲说你拱着当馆长呢，还说你有事没事就去坐馆长的椅子，并说你撺掇聂秋昂写个职责分工，分明是想夺权呢。"徐哲听了感到莫名其妙。聂秋昂写的那个东西自己一点也不知情，怎么是自己撺掇的呢。他分辩了几句，马倩华说："人家刘菲说了，聂秋昂是写不出那个东西来的。"徐哲听了无言以对，他隐约觉得倪焉涛找他谈话还有别的意思。

春节过后，倪焉涛再没有提让徐哲到他办公室上班的事情，倪焉涛也一直在办公室上班，并没有像春节前说的不再来办公室。徐哲有点儿纳闷，这天他来倪焉涛办公室见没有别人，就试探性地问倪焉涛："倪馆长，你年前说过了年让我到你的办公室来上班，我还用过来吗？"倪焉涛脸上没有任何表情，不冷不热地说："你来干吗？局党委又没有任命你当馆长。"徐哲听了虽觉在意料之中，但还是感到了蹊跷。他突然觉得自己还是太年轻了，春节前就不该把倪焉涛的话太当真。

后来徐哲听说，倪焉涛本来在离岗之列，但不知为什么他不让局里公布他离岗的事情。徐哲还听说，春节期间刘先鼎找过倪焉涛，说徐哲一直在活动想早日当上馆长，让倪焉涛提防徐哲。刘菲也私下里找聂秋昂，鼓动聂秋昂也活动活动当馆长。

三月份，三年一度的职称聘任又开始了。查元理退休后，中级职称名额便空出了一个，但徐哲和刘菲同时评上了中级职称，也就意味着这次聘任又面临一次竞争。凭综合条件，徐哲完全超过刘菲，所以徐哲觉得自己被聘上不应该会有什么问题。谁知这天局长把徐哲和刘菲叫到了办公室，局长开门见山地说："今年职称聘任，别的单位名额和待聘人员正好相符，只有你们图书馆多一个待聘人员。我的意思是你们不要再搞什么竞聘了，看看谁能发扬风格主动退出聘任，这样局里也就不用开竞聘会了。"徐哲和刘菲听后，都没有说话。足足待了有十几分钟，两人还是没有开口。徐哲觉得这样下去不是办法，便道："局长，我年龄比刘菲大十来岁，而且各方面的业务工作谁做得多少您平时也都看到了，所以我自己不打算退出来。"局长听了，说了声："哦，这是你的意见。"刘菲还是一直不吭声。徐哲觉得自己再待在这里也没啥意义，便对局长道："局长，要是没有别的事我就先回去了。"局长道："行，你先回去吧。"徐哲回到图书馆，便把局长叫自己和刘菲去的事情告诉了倪焉涛，倪焉涛听了脸上没啥表情，只是轻轻哼了一声。徐哲从局里出来时，碰到了郭副局长，郭副局长对他说：“事情这不明摆着吗，肯定是要聘你的。”

　　刘菲从局长那里回来，也到了倪焉涛的办公室，对倪焉涛说：“局长一个劲儿地做我的工作，我已经答应他退出竞聘了。”倪焉涛听了却说：“你凭啥退出来，你又不是聘不上。”刘菲听了道：“我已经答应退出了，这样不太好吧。”倪焉涛道：“没啥不好的，我和局长说。”于是倪焉涛打电话给局长，道：“刘菲凭啥退出来，要让他们公平竞争。”局长无奈，只好说下一步安排竞聘会让大家竞聘。第二天，倪焉涛又到局里，说徐哲自从当了副馆长后骄傲起来了，工作也不好好干了。三天后，局里召开了竞聘会。参加竞聘的除徐哲和刘菲外，还有聂秋昂和吴绍峦。吴绍峦编制在图书馆，是借调到局里工作的。竞聘会一开始，徐哲就感到了气氛不对。首先是在竞聘发言的顺序上，徐哲被安排在了最后一位。而且，参加竞聘会的评委都是局里副局长和下属单位的主要负责人，平时他们对徐哲都很热情，这次竞聘会上却都对他冷冷淡淡。别有意味的是，平时不怎么和刘菲说话的吴绍峦，还去热情地和刘菲主动套近乎。见此情景，徐哲也基本料到了竞聘的最后结果。果不其然，刘菲被聘上而徐哲落聘。事后，局里一名和徐哲比较要好的工作人员告诉了徐哲，说倪焉涛做了许多工作，非要将刘菲聘上。通过这件事，徐哲又一次感到了自己缺乏应有的经验和智慧。

第十七章

72

过了不到一个月，局里突然宣布让倪焉涛离岗不再上班，由吴绍峦来当馆长。知情人说，倪焉涛因一件事局长不买他的账而要撂挑子，局长一气之下便要他立即离岗。吴绍峦来馆里报到时，是一名副局长领着来的。倪焉涛听说吴绍峦要来报到，故意以出去征集古籍为名躲起来，还把三名副馆长聂秋昂、徐哲和刘菲带走，致使副局长带着吴绍峦来到馆里办公室而空无一人。副局长知道倪焉涛有情绪，但她和倪焉涛、吴绍峦两人关系都不错，也就不再计较，笑着给倪焉涛打电话，说吴绍峦来报到了，让他赶紧回来。倪焉涛无奈，只好带着聂秋昂三人回来。中午，副局长在饭店为倪焉涛钱行，也算为吴绍峦接风。倪焉涛再不情愿也拧不过局领导，一顿饭吃得不冷不热，彼此心里疙疙瘩瘩。副局长是个爽快的人，睁一只眼闭一只眼装作看不见。副局长这时还不忘徐哲和刘菲二人之间也存在矛盾，于是满上一杯酒和徐哲、刘菲两个人一起喝，意在缓和两个人之间的关系。徐哲很感激副局长，平时不喝酒的他一口气把一大杯啤酒干了。席间，副局长对倪焉涛道："局长说了，图书馆除了一般图书外还有一些典藏古籍，要你们做好交接手续。"这时倪焉涛已喝得满脸通红，他一拧脖子道："典藏古籍有库房管理员管着，和她办交接就行，用不着跟我办交接。"见他这样说，副局长也没再说啥。

第二天，倪焉涛收拾了办公室的东西回了家，吴绍峦正式走马上任。吴绍峦原来就在图书馆上班，对馆里的工作并不陌生，但在业务方面却不是很内行，尤其是对古籍鉴定方面有些欠缺。虽说是原来在馆里上班，但毕竟离开已经有好几年了，馆里的工作人员多是些不曾共过事的人，特别是几个年轻人平日里只是照过面，彼此却不十分了解。吴绍峦看上去对徐哲比较客气，没有了竞聘会时的不屑和漠视。一日他对徐哲说："徐哲呀，我来了你可不要觉得不得劲啊。本来馆长应该是你的，我是临秋末晚马上就要离岗的人了，来馆里就是想要评上副高职称。"徐哲听了，道："吴馆长说哪里去了，我怎么会感到不得劲呢？"吴绍峦笑笑，又道："馆里的工作今后你要多费点心，来日方长啊。"徐哲也笑着说："吴馆长您放心，只要您安排的工作我会尽心尽力干好的。"以后的工作中，吴绍峦有意让徐哲多出头露面，这让刘先鼎和刘菲父女心里很不是滋味。刘先鼎还有一年多就要退休了，他不甘心自己的女儿各方面落在徐哲的后面，所以他想在退休之前再造一下舆论，让吴绍峦对徐哲产生看法。于是，馆里又开始议论说，吴绍峦来当馆长，徐哲很不服气。这天，聂宝悄悄对徐哲说："徐哥，昨天我从馆长办公室旁边走，听到刘菲在向吴馆长说你的坏话呢。"徐哲笑了笑，对聂宝道："谢谢你！她说我的坏话也不是一次两次了，让她说去吧。"过了几天，吴绍峦找徐哲去他办公室干点活。干完活，徐哲对吴绍峦道："吴馆长，近日馆里有些议论您听到了没有？"吴绍峦笑笑说："什么议论？没听到呀。"徐哲道："有人说您来当馆长我心里不服气。"吴绍峦道："这叫什么话，别听人瞎说。"徐哲思忖了一下道："吴馆长，咱馆里两个副馆长，您要掌握一下平衡。"吴绍峦听后明白了啥意思，道："徐哲你不要顾忌那么多，做什么事情都是我安排的，不是你要怎么样的。再说她有什么好抱怨的？"徐哲听后觉得有点儿好笑，但脸上没表现出来。吴绍峦又道："你大胆地干工作，不要听那些瞎议论。"

尽管吴绍峦对徐哲这样说，但他知道自己想在馆里干得得心应手，必须笼络更多人的心，尤其是年轻人。于是，他先后给刘菲和宋唐解决了组织问题。

一年后，刘先鼎到了退休的日子并办理了手续，馆里按照惯例安排了聚餐欢送。酒桌上，吴绍峦让刘先鼎坐上座，刘先鼎假意客气了一下便坐了。馆里十几个人全来了，按职位年龄分别落了座。酒菜上来，吴绍峦站起身先来了段开场白："我先说两句吧，先鼎同志光荣退休了，今天咱全馆人员欢送先鼎同志。"刘先鼎听吴绍峦称自己为同志，心里很是不得劲儿，他来图书馆之前曾在新华书店当支部副书记，人们都习惯称他为刘书记，今天吴绍峦却称自己为同志，这明显是小看了自己。只听吴绍峦接着道："先鼎同志在咱馆里工作十几年，为咱馆里做出了突出贡献，值得大家尊重和学习。我提议，咱们全馆人员先敬先鼎同志一杯酒。"众人听后也都站起来，刘先鼎本想也站起来，可吴绍峦一个劲儿地叫他同志，他便欠了欠屁股却仍旧坐着，脸上勉强挤出一点笑，道："谢谢绍峦同志，谢谢同志们。"他以前称吴绍峦为吴馆长，现在他也称吴绍峦为同志，算是一个小小的报复。共同喝完一杯酒，大家开始轮流单独敬刘先鼎。先是吴绍峦，接着是聂秋昂、马倩华、杜丽莎。轮到徐哲了，徐哲也忙站起身端着酒杯来到刘先鼎跟前，徐哲叫了一声"刘书记"，道："我也敬您一杯！"刘先鼎抬了抬屁股，道："小徐呀，谢谢你。"说完抿了一口酒，徐哲也跟着喝了一口。这时，刘先鼎已有了七分醉意，他乜斜着眼对徐哲道："小徐呀，你一个志愿兵转业回来，评上了中级职称，还当上了副馆长，行了。"他用眼扫了一下众人，又道："我是军官转业回来的，最后也没弄上个职称，原来工资比我低的现在都超过了我。俺刘菲是大学毕业生，说起来咱馆里只有俺爷俩才是国家干部。"众人听了，知道他是酒后吐真言，这几年他一直想评职称，无奈学历不够又写不出论文，所以一直到退休也没评上职称。听了他的话，大家心里虽然觉得不爽，但因是送他退休，又见他是酒话，所以也不和他计较。接着，宋唐、聂宝几个也过来给他敬酒，这才把话题转开。

刘先鼎退休后，馆里又调来了一名女员工名字叫苏珊瑚，和刘菲同岁。听说市政协的一位副主席是苏珊瑚的亲戚,苏珊瑚原在外省一个偏僻的小县城当老师,是通过当政协副主席的亲戚调过来的。

这天吴绍峦把徐哲叫到办公室,对他道:"徐哲呀,原来倪馆长用的这部手机给你用吧。"倪焉涛上班时以夜间值班安全需要为名,买了一部德国产的西门子手机,但他自己一直在用,从来没有给夜间值班人员用。倪焉涛离岗后,手机一直没人用,吴绍峦自己有一部手机,性能比这部要好,所以他也没有用。徐哲接过手机,对吴绍峦道:"谢谢吴馆长。"这个时候用手机的人还不多,因为除了话费很贵外,每个月还要交一笔不小的月租费。馆里除了吴绍峦,别人还都没有手机。马倩华、杜丽莎几个看到吴绍峦把馆里的手机给徐哲用,开玩笑说:"徐哲呀,你现在享受的是馆长待遇哟。"刘菲看见了,脸上虽没有表现出啥,心里却像打翻了醋瓶子。其实徐哲平时用不到手机,但吴绍峦让他用,自己也不好拂了吴绍峦的一番好意,之后他便到电信局办了一张电话卡。

这几年各单位都兴集资建房,以解决干部职工住房困难。于是局党委经过研究,给所属单位下了个通知,说是要把在美术馆院内的平房宿舍拆了,在此基础上集资建一座宿舍楼。这是局里第一次集资建房,也是房改后最后一次集资建房。美术馆里的平房宿舍是原来吕剧团职工的宿舍,吕剧团解散后职工分散到了局属各个单位,所以现在平房宿舍里住的人员比较复杂。听说要集资建房,局属各个单位的人都很高兴,但一听说每个平方要拿一千块钱,许多人却怵了头。前几年都是单位分房,从来没有交钱这一说。国家施行房改后,分房的福利便再也没有了。有的单位开始集资建房,但拿的钱很少,一个平方也就几百块钱,像这样一个平方一千块钱还从没有过。尽管有人嫌拿钱多而放弃了要房,但还是僧多粥少,要房的人比盖的房多。局里只好按工龄、职务、职称等因素综合打分来排名次,以此来确定谁能参加集资要房。开始局长让下属各单位拿出个初步意见,于是各单位负责人便将自己的想法当作群众的意见报了上去。其中工龄一条,说是从进局里工作开始算,照这样算法,原来吕剧团的人明显沾光,因为他们这些人十来岁就入了剧团,一直待在局系统。其他后来局里的人当然不愿意,情况反映到局里,局长纠正了这一做法,除了规定从参加工作开始算起，还规定夫妻双方都在局系统工作的可以加分，这样大家都没了意见。

综合分数下来，徐哲也有资格参加集资要房，而且名次还比较靠前。

一年后，楼房建成，快要分房子的时候，局长调走了，很快来了新的局长，名叫翁长邦，不几天又调来了一名副局长，是个女的，名字叫郑爽鄄。又过了两个月，徐哲从自建的平房搬进了楼房。

转眼又是一个冬天，今年的冬天似乎比往年要暖和，雨雪也比往年少了许多。

元旦放假，徐哲在街上闲逛，突然口袋里的手机响了。他掏出手机看到上面显示的是一个陌生号码，接通了，里面却传出一个熟悉的声音："老同学，你好呀！""啊，啊，艾宁……"徐哲的心跳加快起来，"你好呀，老同学！""看到了你的手机号码，所以今天给你打过来。"艾宁道。徐哲想起了在贺年卡中告诉了艾宁自己的手机号码，便道："我刚刚有了手机，所以把号码告诉了你……"一阵汽车喇叭声传来，使徐哲听不清艾宁在电话里说的什么，于是道："我现在在马路上，声音很乱，等一会儿我到家再把电话打给你。""好的。"电话那头艾宁道。徐哲快步回到家，用家里的固定电话给艾宁打了回去。两人在电话中互相介绍了各自的情况，徐哲得知，艾宁的丈夫也就是那位私企老板，年收入达几十万元，日子过得很是殷实。不过从艾宁的语气中，徐哲似乎听出了一丝幽怨。徐哲向艾宁讲了自己的近况，"你很不错嘛！"艾宁听了道，又问："你爱人她好吗？"徐哲叹了口气道："她很好。"艾宁接着问："你们好吗？"徐哲道："还行吧。她是个工作狂，一年三百六十五天天天都在上班，每天早上七点到晚上十点几乎不在家。"艾宁问："她是单位领导吗？"徐哲道："什么领导？一个小小的组长。"徐哲很想告诉艾宁，自己过得很郁闷，但想了想，道："我当初找她只是想有一个自己的家，仅此而已。"艾宁也轻轻叹了口气，道："人生不如意，十之八九。每个人的人生或多或少都有些缺憾。"徐哲道："是的，理想与现实总是有一段距离。"

结婚前，徐哲觉得阚倩是个实在人，可等结婚后过起了日子，徐哲才觉得她的为人不仅仅是"实在"这么简单。如果说是实在的话，那也是实在过了头。徐哲有时觉得阚倩像猪一样蠢，却又像驴一样犟，他隐隐约约觉出了基因在阚倩身上的作用，因为阚倩的母亲和丈夫从来不是一条心。阚倩的母亲总是自以为是，且总想掌控家中的财政大权，有些事还常常瞒着丈夫，甚至挑拨儿女与丈夫间的关系。徐哲想到了艾宁的父母，以他的观察那才叫夫唱妇随，相濡以沫。艾宁的母亲是一位贤惠的妻子，照顾丈夫可谓是无微不至。徐哲想象得出，艾宁也应该会是位好妻子。徐哲和艾宁两个人又聊到了各自的女儿，说到这些，话题似乎轻松了些。

徐哲现在用的手机是新买的，原来他用的馆里的那部旧手机，虽说是德国产的西门子品牌，但款式比较老且不能发短信，所以用了不长时间他自己又买了一部新的。自两人此次通话以后，徐哲和艾宁便不再互通书信，而是通过手机短信联系。以后的日子里，徐哲几乎每周都能收到艾宁的短信，但他却不曾用手机和艾宁通话，因为他总觉得和艾宁说话有些不自在，便用只言片语的短信来表达简单的问候。

这天是星期天，感冒后的徐哲躺在床上，望着窗外灰蒙蒙的天空发呆。天上没有一片云彩，整个天空弥漫了雾霾，太阳像是被蒙上了一层厚厚的灰纱。这几年很少有清新气朗的天空，大气污染成了家常便饭，防霾口罩成了必备物品。此时此刻，徐哲想到了艾宁和她那位私企老板丈夫。徐哲不知道他们过得如何，彼此是不是幸福。徐哲拿过手机，编辑了这样一条短信："天旱，心也旱。感冒躺在床上，只盼着天能下点雨或雪。"思忖了一会儿，徐哲动了动手指发了出去。不一会儿，徐哲的手机便发出"嘀"的一声响。徐哲一看，是艾宁回的短信。打开后，看到上面写道："好好保重自己，按时吃药，多喝开水。"徐哲笑了笑，放下了手机。

73

日子在不知不觉中一天天过去，这天晚上，徐哲收到艾宁一条短信："雨水会变成咖啡，种子会生出玫瑰。疼你关心你的人永远是你的朋友。"看到短信，徐哲好感动。他完全明白艾宁的心思，于是徐哲回短信道："咖啡令人兴奋，玫瑰令人陶醉。能有朋友的关爱，今生已无憾。"从此，发短信成了两人生活中不可或缺的内容，只要三天收不到对方的短信，彼此心里便觉空落落的。这以后，徐哲的生活中好像增添了色彩，一切都不再是灰或白的底色。无论是早晨还是晚上，甚至是午休时间，徐哲只要是听到短信的提示音，拿起手机一看，肯定是艾宁的名字。有时是简短的问候，有时是轻轻的祝福，甚至有一天早上刚吃完饭，艾宁来了一条短信道："让我猜猜你现在在干嘛。"徐哲笑了笑，回道："刚才在吃饭，现在准备去上班。"徐哲觉得日子过得快了起来，做什么事情都感到轻松愉快。过几天是 3 月 15 日，徐哲又收到了艾宁一条短信："我对我们的情谊做了个质检，却发现它是件'三无'产品：无条件、无理由、无期限。"徐哲回道："我也查了一下我们之间情谊的保质期，上面写着'永久'二字。"

幸福的日子总是过得飞快，转眼又是一个春天的到来。

世界进入了电脑时代，科技让距离变短，QQ 让交流无了障碍。徐哲有了 QQ 号，不久他就和艾宁成了 QQ 好友。QQ 比短信更加方便，功能也更加强大。

不知从什么时候起，国人过洋节成了风尚，什么圣诞节、父亲节、母亲节、情人节……不一而足。这天是 2 月 14 日，徐哲打开 QQ，突然看到艾宁的头像在闪烁，点开艾宁的对话框，一大束玫瑰花迎面扑来，画面是动态的，玫瑰花盛开着，鲜艳无比，下面还有一行字：节日快乐！徐哲想起来，今天是西方的情人节。徐哲的心里涌起一股暖流，他给艾宁回道：今天是我有生以来最幸福的一日。随即他给艾宁回发了一簇更大的玫瑰花图案。于是,徐哲更加相信了艾宁对自己的爱,同时也证实了自己早已爱上了艾宁,两个人之间隔着一层窗户纸,只是谁也没有把它捅破而已。

这几年每到冬春交替季节,徐哲那种莫名其妙的难受就会加重。

一天夜里,一阵急促的电话铃声把徐哲从睡梦中惊醒。徐哲拿起电话,里面传来陈娴清的声音。徐哲问她半夜打电话有什么事,陈娴清道:"你父亲突然生病现住在乡里的医院里,我也打了电话给你弟弟,他开车去医院,你联系你弟弟坐他的车一块儿来。"徐哲又问陈娴清是不是在医院里,陈娴清道:"我不在医院,现在你姨姥姥家。"徐哲刚要挂电话,陈娴清又嘱咐道:"去医院可别忘了带钱。"这些年平日里徐元河两口子很少和徐哲联系,即使前年徐哲生病住院,家中几乎所有人来医院探望,徐元河两口子也没到医院,只是在徐哲出院后,陈娴清才来了一趟。徐哲放下电话,便和在县城做生意的弟弟徐少银联系,打通电话后,徐少银说一会儿来家里接着自己。过了不到半小时,徐少银开车来到了徐哲的楼下,徐哲下去跟徐少银一块儿奔了乡里的医院。

到医院后,只见徐元河在急诊室病床上躺着,虽然挂着吊瓶但看上去精神很好,不像有什么大碍,有一位四十多岁模样的人陪在床边。原来,陈娴清出去走亲戚已好长时间,徐元河几次打电话催她回家,可陈娴清拖拖拉拉就是不回来。这天下午,徐元河见陈娴清还没回来气得在家大骂,骂完后觉得一人在家无趣,便去了一朋友家。朋友留他吃晚饭并陪他喝酒,半斤酒下肚徐元河已有了醉意,便又骂起了陈娴清。骂着骂着,徐元河突然觉得说话不利落,头还有点儿发晕,接着歪倒在椅子上。朋友见状吓得不轻,连忙把他送到乡里医院,同时给陈娴清打电话,陈娴清于是给徐少银和徐哲打了电话。那四十多岁模样的人就是徐元河的朋友,徐哲不认识他,他也不认识徐哲。看样子那人认识徐少银,他对徐少银道:"少银呀,你们可来了,你父亲已没啥事了。今晚可把我吓坏了,医生说是因为生气的缘故一下子晕了。"交代一番后,那人便回家了,徐哲去住院处给徐元河办理了住院手续。挨到天亮,医生来查房,仔细检查了一番并问了一些情况,医生笑着对徐元河说:"脾气不要太大了,岁数也不小了，要是老发脾气可真要出大事呢。你现在没啥事，输两天液就好了。"三个人吃了早餐，徐哲给馆长吴绍峦打电话请了假。九点多钟的时候，徐哲的手机响了起来，徐哲一看，是馆长吴绍峦打来的。一接通电话，吴绍峦道："徐哲呀，祝贺你呀，局里刚开完了会，任命你为书记和馆长。"徐哲听了感到很是突兀，他问吴绍峦："这，是真的吗？"吴绍峦道："怎么不是真的？早上一上班，局里通知我俩去开会，我说你父亲病了去了医院，我去开会，会上刚刚传达的。"挂断电话，徐哲心里并没有多大欢喜，反而有一种沉甸甸的感觉。不多时，徐哲的手机又响了，打开一看，是分管图书馆的副局长郑爽鞏的电话，电话一接通，郑爽鞏道："徐哲你在哪里了？"徐哲把情况说了，郑爽鞏又道："局党委研究决定让你担任书记和馆长，你安排一下，抓紧回来和吴馆长办一下交接手续。"徐哲道："郑局长，这也太突然了吧？"郑爽鞏笑道："突然一点不是防止有人跑官要官嘛。"又道，"你父亲要是没啥大事就快点回来吧。"徐哲赶紧答应着，看看父亲没什么大碍，这时小妹妹也来到了医院，徐哲嘱咐了他两人一番便准备坐公交车回去。谁知刚出医院的大门，徐哲的手机又响了起来，徐哲一看，是局长翁长邦的，他赶紧接了道："局长好。"局长道："小徐呀，听说你父亲生病了，没什么大问题吧。"徐哲回道："局长，我父亲没什么大事。"局长道："那好，你安排一下，抓紧回来和吴绍峦办一下交接手续。"徐哲连忙答应："好的局长，我马上就回去。"

回来的路上，徐哲心里充满了矛盾。能成为单位主要负责人，是许多人孜孜以求的事。此时的徐哲应该感到高兴和激动，可他没感到半点喜悦。这段时间以来，那种莫名的痛苦更加频繁地袭扰着他，使他吃不好饭睡不好觉，每日在浑浑噩噩中度过。

回到馆里，徐哲先去见了馆长吴绍峦，吴绍峦又把早上的情况向徐哲讲了一遍。今天早上一上班，局里就打电话叫他们两人去开会，因徐哲请了假，吴绍峦便一人去了。到了会议现场，吴绍峦一看到会的除了局长和局党委主要成员外，还有各单位的主要负责人，另外有两个馆的副馆长也来了。会议一开始，主持人就宣读了局党委的决定，宣布吴绍峦和另外两个馆的馆长离岗，并宣布了新的馆长任命。徐哲和那两个副馆长被任命为馆长。宣读完毕后，大家都感到突然，因为事先谁也不知道今天的会议是宣布人事变动。会议很快就开完了，局长让散会后新、老馆长抓紧工作交接。事后徐哲得知，宣布任命的前一天晚上，局党委才开会研究做了决定。之所以这样，是为了防止有人私下里做工作。徐哲有点儿闷闷的，问吴绍峦："吴馆长，事情最后决定了吗？还有没有更改的可能？"吴绍峦道："局党委已经下发了文件，更改是不可能的了。"说着便把办公室和办公桌的钥匙交给了徐哲，并嘱咐徐哲先到分管领导郑爽攀那里去一下。

徐哲来到了副局长郑爽攀的办公室，郑爽攀叫他坐下，对他说："徐哲呀，局党委是根据你一直以来的工作表现和业务能力，才任命你为馆长。局里也知道，你和刘菲都是副馆长，而且知道刘菲也很有想法。你放心，我已经找刘菲谈了，她会顾全大局的。"徐哲对郑副局长道："郑局长，我真的胜任不了馆长一职。"郑副局长笑了笑说："你不要太谦虚了，你的能力大家是知道的。"徐哲还想说什么，郑副局长道："和吴绍峦办完交接后，你要尽快把馆里的工作抓起来，局党委是完全信任你的。"

馆里的工作人员对徐哲当馆长反应不一，最为高兴的是马倩华，多数人都感到无所谓，而有抵触情绪的当然是刘菲。马倩华告诉徐哲道："徐哲你知道吗？局党委宣布新馆长的会议还没结束，人家刘菲就知道你当馆长了。""噢？"徐哲有些不解。马倩华又道："肯定是局里有人给她通风报信呀！早上大家刚来上班，刘菲就对大家说：'你们知道吗？咱馆里换了新馆长了。'大家问新馆长是谁，刘菲说：'还能有谁，是人家徐哲呀！'看样子她是想当馆长没当上啊。"徐哲听后笑了笑，道："最好让她当，我是真不想当这个馆长。"马倩华道："谁不想当馆长啊，你就别说这种话了。"徐哲见她不信自己的话，也就不再说啥。徐哲当上馆长马倩华之所以高兴，是因为她觉得徐哲年轻，自己作为会计在财务上便可以完全做主。

这天，徐哲正在看一份文件，刘菲抱着一摞书来到了他的办公室。一进来，刘菲把手里的书往徐哲面前一摞，道："你不是馆长嘛，这些活是你的。"徐哲一看，是原馆长吴绍峦让刘菲整理的一些古籍书。徐哲知道自己当馆长刘菲是不服气的，看到刘菲这样，徐哲有点儿生气想说她两句，但又觉得不妥，便没吱声。

说实话，徐哲在心里从未想要去当馆长，局党委的任命让他很是为难。一方面，局领导不任人唯亲让自己当馆长，徐哲很是感激；另一方面，徐哲自己的身体状况让他感到当这个馆长很吃力。别人不知道他时常处于一种非常难受的状态，尤其是父亲生病从医院回来，他天天失眠，而且食欲很差。如果局领导事先征求他的意见，他是不会同意当馆长的。可现在，生米已成熟饭，况且在别人看来，局领导没喝他一杯酒，没抽他一根烟，对他算是有知遇之恩。光从工作角度讲，徐哲是完全可以胜任的，但徐哲知道馆内虽然人员不多，但人事关系却很复杂。刘菲想当馆长而没当上，肯定有抵触情绪。马倩华是个精明的人，手中掌管着财务，也想在馆里有更多的话语权。两个人各怀心事，便在馆内员工中制造些小舆论，挑起些小事端。对这一切，徐哲感到没有精力去应付。思虑几天，徐哲想向局领导辞去馆长职务，可一想到这样会辜负局领导对自己的厚望，便又左右为难。眼看着自己失眠越来越厉害，吃饭也成了困难，徐哲觉得不能再这样下去，决计不再当这个馆长。过了几天，他先把自己的情况和想法同郑副局长说了，郑副局长道："开始你说自己不愿当馆长，我还认为是你客气，原来情况是这样呀。这样吧，我和局长汇报一下，看看局长是啥态度。"第二天，郑副局长打电话给徐哲，说局长要找他谈谈。郑副局长和徐哲一块儿来到局长办公室，翁局长让他们坐下，询问徐哲是怎么回事。翁局长五十来岁，是个和蔼可亲的人，徐哲便把自己的身体状况和想法说了，并说自己辜负了局领导一片厚爱。翁局长沉吟了一下，道："这些年来大家都看到了你的工作热忱和业务能力，但不知道你的身体状况是这样，要是事先同你谈一下就好了。"又询问徐哲道："徐哲，你看这样行不行？你先干上半年，看看情况再说。"徐哲诚恳地道："局长，我是这样想的。如果我现在不当馆长，人们都会知道是因为身体原因。要是半年后我再不干，人们可能会产生别的看法。"翁局长道："你说的也有道理。你要是不当馆长，那你觉得谁当馆长能行呢？

刘菲也是副馆长，你觉得她行不行？"徐哲没想到翁局长会问自己这个问题，他刚要说点什么，郑副局长却抢过了话头，道："馆里只有他和刘菲两个副馆长，徐哲不当，只好让刘菲当了。"翁局长想了一下，对徐哲道："那好吧，局党委再开会研究一下。"又聊了几句别的，徐哲便回到了馆里。

第二天，郑副局长又把徐哲叫了去，对他说："局党委开会研究了，同意你不再担任馆长，但是仍担任党支部书记一职。"徐哲还想再说什么，郑副局长道："就这样定了，你不要再有什么想法了。"徐哲对局领导的安排和体谅非常感激。接着，局党委很快下了文件，由刘菲接替徐哲当了馆长。翁局长想得很周到，安排了一顿便餐让徐哲和刘菲两个人参加，参加就餐的还有郑副局长和办公室主任。餐桌上，刘菲显得一副小人得志的样子。她给翁局长和郑副局长还有办公室主任满了茶水，唯独不给徐哲满。

至此，徐哲担任馆长的时间刚满十二天。

许多人对徐哲不当馆长感到不可思议，议论道："眼下有人为了能当上官不择手段，没想到还有给官不要的人。"尤其是马倩华，听说徐哲辞去了馆长职务，显得大失所望。她对徐哲说："你呀，真是没用！人家局里主动让你当馆长你都不当。"还说："你不当馆长而让刘菲当了，我做饭切菜时把手都切破了。"徐哲不明白自己当不当馆长与她有啥关系，何以让她切破了手。

74

徐哲和刘菲同在一个办公室，刘菲一当上馆长就对徐哲说："你不要觉得当支部书记有什么权力。局领导说了，今后你要好好配合我的工作。"徐哲听了冷笑道："我这个支部书记是没啥权力，但支部书记有支部书记的职责。"

过了些日子，刘菲私下让苏珊瑚和聂宝写入党申请书，并嘱咐两个人写好了申请书要交给她。聂宝把申请书交给刘菲后觉得不对劲，便悄悄找到徐哲把这件事说了，问徐哲是不是该把申请书交给刘菲。徐哲笑道："你是向党支部申请入党呢还是向馆长申请入党？"聂宝听了马上明白过来，赶紧向刘菲要回申请书又交给了徐哲。刘菲见聂宝把申请书要回去交给了徐哲，便趁徐哲不在屋里的时候，也把苏珊瑚的申请书放在了徐哲的办公桌上。徐哲回屋看见了苏珊瑚的申请书，知道肯定是刘菲放的，他把申请书放到抽屉里，随即去了苏珊瑚办公室，问她是不是把申请书放在自己桌子上的。苏珊瑚脸一红，道："馆长让我把申请书交给她了。"徐哲道："哦，那应该是刘菲放到我桌上的。"谁知第二天刘菲对苏珊瑚道："我把你和聂宝的申请书都给了徐哲，他只把聂宝的收了起来，却把你的扔到了地下。"

徐哲平日里的那种难受的感觉越来越厉害，不得已去了省城的医院就诊。可到了医院，自己又说不出具体哪里难受，接诊的大夫对他说最好去精神卫生中心去看看。徐哲去了精神卫生中心，确诊自己得了抑郁症。吃了一段时间药后，徐哲明显感到好了许多，夜里不再失眠，吃饭也觉得香甜了。徐哲想到了从小到现在经常被莫名的痛苦折磨着，都是因了这抑郁症的缘故。

身体不那么难受了，精神也好了许多，徐哲便有了精力能干自己想干的事情。前几年他有了写一部长篇小说的打算，但因身体的原因一直未动笔，现在他终于可以准备动笔了。

12月12日这天，徐哲收到了艾宁的一则短信，上面写着："今天是示爱日，别忘了向你爱的人表示心意哟。"以前，徐哲从来不知道有"示爱日"这一说，看到艾宁的短信，他的心里涌起了一股暖流。他随即回短信道："心中装着爱，永远都幸福。祝你快乐！"徐哲为艾宁心里时时装着他而感到欣慰。前几天，艾宁在乘坐电梯时电梯出了故障，困在电梯里的艾宁第一时间给徐哲发了短信，说自己被困在电梯里无法出来。显然这是艾宁在等待工作人员消除故障的空当儿给自己发的短信，艾宁并没有显示出惊恐，只是在这个时间想到了他。徐哲看到短信感到非常不安，距离这么远他当然帮不上啥忙，只能回短信安慰艾宁并问她是否已通知了有关人员。艾宁回短信说工作人员正在排除故障，给他发短信是自己在这一时刻想到了他。过了十几分钟，徐哲打电话给艾宁，问她电梯故障是否已排除，艾宁告诉他自己已从电梯里出来了。徐哲道：
"晚上真想请你吃饭为你压惊，可惜我们相距太远了。"艾宁说："谢谢！你有
这句话我就很开心。"徐哲不明白艾宁为何被困在电梯里的第一时间是给自己
发短信，她应该发给她的丈夫呀。通过这件事，徐哲知道了自己在艾宁心中的
分量。

　　科技的进步日新月异，这几年不但普及了手机，而且家用电脑也不再只为
少数人拥有。徐哲自从有了电脑，的确感到方便多了，尤其是对于自己的写作，
更是带来了诸多便利。徐哲每写一段小说都会通过电子邮件寄给艾宁，想得到
她的指正。几次以后，艾宁回电子邮件道："小说虽写得平直了些，但我从主
人公的身上看到了你的影子。"徐哲回道："小说里的确有我的影子，但也仅仅
只是影子而已，小说毕竟不是我的传记。"艾宁又道："主人公小时候真的很可
怜。"徐哲道："是的，他的幼年经历很不幸。"

　　时间到了 2012 年 12 月 20 日，按照玛雅历法预言，明天将是世界末日。
这天晚上，徐哲在 QQ 上对艾宁道：明天是预言中的世界末日，假如预言是
真的，我必须在末日来临之前向你表白藏在我心底多年的一句话：我爱你，直
到永远！艾宁回道：我好幸福！过了几天，艾宁给徐哲发短信道："我的蓝衫
知己，同你说话就像对自己说话一样轻松而自由，有朋友的感觉真好！"这以
后，徐哲和艾宁两人的情感温度不断上升。

　　再过两天，是梁丽珍退休后的第一个生日，梁丽珍提前一天给徐哲打电
话，说明天是自己的生日，嘱咐徐哲不要忘记了。徐哲说第二天有事恐怕去不
了，梁丽珍道："你无论如何明天也要来，我今年刚退休过生日你就不来了，
外人看了会说闲话。"徐哲知道梁丽珍是个很爱面子的人，她家里没啥人，反
而要摆出一副有好多人围着她转的架势。徐哲想了想不好驳她的面子，便答应
了。第二天，来给梁丽珍过生日的人中有几个是徐哲不认识的。梁丽珍便一一
给徐哲介绍道："这位是你张姨，是镇上的妇联主任；这位是你刘叔，是民政
局的。"接着又对徐哲说，自己和他们两位的关系是如何地铁。梁丽珍又对张
姨和刘叔道："徐哲是我的义子。"徐哲听了有些尴尬，他没想到梁丽珍会对别

人这样介绍自己。记得在部队时，梁丽珍给徐哲的信中曾说自己思念徐哲就像母亲思念自己的孩子，徐哲看后心中涌起一股暖流。徐哲从小就羡慕那些跟父母生活在一起的孩子，看到那些孩子在母亲的怀里撒娇，母亲流露出的那种天然的慈爱，每每让他的心里涌出一股酸酸的东西。可现在梁丽珍说自己是她的义子，徐哲心里却感到有些不自在。席间，张姨想到梁丽珍介绍说徐哲是她的义子，便道："你可真行啊！虽说自己没生过儿子，可'儿子'却有一大帮。"话里半是恭维半是揶揄。梁丽珍酒已喝得半醉，听了张姨的话只当是全是恭维她，便惺忪着眼道："那是！有人问我退休后准备在家干啥，我说准备写本书叫《情义无价》。几十年来我虽然没攒下多少钱，却交了不少的人，有老的也有少的，都是有情有义的，所以我说情义无价。"大家听了都附和说梁丽珍心地善良，所以才能交往那么些人。其实，通过几年的相处，徐哲除看到了梁丽珍热心的一面外，也感觉到了她有几分虚伪，或者说是虚荣。尤其是看到她同几个亲戚的交往，明显地有嫌贫爱富的样子。她经常叫那些穷亲戚帮她干这干那，却带着一丝不屑；而对于那些富亲戚，却是带着恭维笑脸相待。

吃完中午饭，梁丽珍便和张姨、刘叔几个打扑克，并说打完扑克晚上在这里吃水饺。一听她说晚上吃水饺，几个年轻的亲戚便借故走了，人家怕她指使着干这干那。梁丽珍显然也看出来了，道："瞧瞧，一说吃水饺，都怕干活走了。"看到徐哲和阚倩没走，便道："徐哲媳妇水饺包得快，就剩咱几个人了，她一个人就能包得上咱吃的。"张姨、刘叔还有几个年长些的道："吃啥水饺呀？中午吃得饱饱的，晚上哪还能吃得下，打上几把扑克咱们就回去各自休息。"其中一个对徐哲和阚倩道："你俩要是忙的话就回去吧。"梁丽珍听了这话，只好说："不吃就不吃吧。"看到只剩下了几个打扑克的人，徐哲和阚倩也找了个理由走了。

梁丽珍还是经常叫徐哲和阚倩去帮她做这做那，她家里像是有干不完的活，其实又都是些无关紧要的事。明明有些事她自己完全可以干，甚至没必要干，她都要叫徐哲或者阚倩去干。有时，她也叫她的一些亲戚去干，但时间长了，次数多了，人家那些亲戚对她就有了反感，去了几次，有时再叫人家，人家就不去了。这天，梁丽珍想到自己的配套房有一段时间没有打扫了，想借个星期天叫徐哲来给她打扫一下。到了星期五，梁丽珍给徐哲打电话，问他礼拜六能不能来给她干点活。徐哲正好和朋友约定了礼拜六两家一同外出游玩，便说去不了。梁丽珍听了有点儿不悦，道："那，好吧。要不下个星期再说吧。"

　　这天徐哲出去办点事，碰见了在梁丽珍家认识的小金。小金和梁丽珍在一个单位，有一段时间被借调到梁丽珍的办公室帮助工作。工作结束，梁丽珍说自己和小金投脾气，便要认小金做干闺女。小金心里虽不是很乐意，但碍于情面便半推半就地应了下来。梁丽珍也经常叫小金和她的丈夫去帮她干这干那，徐哲和阚倩几次在梁丽珍家碰到他们，于是彼此也熟识了。徐哲和小金说了些闲话，小金突然问徐哲："徐哥呀，你得罪了梁姨了吗？"徐哲一愣，忙问："没有呀，梁姨说什么了吗？"小金道："前天我去梁姨家，她说你忘本了。"徐哲诧异道："这话怎么说的？"小金道："她说你家的大事都是她办的，现在用不到她了，你就不听她的招呼了。"徐哲道："梁姨是帮了我的忙，但我家的事也不都是她办的。再说，我也没有不听她的招呼呀。只是上个星期她要我去帮她打扫卫生，我因事去不了，说是等再过个星期，可是我并没有说不去帮她干呀。"小金笑了笑，道："徐哥，咱们认识已很久彼此也都了解了，我也不把你当外人了。我跟梁姨在一个单位也不是一天两天了，对她我还是很了解的。她就是这么一个人，帮你做了一件事，就要你一辈子记她的好。你要是稍微有点儿不顺从，她就指责你忘了本。"徐哲道："我和梁姨以前只是通信联系，只是我转业回来后才有了交往。"小金道："时间长了，你就慢慢了解了。我说的这些话你也别往心里去，只要心中有数就行了。"徐哲又和小金聊了几句，便分手告别了。回到家，徐哲把小金的话同阚倩说了，并道："她家有啥活，一次也落不下咱。尤其是你，给她做了那么些事，她竟然说咱忘了本。"阚倩听了没有说啥。

第十八章

75

这天，徐哲收到艾宁的短信，告诉他自己已放暑假，单位准备派她去北京参加教学研讨会，并说打算研讨会结束回来时顺路到明泉来找徐哲。徐哲看了非常高兴，他立马给艾宁回短信道："太好了，欢迎你来明泉玩。"十几天后一个星期六的晚上，艾宁从北京乘火车来了明泉，徐哲去火车站接了她。在火车站，艾宁刚一出站口，徐哲一眼就看见了她。只见她头戴一顶遮阳帽，着一件藕荷色连衣裙，身体微微发福，尽显少妇之风姿。徐哲冲艾宁招手，艾宁也看见了他。走到跟前，四目相对，足足对视了有十几秒，眼睛都有些湿润。彼此都产生了拥抱对方的冲动，但又都克制住了。"来了。"徐哲轻声道。"嗯。"艾宁轻声地应了声。徐哲伸手接过艾宁手中的行李，道："宾馆我已经安排好了，走吧。"说着，招手叫了一辆出租车，两人上去，去了宾馆。正好这些日子阚倩趁嫚嫚放假带着她去了娘家，徐哲便才得空陪着艾宁。到了宾馆，徐哲帮艾宁安顿好住下，俩人便对面坐下聊了起来。徐哲问起艾宁的近况，艾宁道："这两年日子还算可以吧。不过，自去年成了小学校长后，工作不如以前单纯了，事务性的工作太多，每天多是应付上面的各类检查，挺令人烦心的。"两人又聊起了彼此的家庭，艾宁说自己的女儿已上小学五年级，丈夫的事业也很红火。说到这里，徐哲看到艾宁的脸上有一丝不易觉察的阴郁。"他，对你好吗？"徐哲试探着问。艾宁轻轻叹了口气，道："现在有些男人只要有了钱，心难免要……"艾宁没有往下说，徐哲也没有再往下问，便道："我的女儿嫚嫚也上小学二年级了。""你，妻子咋样？"艾宁问。徐哲道："过日子而已。"艾宁没有再往深里问，便换了个话题："你的长篇小说快完稿了吗？""已经写了一半了。"徐哲道。"你发给我的那些我都看了好几遍了，我还在等着下文呢。"艾宁道。"这几年为了评职称，主要精力都在写论文了，所以也就搁下了。"徐哲道。"主人公的命运虽然坎坷了点，但他永远有一股不服输的劲儿。"艾宁像是对徐哲说，又像是对自己说，"但愿他会有一个完美的结局。"徐哲笑了笑道："那要看我怎么给他设计了。""我知道他会有一个好的结局。"艾宁道。"但愿吧！"徐哲说着看了看窗外。"祝你早日写成！""谢谢！"又聊了一会儿，见时间不早了，徐哲道："你先休息吧，明天我带你到我们明泉的各个景点转转。"艾宁站起了身，道："你也回去早点休息吧。"说着她向徐哲伸出了手。徐哲略迟疑一下，握住了艾宁的手。相识十几年，他们这是第一次肢体接触。徐哲感到艾宁的手柔软而又温暖，他们都觉得像是有电流涌入体内，心跳不自觉地在加速。徐哲微闭了一下眼睛，松开了艾宁的手："休息吧。"说着，转身出了房间。望着远去的徐哲，艾宁若有所失。

第三天，徐哲先是领着艾宁来到了明湖公园。明湖公园占地十几公顷，湖里的水是由众股泉水汇流而成。一进公园，映入眼帘的是荡着涟漪的湖面。湖水碧绿，清澈见底，股股细泉从湖底涌出，腾起一串串水泡，犹如颗颗珍珠跃入水中。"真美！"艾宁不由得赞叹道。"前面还有更美的呢。"徐哲笑着说。又走了几十步，忽听一阵似车轮碾过的声音传来。循声望去，只见一股泉水状如车轮，色如黑绿，腾空升起一米多高。来到跟前，徐哲对艾宁道："这是墨泉。"艾宁凑至泉边，用手撩动喷涌着的泉水，发自心底地赞叹道："好美！"泉水汩汩，淌成一条河。又往前走了十几米，只见五个泉眼同时奔涌，形状排列状如梅花。徐哲对艾宁道："这是梅花泉，去年李瑞环来我们这里，看到梅花泉美轮美奂，赞不绝口，当即题书'奇观'。回到北京后，感觉到'奇观'二字不足以表述梅花泉的奇美，便又写了'天下奇观'四字寄来。"艾宁看着梅花泉泉池水轮澈澈，深不可及底，流淌的泉水汇成了一条河，嘴里啧啧称赞："你们明泉的泉水真是太美了！"徐哲道："我们明泉市有七十二名泉，分布在辖区各处。众多泉水汇为河流、湖泊，盛水时节，在泉涌密集区，呈现出'家家泉水，户户垂柳'的绮丽风光。宋代文学家曾巩和元代地理学家于钦曾对我们这里的泉水赞不绝口。我们明泉不仅水美，而且历史文化底蕴深厚，是千年古县哩。"艾宁问道："啥千年古县？"徐哲笑道："我们明泉在隋朝时建县，建制一直未曾改变，到现在已有一千多年了。"艾宁点点头道："还真是历史悠久呢！""看到那尊雕塑了吗？"徐哲指着不远处道。"那是谁的雕像？""是李清照的。""李清照是你们这儿的人吗？""当然。"徐哲向艾宁介绍道："李清照的老家就是我们明泉的。之前学术界还有争议，但前几年在我们这里出土了一块儿石碑，从上面的记载证实了我们这里就是李清照的故里。""走，过去看看。"艾宁道。他们来到雕像前，艾宁凝视着李清照的塑像慢慢道："说起来她一生也蛮坎坷的。"徐哲应道："是啊，她前半生还算是幸福的，只是后半生颠沛流离、多舛多难。"

　　游完明湖公园，已到了吃午饭的时间。徐哲对艾宁道："今天中午我请你吃我们明泉的黄家烤肉。""黄家烤肉？有啥说道吗？"艾宁有些好奇。徐哲笑了笑道："传说在元朝，我们明泉黄家湾有一个姓黄的人在朝中做武官，因打了败仗被贬回原籍。其随从中有一蒙古人经常点燃树枝烤羊肉吃，鲜美的味道吸引了很多人。黄家因此受到启发，也经常吃烤肉，不过，因为我们这边世代养猪，主要是烤猪肉吃，而且是将猪肉割成块烤。到明朝末年，终于发展到用特制的炉子烤整猪和以烤肉谋生。因此，自明朝到现在，黄家烤肉已有300多年的历史了。烤肉以皮黄、酥脆爽口、肥而不腻、久放长存而闻名。"艾宁听着不禁咽了口唾沫，笑道："你说得我口水都快流出来了。"

　　徐哲领着艾宁来到了一家餐馆，餐馆门面虽不大，但装潢很有特色，进得门来，艾宁见里面非常干净整洁，内部装饰高雅别致。一支轻音乐曲子似溪流般在轻轻淌过，让人感到既亲切又放松。两人找了一个僻静处的桌子坐下，便有服务员拿着菜单轻轻走来。"两位想吃点什么？"服务员的声音极甜润。徐哲让艾宁点菜，艾宁笑着说："我又不了解你们这里的特色，还是你来点吧。"徐哲只好微笑着从服务员手里接过菜单，道："上一个你们的特色菜'烤肉炖豆腐'，另外再要炸金蝉、老醋花生和夫妻肺片。"说完把菜单递给服务员。服务员笑着说了一声"二位稍等。"不大工夫，四个菜便上齐了。徐哲问艾宁想喝点什么酒，艾宁道："我一直不喝酒，来瓶橙子汁吧。"徐哲说："好的。"便招呼服务员拿过两盒橙子汁和几瓶啤酒。徐哲先给艾宁斟满一杯橙汁，然后给自己的杯子里倒满啤酒，端起来道："来，祝你幸福！"艾宁也忙端起杯子，眼睛对视着徐哲的眼睛，道："祝我们都幸福！"虽然这是二人第一次单独对饮，但都没有突兀和牵强的感觉，一切都是那么自自然然、顺理成章。徐哲不胜酒力，三杯啤酒下肚，已是醉眼蒙眬。艾宁见他这样，便道："不行就不要喝了。"徐哲又给自己倒上一杯，嘴里喃喃道："没事，我没事。"又一杯喝下去，徐哲看到对面的艾宁，一会儿变成阚倩的模样，一会儿又变成廖秀玉的面孔。他定了定神，看着艾宁的眼睛道："老同学，你过得好吗？"艾宁道："我……还可以吧。你过得咋样？"徐哲听艾宁问自己过得咋样，沉吟了好大一会儿没有说话，不知为什么，自转业至今一切的不如意一股脑地浮现在脑海中，两行眼泪不自觉地从脸颊上淌下来："我过得不好……"见徐哲流下泪来，艾宁有点儿不知所措："你，干吗哭了？"说着赶紧把纸巾递给徐哲。徐哲接过纸巾，却嘤嘤喊喊地哭出了声，仿佛几年来的委屈和酸楚终于找到了一个发泄口。艾宁见状赶忙小声道："徐哲，这是在饭店。"徐哲也意识到了这不是自己发泄的场所，赶紧停止了啜泣把眼泪擦了，稍微平复了一下，勉强露出点笑容对艾宁道："对不起，我……失态了。"艾宁道："你心里有苦楚，不妨说出来，心里也许会好受些。"徐哲轻轻叹了口气道："都过去了。""你妻子……对你好吗？"艾宁轻轻道。"她……怎么说呢？说不上好，也说不上不好。""此话怎讲？""油盐酱醋过日子而已，哪有什么好不好。有人说过，理想的伴侣不是长相、地位如何，三观不合才是最大的悲哀。"徐哲喝了几杯茶水，头脑清醒了些，忙道："光顾着说话了，快吃点菜。你觉得这几个菜味道如何？"艾宁道："味道还是不错的，尤其是这个烤肉炖豆腐，确实是别有一种风味。不过，你们北方人口味都重些，所以菜的味道都咸了点。"徐哲道："是的。你吃的这种豆腐在我们这里叫'水豆腐'，只有我们明泉的凤山镇才会有，它不是用浆或石膏做卤水，而是他们那里一口井里的水，别处是没有这种井水的。这种豆腐不管是煎、炸、煮、蒸，都是柔而不散。"艾宁又夹起一块儿豆腐放入嘴里，确实感到滑而不嫩，软而不糯。艾宁见徐哲不愿过多地说他自己，也便不再多问了。其实，她的内心又何尝不泛起波澜呢？自己的两段婚姻，都不是理想中的状态。于是，艾宁像是自言自语，又像是对徐哲道："其实，这些年我过得也不尽如人意……"徐哲道："是啊，每个人生中都有缺憾。忘记是谁说的了，'不完美的才叫人生'。"两个人对视着，有好大一会儿，最后还是徐哲先把目光移往了别处。谁都知道，这是两个早就彼此深深相爱着的人，但两个人就像是平行线，无论多长，总没有相交的时刻。既然都知道不会有什么结果，所以彼此也只能把真挚的爱深深地埋在心底。

下午，徐哲又领着艾宁游玩了地处明泉南部的绣屏山。绣屏山总面积约二十五平方公里，山上松柏如海，苍翠如锦绣，横亘如画屏，"绣屏"一名即由此而得。绣屏山山顶平整，所以又名平顶山。山主峰海拔 563.5 米，是东岳泰山的一支，素有"小泰山"之称。登上山顶，远看重峦吐绿，叠嶂滴翠，山林幽邃；近看柏涛起伏，树冠相连，蔽日遮天。山风吹来，沙沙作响，置身其中，如入仙境。徐哲对艾宁道："因此山在旧县衙正前方，且山顶齐平，所以又称县太爷的书案。"站在山顶，极目远眺，只见有几条河流都汇入一个大的湖泊，艾宁便问："那几条河叫啥名，那片水有名字吗？"徐哲顺着艾宁的目光望去，说道："东边那条河叫东巴漏河，西边那条叫西巴漏河，中间那条叫绣江河，那片水叫白云湖。""白云湖？名字真好听。"艾宁道。"明天我带你去游白云湖。"徐哲道。"不行啊，我没时间了。"艾宁道，"明天早上我就要坐火车走了。""是吗，不再多待一天吗？"徐哲有点儿不舍。"不行啊。"艾宁道，

"很快就要开学了，还有一大堆事等着去做呢。""那，下次来时再去吧。""行。"

从绣屏山回来，正是吃晚饭的时间。徐哲领艾宁去吃了过桥米线，然后和她一块儿回了宾馆。"明天早上几点的火车？"徐哲问。"七点四十。"艾宁道。"我去送你。"徐哲道。"不用了，明天你要上班了，我自己走就行。"艾宁道。"没事，我们这种单位上班时间卡得不是那么紧，送你走了我再去上班。"徐哲道。见时间不早了，徐哲起身道："累了一天，你早点休息吧，我回去了。"艾宁有点儿恋恋不舍，轻声道："不能再坐一会儿吗？"徐哲望着艾宁，沉吟了一会儿，道："我也有点儿累了。"听徐哲这样说，艾宁也不好再说啥。她伸出了手："再见！"徐哲也伸出了手。两只手握在了一起，通过手臂，两个人感觉到了彼此"咚咚"的心跳声。他们谁都不想先放开对方的手，站在那里足足有两分钟。就在徐哲抽手的一刹那，艾宁顺势扑到了徐哲的怀里，徐哲也情不自禁地将艾宁紧紧抱住。他们等待这一刻太久太久了，情感的火山瞬间爆发，犹如脱缰的野马横冲直撞……直到听到口袋里的手机响了，艾宁才松开了徐哲，她绯红的双颊如火般滚烫。艾宁一看手机来电号码，知道是丈夫打来的，

第二天早上，徐哲去火车站送艾宁。火车启动的那一刻，两人的鼻子都酸酸的。

76

这天，徐哲听说梁丽珍生病住院了，便和阚倩到医院去探望。到了病房，只见梁丽珍斜躺在病床上，脸颊明显消瘦了许多。看见徐哲两口子进来，梁丽珍显出高兴的样子，招呼两人快坐。"没想到快过中秋节了，我却病了。看样子今年这个中秋节要在医院里过了。"梁丽珍道。徐哲问道："梁姨你这是咋了？前些日子去你家不是还好好的嘛。""谁说不是呢？"梁丽珍道，"半个月前还是好好的，谁知这些天一下子饭也不想吃，吃了就吐，浑身也没了力气。""医

生咋说的？"徐哲问。"这两天一个劲儿地做检查，医生也还没说出个一二三来。"梁丽珍道，"这回生病也不知怎的，老是想过去的事和人，睡着了做梦也是以前的事。"她笑了笑又说道："徐哲呀，这几天还老是想你，也是老想起你以前在石城的事。""人老了可能怀旧吧。"徐哲道。坐了一会儿，阚倩道："梁姨呀，这两天我抽空做了饭给你送来，老吃医院的饭会腻的。"梁丽珍笑着道："那敢情好！医院的饭我还真是吃腻了。"见没啥事，徐哲两口子便回去了。路上，徐哲对阚倩道："我看梁姨这次的病不太好。"阚倩道："你咋看出来的？"徐哲道："是直觉告诉我的。"见阚倩不大明白自己的意思，徐哲没再说啥。

果不其然，几天后，徐哲从医院一个朋友的嘴里得知，梁丽珍被诊断为肠癌，且已是晚期。因年龄较大，不适合做手术，只能采取保守治疗。医生没有告诉梁丽珍实情，只是说她得了慢性肠炎，需要治疗一段时间。在银行上班的灵雨得知母亲的病情，心里很是难过。无奈她要天天上班，无暇照料母亲，便请了个保姆日夜侍护母亲。几年前梁丽珍给灵雨在农广校办了个中专文凭，又托人将其安排在农业银行工作。上班时间不长灵雨便和行里的一名员工谈起了恋爱，结婚后生了一个儿子，现在已经上小学六年级了。

这天，徐哲又来到了医院，见病榻上的梁丽珍又消瘦了不少，脸上的颧骨高高地凸了出来，心里不禁一阵酸楚，眼睛也潮湿起来。见徐哲进来，梁丽珍脸上露出了笑，忙招呼他快坐下。徐哲刚坐下，有一个五十多岁的妇人提着暖瓶进了病房。梁丽珍向徐哲介绍道："徐哲呀，这是你刘姨。我原想着住上半个月就能回家了，谁知医生说要在医院里治疗一段时间。灵雨班上忙，不能长时间请假，这不找了你刘姨来照顾我。"阚倩曾向徐哲说过灵雨要给母亲找保姆的事，徐哲心知这位刘姨便是保姆了。徐哲叫了声："刘姨！"刘姨笑着应道："嗳。你快坐吧。"徐哲问梁丽珍这两天感觉如何，梁丽珍道："就是肚子疼，医生给打的止痛针。还有就是吃饭不行，吃得不多，但老是想吐。"徐哲只好安慰道："俗话说'病来如山倒，病去如抽丝'，啥病都要慢慢地恢复。"梁丽珍轻轻叹了口气，停了一会儿，对刘姨道："他刘姨呀，我想吃点荔枝，你去帮我买点吧。"徐哲听了起身要出去买，梁丽珍连忙制止道："你不用去，让你刘姨去就行。"说着给了刘姨五十元钱。刘姨接过钱去了,梁丽珍叫徐哲把门掩好。徐哲掩了门,回到床边坐下。梁丽珍看了一下徐哲,然后望着天花板道:"徐哲呀,我是故意把保姆支走的,有几句心里话想和你啦啦。"徐哲连忙往床前挪挪椅子,道:"梁姨,有啥话您尽管说。"梁丽珍继续缓缓地道:"徐哲呀,这次生病我感觉和往常不同,恐怕……"听梁丽珍这么说,徐哲赶紧道:"梁姨您别想太多了,您会慢慢好起来的。"梁丽珍接着道:"我已是七十多岁的人了,也没啥想不开的了。徐哲呀,咱娘俩认识有十来年了,说起来也是有缘分的。从第一次见到你,我就觉得你是个与众不同的青年,有些话也愿意和你拉拉。哎,我这一辈子说起来也不容易。"梁丽珍端起床头柜上的水杯,喝了一口,继续说道:"话从哪里说起呢?我不到十七岁就参加了工作,插过队,管过知青,干过妇联,农村城里都待过。不过让我感到留恋和不舍的,还是在农村的那些日子。那个时候和村里人同吃、同住、同劳动,人和人之间的感情也纯朴,不像现在,眼里除了钱就是钱。"徐哲附和道:"现在人与人之间多是互相利用的关系,没权没钱没关系啥事也办不成。"梁丽珍听了笑道:"咱娘俩之间可不是这样的关系呀。"徐哲道:"那当然。您乐于助人,从来不图名和利。"徐哲知道梁丽珍喜欢别人恭维她,给她戴高帽子。梁丽珍接着道:"我这一辈子说机会好也行,说机会不好也对。要说机会好,就是出来工作后成了我们村里的第一个女干部。说机会不好,是组织上本来要提拔我的,为此让我参加了地区的领导干部培训班。本来培训回来后能进县委领导班子的,谁知还没等培训结束,'文革'就开始了,到处上下都搞运动,县委班子也都闹革命,提拔的事也就黄了。"说到这里,梁丽珍的眼里闪过一丝光亮,"也就是在这个时候,母亲催着我结了婚。"梁丽珍眼里的光亮很快就消失了,随之蒙上了一层阴霾,"结婚三年一直没有孩子,去医院查了查,医生说是我输卵管不通。连吃药加打针治了两年,仍然是治不好。唉!这事放到现在,根本算不了大毛病,小小的手术便能疏通了,可那时医疗技术不行。见我不能生孩子,男人的母亲便撺掇他跟我离婚。男人拗不过他母亲,便和我离了。离婚后几年我一直单身,我母亲便劝我抱养一个孩子。我开始不想抱养孩子,总觉得自己要工作一个人没有时间管孩子，但母亲说一个女人不能没有孩子，还说等到老了孤苦伶仃无依无靠，我的心里也就活泛起来。说来也巧，我驻队村子的房东一天对我说，她的一个远房亲戚一连生了五个闺女，还想要个儿子，于是想把刚出生的闺女送人。我回去对母亲说了，母亲说这是个好机会，可不能错过了。我不好意思跟房东说，就叫我母亲说。母亲跟房东说了，房东便去她那个远房亲戚家……"正说着，刘姨买荔枝回来推门进来，梁丽珍只好停下不说了。两人又聊了几句别的，徐哲起身要回去，道："梁姨您先休息吧，过两天我再来。"梁丽珍坐起身，从枕头底下拿出两个厚厚的笔记本，对徐哲道："最近这半年我在写回忆录，写得差不多了。我文化水平低，写得肯定颠三倒四，句子和字词也有不对的。你拿回去帮我捋顺一下，改改错别字。"徐哲接过笔记本，忙说："好的。"回去后，徐哲明白了梁丽珍的意思，让他校改是其次，主要是在医院里话没说完，想让他通过回忆录了解一下自己的过去。

用了几个晚上，徐哲看完了梁丽珍近十万字的回忆录。他明白了梁丽珍以前曾向他透露灵雨是抱养来的而后来却矢口否认的原因。原来，梁丽珍和房东有个约定，在自己死之前不能暴露灵雨的身世，更不能让灵雨和亲生父母相认。梁丽珍这样做的原因之一，也许是为了保护灵雨。但世上没有不透风的墙，灵雨上学时因听到风言风语而闹情绪，如果那时梁丽珍能告之以实情，并晓之以理进行些心理疏导，也许灵雨不至于辍学闲赋在家好几年。在回忆录中，徐哲知道了梁丽珍在灵雨五岁时又结过一次婚。但这次的婚史却不足一年，原因是丈夫及其家人不能善待灵雨。回忆录中说，梁丽珍不愿灵雨受委屈，于是提出了离婚。

梁丽珍的病情迅速恶化，开始出现昏迷状态，半个月后进入了弥留之际。这天徐哲又去医院，走到医院员工宿舍楼时，看到了一个熟悉的背影。他赶紧走上前，仔细端详了一会儿，终于认了出来。徐哲有些激动，他声音有些颤抖地叫了声："大婶！"那女人停住脚看着徐哲："你是……""大婶，我是徐哲呀！""徐哲？你……真的是你？"那女人也显得有些激动。"大婶，真的是我！"徐哲一下子拉住了那女人的手。徐哲感觉到那女人的手也在颤抖，看到她的眼圈也红了。"徐哲呀，一晃都二十多年了，你不叫我，我可是认不出你来了。"女人把徐哲拉到旁边，上下一个劲儿地打量着。"大婶，这些年您和大叔一直都好吗？"徐哲望着女人道。女人道："都好，都好。秀玉她弟弟长大了，也考上了大学，这不毕业后就在这医院里工作。"徐哲听了很是高兴，眼里禁不住流下了泪："大婶，真好，真好。您一直住在儿子这里吗？""是的，我在这里住了有四五年了。"女人道，"儿子儿媳妇都要上班没空带孩子，我是来照看孙子并接送他上学的。这不刚送他上学回来，我趁空去买了点东西。""大婶，要是廖秀玉还在……"徐哲的眼泪流得更快了。"孩子，都过去了，不提了……"秀玉娘也抹起了眼泪。徐哲赶忙止住泪，对秀玉娘道："大婶，都是我不好，惹您伤心了。"秀玉娘也赶紧擦掉眼泪，道："看，光顾着说话了，你不是去当兵了吗，啥时候回来的？""大婶，我转业回来七八年了，现在在图书馆上班。""这就好，这就好。"秀玉娘听了很是高兴，"你这是？""哦，我一个亲戚病了，我来看看。"徐哲忙说。"那你快去吧。我儿子叫廖秀刚，在呼吸内二科，有时间你兄弟俩再联系。"秀玉娘道。"好的。过后我来看您。"徐哲告别了秀玉娘，便去了梁丽珍的病房。

　　从昨天开始，梁丽珍就已经开始不认识人了。灵雨叫她，她也只是微微睁一下眼。徐哲进来，叫了几声："梁姨！"梁丽珍已经没有了反应，只是尚有一丝鼻息。看情况不好，徐哲给馆里打了个电话请了半天的假。过了一个多小时，梁丽珍开始张着嘴喘气，但出来的气多进去的气少，慢慢地只有出来的气而没有进去的气。灵雨赶忙叫了医生来，医生看了看，对灵雨道："你们为她准备后事吧。"灵雨闻听此言，禁不住张嘴哭起来。徐哲的鼻子也开始泛酸，眼泪淌了下来，但他强忍住泪水，对灵雨道："灵雨，控制一下感情，现在不是哭的时候。"灵雨想忍住，但无论如何也忍不住。徐哲只得给阚倩打电话，让她快点过来。阚倩刚进病房门，只听得监护仪上"嘀"的一声，电子屏上的波纹变成了一道直线。见护士来拔掉了所有管子，并撤掉了监护仪，灵雨已哭得泪人一般。徐哲强忍着悲痛，帮着灵雨料理着一切。阚倩赶忙下楼去叫了殡仪馆在医院的工作人员，好在殡仪馆实行殡葬一条龙服务，所以省去了好多麻烦。

梁丽珍的葬礼定在第二天上午 10 点在殡仪馆举行，灵雨用电话通知了梁丽珍的生前亲朋好友及同事。

翌日上午，徐哲和阚倩早早地来到了殡仪馆。大厅里已布置好了灵堂，正前方电子屏幕上放着梁丽珍的一帧大幅照片。她面带微笑，俯视着她逝后的一切。大厅两侧摆着花圈，正中停放着棺床。化妆后的梁丽珍犹如睡着了一般，世上一切的喧嚣都离她远去了。她一生要面子，可在她最后的这些日子里品尝的却是冷清和寂寥，这不能不归咎于她为人处世方面的些许虚伪和世态炎凉。病重期间，来探望的人并不多。十点整，遗体告别仪式开始。在她人生的最后一程，前来相送的仅有为数不多的知己亲朋，生前同事寥寥无几。整个过程，徐哲都沉浸在悲痛之中，眼泪一个劲儿地往外流。

梁丽珍葬礼三天后，徐哲带着礼物找到了廖秀玉弟弟廖秀刚的家。秀玉娘对徐哲的到来很是高兴，忙向儿子和儿媳介绍道："这是徐哲大哥，是你姐高中时的同学。"儿子秀刚小时隐约听说过徐哲的名字，忙道："哦，徐哲哥，小时记得姐姐提起过你。快请坐！"待徐哲坐定，秀玉娘详细询问了徐哲这些年的经历。得知徐哲已在县城盖了自己的房子且工作生活都很舒心后，秀玉娘抹着眼泪道："这就好，这就好。"又问徐哲奶奶的情况，徐哲回说奶奶几年前就过世了。秀玉娘叹口气道："你奶奶拉扯你成人不容易，这下她老人家走了也没啥心事了。"徐哲忙说是的。秀玉娘道："咱娘俩光顾说话了，还没给你沏杯茶呢。"说着叫秀刚赶紧去沏茶。徐哲连忙制止道："大婶别忙了，我坐不住。"秀玉娘道："多坐会儿，咱娘俩好好拉拉。"徐哲怕话说多了再引起秀玉娘的伤心，又问了她们家这几年的一些情况，知道一切都好，心下便欣慰了许多，随后起身道："大婶，我还有点儿事要去办，过些日子我再来看您。"秀玉娘和儿子儿媳只好起身送徐哲，徐哲不让他们送，秀玉娘道："秀刚，你去送送你徐哲哥吧。"廖秀刚答应着送徐哲到了楼下。

77

　　星期天，徐哲正在馆里值班，突然接到石城来的一个电话。电话一接通，对方便称自己为"师傅"。聊了几句，徐哲才听出是在部队干休所时的郑君，也就是沈管理员让他教的新打字员。说心里话，徐哲对郑君不是很待见。除了当时教他学打字他有些不谦虚外，还有就是教会了他打字，却让徐哲自己失去了在干休所待下去的机会。郑君在电话里很是热情和客气，说自己得知了师傅家里的电话，打到家里后家里人说师傅在单位值班，于是又把电话打到了馆里。郑君在电话里一口一个师傅地叫着，倒让徐哲感到不好意思了。郑君介绍自己说，他在干休所转了志愿兵，后又转业到石城市政府工作。徐哲向他表示祝贺，并希望常联系。郑君说他特别愿意跟山东籍的战友打交道，因为山东人正直厚道。郑君又说他在 QQ 上建了一个干休所退伍战友群，要把徐哲也拉进去。徐哲很高兴，他和郑君彼此加了 QQ 好友，郑君就把他拉进了群里。

　　这天徐哲上了干休所的 QQ 群，见有人发消息说沈管理员因病死了，便有人跟着发些悼念的话。看到此消息，徐哲心里说不出是啥滋味。毕竟，他们在一起工作了几年，于是他也礼貌性地跟了几句悼念之类的话。群里有个叫张文的却道："老沈死了？太好了，真是报应！"徐哲认识张文，他原是炮兵机关卫生所的卫生员，炮兵机关撤销后他随着大部分的人员来了干休所。在干休所他已是老兵，看看没有转志愿兵的可能，他希望能在退伍前解决组织问题。可他跟所里的多名干部搞得关系不是很好，尤其是萧干事，很是看他不顺眼，所以在讨论他入党问题时，好几个人都反对。张文知道徐哲跟所长关系很好，便让徐哲跟所长说说。徐哲趁一次机会跟所长说了，所长笑着道："我一个人同意没用呀，我就是举两只手也通不过呀。"干休所精简时张文也去了别的单位过渡，退伍时节回了原籍，所以他一直记恨干休所的干部。

张文在群里的话引起了多人的反感，萧干事等人更是请求群主将他踢出群。群主无奈，只好把他移了出去。几个平时能和他谈得来的战友便跟他私聊，说都过去这么多年了，要学会放下"仇恨"。徐哲也跟他私聊了几句，说："人各有命，况且我们过得还不错，没必要对过去的不如意耿耿于怀。"

没有几年的工夫，智能手机很快得到了普及，微信成了大家互相联系交流方式的首选，原来的 QQ 群也被微信群所取代。

这天，郑君在微信群里建议组织一次战友聚会，地点在山东青州。群里战友反应很积极，尤其是青州的战友钱佳进等人，说如果战友们来青州聚会，他们一定会组织好，让战友们满意。郑君便组织大家报名，不到两天，报名的战友就多达三十余人。于是，大家商定聚会的日期在一个月后的"五一"假期。钱佳进还进行了聚会日程安排：四月三十日在宾馆报到，五月一日中午在酒店聚餐共叙战友情，下午参观青州民宿展，二日游览云门山，三日上午游览青州古城，三日下午或四日返程。很快"五一"假期到了，战友们从四面八方齐聚到了青州。多数战友从宁江而来，也有从浙江、安徽、湖北等地来的战友。明泉离青州一百多公里，坐高铁只用几十分钟就到了。钱佳进等青州战友安排得很周到，有专人到火车站接站，然后到一家四星级宾馆住宿。分别多年的战友，相见之后自然亲切无比。尤其是十几年未曾谋面的知心战友，更是激动得热烈拥抱。退休后的萧干事也来了，他明显地没有了以往的"威严"，别人叫他"老领导"他总是摆摆手道："哪有领导？都是战友、兄弟。"而且说起话来亲切随和。徐哲要求和邵天岭住在一个房间，邵天岭和郑君是同一年兵且是同乡。在干休所时，徐哲和邵天岭不是很熟，大精简时两个人同时离开干休所，到新单位后离得很近，时间长了，俩人不仅熟络起来，而且还成了无话不说的知心朋友。徐哲转志愿兵两年后，邵天岭也转了志愿兵。晚上，徐哲和邵天岭聊了很久，直到五更时分，俩人才熄灯就寝。

翌日的聚餐会上，战友们交杯换盏，推心置腹畅叙友情。谈起当年在干休所的点点滴滴，无不感怀唏嘘。有的对干休所充满了感激留恋之情，也有的对干休所微带怨懑。充满感激留恋之情的自然是那些在干休所提干或转志愿兵的，而对干休所微带怨懑的，则是大精简时离开干休所而后又混得不尽如人意的人。徐哲对干休所却有一种复杂的情感，当初他跟处长进干休所时内心充满了憧憬，可干休所精简时他却在被精简之列。他不无调侃地说道："当年我离开干休所碰到我们原军务处的翁参谋，问我说：'你怎么被精简了？沈参谋管着干嘛的？'我说：'就是他把我精简下来的。'"不管是感激留恋还是微带怨懑，大家也都哈哈一笑而过。"都成过去了！"钱佳进打圆场道，"我们现在无论是转业的还是退伍的都混得也不错，过去的好也罢孬也罢都不提了。"大家都附和道："对对对，不提了。"于是，大家开始彼此敬酒。这时有人提议道："钱佳进战友为组织我们这次聚会付出了很多心血，我建议让薛冬雨战友代表我们所有战友和钱佳进喝一杯交杯酒以示感谢，怎么样？"大家听了，纷纷鼓掌，高喊道："同意，同意！"薛冬雨是干休所的退伍女兵，在干休所退役战友微信群里也很活跃，虽已是近四十的岁数，但风韵犹存。钱佳进这时已有了醉意，趁着酒劲，邀请薛冬雨道："老战友，既然大家让我们喝，那我们就喝一杯呗。"薛冬雨只是笑，端着酒杯不置可否，眼睛瞟了旁边钱佳进的妻子一眼。有人看见了，便道："大家等一等，我觉得这事要经过佳进嫂子的许可。"人们又高喊："说得对！问问嫂子同意不？"钱佳进妻子被问了个大红脸，捂着嘴道："我可不管你们战友的事。"于是人们又高喊："嫂子不管就是允许了，快！快！喝一杯！"钱佳进和薛冬雨拗不过，只好红着脸挽着胳膊喝了一杯。大家又是一阵掌声和喝彩声。

　　下午，大家来到了青州民俗馆。民俗馆内，展出了北方生产生活的一些用具、工具及场景。南方战友没见过石碾子、石磨，于是几个人推着石碾子、石磨玩。

　　第二天，钱佳进等青州战友带领大家乘车到了云门山。云门山风景区，系国家 AAAAA 级旅游景区，国家重点风景名胜区，国家地质公园，是 1985 年山东省政府公布的第一批省级风景名胜区之一。位于青州城区南部，海拔 421 米。平原拔笏，松荫盖足，山虽不高而有千仞之势，自古为鲁中名山。主峰大云顶，有洞如门，高宽过丈，南北相通，远望如明镜高悬，夏秋时节，云雾缭绕，穿洞而过，如滚滚波涛，将山顶庙宇托于其上，若隐若现，虚无缥缈，宛若仙境，蔚为壮观，谓之"云门"，或称"云门仙境"。在山东乃至全国享有盛誉。她北衔金凤山、南依劈山、东临磨脐山、向西与驼山隔着瀑水涧遥遥相望，在她东北面的平原上，散布着几个低矮平缓的小山丘，青翠碧绿，称大奇山、马鞍山、卧蟾山、将军山、趴牯山以及火石山。以她美丽、俊俏的身姿和特殊的地理环境独具风貌。在夏秋季节，云门山南侧的"云窟"开闸放云，即时白云腾空而出，经云门洞冉冉升天，云门山因此得名。

云门山山势两面对称，宛如一顶乌纱帽，中间是主峰大云顶，两边的纱帽翅是指东峰与西峰。东峰称望海峰向东延伸，上建有东阆风亭，俗称望海亭，是云门山上一大名胜，东观日出云海，西望驼山群峰，南赏劈峰夕照，北眺青州古城，别有一番情趣；西峰名射神台，又称西大顶，上有平台，四周陡峭险峻，下面的悬崖称为"阎王鼻子"，因为相传为冯梦龙《三言二拍》中《李道人独步云门》中的李清最后的舍身升仙之处，所以称为"舍身台"，后来谐音为"射神台"。另外，东面望海峰下又有一小配峰，成马鞍形，称马鞍山；西面射神台下有一小配峰，称小山，整座山成完美的对称形状。

位于云门山巅的天仙玉女祠是典型的明代全石无梁建筑，匠工非凡。修复的望寿阁，东西阆风亭，给游人又添了新的乐趣。云门山不仅有佛窟，还有不可多见的"道洞"。洞雕有宋道教首领陈抟老人枕书长眠的卧石像一尊。据传说也是寿的象征，吉的祥物，是与山上的大寿字一缘而来。故老百姓有云："摸摸陈抟头，一辈子不发愁，摸摸陈抟腚，一辈子不生病"。所以不少游人，为图个吉利，已经把陈抟老祖的头和腚摸得精光发亮了。

云门献寿在云门山巅之阴，有一海内罕见的巨大摩崖石刻"寿"字，人称为"云门献寿"。明嘉靖年间为衡王朱戴圭祝寿，衡王府内掌司冀阳周全，以"寿比南山"之意，在山阴处摩崖上镌刻了国内外罕见的大"寿"字以讨好衡王。大"寿"字，字体结构严谨，端庄大方，坐南朝北，通高 7.5 米，宽 3.7 米，仅"寿"字下面的"寸"字就高达 2.23 米。所以当地人有"人无寸高"、"寿比南山"之说。众多的中外游客都把能到云门山参拜大寿字作为来青州旅游的首选，以表达对自己和家人最美好的祝福。

大家沿着山路拾级而上，兴致盎然，仔细地游览着一个个景点。一天下来，大家都意犹未尽，皆呼畅快。

第二天，大家开始陆续返程，个个都显得恋恋不舍。尤其是徐哲和邵天岭，总觉得心里话还没有说完。

第十九章

78

这几年，单位公费旅游成风。大都借着各种理由或外出考察，或参观学习……去一些风景名胜或历史文化古迹，尽情游玩一番。

国庆节前夕，图书馆以外出学习的名义组织到黄山旅游，徐哲一行十一人，乘坐新干线旅行社汽车，早上四点从明泉出发。从明泉到黄山将近有一千公里，走高速路需要约十五个小时。

徐哲他们走的是宁江铜陵线，一进江苏境内，徐哲就感到十分亲切。十五年前他在宁江军区服役时，曾到过苏北。望着一片片稻田，还有那些熟悉的房屋，仿佛回到了十几年前。中午十一时许，车到宁江东郊。汽车在高速路上行驶，从车窗向外眺望相别已整整十五年的宁江，徐哲心里感到熟悉而又陌生。紫金山还是那么郁郁葱葱，中山陵还是那么巍峨肃穆。变了的是一座座高耸的楼房和宽阔通畅的高速公路。徐哲给艾宁发了条信息，告诉她自己在去黄山旅游的路上正途经宁江。艾宁马上给徐哲回了信息，问徐哲几时到市里，是与家人还是与同事一块儿。徐哲告诉她，是单位组织旅游，汽车不进市里。

　　进入皖南，景色迷人，满眼是绿树覆盖的山峦和白墙黑顶的农舍。汽车钻过一个又一个长长的隧道，只让徐哲这些没见过大山的北方人发出一声声喷叹。下午五点，车到黄山脚下的汤口镇。艾宁给徐哲发来信息，问是否已到黄山，徐哲告诉她已到黄山。七点多，徐哲发信息给艾宁，告诉她已吃完晚饭，在旅馆里安顿下来，并问她吃饭没有。艾宁回信息说她正在外面吃饭。九时许，艾宁给徐哲来信息，说她在外吃完饭正在回家的路上，并问他睡下了吗。徐哲说正准备睡，因为第二天一早就要登山。艾宁说那就赶快休息吧，第二天登山会很累的。并说她十年以前登过黄山，总的印象是风景很美，也的确很累。然后他们互致晚安。

　　翌日晨六时，徐哲他们乘坐黄山景区内的专用汽车前往半山腰的索道站。从山下到索道站的道路，可以说是九曲十八弯。汽车驾驶员的娴熟技术，令他们这些乘惯了乘坐平原上汽车的人感到敬佩。那么窄的路，那么陡的坡，那么急的弯，驾驶员开着坐了满满几十人的车就似闲庭信步。尤其是当两辆车相会时，那种自然，那种从容不迫，简直就是轻车熟路。道路两侧，满眼的树和笔挺的毛竹，还有一些他们叫不上名字的植物，将整个山体覆盖得严严实实，眼前除了绿还是绿。徐哲他们是赶在黄金周旅游高峰前来的黄山，所以上山的游客不是很多。到了索道站，不到十分钟一行人便乘上了缆车。据导游说，过两天旅游高峰到来排队乘缆车要等一个多小时。他们选择的是从南路上山，从北路下山。坐在缆车上，望着深邃的峡谷和峡谷峭壁上独有的黄山松，确实感觉到了别有一番景致。从缆车上下来，步行不久便是玉屏峰。玉屏峰东侧，即迎客松。在印象中迎客松应是高大挺拔的，可眼前的迎客松比印象中的小了许多，可能是迎客松周围的高峰深谷将它衬托的缘故吧。但不管怎样，看到迎客松便油然升起一种敬意。为它的古老，为它的沧桑，为它的坚忍不拔。到此留影是必不可少的，照完相，徐哲给艾宁发了一条信息"已到黄山顶，迎客松下正留影"。继续跟导游前行，下一个景点是光明顶。在到光明顶的沿途两侧，无数景致让徐哲他们目不暇接。到了光明顶，大家不禁为之惊呼起来，因为他们看到了波涛万顷的云海。听导游说，黄山顶上一年共有大约六十个晴天，而这六十来个晴天里，有时有风，有时不见云海。而像今天这样风和日丽且云海万顷，实属不多见。放眼望去，波涛汹涌，置身山顶，像是乘坐巨轮航行在海上。又见云雾缭绕，峰峦似隐似现，仿佛神仙般游于天庭。欣赏着眼前美景，更加体会到什么叫流连忘返。此时此刻，徐哲禁不住又给艾宁发了一个信息："人到光明顶，满眼尽风景。"艾宁很快回了信息，说她正在前往学校接女儿的路上。徐哲突然想起后天就是国庆节，学校都要放假了，艾宁的女儿今年刚考上大学。于是，徐哲便回信息祝艾宁一路顺风。

　　游完光明顶，已近中午，导游带领大家到了一个可以休息进食的场所。大家便拿出携带的面包、火腿肠和矿泉水之类，各自吃了起来。为防止火灾，山上禁止吸烟，唯有在此，烟民破例获准可以过过烟瘾。约一个小时后，导游带领大家从北路下山。下山的路崎岖蜿蜒，导游提醒大家如果有谁觉得走着下山体力不支，可以选择坐缆车下山，并说此刻一定要拿好主意，一旦下到半路再想改变主意就来不及了。一行人都决定步行下山。下山的路虽没有上山时风光旖旎，但满山的绿树和峰回路转的溪流山涧，却也让这些生活在北方的人感到一步一风景。除了沿途风景令徐哲他们一阵阵怦然心动外，最让人受到感触的是顺着山路挑着担子一步一步向山顶蹒跚而行的挑山夫。一般游客空手而行还觉得气喘吁吁，而挑山夫们肩挑百余斤的担子拾级而上，其辛苦程度可想而知。所以，每当路遇挑山夫游客大都侧身让行。下山的路约有七八公里，当行到一半的时候大部分人便觉得双腿开始发酸。越往下走，腿酸得越厉害。这时大家想起了上山时导游曾建议他们带根拐杖，而许多人还都不以为然。快到山下时，有的人双腿酸痛得走起路来像是扭秧歌。大约一个半小时后，人们才陆续到了相约的索道站处。等人都到齐了，导游便带大家去乘下山的大巴。乘车到了山下，导游说下一个项目是去一家茶社品茶。人们听了满心欢喜，因为这时大家个个都口干舌燥，正需要补充水分。其实这家茶社是旅行社的关系户，说是去免费品茶，实际上是让游客在品茶的同时听他们做推销茶叶的宣传。在茶社，大家确实长了不少茶的见识。尤其是看到服务员当场表演怎样将零乱的茶叶装入茶筒，不仅装得快而且装得满，茶叶被装进茶筒后根根直立而一根未断，都被服务员精湛的装茶技艺所折服。人们虽然知道黄山茶叶很有名，但大家都不是富户，所以面对百元以上一斤的茶叶，十几人中没有一人掏钱购买。品完了茶，导游又带人们到一家刀具推销商处参观。此处服务员照例是一番刀具介绍和表演，说他们的刀具是如何的锋利，其钢料与别的刀具是如何的不同。听完介绍和看完表演后，人群中便有人和他们讨价还价。要价二百的刀具，最终八十块钱成了交，很多人或买了菜刀，或买了别的，一副大有所获的样子。买完刀具，天也快黑了。导游说今晚到黄山市区过夜，明天一早用餐后去古村西递参观。就在大家准备上车时，一群黄山妇女围了上来，极力向人们兜售茶叶。看她们手中同茶社相同名字的茶叶才卖十来块钱一筒，便争相和她们侃价。最后侃到五元一筒，每人买了不下几种。车开后，每人都觉得捡了便宜，有的因买少了还觉得遗憾。直到导游告诉大家这些茶叶不是茶场的废品，就是不法商贩用喝过的茶叶晒干的，喝了有可能拉肚子，个个才直喊上了当。大家理解导游为何不当面说出真相，因为他是当地人不能砸了当地人的买卖。当然良心使导游嘱咐人们这些茶叶带回家后不要送人，以免玷污了黄山茶的声誉。这时，因买少了而觉遗憾的人便又暗自庆幸起来。

到了黄山市区天已经黑了下来。在饭店吃了饭，导游便安排大家在一家宾馆下榻。宾馆住的是标准间，条件还可以。洗去一天的风尘和疲劳正准备就寝休息时，房间内电话响起来，娇滴滴的声音问住客是否需要按摩。接到电话的人只得随便找了个理由搪塞过去。这一夜人们都睡得很香，只是宾馆旁边有一家农贸市场，天还没亮，市场上的鸡叫声便把大家从睡梦中吵醒。

第二天吃罢早饭，导游带领大家便去了西递。西递是皖南著名的古村落，村内建筑虽已有百余年的历史，但看上去仍是那么富丽堂皇，气派巍峨，显示出当年徽商的富有和阔绰。游完西递，已近中午。在村内吃罢午饭，徐哲他们便踏上了返程的路。

回来走的是经过合肥的高速路，这样便不再经过宁江。车开了十余个小时，回到了家。回来后的第二天徐哲收到艾宁的信息，问他黄山之行是否结束。他告诉艾宁自己已经回到家。

这天，徐哲接到一个电话，是同村的一位街坊钱骏打给他的，他得叫那位街坊为哥哥。钱骏在电话里说，他的妹妹钱梅从外地回来了，想要见见小时候的伙伴和同学，并说妹妹现在他的家里，已约好了别的同学，叫徐哲晚上去吃饭，徐哲听了愉快地答应了。他和钱梅从小学到高中都是同学，钱梅的家紧挨着村里的小学，徐哲他们上小学时口渴了，课间时间便到钱梅家去喝水。跑到人家家里，招呼也不打，到水缸边舀起一瓢水"咕咚咕咚"就是一阵猛灌。钱梅的父亲是大队治保主任，负责各村的治保和大队的副业，所以家里的日子过得比较殷实。钱梅的父亲脾气温和，但母亲脾气有点儿暴躁，有孩子去她家里喝水，她常常呵斥那些孩子，但她从不呵斥徐哲，相反还对他笑眯眯的。钱梅比徐哲大一岁，仗着父亲是大队干部自家又离学校近，常常欺负别的孩子。上三年级时徐哲因一件小事得罪了钱梅，钱梅便把徐哲堵在路上不让他回家，直到钱梅母亲看见了把钱梅拽走，徐哲才得以回了家。

徐哲当兵后，听说钱梅嫁给了一个在外地工作的男人。那个时候，一个农村姑娘能嫁给一个有工作的男人，是一件很值得羡慕和荣耀的事情。钱梅结婚前几年日子过得很不错，丈夫在单位给她弄了一个临时工的名额，也让她成了一个拿工资的人。可惜好景不长，在她结婚五年儿子刚上幼儿园的时候，丈夫却生病去世了，她只好一个人靠着干临时工挣的为数不多的工资把儿子抚养成人。儿子大学毕业后去了新疆工作，已近五十岁的她也早已没有了工作，只能靠着平时打些零工维持生计。可能是岁数大了有些怀旧的缘故，她常常想念起那些儿时的同学和伙伴来。不知为什么，徐哲有好几次进入她的梦中。高中毕业后，他们没有见过几次面。最后一次见面还是徐哲转业后一次偶然的相遇，那次相见她问徐哲混得咋样，并说她自己这些年生活很不如人意。

这次钱梅回老家到了住在县城的哥哥家，想让哥哥帮她约一下在县城的同学聚一聚。于是，哥哥钱骏便打电话帮她联系。

下午下班后，徐哲带着礼物按照钱骏提供的地址来到了钱骏的家。敲敲房门，开门的是钱梅的母亲，见到徐哲，钱梅的母亲很是高兴。徐哲已有十几年没有见到钱梅的母亲了，这次见面除了觉得她老了些外别的并没有多大变化。进了屋，钱梅从厨房出来招呼徐哲快坐下。这时，屋内已有小学和中学时的几个同学坐在客厅，见了面彼此寒暄着，有的说你瘦了，有的说他胖了，也有的看着对方说："看你都老了，在外面见了或许都认不出来了"。

待大家都坐定，钱梅母亲盯着徐哲道："徐哲呀，看你现在长大出息了，谁知你小时候受的那些罪呢。"说着用手抹起了眼睛，"那时你那么小，没人疼没人管，哎哟哟，那个可怜哟……"钱梅忙制止母亲道："娘，大家在一块儿玩儿，您说这些干吗？"钱梅母亲忙道："好，好，不说了，看我都老糊涂了。你们玩，你们玩。"说着起身向卧室走去，边走还边念叨："哎，没娘疼的孩子，苦哟！"

等桌上的菜上齐了，钱梅招呼几个同学赶紧到餐桌上坐下。钱骏和妻子为了让妹妹能和几个同学玩得无拘无束，找了个借口出去了，所以屋内只有钱梅和几个同学。钱梅的母亲知趣地在卧室看电视，没事也不到客厅来。

同学几个畅谈着过去的事情，尤其是上小学时候的一些事大家都历历在目。一个同学说："钱梅呀，上小学的时候我们大家可没少受你的欺负呀。"钱梅笑道："是吗？我怎么没记得欺负谁呀。"同学道："没有被你欺负的同学没几个。"徐哲也笑道："钱梅呀，你还记得上三年级的时候，你把我堵在学校不让我回家的事吗？"钱梅道："不让你回家的事我记不得了，倒是有一件事我记得很清楚。""啥事呀？"几个同学忙问道。钱梅看着徐哲道："你还记得上四年级的时候吗？你叔叔给你买了一本小画书，你借给别人看就是不给我看，我还跟你打了一架呢。"徐哲拍拍脑门想起了这件事，道："那时候我哪是不让你看呀，是你太霸道非要跟别人抢着自己先看。"大家听了都哈哈大笑起来。不管是吃饭还是说话，徐哲明显地感觉到钱梅的眼神几乎都在自己身上，她跟别的同学说话好像有些敷衍，但对自己却是认认真真地说。

几个人边吃边拉，很快就快到了十点钟。徐哲看了看表，道："时间不早了，咱们聊得也差不多了，该让大娘休息了，以后有机会咱们再玩吧。"大家于是起身散了。钱梅下楼送他们，她有意和徐哲走在后面，等那几个同学都走了，钱梅道："说实在的，我这次来主要是想见见你，我让哥哥顺便约了他们几个。"徐哲有些不解，道："这是为什么？"钱梅道："不为什么，就是想见你呗。"徐哲道："小时候你总是欺负我，怎么还想见我？"钱梅的脸上掠过一丝不易觉察的红晕，小声道："我那哪是欺负你呀，只不过找机会和你在一起就是了。""哦，原来是这样呀。"徐哲笑道，"那时候我们都小，啥也不懂。""是啊，等大了我们懂事了，却很少能见到了。"两个人又说了几句别的，徐哲便告辞了，钱梅目送他走出老远才回去。

79

又是一年的"八一"建军节到了。这天，徐哲在炮兵战友微信群里，同大家互致着问候，忽然看到群里显示一条提醒：×××邀请"白鸽"加入了群聊。他正好奇"白鸽"是哪位战友，往下拉看了一下头像，他的脑子里"嗡"地响了一下，那头像是一位穿着军官服的女兵，他认出了女兵就是肖妍。于是，他在群里发信息道：今年的"八一"因"白鸽"的入群而有了不同的意义。说心里话，徐哲对肖妍还是念念不忘的。刚加入炮兵战友微信群时，他看到里面有认识的女兵，便发了一条消息道：群里战友谁知道肖妍的消息呀？群里马上有女战友回道："她在群里，你问她呀。"徐哲道："没看到她在群里呀。"或许是那位女战友误以为肖妍也在群里，当知道肖妍不在群里后才把肖妍拉进来的。不管怎么说，徐哲看到肖妍的戎装头像，心里自然而然地泛起了一阵涟漪。他思忖着，犹豫着，最终还是想把肖妍加为微信好友。于是，徐哲通过群里向肖妍发出了好友申请。没想到肖妍很快就通过了徐哲的申请，她回道："你是谁？"徐哲将自己的两张军装照发了过去，肖妍问道："有事吗？"徐哲道："没事，就是想加你为好友。"没想到肖妍回道："原以为你会记恨我，所以在群里没敢吱声。"徐哲道："怎么会呢？""我以前对你那样……你不？"肖妍道。徐哲道："真爱是可以包容一切的。"肖妍道："的确，经历了岁月沧桑，我知道了每个人都有爱和被爱的权利。"说完不久，她给徐哲发过来一张照片，那上面是肖妍和丈夫的合影，两个人都穿着军装，肩章上都是少校军衔。徐哲没想到肖妍会这样，便道："照片上便是'姐夫'了？"肖妍有些不解："姐夫？"徐哲道："我觉得你的年龄比我大，所以应该叫你的先生'姐夫'。"肖妍道："哦，是这样呀。"徐哲道："你真有眼光，你先生真是英俊帅气。"肖妍道："他也很有眼光呀。"徐哲知道肖妍这是说自己才是出众的，便道："你们都很有眼光。"肖妍看到徐哲照片上穿的是军官服，便问徐哲："你提干了吗？"徐哲道："没有。转的志愿兵。"便把自己在部队的经历简单做了介绍。肖妍也将自己在部队及转业后的情况告诉了徐哲。两个人聊了很久，这让徐哲感到高兴和欣慰。最后，两人有点儿恋恋不舍地说了"再见"。

这天徐哲正上着班，颜青突然给他打电话，说："徐哲呀，你叔病了，你快来看看。"徐哲赶紧请了假到了徐元琐家，一进门，颜青就哭丧着脸道："快看看，你叔这是咋了？"只见徐元琐躺在床上，两眼发直，嘴里嘟囔道："娘啊，娘啊，我这不是来了吗？"看见徐哲进来，像是不认识的样子，一会儿又看着徐哲道："你是徐哲吗？"徐哲忙说是的。徐元琐又道："徐哲呀，老家来了这么些人，你快招待一下。"徐哲应着，拉着颜青到了外间屋里，问道："我叔啥时候开始这样的？"颜青道："这些日子他说话总是着三不着两，跟他说话也是答非所问。今天早上一起床，他非说你奶奶叫他回去照顾，还说家里来了好多人都说他不孝顺。"徐哲听了颜青的话又看到徐元琐这个样子，心想这可能是精神分裂症的表现，于是他对颜青道："我觉得叔应该到省里的医院去看看。"颜青抹泪道："小愣这个熊孩子整天不着家，现在也不知道疯到哪里去了，我一个人咋去省城啊？"徐哲知道，小愣因为农转非的事情这些年跟父母的关系一直闹得很僵，高中毕业没考上大学，整天跟社会上那些不三不四的人混在一起，自从谈了个叫周水莲的女朋友，更是常常夜不归宿，徐元琐两口子平时很少见到他的身影。徐哲道："我先给徐骏打个电话，让他帮忙联系一下医院，然后再想办法找小愣。"于是，徐哲打电话给几年前调到省城工作的徐骏，告诉了他徐元琐的情况。徐骏道："那得赶紧到精神病医院诊治。"第二天，徐哲好不容易找到了小楞。小楞见父亲这个样子，有点儿揶揄地道："我没说错吧？早晚就有报应。"颜青骂道："都啥时候了，还在这里胡呲！"小楞虽说有些不服气，无奈徐元琐是自己的父亲，只得找了辆车和徐哲一起把徐元琐拉到了省城的精神病院。徐骏已经联系好了医生在医院等着，经过一系列检查，医生确诊徐元琐得了精神分裂症，需要住院治疗。几人连忙为他办理了住院手续，好在这种医院不需要陪护，办理完一切，徐元琐去了病房，徐骏便回了单位，徐哲和小楞也回了明泉。

徐哲在和徐骏交谈时，徐骏告诉他说村里的徐敏两口子出了车祸，徐敏的妻子当场身亡，徐敏受了重伤，住院好长时间才痊愈出院，并说是自己帮徐敏办的理赔和善后事宜。徐敏是徐元络的儿子，比徐哲和徐骏大十来岁。徐哲听了，心里感到一阵悲戚，说起来他和徐敏是有感情的，小时候经常跟在徐敏的屁股后面玩。

回来的路上，徐哲的手机"嘀嘟"响了一下，他掏出手机，看到是肖妍发来的微信消息，说自己正在北戴河疗养，还发了几张在水中游泳的照片。自从成了微信好友，肖研经常给徐哲发信息，可以说是无话不谈。一次肖妍问到了徐哲当初是怎样知道她的通信地址的，徐哲告诉她是通过她的一位老乡。徐哲还讲起了肖妍那次去干休所找他的事，道："你去干休所找我，可把我吓坏了，只好赶紧躲开。你把我的信给了我们所长，所长找了我去，不仅没有批评我，反而安慰我。多亏所长对我好，就像父亲一样。要是换了别的领导，那可就麻烦了。"肖妍回复了一个俏皮的图像，接着又发过来好多张自己的照片，有年轻时候的，也有转业后的，有几张是以前出去游玩时照的。肖妍的做法多少让徐哲有点儿出乎意料，也从一个侧面证明了肖妍对他并不是没有一点意思。从当时肖妍说把他写的信都烧了，到后来一封不少地还给他，可以说她对他还是有意思的。不断地交流中，徐哲虽然感觉到了肖妍的热情，但同时也感觉到了她在处处显示一种优越感。慢慢地，他知道了她生在一个领导干部家庭，公公也是南下的离休干部。

徐哲马上给肖妍回了消息，祝她疗养游玩快乐！

回到家，小楞又和母亲吵了起来。颜青责怪小楞整天不着家，东游西逛不务正业，小楞反讥道："你当初要不是把我农转非的名额占了，害得我招不了工上不了班，能至于我今天东游西逛吗？"颜青听了又气又急，但自知理亏，涨红着脸说不出话来。几年前，按照国家政策徐元琐可以将自己的一名直系亲属由农业户口转为非农业户口，然后招工安排工作。开始徐元琐两口子说要给小楞农转非，但非农业户口办下来，户口本上却是颜青的名字。小楞觉得受了骗，便跟父亲吵了起来。徐元琐只好道："你还年轻，以后有的是机会。你妈年龄大了，这次不转户口以后可能就没机会了。"接着颜青被安排了工作，可几年后国家政策变了，没有了农转非安排工作一说，小楞无奈只能自己找活干，但干了好几行都不舒心，于是更加怨恨颜青两口子，一气之下和社会上的闲散人员混在了一起，成了游手好闲的小混混。

徐哲安慰了颜青几句，又劝了小楞一番，便去上班了。

这天是星期天，吃罢早饭，徐哲照例出去散步，当走到一家面馆门口时，从里面冲出来一个人叫住了他："你是徐班长吧？"徐哲停步定睛一看，原来是在警卫营时的战友梁西晓。"西晓！"徐哲叫到。"徐班长，我在里面看到就像是你，果然是。"梁西晓高兴地道。"我们已有好几年没见面了。"徐哲道。"是的，最少也有十年了。"梁西晓道。"你在这里吃饭吗？"徐哲问。"是的。"梁西晓道，"今天我们系统组织乒乓球比赛，我出来吃了碗面。"闲聊了几句，梁西晓问徐哲："咱们营部的战友你有联系吗？"徐哲道："没有，回来后一直没有联系。"梁西晓道："我有咱营部的一个微信战友群，我把你拉进去吧。""好的"徐哲道。梁西晓把徐哲拉进了微信群，道："徐班长，我要去参加比赛了。以后有机会再拉吧。"徐哲忙道："你快去吧！有了这个群太好了，我自己和战友们联系吧。"梁西晓走了，徐哲也转着回了家。

80

徐哲回家后，在营部群里看到了许多熟悉的战友，他很是激动。尤其是看到郑乾和章樊鹏、商顾辉等几个战友，徐哲更是高兴，他马上向他们发出好友申请，几个战友很快通过了申请。郑乾随即给徐哲打回了电话，说自己现在在深圳，多年来一直在打听他。郑乾比徐哲晚当几年兵，在营部时是汽车驾驶员，因为是老乡的关系加上郑乾为人比较厚道，两个人很是谈得来，经常在一起聊天拉家常，关系越来越密切。后来，郑乾调到了岳玉欣的单位。徐哲问岳玉欣现在的情况，郑乾把岳玉欣的手机号码告诉了徐哲，让徐哲和他联系。章樊鹏打来了微信视频，两人见面，百感交集，彼此望着对方的花白头发，感叹着时事的变迁和沧桑。按郑乾提供的电话号码，徐哲给岳玉欣打了几次电话，但每次里面传出的都是"暂时无法接通"的声音。徐哲又给他发短信告诉了他自己的名字，岳玉欣短信也不回。联想起在青州战友聚会时徐哲向肖干事打听岳玉欣的情况，肖干事说岳玉欣不争气但没细说原委，此时徐哲更觉得岳玉欣像是做了什么不光彩的事，无颜面对众人，所以才谢绝联系。

徐哲把这一情况向郑乾说了，郑乾才告诉他岳玉欣因为出轨，妻子和他离婚了。在部队时，徐哲就觉得岳玉欣很精明，而他的妻子很强势。他的妻子是县城里长大的，而岳玉欣家在农村。妻子不但长得面容姣好，且比岳玉欣小好几岁，岳玉欣不仅个子矮且皮肤还有点儿黑。经人介绍两个人第一次见面时，女方并没有相中岳玉欣，但介绍人说岳玉欣的叔父在县人大工作，手中有点儿权力，女方才同意和他处一下。岳玉欣的精明慢慢赢得了女方的好感，加上岳玉欣说如果两个人确定关系，叔父可以帮女方调到一个好一点的工作单位，女方便同意相处且不久后就确定了关系。岳玉欣也没有食言，他让叔父通过关系将女方从一家县办企业调入了一家事业单位。结婚后，岳玉欣下了很大功夫，将妻子从老家调到了宁江市工作。骨子里的优越感，使妻子常处于强势地位。

有一次徐哲到他们家去玩，正碰上他两口子吵架。妻子嘴里不干不净地骂着，岳玉欣也不敢反嘴，只是满脸涨红地干咽嘴。徐哲感到很尴尬，走也不是，留也不是，劝也不是，不吱声也不是。只听妻子道："想让我伺候你？想得美！你去找个农村老婆，让她去伺候你！"一会儿，又对三岁的儿子说："孩子，快穿上白衣服。"儿子不解地问："妈妈，穿白衣服干吗？"妻子道："你奶奶死了，快哭奶奶。"岳玉欣听了气得只是干瞪眼。徐哲实在看不下去了，对岳玉欣妻子道："嫂子你这是干嘛？有这样对孩子说话的吗？"岳玉欣妻子自觉做得有点儿过分，没有说啥，拿起件衣服出了门。看妻子出了门，岳玉欣才嘟囔了一句："出门让汽车撞死！"谁知走到窗下的妻子听到了岳玉欣的嘟囔声，旋即踅身回来，指着岳玉欣的鼻子骂道："你想让汽车把我撞死，你再找个小的？哼！让汽车先把你撞死，把你全家都撞死！"徐哲听他们越吵越不像话，赶紧找了个空当儿走了。

还有一次，岳玉欣打电话给徐哲让他到家里去玩。到了岳玉欣家里，岳玉欣的妻子说要让徐哲帮她一个忙。徐哲忙问帮啥忙，岳玉欣妻子道："我们单位的科长贼不是个东西，总是处处刁难我，给我小鞋穿，我想检举他。我知道，你有文才，你帮我写个检举信怎么样？"徐哲道："检举他什么呢？"岳玉欣妻子想了想道："就说他贪污受贿，处处占公家便宜。"徐哲问："有具体事实和证据吗？"岳玉欣妻子道："事实肯定是有，证据嘛倒是没抓住，你写得严重一点不就行了。"徐哲道："没有证据怎样证明事实呢？没有证据的检举会被认为是诬告。"岳玉欣妻子有点儿不高兴，道："你小说都能写，连个检举信还写不好吗？"徐哲笑了笑，道："写小说和写检举信是两码事，小说可以虚构，检举信可不能虚构啊。"岳玉欣听了，只好笑着道："你嫂子只是想出出气罢了，不能写就不写了。"听了这话，岳玉欣的妻子也只好不再说啥。

联想到这些，徐哲暗暗思忖岳玉欣的出轨不是无缘无故的。妻子太强势，岳玉欣从她身上找不到做妻子的温柔，他工作的环境又是美女环绕，河边湿鞋也就在所难免了。

徐哲在微信中问郑乾老营长郭润的情况，并问郭营长有没有微信。郑乾告诉徐哲，郭营长不会玩微信，但他的妻子会玩，并把郭营长妻子的微信名片发了过来，让徐哲加她为好友。徐哲随即通过微信名片向郭营长的妻子发出了加好友的申请。晚上，徐哲的手机响起了微信视频的声音，徐哲打开手机一看，是郭营长妻子的名字，徐哲连忙接通。画面上现出郭润妻子的面孔，看上去明显地老了许多，她说话还是那种风风火火的样子："徐哲呀，胖了，胖了！看看你呀，白白胖胖的。"徐哲道："嫂子您也胖了。"郭润妻子把手机镜头移向丈夫，徐哲看到了略显龙钟的郭营长。郭营长看到徐哲一个劲儿地夸他有出息，说肖干事把他的情况跟自己说了。徐哲笑着道："多亏了您当年教育得好啊！"郭营长也笑了，道："你这是说的哪里话？"徐哲看到郭营长好像是躺在床上，因不明就里，也就没有多问。过了些日子，郭润两口子又给徐哲打来视频，说起了上次视频时自己躺在床上是因为不小心扭伤了腰。

这天徐哲正在上班，接到了徐敏打来的电话。徐哲感到有点儿惊讶，因为几年来他和徐敏几乎没有联系，虽说徐敏买了房子也住在城里，但两人很少来往。寒暄几句，徐敏道："徐哲呀，你的老同学让你明天中午来玩，有空吗？""老同学？"徐哲有点儿不解，"哪个老同学呀？"徐敏道："你的老同学钱梅呀。""钱梅？噢——"徐哲想起来了，前些日子徐哲听村里人说，有人给徐敏和钱梅作媒联姻。徐哲还听村里人说，徐敏跟他父亲徐元络不和，父子俩矛盾很深，这让徐哲有些不解，因为他知道徐敏的工作是父亲徐元络托关系给他安排的。以前徐哲只是听人说，徐敏原来的妻子是村里的一位大队干部给介绍的，那女的是大队干部的亲戚。俩人见面后，徐敏对那女的并不满意，可因是大队干部作媒且大队干部又和女的家里是亲戚，徐元络便强让儿子同意这门亲事。自那时起，父子俩之间就埋下了矛盾的种子。徐敏和那女的结婚后，两口子生活不是那么和谐，徐敏于是对父亲的积怨越来越深，加之生活中的一些其他琐事，父子俩有时到了水火不相容的地步。开始时，徐元络的妻子常在爷俩间调和，妻子前几年因病去世，爷俩几乎不啦呱了。听到徐敏说钱梅让他去玩，徐哲忙对徐敏说："好的哥，明天中午我过去。"

第二天中午，徐哲买了礼物来到了徐敏家。开门的是钱梅，进了屋，徐敏让徐哲快坐下，钱梅泡了一杯茶端到徐哲跟前。徐哲向钱梅打趣道："我是叫你嫂子呢还是叫你老同学呢？"钱梅笑道："你愿意叫啥就叫啥吧。"徐敏道："这几天你老同学天天念叨叫你来家玩，我说人家徐哲在单位当领导哪有空来玩呀？你老同学不听，非叫我给你打电话。"钱梅笑道："再当官也不能一天空也抽不出来呀。"徐哲嗔道："瞧你们说的，当什么官呀？我早就听说你们的事了，真为你们高兴呢。"钱梅道："有人向我介绍了你徐敏哥，我开始还挺犹豫呢。你哥比我大十几岁，不般配呀。我母亲一个劲儿地劝我，说一个村的知根知底，错不到哪里去。岁数大就大点呗，再说他老了有退休金，能有个保障。"徐敏笑道："你犹豫？我还犹豫呢。人家好几个给我介绍的，有的还有工作。我本想慢慢啦一个，也尝尝恋爱的滋味。"说着两个人都笑了，钱梅道："那你又同意找我干啥？"徐敏道："你不是追得紧嘛。"钱梅道："别不知道丢人了，哪个追你了？"徐哲笑着对两人道："你们两个不要在这里卖俏了。不过我觉得你们两个还是很合适的。"徐哲记得徐敏年轻时有点儿木讷不善言辞，没想到岁数大了倒俏皮幽默起来。钱梅又道："以前到你小婶子家玩，你小婶子还说：'钱梅呀，你在咱们村里也是数一数二的标致闺女，咋没进了俺徐家门呀？徐哲、徐骏也都是出色的，跟了谁不行呀。'这不前两天我和你哥到你小婶子家去玩，你小婶子又说我到底还是进了徐家的门。"说完，三个人又都笑起来。

这时，徐哲细打量钱梅，发现她比上次见面时面色滋润了许多，说话也不再夹杂着忧郁，尤其是戴上了一副眼镜，成熟之中显得更增加了几分妩媚和文静。于是，徐哲禁不住对徐敏道："哥哥呀，你艳福不浅呀！没想到你还梅开二度呢。"又听钱梅说自己在前夫单位还有套住房，并且自己还开着一辆车，便对徐敏道："哥哥呀，你这一辈子也值了。"钱梅道："你这个哥哥可不知足，他还让我把那套房子卖了呢。"徐敏道："你那套房子又住不着，卖了把钱贴补到咱的生活里不是更好嘛。"徐哲笑问道："你们领证了吗？"钱梅道："你哥哥不提出来领我也不好意思催他呀。"徐哲笑道："哥哥你真行呀，还没领证就让人家把房子卖掉，你咋不把你的房子卖掉呢。"说毕，三人又都笑了起来。

笑了一会儿，徐敏道："今天中午你老同学想请你上饭店。"徐哲道："在家里吃多好，上饭店干啥？"钱梅道："我今天懒得做饭，再说请你这位大领导必须得上饭店呀。"徐哲道："瞧你都说了些啥？"看看时间不早了，徐敏和钱梅便领着徐哲到了小区门口的一家饭店里。席间，钱梅不停地劝徐哲吃菜，有时还亲自给徐哲夹菜，这让徐哲有些不好意思。旁边的徐敏看了，心中不免泛起一阵阵酸意。徐哲看出了徐敏脸上的一丝不悦，便故意和钱梅离得远一些。钱梅没有发觉这一切，还一个劲儿地劝徐哲吃菜。钱梅把一条炸黄花鱼夹到徐哲碗里，道："你徐敏哥和他父亲这几天正闹矛盾呢。"徐哲便问咋了。钱梅道："还不是因为你大爷找新老伴儿的事。"徐哲迟疑了一下没吱声，钱梅又道："我夹在他爷俩之间，说谁都不是。"徐哲沉吟了一下，慢慢道："按说大娘走了好多年了，大爷年龄大了，身边也得需要有个人照顾了。"徐敏道："他需要人照顾，跟着我或者是两个弟弟过不就是了嘛？再说，他要是不愿意跟着我们兄弟几个，跟着我姐姐也行啊，干吗非要再找个老伴儿。"徐哲道："我觉得呢，可能是大爷不愿跟儿女们在一起。俗话说：金窝银窝不如自己的土窝。"徐敏听了这话，又来了几分气，道："还金窝银窝呢，他工作了一辈子，最后连个土窝都没混上，现在还是租房子住呢。"徐哲听了道："你们家里不是还有老房子嘛。"徐敏道："家里的房子他住不惯，再说住家里哪有住镇上方便。"徐哲听了，心里不免生出几分感慨来：元络大爷当年在公社里也算是个有头有脸的人物，没想到晚年生活竟是如此境况。

徐哲看看手机，见时间不早了，便道："我下午还要上班，咱们喝了杯中酒就吃饭吧。"徐敏道："行，咱喝了吃饭。"三个人同端起杯把酒喝了，徐敏叫服务员上了三碗面条。吃罢，徐哲告别二人去上班了。

第二十章

81

徐元琐出院了，虽说不再那么精神恍惚、胡言乱语了，但思维明显不如以前清晰了，记忆力也明显减退，好多事情做后便忘，但对好多年以前的事情却记忆犹新。

这天，徐元信来看徐元琐。徐元琐对徐元信道："哥呀！你说我为啥能得这种病呢？"徐元信道："人吃五谷杂粮，谁知道自己能得啥病？"徐元琐又道："这些日子我老是做梦，有时梦见咱娘来叫我去看她，有时又梦见小楞他死去的姥娘来跟我要钱。"徐元信道："你多长时间没给咱娘和小楞他姥娘上坟了？"徐元琐想了想，道："自打咱娘死了，我就回去上过两次坟，最后一次也有四五年了。"这时颜青插话道："小楞他姥娘那里有他那些舅见年上坟，用不着我们。"徐元信知道颜青母亲改嫁后，后窝里有几个儿子，但还是道："你们还是抽空回去给咱娘还有小楞他姥爷姥娘上上坟吧，这些年你们遇到这些事挺叫人犯心思的。常言道：宁可信其有不可信其无。"颜青听了还有些不以为然，只听徐元琐道："要去上坟，必须去！"因徐元琐刚病愈出院，颜青不好硬拗着他，只好说："行，去，去。"

过了几天，颜青找了一辆车，载着徐元琐和儿子小楞三个人回老家上坟。他们先给徐王氏上了坟，然后去颜青的娘家去上坟。等上完坟，天已经黑了下来。汽车颠簸在乡间路上，扬起一溜尘土。突然，汽车轮子陷入了一处凹坑，司机加大油门，车轮还是出不来。一家人和司机正一筹莫展时，见对面来了两个人，一个五十来岁，一个二十多岁，两个人肩上都扛着铁锹，看样子像是从地里刚干完活回来。颜青连忙迎上去对那年长的道："大叔啊，你看俺的车不小心陷进坑里了，能不能麻烦您用锹把坑刨一下。"那人看了看颜青愣怔了一下没说话，招呼年轻的道："给她刨两下。"两个人用铁锹将坑壁刨得平了些，然后叫司机试一试，司机一加油门，车轮从坑里出来了。颜青感激地对长者道："大叔，多亏了您，真是太谢谢了。"孰料那长者瓮声瓮气地道："还谢谢哩，你不是颜青吗？"颜青听了一怔："您是……"她仔细打量了一下那长者，不禁道："叔……原来是您呀？我是来给俺爹和俺娘上坟的。"那人"哼"了一声，没再说啥，叫着年轻人走了。原来这两人不是别人，正是颜青娘家的远房叔叔和兄弟。自从颜青父亲去世双方因顶灵摔瓦的事弄僵了，母亲又改嫁到了别的村，彼此便没了来往。颜青站在那儿，只听远去的长者嘴里嘟囔道："咋想起给爹妈上坟了？真是稀罕！"见那两人走没了影儿，颜青这才上车叫司机开车走了。

说来也怪，自从一家人上坟回来，徐元琐的精神状态明显地好了许多，完全看不出是得过精神分裂症的，夜里睡觉也安稳多了，几乎是一觉睡到天亮。小楞也懂事了许多，不再动不动就和徐元琐两口子顶嘴。

书读得多了，徐哲渐渐对国学和哲学产生了浓厚的兴趣。他读了《金刚经》《坛经》和《道德经》《论语》，还读了中国哲学史和西方哲学史。他常常把学习的心得和感悟同艾宁交流。开始，艾宁还及时回信息谈一些自己的看法。可渐渐地，艾宁的回复不那么及时了，有时甚至很长时间不回徐哲的信息。徐哲有时感到困惑，不明白艾宁为什么对自己日渐冷淡起来。慢慢地，徐哲似乎理解了艾宁的做法，随着年龄和时间的增长，一些人和事便不如年轻时那样单纯。后来，艾宁告诉徐哲，丈夫企业的规模不断扩大并且已经投资到了法国，她已辞了职跟着丈夫在法国定居。之后，艾宁和徐哲几乎断了联系，徐哲偶尔给她发个信息，她也很少回了。徐哲为此生出不少感叹来：这个世界上没有什么永久的事情，正像佛家所说，一切都是机缘巧合，没有了缘，一切都归为无。

徐哲的长篇小说预计要三十万字，现已写了一半多点，开始小说的名字没有定下来，快写到一半的时候徐哲才给小说定了名字叫《轨迹》。再过两个月，徐哲就到了知天命的年龄。五十年的悠悠岁月，在徐哲的记忆长河里留下了或大或小的浪花。五十年的风风雨雨，五十年的酸甜苦辣，都成了徐哲内心深深的印痕。他时常在心里说也常对别人说，他这大半生需要感谢的人太多。正是有了许许多多的"贵人"，在人生的关键处拉了他一把，才使他不至于坠入人世的底层。他小时候最大的愿望就是自己能养活自己，不仰别人的鼻息而苟活于世。如今，他做到了，甚至还超过了儿时的预期。他曾以为自己无缘于爱情，可爱神却几次轻叩他心灵的门扉。尽管在现实面前他不能敞开心扉让爱神进来，但能得到爱神的眷顾，他已经心满意足了。

这天事情不多，徐哲又抽空在电脑上写小说，杜林莎蹑手蹑脚来到了他跟前。看他聚精会神地正进入创作佳境，杜林莎没有打扰他。等徐哲写完一段正欲闭目养神歇息一会儿，感觉到了身边站着的杜林莎。徐哲扭头冲杜林莎笑了笑："你啥时候进来的？"杜林莎道："进来一会儿了，见你写得正专心，没好意思叫你。"

馆里的人都知道徐哲在写小说，因大家都知道徐哲发表过文章和诗歌，所以对此并不感到惊奇，只有刘菲酸溜溜地对人道："他呀，写点小东西可能还行，写长篇大论恐怕他没那本事。"马倩华曾把刘菲的话说给徐哲听，徐哲只是微笑着摇了摇头。这些年来，刘菲一直不服气徐哲，常在一些场合诋毁徐哲。徐哲知道刘菲的秉性，所以也不跟她计较，权当啥也没听到。

"找我有事吗？"徐哲问杜林莎。"没事就不能来坐坐嘛？"杜林莎笑着道。说实话，来馆里这些年，徐哲对杜林莎的总体印象还是不错的。这不单单是杜林莎长得比其他几位女员工标致，更重要的是杜林莎说话做事比较实在，而且也不喜欢在人前拨弄是非。因杜林莎以前有过出轨的事，所以徐哲开始时与她交往还有一丝顾虑，可时间长了，人们对过去的一些事情也渐渐淡忘了，所以以后的交往也就没有了啥顾忌。也许是同龄人的缘故，他们喜欢在一起聊天拉呱，说起话来也没啥拘束。徐哲同杜林莎同岁，马倩华比他俩大一岁。虽说都是同龄人，但徐哲不太愿意同马倩华拉呱，徐哲总觉得马倩华身上有种说不出来的味道。马倩华遇事总是想占高枝，说话中带着一种优越感，而且喜欢传播闲言碎语。她知道刘菲嫉妒徐哲，常在徐哲面前说刘菲如何如何。可守着刘菲，马倩华却又是一副恭维讨好的样子。

"你不生我的气了吗？"徐哲问杜林莎。"生啥气？"杜林莎像是有点儿不解。"前段时间我去你家的事。"徐哲道。"哦。"杜林莎的脸有点儿微微发红，"都过去的事了，还提啥。""王哥他没对你怎么样吧？"徐哲道。"没咋样。"杜林莎轻声道。

半个月前，工作间隙他们几个在聊天。杜林莎突然对徐哲道："徐哲呀，你明天到我家帮我搬点东西怎么样？"徐哲道："可以呀。"第二天是周六，徐哲吃过早饭便去了杜林莎的家。杜林莎家住在二楼，徐哲上楼梯的时候，迎面碰见一个男人正下楼。徐哲觉得他有点儿面熟，应该是杜林莎的丈夫。徐哲没有和杜林莎的丈夫正面接触过，但以前在一个公共场合见过一面。两个人打了个照片，眼神对到了一起，但都没有说话，彼此擦肩而过。徐哲上了二楼，敲开了杜林莎家的门。进了门刚坐下，还没说上两句话，突然响起了敲门声。杜林莎去开了门，进来的正是徐哲在楼梯上遇到的那个男人。男人进了屋，脸上的表情木木的，杜林莎的脸色也有些不正常。只听那男人道："哦，我忘了拿钥匙。"眼神又向徐哲扫过来。徐哲感觉到气氛有些不对，连忙起身对那男的道："您是王哥？刚才在楼梯上没敢认您。昨天杜老师说让我来帮她搬点东西。"男人听了，不自然地笑笑，看着杜林莎道："搬啥东西？我今天值班，等我在家的时候搬不行吗？"杜林莎道："我考虑到你的腿不方便，所以……要不过两天再搬吧。"徐哲听了此话，赶紧道："既然今天不搬了，那我就回去了。"说着快步走出了杜林莎的家门。第二天，杜林莎上班碰见徐哲，低声道："你差点把我害了。"徐哲道："是你让我去帮你搬东西的，我哪里知道会是这样？"杜林莎没再说啥，事情就这样过去了。事后徐哲在心里暗忖：看来杜林莎的丈夫对她还是不放心，所谓"一朝被蛇咬，十年怕井绳"，多亏自己身正行端，才不至于引起尴尬的局面。不过后来杜林莎的丈夫再碰到徐哲，还是比较客气的。

闲聊了几句，杜林莎就告辞走了。看看已到了下班时间，徐哲便收拾了一下也回了家。

82

这天早上一上班，局领导把徐哲和刘菲叫到了局里，说馆里一直空着一个副馆长的位子，根据工作需要再提拔一名副馆长，让徐哲和刘菲回去开个支委会，研究推荐一个人选报给局党委。支委会有三个人，除了徐哲和刘菲，还有宋唐。于是，从局里回来后，徐哲把宋唐叫到办公室，三个人研究推荐副馆长人选一事。刘菲一心想推荐苏珊瑚，因为苏珊瑚听她的话，而且经过她的一番运作，苏珊瑚对徐哲有了很大意见，尤其是聂宝入党后，苏珊瑚更加觉得是徐哲故意把她压在后面，她认为自己年龄比聂宝大，学历也比聂宝高，应该让自己先入党。但她不知道在党员大会上推荐预备党员候选人时，多数党员都不推荐她。支委会上，还没等徐哲开口，刘菲先道："我觉得这次推荐副馆长应该推荐苏珊瑚，因为她工作能力强，而且年龄也大。"徐哲道："组织选拔干部的标准是德才兼备，以德为先，这你不是不知道。所以我们推荐副馆长人选也应按照这个标准，而不应该是论资排辈。"刘菲听了脸涨得紫红，恨恨地道："你不就是不同意推荐苏珊瑚吗？"见此情景，宋唐忙道："刘馆长你不要激动，这不是在研究商量嘛。"刘菲道："商量啥，他不就是想一个人说了算吗？"宋唐问徐哲道："徐书记你觉得推荐谁合适？"徐哲道："从思想政治品德和年轻化上看，我觉得聂宝比较合适。当然，聂宝比较年轻，工作经验和能力稍显不足，但这可以在工作实践中慢慢提高，况且聂宝的工作态度很端正，进取心也很积极。"刘菲听了，对宋唐道："你看看，他还是想提聂宝。"宋唐道："我认为徐书记说得有道理"刘菲听了宋唐的话更加生气，道："你们俩是不是早就商量好了？"徐哲道："刘菲同志，你既是馆长又是党员，党的组织原则你不会不知道吧？没有根据的话不要乱说。这样吧，我们举手表决一下。同意推荐苏珊瑚的请举手。"三个人只有刘菲举起了手。徐哲又道："同意推荐聂宝的请举手。"说着自己举起了手，宋唐也跟着举起了手。刘菲一看气得掼门出去，于是徐哲以党支部的名义将推荐聂宝为副馆长的报告送到了局党委。

马倩华还有两年就要离岗了，见聂宝当了副馆长，心里有些失落，正好聂秋昂离岗了，空出一个副馆长的位子，便让刘菲带着她去局长家，说自己也想进步。局长明白了她俩的来意，便道："副馆长的人选要由你们馆党支部研究推荐呀。"他看了一眼刘菲道，"你想推荐马倩华，那别的支部委员的意见呢？"刘菲和马倩华无奈，只好回来对徐哲说，局里想提马倩华当副馆长，让以支部的名义打个推荐报告。徐哲一听就知道了俩人的意思，于是叫来宋唐商议了一下，便把推荐马倩华的报告报给了局党委。

几天后，局党委又下文任命马倩华为图书馆副馆长。刘菲又向局里建议，让苏珊瑚担任了图书馆的现金出纳员。

转眼已进入二十一世纪的第二个十年，中国共产党召开了第十八次全国代表大会。新的一届中央领导集体，给中华大带来了一股清新的气息。大会召开不久，一场声势浩大但扎扎实实的反腐斗争在全国拉开了序幕。多少年来，全国人民对"无官不贪"的现象深恶痛绝，无不担心腐败会像癌细胞一样侵蚀着党和国家的肌体，使党和国家面临着生死的考验。曾几何时，一股歪理甚嚣尘上，说什么不反腐就会亡国，一反腐就会亡党。然而，通过一系列的反腐证明，这样做不仅亡不了党，也会使国家更加健康发展。在高压反腐态势下，从上到下各种吃喝风被刹住了，名目繁多的以权谋私不再那么肆无忌惮了，一批贪官污吏纷纷被抓。中央领导人反复强调，这次反腐败斗争绝不是一阵风，反腐倡廉永远在路上，必须坚决扎紧扎牢反腐的篱笆，让各级官员做到不敢腐到不能腐，通过一系列教育最后做到不想腐。人民重新又看到了党和国家的希望，都觉得新的党和国家领导人又一次在紧要关头挽救了党。

从上到下不仅加大了反腐力度，而且对党的建设也重新提到了一个新的认识高度。这些年来有些党组织特别是基层党组织沦落到了可有可无的境地，有些行政领导根本不把党组织和组织书记放在眼里，把组织书记当做自己的副手。

这天徐哲主持召开图书馆支部党员大会，传达学习中央文件和局党委会议精神，部署图书馆下一步的反腐倡廉工作。在个人发言和讨论中，徐哲谈到党支部委员要带头查找自身问题，切实做到将问题找准找深找透，为问题的整改打下基础。谁知轮到刘菲发言时，她却道："现在反腐还不又是一阵风，等风头一过啥事又都没有了。"徐哲道："我们每一位党员尤其是党员领导干部，要从思想上认识到眼下党中央反腐的决心，不要认为党中央的这次反腐工作是走过场做样子，要从行动上积极参与到反腐工作中来。别看我们单位不大，同样要筑牢反腐倡廉防线。"刘菲听了鼻子里"哼"了一声，见大家用眼睛瞟自己，她才不说啥了。

几天后，马倩华一上班就故作神秘地道："你们听说了吗？咱市委书记被'双规'了。"马倩华的丈夫在市政府办公室上班，所以她经常先别人一步知道一些消息。听了马倩华的话，大家都诧异道："是真的吗？""当然是真的。"马倩华一脸的自豪，"今天上午市委开着常委会，他正讲着话呢，就被上头纪委的人带走了。"李祥应推了推脸上的眼镜，故作深沉地道："只要是被'双规'了，下一步就是'双开'，然后被逮捕。"刘菲听后，脸上露出一丝不易被人觉察的异样表情。

过了半个月，市纪委开始组成巡查组，对市直各部门及其下属单位进行巡查。一个星期四的上午，市纪委巡查组来到了图书馆。面对巡查组的到来，刘菲表现得异乎寻常地热情，连忙召集大家到会议室开会。苏珊瑚也是忙前忙后，给巡查组的人倒茶满水很是殷勤。会上，巡查组的人脸上没有任何表情，例行公事般宣读了有关文件，然后又着重强调了党中央这次反腐工作的决心和力度，让每位党员尤其是党员领导干部，首先自查问题，同时积极反映馆内存在的腐败问题，为巡查组提供线索。会议结束，巡查组组长让一般同志散会，只留下刘菲、徐哲和宋唐。组长对刘菲道："馆内有同志实名反映咱馆内存在违规问题，既然群众有反映，那我们就要积极查处。刘菲同志，请你把你办公室的保险柜打开让我们看一下。"刘菲听了，脸上一下子红了起来，随即又变成了白色。她无奈地领着一名巡查员来到办公室，不情愿地打开了保险柜。巡查员上前把保险柜里几个本子拿出来，又叫着刘菲回到了会议室。组长道："刘馆长，这几个本子我们拿回去看一下，如果没有什么问题就及时归还。"说完，带着两个组员走了。

下午，局纪委书记带着巡查组长来了，向馆内宣布：刘菲同志暂停馆长工作，馆内工作由徐哲主持。然后，带着刘菲去了市纪委。

消息很快传开，说是图书馆馆长刘菲私设小金库，并贪污上级拨的购书款。

经市纪委和监察部门查明，刘菲在担任馆长期间，私设小金库，截留并贪污购书款，并且违规私自出租馆内房屋和设施，将出租收入纳入小金库，而且伙同现金出纳苏珊瑚违规用公款给自己购买奢侈品。很快，刘菲和苏珊瑚被撤销职务，等待司法部门进一步处理。

一个月后，刘菲被检察院提起诉讼，法院依法判处其有期徒刑两年，缓刑三年，同时被开除党籍。苏珊瑚被判处有期徒刑六个月，缓刑一年。

局党委下文任命徐哲任图书馆馆长兼党支部书记。

83

这天，徐哲坐公交车下班回家，在车上遇见了同村王二娘的小儿子六子。

他们虽是儿时的伙伴，但已经有三十多年未曾见面了。六子没有认出徐哲，可徐哲一眼就认出了六子。徐哲叫了一声六子的大名："王洪千！"六子听到徐哲叫自己的名字，疑惑地望着徐哲："你是？""我是徐哲呀！""哦，是徐哲哥呀，我都没认出你来。咱俩得有三十多年没见了吧？""是啊，"徐哲道，"可得三十多年了。你来城里干啥了？"六子道："闺女考上大学，我来替她来办理银行卡。""侄女考上的哪所大学？"徐哲问。"是清华大学。"六子道。"啊，清华大学？"徐哲有点儿不相信自己的耳朵。"是的，清华大学。"六子又重复了一遍。这回轮到徐哲惊讶了，他没想到当年穷得叮当响的王二娘家竟出了一名大学生，而且考上的还是清华大学。徐哲知道六子因家里穷，三十多岁还没娶上媳妇，后来日子好了些，才娶了一个死了丈夫的寡妇。常言道：三十年河东，三十年河西。风水真是轮流转！徐哲向六子表示祝贺，并道："你家出了一个考上清华的大学生，是咱全村，不，是咱全镇的骄傲呀！"六子挠挠头道："哪里哪里。"说着话，公交车到了徐哲要下的站。徐哲道："洪千呀，到我家吃了午饭再回去吧。"六子道："不了哥，家里还有一些事等着我办呢。"见六子实在要直接回去，徐哲忙从口袋里掏出五百元钱塞到六子手里，道："我身上带的钱不多，这点表示我的一点心意吧。"六子连忙推让，道："这样不行，哥！"徐哲道："兄弟不要客气，拿着吧。"说着趁车门打开，一下子下了公交车。六子还要追，车门已关上，随即车子启动起来。六子无奈，只好向车外的徐哲招手。徐哲也向六子招手，等到车走远了，他才迈步朝家的方向走去。

这几年，各地政府出让国有土地成风，所谓出让实际上就是卖地，人称"土地财政"。眼看着座座高楼拔地而起，地方财政的钱袋子也鼓了起来。农村里的年轻人不甘心在农村待一辈子，条件好的便开始到城里买房子结婚成家，时候长了成了风气，好多姑娘找对象先问男方在城里有没有房子，那些条件差些的便贷款去城里买房子，渐渐地，大多数村子成了空巢，留守的多是年老体弱之人。可慢慢地，中央对地方政府出让土地控制得越来越严，多数地方能出让的土地越来越少了，于是有的地方政府开始打起农村的主意。根据政策规定，如果农村能整合出多余的耕地，地方政府就能相应地出让多少国有土地，有的地方领导便想出了并村腾地的招数。明泉市的领导不甘落后，便以棚户区改造的名义，也开始了大规模的并村腾地。

徐家村周边的多数村子早就成了空巢村，于是市政府决定将徐家村周边十个村庄拆掉，合并成一个社区。俗话说：故土难离。听到自己的村庄将被拆掉，多数村民都不太情愿，镇领导就出面做工作，许诺给村民盖新楼，并说村民住进新社区的高楼后，不但提高了居住和生活质量，也不用再担心黄河水漫滩带来的水患了。而且，村民搬迁后，腾出来的土地可以集中流转，既能就近打工，还能增加收入。很多村民听了感到很高兴，便同意签了拆迁协议。但有个别村民就是不听这一套，说农民就是种地的，社区离自己的土地这么远，来回不方便，而且住上了高楼锄镰锨镢没地方放，于是怎么也不肯签协议。镇、村领导多次上门做工作，虽说同意签拆迁协议了，但又提出了种种条件。这两天几个村子里提出条件不肯签拆迁协议的村民家，深更半夜里经常被人扔石头，有的窗户玻璃都被砸碎了，吓得觉都不敢睡。连着几天都是这样，有人就向镇村领导反映，镇村领导说这种事只能报警。有人又打110反映，110只接电话但推脱说警力不足迟迟不出警。那些村民不堪其扰，无奈只好找到村领导，说同意签拆迁协议。

徐元络退休后领了安家费，因此没有公房居住，便一直租住在镇上的三间平房里。他共有三个儿子一个女儿，女儿最大嫁到了外地，大儿子徐敏有工作在城里住，另外两个儿子都在村里居住。自从新找了老伴，大儿子徐敏几乎不和他来往了，二儿子和三儿子也很少来，只有女儿徐英偶尔来看望一下。孩子们对徐元络找新老伴都持反对态度，尤其是他和新老伴结婚后退休金的折子让老伴掌管，孩子们更是气愤，孩子们都说父亲的退休金都便宜了新老伴及其家人。

这天，陈娴清来镇上买东西，买完东西后，想到有很长时间没有见到元络大哥老两口了，便来到了徐元络的住处。徐元河两口子和徐元络走得比较近，加上徐元络的新老伴是陈娴清的远房表姐，便走得更加热乎了。

推开徐元络家的院门，见徐元络老伴正在给徐元络洗脚，陈娴清叫了声

"哥哥、姐姐！"见是陈娴清进来，老两口赶紧把她让进屋。元络老伴道："趁着今天太阳好，我让你哥哥烫烫脚。你这哥哥，老了老了越不讲究了，不催着他他连脚都不肯洗。"徐元络道："整天不出屋，脚又不出汗，洗它干啥？"老伴道："烫烫脚舒筋活血，浑身也舒服。"陈娴清附和道："是啊哥哥，年龄大了常烫烫脚有好处。"老伴赶紧给徐元络擦了脚穿上袜子和棉拖鞋，又把洗脚水端出去倒了。收拾停当，便坐下和陈娴清拉呱。"今儿个上镇上来有事吗？"元络老伴道。"我来买个和面盆的。"陈娴清道。"都快搬家了，还不等到搬了家一块儿买。"元络老伴道。"搬家？"徐元络慢悠悠地道，"盖楼的钱老是不到位，盖盖停停，搬家还不知道到猴年马月呢。""原来协议上签的可是一年就住进去呀！"陈娴清道。"一年？"徐元络喝了一口水，道："三年能住进去就不错了。"又闲聊了几句，徐元络问道："听说你和元河把自己的房子写到小儿子徐洋名下了。"陈娴清道："是啊，徐威批了地基自己盖了房子，徐洋在外有工作批不了地基，把我俩的房子给他，这样他兄弟俩在老家都有了房子了。""徐哲可没有哇！"徐元络道。"他嘛……"陈娴清顿了一下，道"他在城里有两套房子了不一定稀罕这个。"徐元络道："城里的房子是人家自己的，这是合着他在家里啥也没有呀……"见他还要往下说，老伴赶紧制止道："你呀就别操心别人家的事了，你自己家的事还没抖搂清呢。"原来，徐元络老家有三套宅子，三个儿子每人一套。老伴过来后一直和徐元络住在租的房子里，就寻思着趁这次搬迁让徐元络也有一套自己的房子，便让徐元络和大儿子徐敏商量，在徐敏的房子上加上徐元络的名字，老两口以后在里面住。谁知徐敏一听就摇头，说："三个儿子三套房，凭啥在我的房子上加你的名？"徐元络道："你的工作是我给你找的，你两个弟弟都在家种地，我当然要加你的。"徐敏一直不松口，徐元络又提出房子下来后自己和老伴住徐敏的房子，徐敏道："你有三个儿子，为啥单住我的。"仍没有点儿头，徐元络为此很是生气。想到这些，徐元络叹口气道："唉，家家都有难念的经啊。"

又聊了些别的，看看时候不早了，陈娴清起身要走。徐元络两口子留她吃了午饭再走，陈娴清说："不了，说话就到年根儿了，家里还有些别的事。"见陈娴清执意要走，徐元络两口子也不再强留，元络老伴把陈娴清送出院门。走到院外，陈娴清道："姐姐呀，你跟了元络哥，老了也有个依靠了。"元络老伴道："我本不想走这一步的，你元络哥比我大十几岁，身子骨越来越差，只剩下我照顾他的份儿。"陈娴清道："有元络哥的退休金，也难为不着你。""可不，他的退休金是紧够我俩花的，万一他哪天走了，我也可以见月有抚恤金。"元络老伴道。陈娴清道："咱姐俩也不是外人，也不怕走了话。要是没个图头儿，干吗要照顾这么个老头子。"元络老伴道："可不就是嘛。老头子倒是不惹我生气，只是他那几个孩子时不时来找我的事儿。"陈娴清道："你把老头子的钱攒得紧紧的，也好为自己留个后手。"元络老伴点了下头，怕时间长了徐元络喊她，道："妹子你有时间常来玩呀，说实话光和这个老头子也没有多少话说。"陈娴清应着走了，元络老伴转身回了院里。

老伴进了屋，徐元络叹了口气道："唉！元琐两口子真精呀。他们怕死后徐哲分他们的遗产，所以直接把房子写到徐洋的名下。"老伴道："行了，别再瞎操心了。"喝了杯水，老伴对徐元络道："我到银行去打一下你的折子。"徐元络道："你快去吧，到了发钱的时候了。"元络老伴来到银行，找工作人员帮忙打了折子，从银行出来，她又去了趟邮局。回到家，徐元络问老伴折子上还有多少钱，老伴道："我又取出来给你存了定期了。"徐元络道："忘了和你说一声，先不要存定期，这个月就要过年了，要给三个孙子压岁钱。"老伴道："你最小的孙子都上初中了，还给他们压岁钱。放心吧，折子上还有余着的，足够给他们压岁钱的。"徐元络道："再大也是我的孙子呀。再说，这也是孩子们的一点念想。"老伴道："是啊，没了这点念想，谁还记得你这个老头子呢。"

谁也没想到，眼看要到大年三十了，一场疫情却突然席卷了大江南北。首先，在湖北武汉发现了不明病毒引起的肺炎病例，而且死亡率极高。这一情况引起了国家的高度重视，国务院很快派出医疗工作组前往武汉。经过专家们检测诊断，这是由一种新型冠状病毒引起的肺炎，这种病毒传播速度快，致病致死率高，目前没有哪一种药物对它有效。不到一周，病毒传染了整个武汉，而且随着人员流动传向了武汉以外的地方。形势危急，在专家的建议下，国家采取断然措施，对整个武汉市实施封控。几乎是在一个早上，武汉市进入了静默状态。但是，病例仍在快速增加，死亡人数也不断上升。国家从各省抽调大批医护人员组成医疗队奔赴武汉，并在短时间内建立起"火神"和"雷神"两个方舱医院。

徐哲在新闻中看到，明泉市也派出了医护人员去支援武汉，带队的是明泉市人民医院副院长廖秀刚。徐哲几个月前碰到廖秀玉的母亲，得知她的儿子廖秀刚不久前被提拔成了副院长。

此时正值大学生放寒假和农民工返乡的时节，随着人员的大流动，全国各省相继都出现了病例。显然，这次"新冠肺炎"成了一次全国性的疫情。于是，各地发出号召，春节期间不聚餐、不串门拜年，以防病毒传播。春节过后，国外也陆续发现"新冠肺炎"病例且快速蔓延，死亡人数不断攀升。

一场全球性的抗疫行动拉开了序幕！

"五一"假期刚过，局里通知徐哲在内的几个下属单位负责人到局里开会。徐哲准时到了局会议室，见来开会的并不是全部下属单位的负责人，而是他们几个年龄较大的，另外还分别有这几个单位一名年轻的副职领导。他们几个年龄较大的都不知道会议内容是什么，都疑惑地等局领导来开会。会议时间到了，局长和纪检书记来到了会议室。大家觉得气氛有些肃穆，便都屏住呼吸听领导讲话。局长坐定，直截了当地说："今天叫几位来主要是传达一下局党委的决定，根据工作需要，并经过局党委研究，你们几位五十五岁以上的同志不再担任领导职务。大道理我就不多说了，回去后分头和这几位副职办一下交接手续。你们这几位副职临时主持单位工作，过段时间再根据情况正式任命。你们几位老同志虽然不再担任领导职务，但还是要按时上下班，做好'传帮带'。"几位年龄较大的负责人听了反应不一，有两位的脸色不是很好看，但也不好说什么。徐哲听了虽然觉得有些突然，但却有一种如释重负的感觉。

回去后，几位年龄大的主要负责人各自向年轻的副职做了工作交接。虽说是局领导要求几位原负责人还要按时上下班，但大家都明白，这仅仅是要求而已。没有什么大的活动，他们是不必去上班的。这样，徐哲有了更多的闲余时间，他写的长篇小说已完成了三分之二，他计划六十岁之前写完并出版，算是送给自己的一份退休礼物。

84

就在新冠疫情期间，徐家村的村民终于搬进了新建的社区内，家家户户都住上了楼房。

这天，徐哲接到一个电话，打电话的人开口便称徐哲为"徐哥"。徐哲没有听出是谁的声音，正在疑惑间，那人又道："徐哥呀，我是咱街道司法所的刘谦正。"徐哲忙道："哦，刘老师，您有什么事吗？"刘谦正道："徐哥呀，是这么回事。你家老父亲委托我来调解你们家里的一点纠纷，我今天特向你了解一下情况，并征求一下你的意见。"徐哲听刘谦正说调解家里的纠纷，感到有些纳闷，便问道："我们家里有啥纠纷呀？"刘谦正道："你们村里搬迁，你父母亲他们两个老人的房子不是让你小弟弟徐洋签了安置协议吗？"徐哲道："是的。"刘谦正又道："现在徐洋要把房子卖掉。"徐哲不解道："徐洋把房子卖了，老爷子他们住哪里？""这不是说嘛。"刘谦正道，"你老父亲他们没地方住，只能出去租房子住。"徐哲听了，道："这是做的什么事！老爷子他们都八十多岁了，又要出去租房子住吗？"刘谦正道："徐哥呀，还有一件事，得问一下你的意见。"徐哲道："刘老师，您请讲。"刘谦正道："当初你老父亲把他和老伴的房子让徐洋签了安置协议，事先没有征求你和另一个弟弟徐威和妹妹徐玲的意见。现在房产证还没有下来，所以目前房子还是属于你老父亲老两口的，他们要分配自己的财产也要征求一下你们的意见。你的意思想不想分割他们的财产？"徐哲不假思索地道："他们的财产我不要！"刘谦正道："徐哥还有一个问题，关于老人赡养问题，你是啥想法？"徐哲道："该怎么赡养就怎么赡养，我会和弟弟妹妹们一样。"刘谦正听了道："徐哥不愧是有公职的人，办事有水平，令人敬佩！"徐哲道："这是应该的。"刘谦正又道："徐哥呀，你看啥时候有时间咱们要坐下来谈谈，然后再签个书面协议。"徐哲道："行，随时都可以。徐洋真要卖房的话，我就买下来让老人住。"刘谦正道："好的，我和徐洋沟通一下再说。"

十几天后，刘谦正又打电话给徐哲，说让他第二天到街道司法所去参加调解。这时徐哲知道了刘谦正是司法所调解处的主任。

第二天，徐哲来到街道司法所调解室，见徐元河两口子早已坐在那里。见徐哲来了，刘谦正赶忙迎了出来，招呼他坐下。这时徐威、徐洋和徐玲也相继来了。见人都到齐了，刘谦正道："大家都到齐了，好。今天咱们就徐元河和陈娴清的财产分配和赡养问题做一下调解。"接着，刘谦正对事情做了个简要说明："徐元河和陈娴清两人现有动迁安置住房一套，共 100 平米。现在房屋产权证还没有办，两位老人已将住房安置协议写成了三子徐洋的名字，你们另外几个子女有什么意见？"徐威道："老人的房子为什么要写成徐洋的名字？"刘谦正道："按照法律规定，老人的房屋本人有权进行处置，但考虑到家庭团结和老人赡养的问题，也是遵照老人现在的意愿，可以重新对房屋进行分配。"这时徐洋道："现在的房子已经是我的了，凭啥要重新分配？"刘谦正看了一下徐洋，道："只要房屋的不动产登记还不是你的名字，那么房屋就不是你的。"徐洋听了这话，不好再说啥，只是不服气地歪着头。刘谦正道："既然眼下房屋还是老人的，老人就有权进行处置。不过考虑到安置协议已是徐洋的名字，如果老人要重新分配，按照法律规定，你们子女几个都可以得到份额，老人的意思也是给你们平均分配。但房屋是不动产，分割也只能是财产的分割，房子是不能分割的。也就是说，要房屋的须给不要房屋的货币补偿。"又对徐洋道："如果你要房屋，你就要给哥哥和姐姐们相应的钱，如果你不要，那安置协议上就应该改回老人的名字。"徐洋道："安置协议上已经是我的名字，我为啥不要？"刘谦正道："那好。按照拆迁协议有关条款规定，房屋每平方米的价格是 2200 元。把房子分成四份，你们兄弟姊妹四个每人 55000 元，如果你要房子，你就应该给你哥哥姐姐每人 55000 元钱。"徐洋听了，道："我哪有这么多钱给他们？"这时徐哲道："刘主任，我申明一下我的观点，老人的财产我不参加分配。"刘谦正道："也就是说你放弃了分配？"徐哲道："是的。"这时，徐玲也说："大哥不要，我也不要了。"刘谦正道："你们姊妹两个都放弃了？"徐哲和徐玲道："是的。"刘谦正又把目光看向徐威，徐威道："我不放弃。"刘谦正问："你不放弃，那你是要房子呢还是要钱呢？"徐威道："安置协议上已经是徐洋的名字，我只能要钱了。"刘谦正听了又对徐洋道："你二哥徐威不放弃参加分配，而你又坚持要房子，那么你就得给你二哥徐威55000元钱。"谁知徐洋听了道："我哪有这么多钱给他！"刘谦正道："你既然要房子，就得给你二哥钱呀。"徐洋还想说啥，徐哲道："你既然没钱给你二哥，那只能把安置协议上的名字再改成老人的。"徐洋一听急眼了："凭啥？房子已经是我的了！"刘谦正道："徐洋你要明白，虽然安置协议上是你的名字，但只要房产证没下来，安置协议上的名字就可以改回来。"这时，徐元河有点儿急了，他原以为安置协议上写了徐洋的名字，他老两口死后房子便与徐哲没了瓜葛，可没想到徐洋弄了这么一出。他对徐洋道："房子都给了你了，你给你二哥点钱还不行吗？"刘谦正又做了些工作，徐洋才答应给徐威50000元钱。刘谦正道："房子的分配问题就这样了，咱再说一下两位老人的赡养问题。你们的老父亲说了，他不多要你们的，只要你们每月给他200元钱。"兄弟姊妹几个听了都表示同意。刘谦正和徐洋都没再提徐洋要卖房的事，徐哲知道这是徐洋不想卖了，所以他也就没再提这个话题。刘谦正道："既然这样，咱们就签个书面协议。"听说要签协议，徐玲道："我的意思要在协议上写明房子老人可以住到百年。"谁知徐洋一听，"腾"地站起来，红着脸道："凭啥？光我一个当儿的吗？"徐哲闻听此言，对徐元河道："你听听，他说的这叫什么话？"这时，徐元河老两口眼里噙满了泪，带着哭腔对徐洋道："小洋子呀，我们还能活几年啊，怎么住一下你的房子就不行了吗？"徐洋听后道："那必须在协议里再加一条，办房产证时必须办在我的名下。"刘谦正道："安置协议上已经是你的名字，办房产证自然也是你的名字。你要实在不放心，就按你说的，在协议里再加上一条。"听了这话，徐洋才不说啥了。

　　刘谦正拟好了协议书，除了说明房屋分配和缴纳赡养费，又另外加上一条：等房子办产权证时，所有权人是徐洋。但徐元河老两口是否可以在房屋内住到百年，协议书里并没有说明。

　　调解结束后，六个人在协议书上签了字并摁了手印，每人拿着一份，各自回了家。

　　回到家后，徐哲感触颇多，思忖自己的长篇小说已接近尾声正愁无处落笔，便暗想何不将此事写在最后，作为小说的结尾。正道是："千里搭长棚，没有个不散的筵席。"岁月悠悠，世道轮回，凡事有因果，一切皆是缘。